KB194633

마음 대여 도서관

THE LIBRARY OF BORROWED HEARTS

THE LIBRARY OF BORROWED HEARTS

일러두기
본문의 각주는 모두 옮긴이 주입니다.

"가시나무가 인동덩굴 쪽으로 휘어진 것이 아니라,
인동덩굴이 가시나무를 품은 셈이었지요."

에밀리 브론테 《폭풍의 언덕》 중에서

제
1
부

1

클로이

녹슨 배관 부품이 담긴 상자 뒤에서 숨겨져 있던 책을 하나 발견했다. 빛바랜 녹색 천 커버는 습기와 좀으로 부식된 상태였다. 제본은 헐거워지고 모서리는 망그러져 있었다. 겉보기에는 당장 쓰레기통에 들어가야 할 물건이었다.

어쩌다 보니 나는 '그 책'을 갖게 되었다.

내 상사가 '쓸모없는 쓰레기 더미'라 부르는 책들을 치워 없애느라 지난주 대부분을 지하 창고에 머물렀다. 그 책은 그곳에서 구출하기로 마음먹은 유일한 책이었다. 수십 년 동안 콜빌 공공 도서관은 이 지하 복도에 낡고 철 지난 책을 쌓아두었다. 그중 상당수는 도서관에서 다달이 개최하는 중고 도서 처분 행사를 거쳐 좋은 주인을 만났지만, 해가 갈수록 책더미는 점점 높아져만 갔다.

사람들이 예전처럼 책을 쟁이지 않는다. 특히 나온 지 한참 지난 책이라면.

그건 뭘 몰라서 그러는 거다.

책 표지를 쓰다듬으면서 양각으로 튀어나온 제목을 손가락으로 훑으니, 마음이 설렜다. 엄밀히 말해 사서는 아니지만(사서는 학위가 필요하다) 나는 이곳 직원이다. 그것도 아주 뛰어난 직원. 청소하는 날도 있고 대출 카운터를 보는 날도 있다. 이번 주에는 남들은 다 꺼리는 일, 지난 50년 세월에 작별을 고하는 일을 맡았다.

장발 남자가 그려진 빛바랜 표지에, 군데군데 책장 모서리가 접힌 로맨스 소설은 이제 안녕이다. 외모 지적질로 가득한, 시대에 한참 뒤떨어진 자기개발서도 이제 안녕이다. 현대인의 소화기관이 감당할 수 없는 양의 젤라틴 사용을 권하는 요리책도 이제 안녕이다.

니는 이 일을 잘 해내고 있다. 다른 누구도 손 대기 싫어하는 지저분한 일이라면 나를 능가할 사람이 없다. 화려한 대도시에 살거나 권력자와 연줄이 있었다면 '해결사'로 이름을 떨쳤을 텐데. 하지만 캐나다 남부에서 차로 한 시간 거리에 위치한 주민 5천 명의 소도시, 워싱턴주의 깊은 숲속에 사는 나는…, 뭐라고 불러야 할까?

청소부? 잡역부? 구할 수 있는 일자리 가운데 책과 가장 가까운 직업을 언제 잃을까 전전긍긍하며 시키는 일은 다 하는 머슴?

뭐, 마지막 칭호는 좀 과하지만, 묵직한 상자를 끌고 계단을 오르락내리락하느라 허리가 쑤시는 것은 사실이다. 머리카락에는 거미줄이 잔뜩 들러붙었고 손가락은 책장에 난도질 된 상처로 엉망이다. 이런 고역을 견디려면 과장이 좀 필요하다.

"내겐 돈도, 재주도, 희망도 없다." 책 표지를 펼쳐 처음 보이는 문장을 소리 내어 읽었다. "나는 세상에서 가장 행복한 사람이다.'"

책장을 넘기면 어떤 내용이 나올지는 이미 알고 있다. 비록 워싱턴의 작은 도시에서 온갖 허드렛일을 하는 처지지만, 아니, 어쩌면 그래서 더, 여가 시간 대부분을 책 속에 빠져 지내고 있으니까. 사냥이나 낚시에 환장하는 사람이 아니라면 이 인근에서는 딱히 할 일이 없다. 나는 노동을 하고 가족을 부양한다. 누구도 하기 싫어하는 일을 한다.

그리고 책을 읽는다. 손에서 책을 놓은 적이 없다.

아무튼 그래서 나는 흐뭇한 표정으로 누가 볼세라 지하실에서 탈출시킨 《북회귀선(1934년 프랑스에서 출간된 헨리 밀러의 소설. 외설 논란으로 미국과 영국에서는 30여 년간 출간을 금지당했다. - 옮긴이)》이라는 책을 얼른 내 가방에 집어넣었다. 《북회귀선》은 휴게실 근처에 굴러다니게 놔두고 싶은 소설이 아니었다. 특히나 우리 휴게실 냉장고에는 집에서 만든 음식이 담긴 밀폐용기가 가득 차 있고, 게시판에는 알록달록한 기도 모임 안내문이 주렁주렁 붙어 있기 때문이다. 혹시라도 동료 중 누군가가 《북회귀선》을 펼쳤다가 음경이라든지 성기 같은 단어가 몇 번이나 나오는지 세어 보기라도 한다면, 나는 미친 사람 취급을 받게 될 것이다.

솔직히 말해 그저 그런 직장에 어울릴 법한 그런 책이다. 실제로 《북회귀선》은 처음 출판된 후 미국에서 수십 년 동안 금지된 책으로 알려져 있다. 콜빌 도서관이 언제, 어떻게 이 책을 소장하게 되었는지 알 길은 없지만 누군가 지하실에 감춘 이유는 알 만했다. 50, 60년대에 사람들은 이 책 때문에 진짜로 감옥에 갔다.

그때 지하실 입구로 머리 하나가 불쑥 나타났다.

"안녕, 클로이." 내 동료 페퍼였다. 이곳의 이동도서관 트럭을 운전하는 그녀는 내가 남몰래 슬쩍한 보물을 믿고 맡길 수 있는 유일한 사람이다. "건더슨이 작업을 잠시 보류하래. 쓰레기 수거차가 오기 전까지 책을 내놓지 말고 기다리라네. 화재라도 나면 어쩌냐면서."

나는 고마운 마음에 한숨을 쉬며 손을 청바지 엉덩이에 문질렀다. 평소에는 이렇게까지 편하게 입지는 않지만, 이미 말했듯이 이번 주에는 지하실 청소라는 특별 임무를 맡았다. 어깨 길이의 빨간 머리는 손수건으로 틀어 올리고 헐렁한 티셔츠는 허리에 묶고 있었다.

너무 빈티 나는 차림인가 싶기도 하지만 이게 진짜 내 모습이다.

"소방서에서는 지하실 화재를 더 걱정할 줄 알았는데." 나는 먼지 쌓인 상자 하나를 걷어차며 말했다. "책들이 여기 있으나 거기 있으나 마찬가지잖아."

페퍼는 어깨를 으쓱했다. "내가 무슨 힘이 있겠냐. 나야 뭐, 시키는 대로 하는 사람이지." 그녀는 장발 남자가 넘쳐나는 상자를 향해 고갯짓을 했다. "항상 그런 건 아니지만. 저 미남들은 어쩌려고?"

"나머지 책들이랑 같이 내다 버려야지. 몽땅 없애려니 마음이 아프지만, 한 권도 빼놓지 말고 처리하라는 엄명이 떨어졌거든."

"나한테 좀 빼놓으면 안 될까? 우리 할머니가 구닥다리 할리퀸 로맨스에 워낙 열광하시잖아. 요즘에는 로맨스 소설이 그것 말고도 엄청 다양하게 나온다고 아무리 말씀드려도 옛날 책 냄새가 좋으시대."

나는 페퍼의 할머니를 평생 알고 지냈기에 그 말을 쉽게 알아들었다. 로니 파쿠타스는 꽤나 꼬장꼬장했다. 자신에게 유리하다고 생각되면 전통을 철석같이 지키고, 그렇지 않을 때는 아예 무시하는 여성이었다. 그런 점이 페퍼와 똑같았지만, 그런 말을 입 밖으로 꺼낼 수는 없었다. 전에 무심코 두 사람의 닮은 점을 지적한 적이 있었다. 내가 미간이 넓은 갈색 눈과 엄청나게 길고 검은 머리뿐만 아니라 어두운 생각을 단번에 몰아낼 만큼 쾌활한 웃음소리까지 서로 닮았다고 하자 페퍼는 그 뒤로 일주일 내내 나와 한마디도 하지 않았다. 파쿠타스 집안의 여성들은 자신이 유일무이한 존재라는 자부심이 강했기에, 아무리 친해도 그 자부심에 생채기를 낸 친구는 손절당할 각오를 해야 했다.

"나도 이 가엾은 퇴물들을 구하고 싶지만, 건더슨의 감시를 통과하는 게 문제야. 그 사람이 얼마나 규정에 목을 매는지 알잖아."

페퍼는 목소리를 착 깔고 건더슨의 갑갑한 코맹맹이 소리를 똑같이 흉내 냈다. "콜빌 공공 도서관의 직원은 지역 사회의 모범이 되도록 예의와 품위를 지켜야 합니다." 입술까지 오므려 건더슨이 지난 두 달 내내 겨우 기른 콧수염을 표현했다. "빼돌린 물건을 실어 나르는 모습은 절대 보이면 안 되죠."

"실은 나도 빼돌린 물건이 있는데…." 나는 가방에서 《북회귀선》을 꺼냈다. "이 '음탕한' 녀석 좀 봐봐."

페퍼는 호기심을 보이며 책을 살피다가 대충 가운데를 펼쳤다.

"'떠나려던 그는 문득 길에 떨어져 있는 자신의 성기를 발견했다. 톱으로 잘라낸 빗자루 손잡이만 했다. 그는 태연히 그것을 집어 겨드랑이에 꼈다.'" 소리 내어 책을 읽던 페퍼의 입술이 비틀렸다. "이게 뭐야, 클로이? 우웩."

나는 낄낄거렸다. "맞아. 혐오스러운 책이지. 하지만 혐오스러운 걸로 엄청 유명해. 출판되고 30년 동안 미국에서는 구할 수 없는 책이었어. 서점에서 살 수도 없고 공공 도서관에서 빌리는 건 있을 수 없는 일이었을걸."

페퍼는 분명 솔깃해하고 있었다. "그런데 여기서 찾았다고? 지하실에서?"

"응." 나는 책을 받아 들고 마지막 페이지를 펼쳤다. 작은 글씨로 인쇄된 '1940년 멕시코에서 인쇄'라는 부분을 손가락으로 두드리며 말했다. "내 생각이 맞다면 이 책이 한창 잘 나갈 때 유통된 해적판일 거야. '메두사'라는 출판사가 멕시코에서 인쇄해서 밀반입했겠지. 상태가 이 모양이라도 가치가 천 달러 정도는 될걸?"

"오호." 페퍼는 그제야 이해가 된다는 듯이 고개를 끄덕였다. 페퍼야 내 인생에 대해 속속들이 알고 있으니 그럴 만했다. "살림에 큰 보탬이 되겠네. 지붕을 수리한다든지?"

"잘하면 계약금 정도는 나오겠지. 아니면 큰맘 먹고 식기 세척기를 질러?" 그런 사치를 부릴 생각은 접는 게 좋으려나? 기대가

지나치면 실망도 크니까. "일단 이 녀석 값어치가 얼마나 되는지 알아보고…, 아, 젠장. 안 되겠다."

'"왜 그래?"

책 맨 뒤의 여백에 휘갈긴 메모를 보자 내 표정도 기분도 무너졌다. 이토록 외설적인《북회귀선》이 놀랍도록 달콤한 메모로 끝맺고 있었다.

해가 지고 있다. 이 강이 내 마음속을 흐르는 기분이다. 그 과거도, 오래된 흙도, 변덕스러운 날씨도. 여러 개의 언덕이 부드럽게 감싸고 있어 강이 흘러갈 길은 이미 정해졌다.

그 구절 뒤에, 오래전 어느 독자가 휘갈겨 쓴 메시지가 남아 있었다.

좋아요. 해질 무렵에 강가에서 만나요.

다음에는 좀 더 멋을 부린 글씨체로 메시지가 이어졌다.

해질 무렵이요? 태양은 다시 떠오른다 가 생각나네요.

안 돼요. 헤밍웨이는 이제 그만하기로 약속했잖아요.

"귀엽네." 페퍼가 내 뒤에서 책을 들여다보며 말했다. "누가 메모를 남겼잖아."

"귀엽기는 무슨." 나는 표지를 쿵 닫았다. "이것 때문에 내 책값이 반은 깎였다고. 도서관 자산을 이렇게 훼손해도 되는 거야?"

"지금 그걸, 할머니 가져다드리겠다고 30년 묵은 할리퀸을 상자째 빼돌리는 사람한테 묻는 거야?"

"좋은 지적이야." 나는 책을 다시 가방에 넣었다. 반값짜리 보물이라도 없는 것보다는 나았다.

"그래서 어쩌려고? 건더슨이 알면 내가 아니라 네 자리가 위험해질 텐데. 나를 자를 수는 없거든. 이동도서관 트럭을 몰 줄 아는 사람은 나밖에 없으니까."

나는 일단 할리퀸 상자를 빼돌릴 몇 가지 시나리오를 머릿속으로 돌려보다가 가장 쉬운 방법을 선택했다.

"도서관 뒤에 쌓인 책 무더기에, 책 무더기를 더 쌓을 것처럼 할리퀸이 든 상자를 들고 나가는 게 좋겠어. 네가 건더슨의 관심을 끌고 있을 때 내가 그 상자를 이동도서관 트럭 조수석 밑으로 밀어 넣는 거지. 그래 놓고 네가 내일 동네를 돌다가 원하는 곳에다 상자를 내려두면 되잖아."

페퍼가 인상을 썼다. "실망인데. 건더슨의 주의를 뺏으려면 화재 경보기 같은 거라도 울려야 하는 거 아니야? 휴게실에서 너랑 나랑 비밀 접선 같은 것도 안 하고? 나는 네가 용의주도한 사람인 줄 알았는데."

맞다. 내가 용의주도한 이유는 늘 선택의 여지가 없기 때문이다. 절박한 사람은 별의별 짓을 다 할 수 있다. 돈 몇 푼 벌겠다고 손수건을 두르고 지하실의 탁한 공기를 들이마시는 것도 거기에 속한다. 어차피 내다 버릴 낡은 보물을 슬쩍하는 사소한 절도도 마찬가지였다.

"누가 들으면 칸딘스키 그림이라도 훔치는 줄 알겠네. 먼지 앉은 낡은 책 한 상자 갖고. 나더러 도와달라는 거야 말라는 거야?"

"알았거든. 하여간 넌 참 재밌는 애라니까." 눈알을 굴리는 페퍼를 보며 나는 그녀가 알아들었다는 뜻으로 받아들였다.

페퍼의 좋은 점은 이해의 폭이 넓다는 것이었다. 이 낡아빠진 책을 판 돈이 내게 절실히 필요하다는 것을 잘 알았다. 우리 가족의 머리를 덮어 줄 지붕을 하루만 더 유지할 수 있다면 내가 이런 낡은 책 정도는 십여 권쯤 더 빼돌릴 수 있다는 것도.

그리고 무슨 일이 있어도 끝까지 그녀를 믿고, 곁을 지켜줄 단 한 사람이 바로 나, 클로이 샘슨이라는 것도.

해결사. 잡역부. 머슴.

그리고 《북회귀선》 해적판의 당당한 새 소유자.

2

클로이

우리의 절도는 순조롭게 진행되었다.

건더슨의 관심을 딴 데로 돌리는 정도는 페퍼에게 식은 죽 먹기였다. 그는 장보기 목록을 확인하는 데만 20분씩 걸리는 사람이니까. 지극히 꼼꼼한 성격 덕분에 건더슨은 훌륭한 사서가 되었지만, 그런 성격은 회의를 할 때 훌륭한 자질은 아니었다. 그는 하이픈과 아포스트로피가 포함된 단어를 알파벳순으로 배열하는 문제에 대해 파워포인트 프레젠테이션 자료를 준비한 적이 있다. 그게 책의 세계에서는 중요한 내용이기는 하지만, 문제는 짧은 두 문장짜리 이메일로도 얼마든지 전달할 수 있는 내용이었다는 것이다.

어쨌거나 페퍼가 그에게 온라인 카탈로그 시스템에 필요한 새 메타데이터의 조건에 대해 질문하자 그는 30분 내내 그 따분한

주제에 몰두했다. 내가 훔친 책을 가지고 걸어 나가는데도, 건더
슨은 나를 흘끔 쳐다보고는 곧장 그가 사랑해 마지않는 키워드
와 13자리 숫자로 이루어진 ISBN(모든 책에 부여되는 국제 표준 번호 – 옮
긴이)의 세계로 돌아갔다.

가엾은 페퍼가 그에게 시달리는 동안 나는 이동도서관 트럭의
조수석 문을 열고 할리퀸 상자를 좌석 밑으로 밀어 넣은 다음,
나의 녹슨 스테이션왜건의 글로브박스에 《북회귀선》을 던져 넣고
퇴근 시간을 기다렸다.

다행히 지금은 퇴근 시간이다. 여덟 시간 내내 책을 치우고 나
면 몸이 녹초가 된다. 스물네 살밖에 안 된 몸일지라도. 절반은
민트색이고 절반은 페인트가 벗겨져 녹이 슨 현관문에 다가가자
마자 문이 벌컥 열렸다.

"언니, 왔네!" 내 여동생이 달려오며 외쳤다.

맑은 피부, 날 때부터 가지런한 치아, 자기보다 40살은 많은 남
자들이나 갖출 법한 자신감을 가진 트릭시는 청소년기의 저주와
는 상관없는 15살 미소녀이다. 하지만 항상 펄쩍펄쩍 뛰어다닌다.
껑충거리고, 쿵쾅거리고, 공중제비를 넘고, 돌진하는 말괄량이이
다. 가장 과격하고 활발한 동작이 아니라면 하지 않는다.

"오늘 무슨 일이 있었는지 알아?" 트릭시가 환하게 웃었다. 환하
게 웃는 것, 그 애가 잘하는 또 다른 행동이다. 햇살 같은 성격을
그만큼 온몸으로 잘 표현하는 사람은 여태껏 못 보았다. "방금
토론 팀에서 2번 대기자가 정식 회원 자리를 꿰찼거든. 그게 누군
지 맞춰봐."

"페니 할로 아냐?" 일부러 딴 이름을 댔다. 이미 답을 알고 있

었지만 이런 장난은 안 할 수가 없었다. 이야기를 나누며 좁은 거실 입구를 지나가면서, 신발과 가방이 이룬 무더기와 아이들이 만들어 놓은 쓰레기는 애써 외면했다.

"무슨 소리. 당연히 아니지. 페니는 수업 시간에 손이라도 들면 몸에 두드러기가 나는 줄 아는 애야."

"그럼 제이컵 자라베키?"

"언니, 제이컵은 미식축구 얘기할 때 빼곤 완성된 문장 하나 못 만드는 애라고. 사실 축구 얘기할 때도 절반은 못 알아듣겠어." 내 동생의 아랫입술이 삐죽 나왔다. "언니, 일부러 그러는 거지?"

"뭐, 아니라고는 못 하겠네." 그렇게 털어놓으며 기습적으로 트릭시의 뺨에 입을 맞췄다. 늘 그랬듯 트릭시에게서 싱그러운 풀잎 향과 인생의 환희가 느껴졌다. 인생의 환희가 어떤 향이냐고 내게 물어도 대답하기는 곤란하다. 세련되고 자연스러운 느낌이라는 말밖에. 누군가 그것을 병에 담아 판매할 방법을 찾는다면 떼돈을 벌 텐데. "정말 축하해, 트릭시. 넌 자격이 충분해."

내가 피하기 전에 트릭시가 팔을 내 목에 감았다. "꼭 그렇진 않아. 소냐랑 사샤 엄마가 애들을 탈퇴시킨 덕에 내가 그 자리에 들어간 거지. 그 아줌마가 교통비도 너무 많이 들고, 집에서 그 애들 둘이 노상 하는 게 말싸움인데 굳이 돈을 써가면서 할 필요가 있겠냐고 했대." 트릭시는 몸을 뒤로 젖히고 내 표정을 살폈다. "괜찮지? 그럴 돈은 있는 거지? 교통비는 2주에 한 번씩만 들거고, 내가 자선 마라톤 같은 데 참가해서 비용을 좀 보탤 수 있어."

나는 글로브박스에 들어 있는 훔친 책을 떠올리며 속으로 끙끙거렸다. 식기 세척기는 물 건너간 모양이었다.

"물론이지, 트릭시. 걱정 붙들어 매."

트릭시는 내 얼굴에서 동생에 대한 자부심 외에는 아무것도 볼 게 없을 거라는 확신이 들 때까지 미소를 거두지 않았다. 다행히 몇 초 후에 다른 두 동생이 거실로 달려 들어왔다. 정확히 말해 달려 들어온 아이는 테오였다. 누들은 평소처럼 축 처진 어깨와 묵직한 걸음으로 다가왔다.

"트릭시랑 그 한심한 토론 팀 얘기한 거지?" 테오가 물었다. 열한 살인 테오는 우리 가족의 막둥이지만 우리 형제를 통틀어 가장 키가 클 싹수가 엿보였다. 뼈에 살이 붙을 새가 없어서 팔다리가 흐느적거리고 각도도 어색했다. 아침마다 시리얼(싸구려 브랜드 견과류 맛) 한 상자를 혼자 해치우고, 두 번째 상자(싸구려 브랜드 시나몬 토스트 크런치 맛)를 디저트로 먹으며 하루를 마무리했다. 하지만 그 정도로는 이 아이가 나머지 시간을 버티는 데 필요한 엄청난 양의 칼로리를 채우기엔 턱없이 부족했다.

"쳇." 테오가 투덜거렸다. "토론 같은 데 누가 관심이 있다고. 어른들 모아놓고 앞에서 정치 얘기하려는 애들이 누가 있겠어?"

"많아. 특히 언젠가 어른들 틈에서 정치하고 싶은 아이들."

테오는 딱 자기 뱃속에 들어갈 음식 외에는 어디에도 관심 없는 열한 살짜리 꼬마처럼 내게 손사래를 쳤다.

"됐고. 그런데 있잖아, 내 과학 숙제가 내일까지거든. 우리 집에 아산화질소 있어?"

나는 테오를 보며 눈을 깜박거렸다. 테오는 머리 높이가 나와 같았다. "아산화질소라니, 당연히 없지. 그거 웃음 가스 아냐?"

"그럴 것 같았어." 테오의 아랫입술이 삐죽 나오기는 했지만, 이 아이도 트릭시만큼 대책 없이 긍정적이었다. "질산암모늄은? 그건 구하기 쉽지?"

"아니, 구하기 어려워. 폭발물 만드는 데 쓰는 거잖아. 그놈의 학교에서는 대체 뭘 가르치는 거야?"

테오는 총명한 아이였다. 나는 이 아이가 지역 공립학교의 우등생이라는 사실이 무척이나 자랑스러웠지만, 폭발 가능성이 조금이라도 있는 물건이 들어있는 수납장에 자물쇠를 채우는 것도 이제는 지긋지긋했다. 테오에게 우리 집이 폭발하지 않고 저녁까지 멀쩡히 서 있는 건지 물어보려는데 누군가 내 옷을 잡아당겼다.

내려다보니 누들이 불안한 듯이 손가락으로 내 티셔츠를 비틀고 있었다.

"또 넘어갔어." 누들이 특유의 단순하고 차분한 말투로 알렸다. 이 아이는 다른 형제들과 딴판이지만 결국 사고를 치는 것은 매한가지였다. "원반 말이야. 물어오기 연습하다가."

나는 속으로 탄식을 삼켰다. 내가 가장 두려워하는 상황이었다. "훈련은 공원에서만 하기로 약속했잖아."

누들은 습관대로 어깨를 반쯤 으쓱했다. 그 애는 우리 애완견인 불도그 '구미베어'한테 원반 물어오기 훈련을 시킬 때 말고는 늘 생기가 없었다.

구미베어는 평생 한 번도 물건을 물어온 적이 없는 불도그였다. 구미베어는 도무지 훈련이 안 되는 개였다. 그리고 테오만큼이나 많이 먹는 개였다.

누들은 테오보다 열 달쯤 먼저 태어났지만(엄마는 연년생인 두 아이가 쌍둥이나 다름없다고 했다. 빨간 머리 때문은 아니었다. 그건 나머지 자녀들에게도 전부 해당하는 특징이니까) 몸집은 훨씬 작았다. 또 누들은 네 발로 뛰어다니지 않는 것은 무엇이든 경계했다. 누들은 침을 질질 흘리고 숨을 씩씩거리는 우리 집 불도그에게 기본적인 재주를 가르치겠다고 날마다 몇 시간씩 애를 썼지만, 그 외의 다른 활동도 시도하기를 바라는 큰누나에게는 안타까움만 주었다. 꼬맹이 시절, 오로지 버터 파스타만 먹고 살았기에 '누들'이라는 별명을 얻었다. 다정하고 숫기 없고 파스타를 좋아하는 아이에게는 앨로이시어스라는 본명보다 '누들'이 훨씬 어울렸다.

사실 그 애를 뭐라 부르던 본명보다는 나을 터였다. 솔직히 출생 신고를 할 때 엄마가 무슨 생각이었는지 도저히 모르겠다. 클로틸드, 비어트릭스, 앨로이시어스, 시어도어는 약국이 딱 하나뿐인 동네에 사는 아이들에게는 부담스럽기 짝이 없는 이름이었다.

"언제 그랬어?" 이 문제야말로 지금 내 앞에 닥친 가장 시급한 재앙이었다. 돈은 물질에 불과하고 과학 실험은 피할 수 없지만, 엉뚱한 곳으로 날아간 원반은 우리 머리에 떨어질 날벼락이 될 가능성이 있었다.

누들은 다리를 비비 꼬았다. 주근깨가 빽빽한 얼굴에 흐르는 땟국물과 지저분한 손톱을 보니 오후 내내 밖에서 원반을 직접 되찾아 올 용기를 내지 못해 망설였겠구나 싶었다.

"한 시간쯤 됐어." 트릭시가 내게 일렀다. 그 애는 코끝에 주름을 잡으며 얼굴을 찡그렸다. "언니 퇴근하기 전에 내가 찾아오려고 했는데….”

“완전 쫄보 주제에.” 테오가 핀잔했다.

“뭐, 쫄보? 그러면 네가 가서 찾아오든가.” 트릭시가 맞받았다. “넌 오후 내내 화장실 세면대 밑에서 세제를 모조리 꺼내놓고 성분만 들여다봤잖아.”

테오는 혀를 내밀었다. “연구 중이었어.”

“난장판을 만드는 중이었겠지.” 트릭시가 의기양양하게 나를 돌아봤다. “밖에다 다 꺼내놨어. 전부 다. 그런 곳에 오줌 누러 들어가면 락스 때문에 폭발이 일어날지도 몰라.”

나는 지끈거리는 미간을 꾹 누르려다가 누들의 불안한 표정을 보고 그만두었다. “알았어.” 힘차게 심호흡을 했다. 간신히 미소를 지었지만, 속으로는 누들만큼이나 떨고 있었다. “지금 할 수 있는 것부터 해야지. 홈스 씨 집에 가서 원반을 찾아올게. 내가 돌아올 때까지 세제를 치워놔야 해. 전부 다 치우라고, 테오. 누들이 샤워할 수 있게 말이야. 그 다음엔 뭘 해결해야 하나…, 과학 실험? 토론 연습?”

“저녁 먹어야지.” 세 아이가 입을 모아 외쳤다. 어찌나 힘찬 목소리인지, 타협은 불가능하겠다 싶었다.

“그래. 저녁 먹어야지. 그렇게 하자.”

나는 누들의 떡진 머리에 잠깐 입을 맞추고 현관문으로 향했다. 내가 지금 해결해야 할 일 때문에 다리가 후들거린다면 과장이겠지만, 속이 뒤틀리는 것은 부정할 수 없었다. 내 24년 인생 가운데 22년을 이 집에서 살았다. 재스퍼 홈스는 내내 우리 옆집 이웃이었다. 나는 항상 나 자신을 찔러도 피 한 방울 안 나오는 독한 사람이라 여겼지만 재스퍼에 비할 바는 아니었다. 어찌나 퉁명스러운지 우리 같은 이웃 아이들에게는 무례하고 무섭다고 느껴질 정도였다.

우리가 사는 서쪽 동네의 집들은 작고 허름했고, 마당에는 잔디가 아닌 잡초가 무성했다. 차는 앞마당 콘크리트 블록 위에 세워둔 집이 많았고, 비가 올 때마다 양동이와 냄비를 우르르 꺼내는 소리가 들릴 지경이었다. 동네 주민 모두의 팍팍한 삶은 날이 갈수록 더 위태로워졌다.

재스퍼 홈스를 제외한 모두가 그랬다. 그는 내가 오늘 세상에서 가장 만나기 싫지만, 정면으로 맞설 수밖에 없는 사람이었다. 누들에게 잃어버린 원반은 실수로 쓰레기통에 던져진 치아 교정기나 다름없었다. 누들은 그 싸구려 플라스틱 장난감을 돌려받기 전까지 내내 슬프고 비참할 터였다.

물론 재스퍼가 원반을 선선히 내주기를 바라느니 하늘이 열려 금괴가 쏟아지기를 바라는 편이 낫겠지만 적어도 노력은 해봐야 했다.

◆

나를 지켜보는 동생들의 시선을 느끼며 진입로 끝까지 걸어가, 우리 집과 재스퍼의 집을 나누는 부서진 울타리 밑으로 몸을 숙였다. 그 경계를 넘자마자 마치 딴 세상으로 옮겨온 기분이었다. 협죽도 덤불이 땅 위로 솟아 있고, 첫서리가 내린 지 한참 지났는데도 국화가 활짝 피어 있는 마법의 세계였다. 보랏빛 등나무 덩굴이 드리운 마당 한가운데는 흰 기둥이 떠받친 수반이 놓여 있었다. 여태 내가 본 새라고는 우리 집 위를 맴도는 까마귀 떼밖에 없는데, 저 수반에는 부리가 노란 새가 신나게 물을 튀기고 있었다.

내가 울타리 너머로 날아온 장난감을 전부 내 소유라고 우기면서 주위 사람들을 피곤하게 만드는 괴팍한 노인이라면, 아마도 내 정원에는 독초가 무성하고 바닥에는 덫이 숨겨져 있겠지만, 내가 어떻게 알겠는가? 자기 집을 달콤한 과자와 사탕으로 만든 집으로 위장해 순진한 사람들을 끌어들이는 것이 재스퍼의 수법일지.

창문에 어른대는 그의 그림자를 보니 문을 두드리는 나를 지켜보는 게 분명했지만, 당연히도 문을 열기 전에 나를 꼬박 60초는 기다리게 했다.

"원하는 게 뭐야?" 그가 버럭 소리 질렀다.

"아시잖아요, 홈스 씨." 나는 얼굴에 애써 미소를 장착하고 쾌활한 목소리를 냈다. 도서관 이용자에게 공용 컴퓨터의 성인 콘텐츠 차단 기능을 꺼달라고 요구받을 때마다 내가 꺼내는 목소리이기도 하다. "아까 누들이 울타리 너머로 원반을 던져서요."

"그런데 그 녀석이 그걸 되찾겠다고 너를 보냈다? 늘 그런 식이군." 그는 이렇게 내뱉고는 덧붙였다. "이러면 그 녀석한테 아무 도움이 안 돼."

"알아요." 나는 여전히 밝은 목소리로 동의했다. "그래도 아직 어린애니까 좀 봐주세요, 네?"

내가 이런 부탁을 한 것은 이번이 처음이 아니었고, 분명 마지막이 될 것 같지도 않았다. 누들을 모르는 사람들은 결코 그 애를 이해하지 못한다. 사람들은 항상 누들을 실제보다 어린아이처럼 대하거나, 반대로 이미 다 큰 어른처럼 대했다. 그들에게 누들은 발달장애인 아니면, 세상의 무게를 어깨에 짊어지고 태어난 현명한 애늙은이였다.

'이 아이를 좀 봐주세요.' 나는 마음속으로 사람들에게 호소했다. '겨우 열두 살이잖아요. 십자말풀이랑 레모네이드로 만든 얼음을 좋아하는 어린애라고요. 사람보다 동물이랑 잘 노는 애예요. 세상이 좀 더 다정하고 친절한 곳이 되기를 바라지만, 노력해 봤자 소용없다는 것을 알 만큼 똑똑해요. 그래서 두렵고 슬픈 거예요. 맞아요, 애가 좀 예민하죠. 하지만 어쩌겠어요.'

물론 그런 말을 입 밖으로 꺼낸 적은 없다. 계속 어색한 미소만 지을 뿐.

"그 아이를 직접 보내 원반을 찾아오게 해야 했지만, 제가 사과드리고 싶었어요. 우리 집 마당 밑고 공원에서 개를 훈련하라고 해도, 누들은 다른 형제 없이 혼자 공원에 가기 싫어해요. 못되게 구는 아이들이 있거든요."

재스퍼 홈스는 윗입술을 씰룩대며 나를 뜯어봤다. 그는 표정이 쉽게 읽히는 편이었다. 뚜렷한 이목구비는 세월의 영향을 받다 못해 흐르는 일분일초가 오롯이 반영되는 느낌이었다. 고령이었지만 백발은 풍성했고, 튼튼하고 넓은 어깨에서는 힘이 느껴졌다. 젊었을 때는 꽤 매력남이었으리라. 몰인정하기 짝이 없는 인품이 안타까울 지경이었다. 그에게 마음이 있기라도 하면 말이다.

"멍청하긴, 내가 어디 원반 얘기를 한 줄 알아? 이름을 말하는 거잖아."

나는 눈만 끔벅였다. 이건 새로운 전개였다. 재스퍼와 내가 대화를 나누는 일은 흔치 않았다. 우리 사이에 소통이란 대부분 어린이 장난감과 땅에 떨어진 장난감의 소유권에 대한 분쟁뿐이었다. 이 남자의 집 어딘가에는 축구공 약 서른 개와, 같은 수의 플라스틱 원반 그리고 내가 서툰 글씨로 '베이브 루스'라고 써놓은 낡은 야구공 하나가 있을 것이다.

"누들이라고 부르는 게 뭐 어때서요?" 나는 '멍청하다'는 말에 발끈해 물었다. "별명을 가진 아이들은 많잖아요."

"그래도 음식 이름은 아니지." 재스퍼는 실눈을 뜨고 나를 보았다. 그의 눈빛은 강렬했고, 형형한 푸른색에는 흔들림이 없었다. "내가 알던 녀석 하나는 별명이 비프Beef였어."

이번에는 더 놀라서 눈을 깜박였다. 이것은 그냥 대화가 아니었다. 거의 수다에 가까웠다.

"재미있는 별명이네요. 혹시 채식주의자였나요?"

재스퍼는 입에서 침이 튈 만큼 요란하게 비웃었다. "그럴 리가. 그 시절에 채식주의자가 어딨어. 뭐든 없어서 못 먹을 때였으니까 한입이라도 먹을 게 있으면 감지덕지했지."

모욕당하는 기분이었다.

"비프는 덩치가 크지도 않았어. 저렇게 말라빠진 인간이 또 있을까 싶을 만큼 앙상했지. 하지만 대단한 싸움꾼이라서 그런 별명이 붙은 거야. 처음 보는 사람한테도 덤벼들었거든."

"그런 얘기를 왜 하시는지 모르겠네요. 누들이라는 별명이 너무… 약하게 들리는 게 문제인가요? 좀 더 센 별명이 필요하다는 뜻이에요?"

"네가 하는 말을 세상이 곧이곧대로 받아들인다는 말이야. 그
러니 사람들에게 정말로 전하고 싶은 말을 해." 그는 입꼬리를 내
려 찌푸리며 덧붙였다. "그리고 그 원반은 못 돌려줘. 이제 내 거
야."

나는 탄식을 삼켰다. 한참 대화를 해놓고 이제 와서 나를 애원
하게 만들겠다는 건가? 문이 닫히기 시작하자 나는 틈 사이로 발
을 끼웠다.

"제발요, 홈스 씨. 다시는 이런 일 없을 거라고 지난번에도 약속
드렸지만 진짜 원반이 필요해요."

"무슨 소리. 원반 없다고 큰일 나는 사람은 없어. 아쉬우면 접시
라도 던지든가."

재스퍼는 그대로 문을 닫으려 했지만 나는 물러서지 않았다.
성공의 비결이 그저 당당하게 세상에 전하고 싶은 말을 하는 것
이라는 그의 조언을 나는 몸소 실천할 작정이었다. 어차피 더 잃
을 것도 없다. 그래봤자 원반을 빼앗기기밖에 더 하겠는가?

"홈스 씨께는 아무것도 아니겠지만 새로 사려면 5달러가 들어
요." 짜증이 치밀어 올랐다. "트릭시의 졸업 앨범값으로도 쓸 수
있는 5달러죠. 기름 먹는 하마나 다름없는 내 차에 휘발유를 4리
터쯤 넣을 수도 있고요. 5달러면 싸구려가 아닌 유명 브랜드 시리
얼을 살 수도 있어요."

그는 내 발을 노려보다가 내 얼굴로 시선을 돌렸다. 양쪽 모두
꼴 보기 싫다는 표정이었다.

"네가 돈을 어디다 쓰든 내가 알 바 아니잖아." 그가 퉁명스레

내뱉었다. "요즘 애들은 다 이 모양이야. 알고 보면 같은 다 공장에서 만들어서 상표가 있거나 없거나 다를 것도 없는데도 말이야."

그 말이 내게는 완전히 선을 넘은 것이었다. 대리석 수반이 놓인 근사한 정원, 잔뜩 쌓여 있을 남의 축구공, 한 사람 입을 먹이기에는 넘치도록 큰 주방을 가진 이 남자는 시리얼의 브랜드 같은 사소한 것이 우리 가족에게 어떤 의미인지 조금도 몰랐다. 그래, 차이가 없을지도 모른다. 하지만 매일 싸구려 시리얼을, 싸구려 그릇에 담아 먹는 것은 아무리 우리가 돈을 아껴 써도 바뀌지 않는 가난한 현실을 상기시켰다.

"한 가지 여쭤볼게요, 홈스 씨." 목이 메었다. "이 집에서 40, 50년쯤 사셨죠?"

"그 정도 됐지." 그가 무뚝뚝하게 대꾸했다. "그래서 뭐?"

"그러면 제가 지금껏 어떻게 살아왔는지 전부 다 보셨겠네요. 우리 엄마 인생도 쭉 지켜보셨을 테고요. 누군가 자기를 여기서 구출해 주기만 간절히 바라면서 쓰레기 같은 애인들한테 몸을 내주는 것도 보셨겠죠. 더 구미 당기는 여자로 갈아타기 전에 거쳐 갈 요량으로 우리 엄마에게 왔다가 떠나는 형편없는 남자들을 보셨을 거예요. 빽빽거리는 핏덩이 넷을 차례로 집에 데려오는 것도 보셨을 테고, 분유랑 기저귀를 구하고, 유명 브랜드든 아니든 시리얼을 대려고 얼마나 아등바등하는지도 보셨을 거 아녜요."

점점 구겨지는 재스퍼의 미간을 보니, 내가 이렇게 대놓고 공격할 줄은 예상치 못한 모양이지만 나는 여기서 멈출 생각이 전혀 없었다.

"제가 대학에 들어갔다가 2년 뒤에 중퇴하고 학자금 대출만 떠안은 채 돌아오는 것도 보셨잖아요. 돌아와야 했던 이유도 잘 아시죠. 아동보호국에 신고한 장본인이니까요."

재스퍼의 시선이 내 머리 조금 위로 옮겨졌다는 사실만으로 모든 게 분명해졌다. 솔직히 그때 나서준 것만큼은 고맙게 생각하던 터라 더 따지고 들지는 않았다. 아이들이 위탁 보호 시설로 보내질 때, 내게 연락을 준 여자에 따르면 엄마는 이미 2주 전에 사라졌다고 한다.

트릭시는 그때 열한 살이었고, 테오와 누들은 겨우 일곱 살이었다.

"다 아시잖아요." 나는 눈을 부릅뜨며 말을 이었다. "엄마가 아이들을 내팽개쳤다는 걸요. 우리 엄마는 자기 자식들을 버리고 떠났어요. 맞아요. 5달러짜리 원반이 홈스 씨에게는 아무것도 아니겠지만 누들에게는 소중한 물건이에요. 이름에 너무 박력이 없다고 생각하시겠지만 누들은 주어진 상황에서 최선을 다하는 아이예요. 물론 언제든지 다른 원반을 사줄 수도 있어요. 하지만 전 오늘도 입에 풀칠이라도 하려고 도서관에서 책 한 권을 슬쩍 했다고요. 제가 그러고 살아요. 5달러는 제게 그런 돈이에요."

하지만 재스퍼는 원반을 가지러 곧장 집 안으로 들어갈 생각은 않고 고개를 살짝 옆으로 기울였다. 내 치부를 얼마나 까발렸는지를 생각하면 실망스러운 반응이었지만, 그 정도로 충분했다.

"무슨 책?" 재스퍼가 물었다.

나는 너무 놀라 불쑥 대답이 튀어나왔다. "《북회귀선》이요. 낡았지만 꽤 많은 돈을 주고 손에 넣으려는 수집가도 있을 거예요."

《북…회귀선》이라고?" 그가 손을 뻗어 문틀을 잡으며 되뇌었다. 그는 고개를 저으며 뭔가 생각하는 듯했다. "확실해?"

"제목이요, 아니면 가격이요?" 이렇게 되묻고는 대답을 기다리지 않고 덧붙였다. "둘 다 맞아요. 중도에 포기한 문헌정보학 학위지만 아예 쓸모가 없진 않거든요. 최소한 오래된 자료를 보고 가치를 평가할 줄은 알아요."

재스퍼가 끙끙거렸다. 그 소리가 뭔가 못마땅한 소리여서, 나는 방금 자백한 범죄가 갑자기 걱정스러워졌다.

"설마 도서관에 이를 건 아니죠? 지하실에 방치돼 있던 책이니까 아무도 찾지 않을 거예요. 누군가 수십 년 전에 일부러 숨겼을 거예요. 《앵무새 죽이기》나 《컬러 퍼플》처럼요. 이 동네가 얼마나 보수적인지 잘 아시잖아요."

이 시점에서 나는 1. 이미 내게 불리한 사실을 너무 많이 털어놨고 2. 원반을 돌려받을 방법은 없다는 걸 깨달았다. 나는 재스퍼 홈스에게 선행을 베풀 기회를 2초 더 주었다. 그는 내가 가슴에서 피가 뚝뚝 떨어지는 심장을 꺼내어 먹으라고 건네기라도 한 듯이 나를 바라보기만 했고, 나는 마침내 싸움을 포기했다.

한숨을 푹 쉬며 왔던 길을 되돌아가는데, 부리가 노란 새가 날카롭게 지저귀었다. 추운 날 아침, 내 차에 시동이 걸릴 때 나는 소리와 꽤 비슷했다.

"그래, 나도 알아." 수반에 고인 물에 손가락을 살짝 담그며 말했다. "하지만 어쩌겠어? 여긴 저 사람 땅인데."

3

클로이

내가 좀 더 현명했다면 아이들이 잠자리에 들 때 같이 자러 가라는, 초보 부모를 위한 흔한 조언을 따랐을 것이다.

트릭시, 누들, 테오는 낮잠 잘 나이는 훌쩍 지났지만, 항상 베개에 머리를 대자마자 곯아떨어졌다. 하루를 최대한 즐기며 살기 때문에 그런 거라고 생각하고 싶지만, 사실은 우리 모두가 늘 피로에 찌든 탓이었다.

평소 나는 걱정을 줄이려 꽤나 애쓰고 있었다. 돈 내라는 청구서, 테오가 단순한 호기심에 암모니아와 락스를 섞을 뻔한 일, 교사들이 시험을 잘 보는 것이 지능의 전부가 아니라는 사실을 인정하지 않아 누들이 6학년을 한 번 더 다녀야 하는 것 등등. 평소에는 그럭저럭 해냈지만, 재스퍼의 집에서 또다시 빈손으로 돌아온 나를 보고 동생들은 뭔가 잘못됐다는 걸 눈치챈 듯했다.

테오가 말없이 밥상을 차리기 시작했다. 트릭시는 냉동실에서 채소 봉지를 꺼내어 볶기 시작했다. 누들은 구미베어를 구석으로 불러, 앉아서 기다리는 훈련을 시켰다. 하지만 구미베어는 주로 배를 긁어달라는 듯 몸을 뒤집고 누워 있었다.

저녁 식사 후 다들 피로에 절어 깊은 잠에 빠졌을 때, 나는 거실에서 침을 질질 흘리는 불도그와 《북회귀선》을 옆에 두고, 대학 때 쓰던 낡은 노트북을 다리 위에 펼쳤다.

"어디 보자." 혼잣말을 하며 자판을 두드렸다. "아주 낡고 손때 묻은 책. 너덜너덜하고, 책장에 낙서가 되어 있고…. 뭐야, 이래 갖고 누굴 속여 먹겠어? 누가 이런 책을 사겠다고 나서겠어?"

노트북에 쓴 내용을 재빨리 지웠다.

"생각해 봐, 구미베어야." 개의 말랑한 귀를 쓰다듬으며 말했다. 개는 낑낑대며 내게 몸을 맡겼지만, 녀석도 내가 쓴 상품 설명을 한심하게 여기는 게 분명했다. 아니면 나를 한심하게 여기거나. 구미베어에게 날마다 우편함까지 갔다가 돌아오라는 엄격한 명령을 하는 건 나뿐이라, 이 녀석에게 사랑받기는 진작에 포기했다. "좀 있어 보이게 써야겠지? 이러면 어떨까. '…세상에 단 한 권뿐! 주석 달린 해적판'? '스캔들과 음모를 품고 있는 보물! 얼른 업어가세요'?"

보기에는 그럴싸해도 정확한 설명은 아니었다. 내가 읽은 메모는 심도 있는 문학적 분석이 아니라 두 명의 10대가 교실에서 주고받은 쪽지에 가까웠다. 나는 노트북을 한쪽으로 치우고 책을 뒤적이다가 여백에 적힌 다른 글을 발견했다.

"함께 침대에 누워, 내 몸에 와 닿는 그녀의 숨결을 느끼며, 그녀의 머리카락을 입에 물고 있는 지금. 내게는 기적 같은 순간이다.'" 내가 소리 내어 읽은 문장 옆에는 앞에서처럼 휘갈긴 글씨가 보였다.

당신이 주인공의 도덕성에 대해 어떻게 생각할지 모르겠지만, 그는 아내를 진심으로 사랑하는 것 같아요. 그건 인정해야겠어요.

그 밑에 우아한 글씨체가 다시 나타났다.
바로 다음 문단에서 그녀의 머리를 기어다니는 이 얘기를 썼는데도 그걸 사랑이라 할 수 있나요?

그녀를 다시 한번 자세히 보았다. 머리카락이 살아 있었다. 나는 이 불을 조금 더 젖혔다. 베개 위에 이가 우글거렸다.

진정한 사랑은 이 같은 건 신경 쓰지 않아요.

마음에도 없는 소리.

당신 몸에 어떤 벌레가 득실거려도 나는 당신을 사랑할 거예요. 내 몸에 와 닿는 당신의 숨결을 느끼고, 당신의 머리카락을 입에 물고, 당신의 이름 내 이 곁에서 잠들게 해준다면 난 뭐든지 할 수 있어요.

대화는 거기서 끝났다. 또박또박하고 단정한 글씨체의 주인공에게 나도 모르게 감정을 이입하고 있었다. 그녀의 담담함, 연인에게 마음에도 없는 소리를 한다고 주저 없이 지적하는 태도가 마음에 들었다. 정말 마음에 없는 소리처럼 들리기도 했다. 솔직히, 꽤 다정한 남자 같기도 했고. 《북회귀선》의 주제는 인간이 지닌 추하고 난잡한 동물적 욕망에도 뭔가 의미가 있다는 것이다. 꼭 좋은 의미는 아니라도 어떤 의미가 있다. 악필인 이 남자도 그렇게 느끼는 모양이다.

이 대화에 푹 빠진 나는 책을 뒤적이며 둘이서 주고받은 메시지가 더 있는지 찾았다. 몇 챕터 뒤에서 다시 손 글씨를 발견하고, 자세를 고쳐 앉아 읽기 시작했다.

그녀는 정원이 딸린 작업실을 구하고 싶어 했다. 당연히 욕실도 있어야 한다. 그녀는 낭만적인 가난을 원했다. 나는 그녀를 잘 안다. 하지만 이번에는 나도 준비가 되어 있다.

나도 당신을 알아요, C. 당신은 가난 속에 낭만이 있다고 생각하지만, 그건 당신이 가난을 겪어보지 못했기 때문이에요.

말도 안 돼요.

당신이 W와 팔짱을 끼고 춤추러 가는 것도 말이 안 되죠. 내가 모를 줄 알았어요? 131페이지를 봐요.

"아, 연애 전선에 위기가 닥쳤네." 나는 눈을 크게 뜨며 중얼거렸다. 소파 쿠션에 기대어 앉은 내 가슴이 이상하게 두근거렸다.

구미베어는 툴툴대면서도 내가 자세를 바꾸는 것을 참아주었다. "어떻게 생각해, 구미베어? 계속 읽어야 할까?"

물어본 내가 잘못이었다. 관음증 환자처럼 이렇게 은밀한 편지를 읽는 것이 양심에 찔렸지만, 이 책은 엄연히 도서관 소유다. 앞날을 내다본 누군가가 지하실 깊숙이 숨겨두었다 쳐도 도서관 책은 당연히 공공재다. 내게는 책장을 계속 넘길 권리가 얼마든지 있다.

그래서 책장을 계속 넘겼다. 131페이지에 이르자 한 문장에 짙게 밑줄이 쳐져 있었다.

여자들에게는 뭔가 비뚤어진 면이 있어. 알고 보면 하나같이 내심 마조히스트라고.

이 노골적인 도발에 나는 웃음이 터졌지만, 대화는 여기서 완전히 끝났다. C라는 여자의 재치 있는 응수도 없었고, 약 오른 연인을 다른 문장으로 유도하는 페이지 표시도 없었다. 나는 이 책을 경매 사이트에 올리겠다는 생각을 접고, 책을 읽으려고 소파의 늘어진 쿠션에 푹 기댔다. 책 자체에는 전혀 관심이 없었지만 여백에 적힌 글이 나를 깊이 매료시켰다.

갑자기 들려온 노크 소리에 화들짝 놀랐다. 구미베어가 누군지 궁금하다는 듯 귀를 쫑긋 세웠지만, 정신없는 집안 소음에 워낙 익숙한 녀석이다 보니 금방 눈을 감고 다시 잠들었다.

반면에 나는 그 소리가 퍽 신경 쓰였다.

"이 시간에 대체 누구지?" 나는 다리를 내리며 시계를 올려다봤다. 밤 10시 30분. 남의 집에 찾아오기에 심하게 늦은 시간은 아니지만 적절한 시간도 아니었다.

노크 소리가 더 선명하게 울렸다. 동생 셋이 전부 침대에서 나와 무슨 일인지 기웃대는 상황은 절대 원하지 않았다. 벌떡 일어나 현관으로 가 문을 연 나는 눈앞에 펼쳐진 상황에 깜짝 놀랐다.

"자." 문틈으로 형광 노란색 원반이 쑥 들어왔다. "네 동생 거."

나는 눈을 끔벅이며 장난감 원반을 받아 들고 우리 집 현관에 위풍당당하게 서 있는 180센티미터의 재스퍼 홈스를 보며 다시 눈을 끔벅였다.

사실 재스퍼가 진짜 은둔자는 아니었다. 매주 도심지에 식품을 사러 나갔고, 그의 1940년대식 포드 트럭은 내 차만큼이나 연료를 펑펑 소모하면서 요란하게 거리를 누볐다. 그 집 꽃밭을 보면 알 수 있듯이 원예용품점에도 꽤나 자주 나타났고, 해마다 열리는 성탄절 퍼레이드에서도 목격된 적이 있다. 기저귀를 갈 때가 된 아기 예수가 빽빽거리기 시작하자 곧바로 줄행랑을 치긴 했지만. 그렇다 해도 그가 남의 집을 방문하는 법은 없었다. 더더구나 한밤중에는.

그런 재스퍼가 우리 집에 찾아왔다.

"들어…, 오실래요?" 전혀 반갑지 않은 마음을 힘겹게 숨기며 물었다. 우리 넷은 이 집을 사람이 살 만한 상태로 유지하려고 나름 애를 쓰고 있었지만, 아직 설거지를 할 기력은 없었고 2인용 소파에는 개지 않은 빨래 무더기가 쌓여 있었다. 여기저기 교과서가 펼쳐져 있고 커피 테이블 위에는 낡은 라디오 부품이 흩어져 있었다. 암모니아와 락스 실험을 금지당한 테오는 과학 숙제로 레몬으로 구동되는 배터리를 만든답시고 라디오를 완전히 분해했다. 테오가 직접 치우지 않는 한 이 부품들은 몇 달 동안 커피 테이블을 차지할 터였다.

재스퍼는 내 머리 너머로 모든 상황을 한눈에 파악했다. "그건 됐고."

나도 모르게 웃음이 터졌다. 다른 사람들 같았으면 그저 못 본 척했을 텐데. "뭐, 그래도 감사해요." 나는 원반을 흔들었다. "다음에는 그냥 담장 너머로 던지셔도 돼요. 저희가 알아서 주워 갈게요."

재스퍼는 내 정중한 제안에도 대꾸하지 않고 머뭇거렸다. 하기 힘든 말을 고민하는 듯 턱을 몇 번 달싹거렸다.

"아까 말한 책 있잖아." 그가 결국 입을 열었다.

억양 없이 사실만 간결하게 담은 말투였다. 나도 똑같이 받아치기로 했다.

"그 책이 왜요?"

"내가 사려고."

"저한테서…, 사시겠다고요?" 내가 되물었다. 헨리 밀러가 무덤에서 살아 돌아와 그 책의 소유권을 주장한다 해도 이만큼 놀라지는 않았으리라. "왜요?"

그가 끙 소리를 냈다. "그게 중요해? 값이 꽤 나갈 거라며. 나 돈 많아. 그러면 됐잖아. 값을 불러봐."

내 평생 기다려 온 말이었다. 나는 항상 종이에 숫자를 써서 테이블 위로 미는 사람, 사무실로 걸어 들어가 당당히 "자리 좀 비켜줄래요?"라고 말할 수 있는 사람이 되는 상상을 했다. 전혀 비꼬는 기색 없이, 완전 여유로운 태도로 말이다. 그런 상상 속에서 나는 항상 침착한 사람이었다.

하지만 지금 나는 당연히 냉정을 유지할 수 없었다. 그래서 떠오르는 대로 내뱉었다.

"100만 달러요."

재스퍼의 입에서 웃음 비슷한 거친 소리가 터졌다. "시도는 좋았다만 세상에 그렇게 비싼 책이 어딨어?"

하지만 도서 전문가인 나는 그의 말을 재깍 바로잡았다. "사실, 삽화가 있는 초기 성경은 늘 그 정도 가격에 팔려요. 그리고 최근에 제인 오스틴의 미완성 원고 몇 편이 경매에 나왔는데—"

"내 말뜻 알잖아. 좀 그럴듯한 가격을 대 보라고." 재스퍼는 다시 내 머리 위로 집 내부를 흘끔대더니 눈살을 찌푸렸다. "그렇게 배짱부릴 처지나 돼? 5천은 어때?"

"5천 달러요?" 비명을 지를 뻔했다. 횡재라 할 정도는 아니지만 참 많은 것을 할 수 있는 돈이었다. 식기 세척기를 살 수도 있고, 일시불로 새 지붕을 올릴 수도 있다. 트릭시가 원하는 어떤 토론 팀에도 보낼 수도 있다. "진심이세요?"

"내가 허튼소리나 하는 사람으로 보여?" 그는 겉옷 가슴 주머니에 손을 넣어 가운데를 깔끔하게 접은 수표를 꺼냈다. 그제야 나는 그가 이 누추한 곳을 방문하려고 나름대로 차려입었다는 사실을 깨달았다. 평소에 보면 그는 은퇴 연령을 훌쩍 넘긴 워싱턴 시골 남자들의 제복이라 할 차림을 하고 다녔다. 튼튼한 작업용 바지와 플란넬 셔츠에, 조금 격식을 갖춰야 할 때는 푹신한 조끼를 걸쳤다. 지금 입은 정장 재킷은 구식이지만 잘 다림질되어 있었고, 바지도 깔끔했다. "자, 백지지만 내가 서명했어. 네가 생각하는 적정 가격을 쓰라고."

"하지만 이렇게 백지 수표를 주시면—"

"책은 집에 있고?"

"어, 네. 있긴 한데—"

"그러면 내가 갖고 가는 걸로 하지. 지금 당장."

그는 팔짱을 끼고 입을 일자로 굳게 다문 채 나를 내려다봤다. 그렇게 꼭 다물었는데도 그의 입술은 다른 이목구비와 마찬가지로 큼직했다.

수표를 찢으며 그 책은 안 판다고 소리치고픈 충동을 느꼈다. 20년 넘게 이웃을 괴롭혀 놓고 이 집에서 유일하게 가치 있는 물건을 사겠다고 나설 염치가 있냐고 따지고 싶었다. 더구나 이 사람에게 이 책을 정말로 넘기고 싶은지도 헷갈렸다. 이 책에 메시지를 남긴 비운의 연인들과 이제 막 정이 들려는 참인데. 이 남자가 그 정성스럽고 민망한 대화를 발견한다면—

"어때?" 그가 재촉했다. "이러는 사이에 더 늙겠다."

그 말에 정신이 번쩍 돌아왔다. 이제야 모든 게 이해됐다.

재스퍼 홈스가 우리 집 현관 앞에 서 있는 모습이나 내 이름이 적힌 백지 수표에 당황하지 않았다면, 나는 훨씬 더 빨리 눈치챘을 것이다.

이러는 사이에 그는 더 늙고 있다.

그래. 한때는 그도 젊었을 것이다. 옛날 옛적에는 심지어 내 또래였으리라. 내 계산이 맞다면 50년대나, 60년대쯤에는 앞날이 창창한 젊은이였을 그는 머리도 마음도 꿈으로 가득했을 것이다.

이런 벽촌에 《북회귀선》 해적판이 나돌았을 시기와 일치했다.

침을 꿀꺽 삼키며, 내 손에 들린 수표를 내려다봤다. 아니나 다를 까, 흘려 쓴 서명이 너무나 눈에 익었다.

그 사람이었다. 두 연인 중 한쪽.

"잠깐만 기다리세요." 나는 책을 가지러 집 안으로 들어갔다. 거칠게 다루면 모든 것이 연기처럼 사라질까 봐 어느 때보다 조심스럽게 책을 집었다. 문득 책장을 다시 넘겨보고 싶은 충동을 느꼈다. 이번에는 더 꼼꼼하게 훑고 싶었지만 재스퍼의 강렬한 시선을 견딜 수 없었다.

그는 책에 무엇이 적혀 있는지 틀림없이 알고 있다. 내가 그걸 알고 있다는 사실도 안다.

"여기요." 책을 건네며 말했다.

그는 책을 나처럼 소중히 다루는 것이 아니라 탐욕스럽게 낚아채더니 아침마다 정원에서 무심하게 뽑는 잡초만큼이나 관심이 없다는 듯 책을 겨드랑이에 꼈다. 이제 원하는 것을 손에 넣은 그는 늘 하던 대로 나를 무시하며 쌀쌀맞게 돌아섰다.

하지만 이상하게도 나는 그를 보내기가 싫었다.

"잠깐만요." 내 부름에 그는 멈춰 섰지만 돌아보지는 않았다. "어떻게 확신하시죠? 제가 재스퍼 씨의 전 재산을 싹 쓸어갈 만큼 큰 금액을 쓰지 않을 거라고?"

"넌 그렇게 못해." 그가 걸음을 옮기며 말했다. "네가 그런 사람이라면 이보다 훨씬 좋은 집에서 살고 있겠지."

◆

"당연히 5천 달러 다 받아내야지."

페퍼는 도서관 지하실에 남은 마지막 상자를 내게 건네며 손으로 이마를 닦으며 말했다. 지난 두 시간 동안 나와 함께 계단을 오르내린 그녀의 몰골은 나만큼이나 더럽고 초췌했지만 어쨌든 일은 마무리되었다.

퇴출당한 책 무더기라는 고대 유물은 지하실에서 치워졌지만, 재스퍼와 《북회귀선》의 수수께끼는 아직 미해결 상태로 지하실 한가운데 남아 있다.

"그렇게는 못 해." 계단을 올라가 마지막 남은 책을 대형 쓰레기통에 던지며 말했다. "그 책 상태가 완벽했더라도 그 절반 가치밖에 안 될 텐데."

"그렇지. 하지만 정서적 가치는 포함하지 않았잖아. 재스퍼 홈스가 정말로 그 모든 연애편지의 주인공이라면 그 책은 가치를 매길 수 없지." 페퍼가 히죽 웃었다. 내가 발견한 메시지와 밤늦게 재스퍼가 찾아온 사건에 대해 들은 이후로, 그녀는 이 로맨스 얘기뿐이었다. 페퍼는 겉보기와 다르게 꽤 감성적이었다. 그 많은 할리퀸 로맨스의 영향도 있을 것이다.

"그 사람이 그런 음란한 책에 비밀 편지를 썼다니. 못된 늙은이한테 그런 면이 있을 줄 누가 알았겠어?" 그녀가 덧붙였다.

나는 고개를 저으며 손을 씻으러 세면대로 다가갔다. 오늘도 실용적인 작업복을 입고 왔지만 앞으로는 그럴 수 없었다. 이제 지하실을 다 정리했으니, 평소처럼 사서 비슷한 상태로 돌아가야 했다. 진짜 사서가 되려면 중도에 포기한 학위로는 충분치 않았다. 시급 18달러와 적당한 건강보험 정도가 내가 바랄 수 있는 전부였다.

"누가 못된 늙은이야? 또 내 뒷담화 하는 거지? 지난번 회의 때 다 정리된 얘기인 줄 알았는데." 스리피스 정장과 넥타이를 갖춰 입은 우리 상사 건더슨이 대출 카운터 뒤에서 등장했다. 그는 농담이라는 듯 웃어 보였지만 애초에 우리 둘 다 속지 않았다. 가엾은 건더슨은 평생 한 번도 누구를 속여본 적이 없었다. 그랬기에 그는 도서관장으로서 최고인 동시에 최악이었다.

최고인 이유는 그가 규칙과 목록을 사랑한다는 것이다. 그는 정리의 귀재였다. 그리고 매사에 꽉 막힌 태도를 보이기는 하지만, 지역 사회에 대한 봉사에는 진심이었다.

최악인 이유는 그는 도무지 상사답게 행동하지 않는다는 것이다. 머릿속으로 그는 자신이 우리와 똑같은 존재라고 생각하는 것 같았다. 그저 월급을 받으러 출근하는 파트타임 직원이나, 서가에서 장난칠 기회를 엿보는 그런 사람 말이다. 하지만 현실 속에서 그는 세 자녀를 둔 40대 아버지였고, 안전에 대한 강박이 심해서 개를 산책시키러 나가는 아이들에게 헬멧까지 씌울 정도였다.

"걱정 마세요." 나는 손을 닦으며 말했다. "관장님 얘기 한 거 아니니까요." 그가 지켜보고 있었기 때문에 나는 세면대를 공들여 닦고 소독제까지 뿌렸다. 건더슨의 눈 밖에 나는 행동을 해도 될 만큼 내 고용 상태가 안정적이지 않았다. "뭐 좀 여쭤봐도 될까요?"

"글쎄? 뭔데?"

뒤에서 페퍼가 눈치를 줬지만, 나는 건더슨의 따분한 이야기를 잘 견디는 편이었다. 세상의 나쁜 남자들과 비교하면 그 정도 단점은 아무것도 아니다. 우리 엄마가 주로 그런 나쁜 놈들을 만나서 잘 알고 있다.

"여기서 오래 일하셨죠?" 내가 물었다.

그의 어깨에 힘이 들어갔다. "15년이 넘었지."

"재스퍼 홈스라는 사람, 혹시 기억하세요? 나이에 비해 정정하고, 성격이 고약한 사람 말이에요."

"이봐, 클로이. 고객을 그렇게 말하면 되겠어?"

"그게…, 그 사람은 고객이 아닐 거예요. 우리 옆집에 사는데, 도서관에 발을 들이는 걸 한 번도 못 봤거든요. 공공 서비스를 신뢰하지 않는 것 같아요. 독서의 즐거움도 모를 거고요."

"다른 어떤 즐거움도." 페퍼가 옆에서 중얼거렸다.

이런 경솔한 평가에 대한 자기 생각을 보여주려는 듯 건더슨이 눈살을 찌푸렸지만, 이런 관심을 드러낸 나를 꾸짖기에는 도서관과 관련된 모든 일에 지나치게 관심이 많았다. "누군지 알 것 같아. 오래된 트럭을 몰고 다니잖아? 정원을 꼭 조경 교과서를 옮겨놓은 것처럼 꾸며놨고?"

내가 고개를 끄덕이자 그의 주름은 더 깊어졌다.

"내 조언을 구하는 거라면, 피하라고 하겠어. 사실 내가 자네라면 동생들을 데리고 멀찍이 이사를 갔을 거야. 그런 사람과 엮여서 좋을 거 없으니까."

"왜죠?" 나는 우리 네 식구의 거처를 옮기는 것이 경제적으로 곤란한 정도가 아니라 아예 비현실적이라는 사실은 굳이 언급하지 않았다. "그 사람 뭔가 문제가 있나요?"

건더슨이 몸을 내 쪽으로 기울였다. 그의 숨결에는 아내가 날마다 챙겨주는 셀러리즙 냄새가 났다. 불쾌하지는 않았지만 좋은 냄새도 아니었다. "내가 원래 소문 같은 거 잘 안 믿는 사람인데…"

물론 알고 있다. 그가 빅풋, 미스터리 서클, 일루미나티를 믿지 않는다는 건 확실하다. 켐트레일 음모론(비행기가 남기는 비행운이 사실은 위험한 독극물이라는 음모론 – 옮긴이)은 조금 믿고 있는 것 같지만 말이다. "그런데요?"

"그런데 말이야, 성격이 고약한 건 확실해. 내가 알기로는 그 사람, 끔찍한 짓을 저질렀어."

건더슨이 농담을 하나 싶어 그의 얼굴을 살폈지만 평소랑 똑같았다. "그 노인이 60년대에 한 여자를 죽였다는 소문이 있어." 건더슨이 낮은 목소리로 덧붙였다.

"레이더 기지에서 일하는 아가씨였다는데, 그 집 앞마당이 그렇게 울창한 것도… 거기에 그 여자를 묻어서 그런 거라더군."

4
1960

캐서린 마틴은 자라면서 세 가지 규칙을 지켜야 했다.

규칙 1: 아버지 말씀을 따른다.
규칙 2: 규칙 1에 토를 달면 즉각, 가차 없이 벌을 받는다.
규칙 3: 말대꾸하지 말고 그냥 하라는 대로 해라. 네 아버지는
       안 그래도 바쁜 사람이다.

이런 규칙은 그녀가 아주 어릴 때 생겨났기 때문에(즉각, 가차 없이 정해졌다고 할 수 있다), 그녀의 아버지는 늘 바쁜 사람이었다고 짐작할 수 있다. 실제로도 진 마틴 소령은 그렇게 말했다.

"캐서린 위니프리드 마틴, 이 집 아침 식사 시간이 몇 시지?"
새 지휘관 자리에 오른 첫날 아침에 그가 물었다. 자정이 지나서

야 콜빌에 도착한 후 생필품을 꺼내고 침대를 정리해야 했던 캐서린과 아내가 달콤한 늦잠을 즐기고 싶을 거라는 생각은 전혀 하지 않았다.

"6시 정각이요." 캐서린은 손으로 입을 가리고 하품하며 말했다.

"그런데 지금 몇 시지?" 아직 시계를 하나도 꺼내놓지 않았기 때문에 캐서린은 아버지가 진짜 시간이 궁금해서 묻는 게 아니라는 걸 알고 있었다.

"6시가 지났어요." 그녀는 식탁 앞에 놓인 빨간 플라스틱 의자에 털썩 앉아 커피 주전자로 손을 뻗다가, 아버지가 카페인을 섭취하는 젊은 여성들을 어떻게 생각하는지 떠올렸다.

"흥분제는 정숙한 여성에게 어울리지 않아." 그는 이 말을 입에 달고 살았다.

"아버지 안 계실 때 커피를 새로 만들어 줄게, 캐서린." 어머니는 항상 이렇게 그녀를 달랬다. "조금만 참아. 아버지 모르게 마시면 돼."

캐서린은 손을 무릎에 내려놨다. 비록 아침 식사 자리에 늦었지만, 그녀는 몸에 꼭 맞고 밑단이 넓은 노란색 민소매 원피스를 입었고, 갈색 단발머리는 단정하게 손질되어 있었다. 어머니의 옷차림과 머리도 비슷했는데, 이 깡촌으로 끌려오기 전에 댈러스에서 미용실에 다녀온 덕분이었다. 반짝이는 연분홍 립스틱부터 굽낮은 구두까지, 두 여자는 똑같았다. 예외가 있다면, 피곤하기는 두 사람 다 마찬가지였지만 눈 밑이 늘어지고 콜드크림을 아무리 발라도 입가가 당기는 사람은 어머니뿐이라는 것이었다.

어쨌든 진 마틴 소령은 관심이 없었다. 그에게 중요한 것은 오로지 군대식 정확성이었다. 면직물이 칼같이 다림질되고 구두에 광택이 돌기만 하면 만족했다. 제복 속의 신체는 그저 이동 수단일 뿐이었다.

"네가 하루를 시작할 준비를 마친 걸 보니 기쁘다." 아버지가 그렇게 말하며 캐서린 앞에 놓인 자몽을 흘긋 바라봤기 때문에, 그녀는 식사 시간에 늦은 것은 용서받았다고 생각했다. "시내 구경 가려고?"

"그러려고요." 캐서린은 자몽 위에 설탕을 듬뿍 뿌리며 대답했다. 이 빌어먹을 과일을 도저히 참을 수 없었지만, 어머니는 살 빼는 효과가 있다고 장담했다. 다행히 설탕만 충분히 뿌리면 무엇이든 먹을 만해졌다. "어젯밤에 차를 타고 지나오면서 동네 도서관을 발견했어요. 우체국 맞은편의 귀여운 벽돌 건물 보셨어요? 그렇게 좋은 도서관이 있어서 놀랐어요. 셜리 잭슨 신간이 있으면 좋겠지만 너무 기대는 안 하려고요. 문명사회에서 동떨어진 이런 곳에서는 셜리가 누구인지도 모를 테니까요."

"우리가 남극에라도 온 줄 알아? 여긴 워싱턴 북부라고. 생각보다 활기찬 곳이야. 우리 중대만 해도 140명이 넘어."

캐서린은 이 말을 질책으로 받아들였다. "네, 아버지."

"누구나 탐내는 자리이고 우리 가족에게도 좋은 기회야."

"물론이죠, 아버지."

"너랑 엄마가 이 동네에 적응하는 대로 기지를 구경시켜 주마. 너도 마음에 들 거야."

캐서린은 얼굴이 찌푸려졌지만 아침 식사 탓인 척할 수 있었다.

"재밌겠어요. 감사해요."

사실 760호 레이더 기지를 구경 가는 것은 톱니가 붙은 자몽 숟가락으로 눈을 찌르는 것만큼 재미없겠지만 그렇게 말할 생각은 없었다. 미국 영토를 침범하는 적군의 비행기와 미사일을 감시하는 중요한 임무를 맡은 아버지 같은 사람에게는 레이더 스캐닝과 암호 해독이 큰 관심사겠지만, 캐서린은 그런 기술에 전혀 관심이 없었다.

좋은 책과 명랑한 친구, 그리고 (아, 제발 딱 한 잔이라도) 커피만 있으면 만족했다.

가엾은 아버지. 그는 늘 자신의 뒤를 이을 아들을 원했다. 자신보다 키가 크고, 비교가 안 되게 건장하고, 진공관과 방공 관제 지상 시설에 관심이 있는 아들. 하지만 그가 얻은 것은 캐서린뿐이었다. 작고 가냘프고, 셜리 잭슨의 신간 외에는 관심이 없고, 아침에 먹는 자몽 맛에 언제까지나 씁쓸해하는 캐서린.

아버지는 식사를 마치고 식탁에서 물러났다. "가봐야겠다. 기지까지 차로 30분 거리야. 첫날부터 늦으면 안 되지."

그는 몸을 숙여 먼저 캐서린의 어머니 뺨에, 다음에는 캐서린의 뺨에 입을 맞췄다. 아버지는 이렇게 작고 외딴 기지에도 조직할 새 시스템과 명령할 부하들이 있어서 설레는 모양이었다. 캐서린과 어머니는 별로 설렐 것이 없었다.

어머니는 짐을 모조리 풀고 정리해야 했기 때문에, 캐서린은 다시 원점으로 돌아왔기 때문에.

'이 도시 저 도시로 끊임없이 옮겨 다니면서 어떻게 내 삶을 설계할 수 있을까? 어디서나 잠시 머무를 뿐이라면 친구는 어떻게

사귀나?'

다행히도 한 가지 답은 쉽게 알 수 있었다. 마을은 생겼다가 사라지고, 사람들도 떠나기 마련이지만, 책 속에는 늘 친구가 있다. 그래서 도서관에 가기로 했다.

◆

캐서린은 집 안 정리를 어머니에게만 떠넘긴 것 같아 조금 미안했지만, 아침 마실을 기꺼이 포기할 정도는 아니었다. 더구나 이사 오는 길에 도서관을 발견했다. 도서관은 보안관 사무실, 우체국, 칙칙한 관공서가 모인 중심가 바로 옆에 있었다. 나중에 아버지는 이 건물들에 대해 짜증 날 만큼 상세히 설명해 줄 것이었다.

"자전거는 집 옆에 뒀다." 어머니가 앞치마를 허리에 두르고 '주방'이라 적힌 상자를 옮기며 말했다. "널 위해 특별히 가장 먼저 꺼냈단다."

"저, 나갔다 와도 괜찮겠어요?" 한 발은 이미 집 밖으로 내민 채 캐서린이 물었다.

어머니는 웃었다. 화사하고 쾌활한 웃음은 어머니의 가장 큰 매력이었다. 그렇게 엄격하고 완고한 아버지조차 그 웃음은 저항하지 못했다.

"내가 안 된다고 하면 어쩌려고?"

"애거사 크리스티를 빌려올게요." 캐서린이 약속했다. 어머니도 어둡고 피비린내 나는 살인 소설을 좋아했다. 차이점이 있다면 어머니에게는 아닌 척할 수 있는 지혜가 있다는 것. 캐서린의 고질적인 잘못(아버지에 따르면 그녀는 수많은 잘못을 저지르고 있었다)은 그녀가 지혜롭지도 않고, 아닌 척할 줄도 모른다는 것이었다.

그래서 캐서린은 미소 띤 얼굴로 뒤를 돌아보며 덧붙였다. "점심시간 지날 때까지 모른 척해주시면 애거사 크리스티 두 권이요."

어머니가 행주를 흔들었다. "그럼 세 시까지는 코빼기도 보이지 마."

두말하면 잔소리였다. 캐서린은 서둘러 집 밖으로 나가 어머니가 말한 자전거를 발견했다. 자전거는 집 외벽에 기대어 있었고, 앞에 달린 바구니에는 오늘 당장 도서관에서 책을 빌리지 못할 때를 대비해 그녀가 좋아하는 책들이 몇 권 담겨 있었다.

아버지가 레이더 기지의 새 지휘관으로 부임하면서 그들 가족이 살게 된 집은 매우 크고 새하앴으며, 시내에서 꽤 떨어져 있어 상당히 불편했다. 서로 관계없는 듯이 보여도 그 세 가지는 기지 사택의 가장 큰 특징이었다. 캐서린은 숱한 이사 경험으로 오래전부터 알고 있었다. 크기는 권력을 상징했다. 색은 구별의 수단이었다. 그리고 위치는 다른 하층민들과의 거리를 의미했다.

다행히도 캐서린은 바람 쐬러 나가는 것이 즐거웠다. 새 고향이 될 곳의 풍경과 소리를 감상하며 그녀는 가볍게 페달을 밟았다. 프레임에 다리를 걸치고 오른쪽으로 방향을 틀며, 눈으로 주위의 모든 것을 살폈다.

안타깝게도, 콜빌이라는 도시의 인상은…, 별로 좋지 않았다. 새로 정착할 곳이 어디인지를 들었을 때, 정말로 눈물이 났다. 트윈베드에 앉아 머리를 두 손으로 감싸 쥐고 가슴이 찢어질 듯 흐느껴 울었다. 지도 위의 콜빌은 숲 한가운데의 점, 아무것도 없이 황야와 숲으로만 둘러싸인 곳이었다.

캐서린은 황야를 좋아하지 않았다. 숲도. 생활의 범위가 집과 가족에 한정될 만큼 좁다면, 방공 사령부와 그곳에 평생을 바친 남자의 변덕에 의존해 살아야 한다면, 그 생활 위치가 중요했다. 댈러스와 그랜드래피즈 같은 도시에서는 적어도 문화를 접할 수 있었다. 연극과 영화, 가끔 오페라나 발레까지. 하지만 이곳에는 철물점, 사료 판매점, 구멍가게가 전부였다.

그래도 캐서린은 오늘 〈바스커빌가의 사냥개〉 포스터가 붙어 있는 작은 아르데코 양식의 영화관을 발견했다. '셜록 홈즈'가 등장하는 아서 코난 도일의 소설 전부를 통틀어 그녀가 가장 좋아하는 소설이었다. 포스터에 정신이 팔린 사이, 그녀는 쏜살같이 모퉁이를 도는 자동차를 미처 발견하지 못했다. 도서관으로 이어진 길로 접어드는 찰나, 빨간 머스탱 컨버터블이 휙 지나가며 그녀의 치마를 펄럭였다. 치맛자락이 자전거 바퀴에 걸리는 바람에, 그녀는 무슨 영문인지 깨닫기도 전에 바닥에 나동그라졌다.

"일어나지 마세요." 자전거 밑에서 나오려고 버둥대는 캐서린에게 낮고 거친 남자 목소리가 들렸다. 뒤통수가 욱신대고 피부가 벗겨진 듯 손바닥이 따끔거렸다.

"심하게 넘어졌네요." 남자가 덧붙였다.

"그쪽이 나를 쳤잖아요." 캐서린은 중얼거렸다. 남자는 마치 성냥개비처럼 자전거를 번쩍 들어 올렸다. 흩어진 책을 줍는 그를 지켜보다가, 캐서린은 그의 경고와 상관없이 머리를 싸쥐며 몸을 일으켰다. "무슨 경주에 참가한 선수인 줄 알았네요."

그는 대답 없이 손수건을 건넸다. 네모난 흰색 천은 깨끗했고 비누 향과 솔잎 향을 풍겼기에 캐서린은 주저 없이 그것으로 손을 닦았다.

자신을 칠 뻔한 남자를 자세히 보려고 고개를 들었다. 만약 이 남자가 이 지역 주민의 전형이라면, 그녀는 예상보다 훨씬 시골스러운 생활을 하게 될 것 같았다. 남자는 여섯 달쯤 산꼭대기에 살다가 막 내려온 듯한 행색이었다. 사람이라기보다 곰에 가까웠달까. 어깨는 넓고 가슴은 드럼통 같았다. 턱에는 수염이 듬성듬성 나 있었다. 그녀가 익히 보아온, 깔끔하게 면도한 군인들과는 거리가 멀었다. 아버지의 부대에 소속된 그 군인들은 하나 같이 앳된 얼굴이었고 체력보다는 과학과 기술에 관심이 많았다.

"어지러워서 그래요?" 남자가 물었다.

"아니요." 캐서린은 팔다리를 살살 움직여 보았다. "남의 안전을 배려하지 않는 난폭 운전자에게 부딪친 게 문제죠."

그는 다시 캐서린에게 손을 뻗었다. "자, 내가—"

"아니, 됐어요." 그녀는 자신의 혼을 빼놓은 살 떨리는 공포 대신 부글거리는 분노를 느꼈다. 길모퉁이에서 살해당하는 처녀들과 한밤에 출몰하는 악령들의 이야기를 아무리 좋아해도 자기 몸은 온전히 유지하고 싶은 법이다. "그 정도면 됐어요. 혼자 일어날 수 있다고요. 조금 긁히고 멍들었을 뿐이에요."

"자전거가 망가졌네요. 내 트럭 짐칸에 실어드릴 수 있는데—"

"뭐라고요?" 웃음이 나왔다. "가까운 절벽에서 나를 힘껏 밀치기라도 하려고요? 고맙지만 차라리 부서진 바퀴 두 개에 내 운명을 맡길래요."

그는 뒤꿈치에 체중을 싣고 이마를 숙인 채 캐서린은 살폈다. 화를 누그러뜨리는 그 표정에, 그녀는 아직 기회가 있을 때 도움을 청해야 하나 고민했다.

"당신 피는 깨끗하게 응고되고 있어요." 그가 말했다.

캐서린은 깜짝 놀랐다. "뭐라고요?"

그는 일어서서 피 묻은 손수건에 턱짓했다. "그건 가져도 돼요. 정말 괜찮아요?"

"괜찮다니까요." 대답은 그렇게 했지만 머리가 멍한 것이, 생각보다 세게 부딪친 것 같았다. 그나저나 이 남자가 조금 전에 한 말을 제대로 알아들은 건가?

"여기서부터 샛길을 따라가면 돼요." 그는 잠시 캐서린의 자전거를 바로 세우고 기어를 조절하더니 옆으로 비켜섰다. "이렇게 좁아터진 콜빌에도 자기가 대도시를 달리는 줄 착각하는 운전자들이 있어요."

그제야 캐서린은 길가에 서 있는 차가 빨간색도 아니고 머스탱 컨버터블도 아니라는 사실을 깨달았다. 먼지를 뒤집어 쓴 검정 포드 트럭의 범퍼에는 최근에 자전거와 부딪친 흔적이 전혀 없었다. 캐서린은 그에게 뭐라 말하고 싶었다. 미안하다고 해야 하나, 고맙다고 해야 하나? 하지만 그녀는 혀를 깨물고 입을 닫았다.

넘어져서 아직 넋이 나간 탓인지도 모르지만, 조금 전에 들은 말이 그녀의 뇌리 깊숙이에서 메아리치기 시작했다.

'당신 피는 깨끗하게 응고되고 있어요. …당신 피는 깨끗하게 응고되고 있어요.'

"저 곰 같은 사람이 방금 나한테 헤밍웨이를 인용한 거야?" 캐서린이 중얼거렸지만 남자는 이미 운전석에 올라타고 있었기 때문에 듣지 못했다. 애초에 대답을 기대하고 한 말도 아니었다. 그의 입에서 그런 말이 나온 것은 우연일 테니까. 원숭이들이 타자기를 두드리다가 기적 같은 확률로 셰익스피어 작품을 완성한 것 같은 우연.

하지만 그가 말하던 태도와 그녀의 책을 그토록 조심스레 줍던 동작을 생각하면….

캐서린은 고개를 저어 이 모든 생각을 떨쳤다. 남자가 무슨 짓을 했는지는 몰라도 덕분에 다시 탈 수 있게 되었다. 캐서린은 조심스럽게 안장에 올라타 작은 벽돌 도서관까지 남은 길을 천천히 이동했다.

설령 캐서린이 남자 만날 궁리만 하는 여자였더라도, 도서관에 도착해 마주한 광경은 그 남자에 대한 모든 생각을 단숨에 지워버렸을 것이다. 창문 앞에 세워진 것은 단순한 표지판이 아니었다. 새하얀 판지에 새겨진 검고 굵은 글씨가 그녀의 마음에 직접 말을 걸어왔다.

'직원 구함. 내부에 문의하세요.'

그녀는 망가진 자전거를 벽에 기대며 작은 비명을 내질렀다. 걸음은 뻣뻣했고, 손에는 아직 낯선 남자가 건넨 손수건이 쥐어져 있었지만, 그녀의 머릿속에는 오직 그 표지판만이 남아 있었다. 그녀는 도서관 계단을 서둘러 올라갔다.

어찌 남자 같은 한심한 대상에 눈을 돌릴 수 있겠는가? 그녀가 진짜로 보고 싶었던 건, 바로 책이었다.

5

클로이

"자, 우리 책 중에 지금 대출되지 않은 걸 다 가져왔어." 페퍼가 천으로 장정 된 낡은 책을 한 아름 안고 다가왔다. 그녀는 쿵 소리를 내며 그것들을 카운터에 떨어뜨렸다. 건더슨이 가까이 있을 때는 절대 하지 않을 행동이었지만 그는 이미 점심을 먹으러 가고 없었다. 대출 카운터의 시계에 따르면 그가 돌아오기까지 정확히 43분 남았고, 우리는 그 전에 모든 것을 제자리에 돌려놔야 했다. "《노인과 바다》랑 《누구를 위하여 종을 울리나》는 이동도서관 트럭에 있어. 나머지, 《태양은 다시 떠오른다》, 《호주머니 속의 축제》, 《가진 자와 못 가진 자》는 일반 서가에 있고."

나는 기다렸다는 듯이 표지를 펼치고 책장을 넘기기 시작했다. "대출된 책은 몇 권이야?"

"두 권 뿐이야.《무기여 잘 있거라》와《봄의 급류》." 페퍼는 잠시 말을 멈추고 코에 주름을 잡으며 곰곰 생각했다. "요즘도 헤밍웨이를 읽는 사람이 있는 줄은 몰랐네. 설마 재미로 읽는 건 아니겠지."

"시대를 초월해 공감을 느끼게 하니까." 나는《노인과 바다》첫 줄을 손가락으로 가리켰다. "'그는 홀로 조각배를 타고 멕시코 만류에서 고기잡이를 하는 노인이었다. 벌써 팔십사일 째 물고기를 한 마리도 잡지 못하고 있었다.' 이 문장만 봐도 아침마다 낚시를 가지만 아무것도 잡지 못하는 이 동네 술집 단골 세 사람이 떠오르잖아."

페퍼가 코웃음을 쳤다. "네가 말하는 단골 중 한 명은 프레디 윌슨 맞지? 그 사람이 아무것도 못 잡는 이유는 형 몰래 강가에 가서 대마초를 피우기 때문이야. 헤밍웨이 책에 어디 그런 얘기가 나오냐고."

나는 억지로 웃었지만, 책장을 훑으며 눈에 익은 두 가지 글씨체를 찾는 데만 정신이 팔려 있었다. 한 가지 글씨체는 재스퍼 홈스의 글씨체인 것이 확실했고, 다른 글씨체는, 죽어서 그의 정원에 묻힌 젊은 여자의 글씨체인지도 모른다.

뭐, 지나친 망상인지 몰라도 이 마을에서 적의 시체를 숨길 사람은 심술궂은 옆집 남자밖에 없었다. 내가 뼈를 찾아내지 못하더라도 분명 그의 벽장에 해골 한두 개쯤은 들어있을 거라 확신했다.

궁금해서 참을 수가 없었다.

"여태 한 번도 이런 생각을 못 하다니." 첫 번째 책을 옆으로 치우고 다른 책으로 손을 뻗으며 나는 쿡쿡 웃었다. "재스퍼는 내 동생들이 자기 정원을 미심쩍게 쳐다보기만 해도 무단 침입이라도 한 듯이 펄쩍 뛰잖아. 진작에 땅을 파봤어야 했어."

페퍼는 내 손에서 《태양은 다시 떠오른다》를 빼앗아 옆으로 던졌다. 내가 항의하려고 입을 열었지만 그녀가 먼저 말을 꺼냈다.

"그 책엔 아무것도 없을 거야. 기억나?《북회귀선》에 '헤밍웨이는 이제 그만'이라고 적혀 있던 거? 그러니까 같이 다른 책을 읽기로 했을 거야. 더구나 이 책은 90년대에 나온 판본이잖아. 죽은 여자가 여기다 글을 썼을 리는 없지."

나는 그녀의 손에서 책을 다시 빼앗았다. "그래도 확인해 볼래. 1초면 되잖아."

1초밖에 걸리지 않았지만 페퍼 말이 옳았다. 책 속에는 리터당 0.45달러였던 시절에 휘발유 60리터를 주유했다는 영수증밖에 없었다. 겨우 0.45달러? 사람들은 옛날이 얼마나 좋은 시절이었는지 모른다. 오늘 아침에만 해도 나는 같은 양에 그 돈의 세 배 가까이 썼는데. 머지않아 기름을 채우기 위해 난소를 팔아야 할 때가 올지도 모른다.

"소용없는 짓이야." 페퍼가 대출 카운터에 올라앉으며 말했다. 역시 건더슨이 없을 때만 하는 행동이었지만, 지금은 도서관에 아무도 없으니 상관없었다. "의문의 두 연인이 이 도서관에서 빌린 헤밍웨이를 두고 대화를 주고받았다 쳐도, 세월이 이렇게 지나도록 책이 남아 있을 가능성이 얼마나 될까? 책에다 메모를 남겼을 가능성은? 어제 우리가 다른 책들이랑 같이 버렸을지도 모르는데."

나는 고개를 저었다. "아니, 내가 어제 버렸던 책 중에 헤밍웨이가 있었으면 기억 못 할 리 없어." 그리고 그런 게 있었다면 그 책도 당연히 경매 사이트에 내다 팔려고 했을 것이다.

내 마음 깊은 곳에서는 재스퍼의 절절한 사랑의 흔적을 찾느라 도서관의 책을 모조리 뒤지는 것이 시간 낭비라고 느끼고 있었다. 그가 사람을 죽였다는 건더슨의 주장에 신빙성이 거의 없다는 것도. 그래도 뭔가 이상한 일이 있었을 거란 느낌은 떨칠 수 없었다.

내 마음을 꺼내어 현미경으로 들여다보아도 내가 왜 이러는지 확실히 알 수 없을 것이다. 호기심이 고양이를 죽인다는 말도 있지만 오로지 흥미에 이끌린 측면도 있다. 하지만 나의 이런 열정에는 특별한 동기가 있다는 생각도 들었다. 고독한 심술쟁이 재스퍼 홈스가 한때 정신없이 사랑에 빠졌고 그 사랑이 문학을 매개로 했다는 사실이 내 마음 깊은 곳을 건드렸다. 뭐, 나 역시 고독한 심술쟁이라서는 아니다.

그 이유가…, 다는 아니라는 뜻이다. 살아 숨 쉬고 활기 넘치는 세 아이에게 끊임없이 시달리다 보면 외로워지기 어렵다. 하지만 이런 상황에서 외롭지 않기도 어렵다. 우리 엄마가 잠시라도 위안을 얻을 수 있는 잘생긴 얼굴을 습관적으로 찾아다닌 데는 다 이유가 있다.

"아무래도 네가 그 수표를 현금 2만 달러로 바꾸고 나서 무슨 일이 생기는지 봐야겠다." 페퍼의 미소는 항상 나를 현실로 돌아오게 한다. "재스퍼가 그 사실을 알았을 때 삽을 들고 너를 찾아간다면, 살인자라는 게 확실해지겠지."

"참 좋은 생각이네. 고맙기도 해라." 나는 헤밍웨이의 책을 계속 뒤적이며 말했다. 끝까지 책장을 넘겼더니 손은 먼지투성이가 되었지만 답에는 조금도 가까워지지 못했다. 내가 찾는 메모는 대출된 두 권 중 한 권에 있거나, 페퍼의 직감대로 오래전에 사라졌나 보다.

"그럼 이제 어쩌려고?" 페퍼가 물었다. "내가 너를 잘 알지. 의문을 철저히 풀 때까지 절대 그만두지 않을 거잖아."

"우리, 관점을 좀 바꿔야겠어." 나는 다시 해결사 모드로 전환하며 말했다. "정말로 60년대에 실종된 여자가 있다면 우리도 한 번쯤은 들어봤어야 하지 않나? 특히 그 여자가 레이더 기지랑 관계가 있었다면? 전국이 떠들썩했을 사건 아냐?"

페퍼는 어깨를 들썩였다. "당시에는 알려졌을 수도 있지. 경찰 기록이 남아 있을지도 몰라. 기지가 폐쇄되면서 마을 사람들이 그 일에 관심을 끊었을 거고. 그런 사건이 있었다고 쳐도 기지와 함께 봉인되어 잊혔을 거야."

그럴듯했다. 콜빌에서 자란 사람이라면 누구나 마을에서 약 30킬로미터 떨어진 곳에 있던 레이더 기지에 대해 알고 있다. 한국전쟁 때 미군 경보시스템의 일부로 사용되다가 60년대 초반에 폐쇄되었다. 진주만 공습의 악몽이 재현될 것을 우려한 정부는 막대한 예산을 들여 모든 국경 근처에 경보시설을 설치했다. 피해가 발생하기 전에 다가오는 위험을 포착하는 것이 목표였다.

내가 알기로 그 기지는 고작 10년 남짓 존재했지만 지금까지 흔적이 남아 있다. 방치된 구조물 인근에는 10대 아이들, 서바이벌 게이머들, 그라피티 화가들이 주로 출몰했다. 뿐만 아니라 이

지역에는 공군 생존 훈련 학교도 남아 있었다. 공군은 조종사가 강제 착륙할 수 있는 주위 환경에 매료되어, 이곳에 영구 훈련 시설을 세웠다.

"너도 나랑 같은 생각을 하고 있니?" 내가 불쑥 물었다.

페퍼는 슬며시 웃으며 손가락 마디를 꺾었다. "네 생각이 마이크로필름 10년 치를 뒤지는 거라면, 맞아. 안 그래도 요즘 들어 사서의 역량을 제대로 발휘할 기회가 없었거든. 사람들이 문서를 프린터로 전송하는 방법밖에 묻지 않아서."

나는 깔깔대며 서가에 돌려놓을 책을 쌓기 시작했다. 인정하기기 싫었지만 페퍼는 그런 조사에 나보다 적합했다. 사실 그녀는 거의 모든 면에서 나보다 나은 사서였다. 학위를 취득했을 뿐 아니라 최신 기술에 대해서도 잘 이해하고 있었다. 나는 서가를 채울 줄만 알았지 디지털 시대에 적응하는 데 필요한 교육은 항상 따라가기 버거웠다.

물리적으로도, 재정적으로도, 감정적으로도.

전자책 대출이나 온라인 콘텐츠 관리에 관심을 갖고 싶었다. 진심으로 그랬지만, 잠도 충분히 자고 싶었다. 반면에 페퍼는 하기 싫은 일은 절대 하지 않는다. 나는 그녀를 질투하지 않을 수 없다. 시애틀 연구 도서관의 자리를 거절하고 이동도서관을 선택하다니. 친밀한 사람들의 삶의 이야기가 펼쳐지는, 소극장의 작은 무대 같은 이곳이 페퍼는 더 좋았던 것이다.

지금 생각해 보면 페퍼가 초등학교 시절부터 나와 붙어 다닌 이유도 그 때문이었던 것 같다. 내 삶은 잉태된 순간부터 낱낱이 공개됐으니까.

그런 우울한 생각에 깊이 빠지려는 순간 전화가 울렸다. 내가 수화기를 집기 전에 페퍼가 카운터에서 뛰어내려 손을 뻗었다.

"콜빌 공공 도서관입니다. 어니스트 헤밍웨이의 책을 추천해 드려도 될까요? 좋은 독자를 찾는 책이 여러 권 있는데요."

"페퍼!" 나는 그녀의 다리에 장난스레 발길질하며 소곤거렸다. 페퍼는 옆으로 살짝 피했다. "건더슨이 확인차 전화한 거면 어쩌려고?"

"아니, 그 아이가 뭘 어쨌다고요?" 페퍼가 나를 휙 보고 등을 돌렸기 때문에 통화 내용을 들을 수 없었다. 나는 그 행동의 의미를 알았다. 동생들의 양육권을 갖게 된 직후에, 나는 트릭시가 같은 행동을 하는 것을 간혹 보았다. 전화가 걸려 오면 전부 엄마라고 기대하기 때문이었다. 우리에게 저지른 잘못을 용서받기 위해 엄마가 눈물 어린 사과와 타당한 해명을 하려고 전화를 했다면?

엄마는 단 한 번도 전화하지 않았지만, 트릭시는 전화벨만 울리면 받으러 달려갔다. 트릭시의 고통을 덜어주기 위해 내가 재깍 달려가기도 했다.

"나한테 수화기 넘겨." 페퍼의 얼굴 앞에서 내가 손짓했다. "테오가 무슨 사고를 쳤는지 몰라도, 불을 질렀을 때만큼이야 할까—"

"네. 알겠어요. 네." 페퍼는 내 말을 무시한 채 짧고 간결한 대답을 이어갔다. "바로 갈 거예요. 1층이라고요? 구급차 주차장 옆이요?"

구급차라는 단어를 듣자 속이 뒤틀렸다.

"지금은 점심시간이야." 나는 이렇게 따졌다. 누구에게 따지는지 알 수 없었지만, 꼭 말해야 한다고 느꼈다. "테오가 학교에 있을 시간이라고. 그렇다면 안전하잖아. 감독자 없이 아이들에게 과학 실험 도구를 맡기지는 않을 거 아냐."

페퍼는 전화를 끊고 나를 돌아보았다. "이번에는 테오가 아니야. 누들이야." 그녀의 입술이 심각하게 일그러지자 내 뱃속의 뒤틀림이 덜컥 멈췄다. "너 당장 병원에 가봐야겠다."

◆

병원은 도서관에서 직선거리로 1.5킬로미터도 되지 않았다. 직선거리를 택하지 않았는데도 순식간에 도착했다.

"누들, 아니 앨로이시어스 샘슨 때문에 왔어요." 가장 먼저 눈에 띈 수술복 차림의 여자에게 달려가 숨을 헐떡이며 말했다. 열여덟 살쯤 되어 보이는 그녀는 나만큼이나 의학과 거리가 멀어 보였다. 하지만 '의사 러티샤 언더힐'이라는 이름표만으로 믿음을 주기에 충분했다. "열두 살이고, 빨강 머리에, 키는 별로 크지 않고—"

그녀는 손을 들어 내 말을 끊었다. 그러면서 미소를 지었기 때문에 나는 말을 그치지 않을 수 없었다.

"그 아이 누나군요." 그녀는 외모만큼이나 앳된 목소리를 냈다. "머리 보니까 알겠네요."

"누나면서 법정 보호자예요." 나는 혼선을 없애려고 바로잡았다. 내 머리에 손을 얹고 싶은 충동도 참아야 했다. 불타는 빨강 머리는 소설에서 항상 매력적인 특징으로 묘사되지만 실제로는 그렇지 않았다. 우리 가족이 길에 나서면 사람들은 아주 멀리서도 알아보곤 한다. "아이는 괜찮나요? 무슨 일이에요? 왜 학교에 있지 않고요? 무엇 때문에—"

"진정하세요." 그녀는 미소를 거두지 않았다. "아이는 괜찮아요. 다리가 부러졌을 뿐이죠."

무릎에 힘이 풀렸다. "다리가 부러졌을 뿐이라고요?"

"옆구리에 타박상도 있지만 아이들은 금방 회복되니까요. 며칠쯤 낭떠러지에서 떨어진 듯이 아프겠지만 그거야 뭐, 진짜 낭떠러지에서 떨어졌으니까요."

관절에 힘이 빠지는 증상이 나머지 팔다리로 번졌다. "좀 앉아야겠어요."

"그래야겠네요." 뒤에서 쾌활한 남자 목소리가 들렸다. "얼굴이 새하얗게 질렸어요."

의자가 내 밑에 나타난 것을 나는 보았다기보다 느꼈다. 고마운 마음에 그것이 어떻게, 왜 나타났는지는 생각지 않고 털썩 주저앉았다.

어린아이들이 아프고 다치는 거야 전혀 새로울 게 없었다. 언젠가 트릭시는 스테이션왜건 문짝에 머리를 세게 부딪쳐 뇌진탕을 일으키고 다섯 바늘을 꿰맨 적이 있다. 누들은 인후염이 하도 잦아서 약사에게 항생제 처방전을 가져갈 필요조차 없다. 그리고 테오는…. 순서와 관계없이 열거하자면 테오는 눈썹과 속눈썹을 태워 먹었고(두 번), 새끼손가락 끝부분 1/4을 잘랐으며(녀석은 그것이 사고라고 주장한다), 싸늘한 금속 기둥에 혀가 들러붙은 적도 있다(역시 두 번).

하지만 내 기억에 아직 낭떠러지에서 추락한 아이는 없었다. 특히 누들은.

"참 의젓한 친구던데요." 남자 목소리가 다시 들렸다. 이번에 그는 내 앞에 쪼그려 앉았다. 머리부터 발끝까지 위장복 차림으로, 무릎까지 올라오는 가죽 부츠를 신고, 짚으로 엮은 것 같은 망토를 두르고 있었다. 턱은 닷새쯤 길렀을 검은 수염으로 거칠었고, 니트 모자 밑의 머리카락은 무슨 색인지 알 길이 없었다. 냄새도 겉모습과 일치했다. 옷에서 뭐라 설명하기 힘든 나무껍질과 흙냄새를 풍기고 있었다.

"공군 생존 학교에서 오셨군요." 나는 하나 마나 한 소리를 했다. 누가 봐도 뻔한 사실이었기 때문이다. 그야말로 비행기를 몰다가 추락한 공군 조종사들에게 기지와 끈 하나로 살아남는 법을 가르칠 사람의 모습이었다.

"어떻게 알았어요?" 그는 때 묻은 피부와는 딴판으로 하얗고 가지런한 치아를 드러내며 웃었다. "아니, 대답하지 말아요. 당신, 많이 놀란 것 같으니까. 지금 뭔가 후회할 말을 하면 내가 앞으로 끝없이 놀려댈 거고, 결국 우리 결혼 50주년 때 손주들한테도 전부 말해줘야겠죠. 안 봐도 눈에 선하네요."

조금 전까지 내 생각이 혼란스러웠다면, 지금은 완전히 뒤죽박죽이었다. "우리…, 손주라고요?" 나는 얼빠진 시선을 의사에게 돌리며 말했다. 그녀는 알 만하다는 듯 미소 지었지만, 이 남자는 세상에 아무 걱정도 없고, 사랑하는 형제도 하나 없는 사람처럼 웃어젖혔다.

"앨로이시어스가 당신을 나와 결혼시키기로 했대요. 내 일 처리 방식이 마음에 든다면서요. 당신 인생에 도움이 될 거래요."

이번에 남자는 좀 더 부드럽게 웃어 보였다. 멋진 미소였다. 비록 자연인의 행색에 가려졌지만 나는 그가 끝내주게 매력적이라는 것을 깨닫기 시작했다. 동시에 부아가 치밀었다. 그의 말은 내 힘으로 모든 일을 제대로 해낼 수는 없다는 뜻으로 들렸다.

나는 분명히 일을 처리하고 있다. 항상 일을 처리한다. 생판 모르는 사람이 나를 움직이게 하는 유일한 동기를 빼앗으려 하다니.

내 불쾌감을 눈치챘다 쳐도 남자는 내색하지 않았다. "앨로이시어스를 실망시킬 순 없으니까 당신이랑 정식으로 약혼해야겠어요. 괜찮죠?"

가슴속의 괜한 설렘은 무시하고, 중요한 문제에 집중했다. "그러니까, 그 애가 그런 말을 했다고요? 진짜 그런 말을 입 밖으로 꺼냈다고요?"

"같이 산을 내려오면서 즐겁게 대화를 나눴어요. 내가 그 집 개를 훈련시키는 요령도 몇 가지 알려줬고요." 그는 몸을 앞으로 기울이며 눈을 찡긋했다. 윙크를 한 것이다. 여든 살 미만의 남자가 그런 행동을 하는 것은 처음 보았다. "우리끼리 하는 말이지만, 늙은 불도그에게는 개가 진짜 하고 싶어 하는 것 이외의 재주는 가르치기 힘들어요. 하지만 그런 경험이 앨로이시어스에게 나쁠 것은 없죠. 구미베어한테도 마찬가지고요."

나는 그에게 눈을 부라렸지만, 내 가슴은 미친 듯이 두근거렸다. 이번에는 이 남자 때문이 아니라 그의 입에서 나온 말 때문이었다. 누들은 최소 3주 동안 누구와도 이야기하지 않았는데.

얼떨떨한 나의 침묵을 걱정으로 받아들였는지, 남자는 양손으로 내 손을 잡고 쓰다듬었다. 그러다 자기 손바닥에 묻은 흙을 내 손으로 옮기고 있다는 사실을 깨달은 모양이었다.

"아이는 괜찮아요. 진짜로요. 겁은 좀 먹었지만 씩씩해요. 마침 내가 그쪽에 있었으니 운이 좋았죠. 그쪽 숲에는 인적이 드물거든요. 누가 찾으러 가지 않았다면 한참이나 쓰러져 있어야 했을지도 몰라요."

"잭 말이 맞아요. 운이 따라줬어요." 의사가 반대편 복도 쪽으로 고갯짓했다. "동생 보러 갈래요? 안정을 취해야 하지만, 낯익은 얼굴을 보면 반가워할 거예요. 의사와 간호사들이 귀찮게 해서 짜증이 난 것 같아요."

"애가 낯을 가려서요." 내가 일어서며 말했다. 내 발치에 무릎을 꿇고 있던 잭도 함께 일어났다. 그는 15센티미터쯤 위에서 나를 굽어봤다. 나는 그를 올려다보며 침을 꿀꺽 삼켰다. "평소에는 좀 그래요. 그쪽한테 뭔가 특별한 능력이 있나 봐요."

"내가 좀 그렇죠." 잭이 쾌활하게 대꾸했다. "숲에 누가 우연히 풀어놓은 요정이랄까? 그나저나 꼴이 이래서 미안하네요. 당신 동생을 지체없이 안전한 곳으로 이송하느라."

누들의 아찔한 사고를 떠올리자 내 뺨에 열이 올라왔다. 이 남자도 봤을 것이다. 주근깨투성이의 내 얼굴에는 흰 카펫에 쏟은 포도즙처럼 홍조가 유난히 두드러졌다. 하지만 그는 유쾌하게 경례를 한 다음 양손을 주머니 깊이 찔러 넣을 뿐이었다. 그는 휘파람을 불며 힘차게 멀어지다가 딱 한 번 멈춰 서서 나를 돌아보며 눈을 찡긋했다.

그러고는 병원의 미닫이문으로 자취를 감췄다.

"저 사람은 누구예요?" 소독약 냄새를 풍기는 복도를 지나가며 의사에게 물었다. 앳된 얼굴과 어울리지 않게, 그녀는 할 일은 넘치고 시간은 모자란 사람 특유의 절도 있고 날랜 발걸음으로 움직였다.

"누구요? 잭이요?" 그녀는 웃으며 내게 셔츠에 꽂는 방문증을 건넸다. "한 1년 전부터 공군 생존 학교에서 강사로 일하고 있어요. 우리가 응급 구조를 할 때 가끔 도와주기도 하고요. 내가 아는 가장 유능한 사람이고, 응급 상황에 아주 뛰어나죠. 혹시 눈치 못 챘나 해서 알려드리는데, 구제 불능의 바람둥이고요."

그녀는 마지막 부분을 말하며 나를 곁눈으로 흘끔거렸다. 내게는 그런 경고가 필요치 않았다. 내 인생은 시시했지만, 인생이 내게 장난스레 윙크한다면 위험 신호라고 인식해야 했다. 그 잭이라는 남자는 확실히 사악한 기운을 풍겼다.

"그 사람이 오늘 누들의 목숨을 구한 건 맞죠?" 내가 물었다.

의사의 미소가 사라졌다. 그 순간 그녀는 스무 살은 더 들어 보였다. "그렇다고 봐야죠. 아직 9월이지만, 잭이 당신 동생을 발견한 숲에는 이 시간에도 볕이 잘 들지 않아요. 누들이 우연히 잭의 눈에 띄지 않았다면 아주 춥고 힘든 밤을 견뎌야 했을 거예요."

닫힌 문으로 다가가며 나는 알겠다는 듯이 고개를 끄덕였다. 척추를 타고 내려가는 전율을 참으려 해도, 목덜미에 올라오는 소름을 숨길 수는 없었다. 이 주의 이 지역에서 '아주 춥고 힘들다'는 영하의 기온을 뜻했다. 곰들이 동면을 앞두고 음식을 뱃속에 열심히 채워 넣을 시기라는 뜻이었다.

그 밖에 몇 가지 의문이 혀끝을 맴돌았다. '이 의사는 누들이 숲속에서 혼자 무엇을 했는지 알까? 누들이 추락한 절벽의 높이는 얼마나 될까? 병원비는 어떻게 감당해야 할까?' 하지만 동생의 병실로 들어서는 순간 그런 생각은 싹 달아났다.

"누들!" 병원 침대에 누운 그 아이는 무척이나 작아 보였다. 무릎 밑으로 깁스를 하고 허리에는 붕대가 단단히 감겨 있었다. 얼굴에 멍이 들고 입술 위쪽도 찢겨 있었다. 작은 얼굴에 어찌나 비통한 표정을 짓는지 도저히 내 입으로 꾸짖는 말을 할 수 없었다. 누들은 이미 충분히 벌을 받았다. "무사해서 다행이야."

누들을 껴안으러 달려갔지만 그 아이는 손을 쳐들어 나를 막았다. 자기식 애정 표현을 선호하는 아이였기에 나는 얼른 멈추었다.

"다리가 부러졌어." 누들이 말했다. 너무 침통한 말투에 마음이 찢어질 것 같았다. 어린아이가 누들처럼, 우리 형제자매들처럼 세상의 온갖 짐을 짊어지는 건 부당했다. "숲속에서 달리다가 넘어졌어."

"알고 있어." 침대 옆에 놓인 의자에 앉으며 말했다. "다시는 그러지 마, 알겠지? 이제부터 뼈를 부러뜨리는 건 전부 테오에게 맡기자. 연습도 훨씬 많이 했으니까."

의사는 웃었지만 누들의 얼굴에는 희미한 미소조차 떠오르지 않았다.

"더 안 좋은 게 있어." 누들이 내게 말했다.

죽을 뻔한 경험과 관련 비용 일체보다 더 나쁠 게 어디 있겠나 싫었지만, 그 말을 꺼내지는 않았다.

"무슨 일이 있어도, 어떤 문제가 생겨도 함께 이겨내자." 누들의 손을 쥐며 말했다. 그 아이의 손가락은 내 손가락 위에 힘없이 놓였다. 나는 살며시 힘을 주었다. "괜찮아, 누들. 그냥 사고였을 뿐이야."

"아니, 그렇지 않아." 누들이 손을 떼자 온기가 남았다. "나는 학교에서 달아나고 있었어. 어떤 애를 세게 때려서 정학을 당했거든. 한 달 동안 학교에 못 돌아가."

6
클로이

"좋은 소식부터 들을래, 나쁜 소식부터 들을래?"

반은 색이 날아가고 반은 페인트가 남아 있는 현관문을 열자마자, 페퍼가 나를 휙 스치고 집 안으로 들어왔다. 그녀를 보자 안도감에 울음이 터질 뻔했다.

그럴 뻔했다. 이 집에서 더 이상 질질 짤 수는 없다. 트릭시는 학교에서 돌아와 내가 누들을 침대에 눕히는 것을 본 이후로 시도 때도 없이 불안한 정서를 드러냈다. 딱 트릭시다운 방식으로 이를 갈고 손을 비트는 등 인간이 저렇게까지 할 수 있나 싶을 만큼 과장된 반응을 보였지만, 예상 못 한 바는 아니었다. 솔직히 말해, 나도 이 갈기 정도는 하고 싶었다.

다행히 테오는 울지 않았지만, 누들에게 사고에 대해 시시콜콜 캐물었다. 누들은 다 이야기해 주었다. 그중에는 큰누나인 나는 절대 들어서는 안 될 이야기도 있었다. 무엇보다 15미터 높이에서 계곡으로 추락한 후, 떨어진 바위에 눌려 계곡 바닥에서 옴짝달싹 못 했다는 이야기가 그랬다.

"어떤 소식도 듣고 싶지 않아." 나는 페퍼를 거실로 데려가며 말했다. 집은 전보다 훨씬 어질러져 있었지만 페퍼만큼은 나를 흉보지 않을 거라 믿었다. "일단 독한 술을 마시고 나서, 푹 자고 싶어."

"너희 집에는 독한 술이 없다며. 지난번에 산 보드카는 테오가 냉장고에서 꺼내 화염병 만드는 데 썼잖아."

"아니거든." 컴퓨터 화면에 정신이 팔린 테오가 화면에 시선을 고정한 채 말했다. 이 아이는 지난 3년 동안 마인크래프트 게임에서 똑같은 요새를 건설하면서도 지칠 줄 몰랐다. "에탄올 로켓을 만들었어. 그건 다른 거야."

페퍼는 손을 뻗어 테오의 머리를 헝클었다. "이런 말을 하기는 싫지만, 꼬마야. 네가 뭐라고 부르든 불꽃은 불꽃이란다."

테오가 씩 웃으며 그녀를 돌아봤다. "얼마나 멋있었다고. 연료가 실제로 보이지도 않는데 공중에서 불타올랐어. 내가 지하 용암동굴 만드는 거 보여줘?"

"절대 안 그래도 돼." 페퍼는 온화하게 말했다. "마인크래프트를 하는 것보다 더 나쁜 건 다른 사람이 하는 걸 지켜보는 거야. 우리 환자는 어땠어?"

나는 엄지로 어깨 너머를 가리켰다. "트릭시가 남자애들 방에서 《반지의 제왕》을 읽어주고 있어. 뭐, 도움을 주려는지 고문을 하려는지 헷갈리지만."

"그 1200페이지짜리 벽돌 책?" 페퍼가 진저리를 쳤다. "고문이 틀림없어. 진짜 듣기 싫어? 좋은 소식도?"

나는 테오를 흘끔 보았다. 혀끝을 빼물고 집중하고 있었다. 얼핏 보면 게임에 몰두하는 것 같지만 꼭 그렇지는 않았다. 이 아이는 왕성한 두뇌로 12가지 일을 동시에 해낼 수 있었다.

나는 푹신한 헤드폰을 테오의 귀에 씌우고 페퍼를 소파로 이끌었다. "테오는 하려고만 하면 입 모양을 읽을 수 있어."

나쁜 소식과 나는 오랜 친구였기 때문에, 페퍼가 입을 열기 전에 선수를 쳤다. "나쁜 소식은 말 안 해도 돼. 한 시간쯤 전에 회사 이메일을 확인했거든. 건더슨이 나더러 근무 중에 이탈해서 매우 실망스럽대."

페퍼가 움찔했다. "그 사람이야 원래 규정에 목을 매니까."

"알아. 더 나쁜 게 뭔지 알아? 누들의 정학 기간 동안 건더슨의 아내가 누들을 보살펴주겠대."

"아."

나는 고개를 끄덕이며 소파 쿠션에 편안히 파묻혔다. 페퍼라는 친구가 있어서 가장 좋은 점은 행간의 의미를 설명할 필요가 없다는 것이었다. 좋아하는 책의 여백에 휘갈긴 메모처럼, 그녀와 내게는 우리만의 의사소통 방식이 있었다. 어릴 때 우리에게는 버려진 레이더 기지에서 주운 군용 무전기 세트도 있었다. 우리 집 사이의 거리에 비해 무전기의 통신 범위는 매우 넓었다. 그 말은 우리가 밤중에 하디 형제(청소년 미스터리 소설 시리즈 《하디 보이즈》에 등장하는 주인공 형제 - 옮긴이) 중 누구와 결혼할지를 주제로 대화를 나눌 때, 간혹 사냥하러 갈 장소나 낚싯배를 타러 갈 시간을 상의하는 사람들이 끼어들기도 했다는 뜻이다.

"어쩔 거야?" 페퍼가 물었다. 그녀는 문이 닫힌 남자아이들의 침실을 흘끔 보았다. 저음으로 간달프 흉내를 내는 트릭시의 목소리가 들렸다. "정학 처분 말이야."

나는 힘없이 손을 펼쳤다. 건더슨의 아내 곁에 있느니 누들은 차라리 300명 앞에서 〈재버워키(소설 《거울 나라의 앨리스》에 등장하는 시로, 저자가 새로 만든 무의미한 단어가 가득해 기괴하고 난해하다. - 옮긴이)〉를 암송하는 쪽을 택할 아이였다. 뱁스는 좋은 여자였고, 초등학교에 다니는 세 아이는 사랑스러웠다. 하지만 누들은 그냥 성격이 내향적일 뿐이라고 내가 아무리 설명해도, 뱁스는 누들에게 늘 지나치게 또박또박하고 느릿느릿하게 말을 걸었다. 그것만 봐도 그녀가 누들을 어떻게 생각하는지 명확했다.

"누들은 집에 혼자 있을 수 있다고 우기지만, 누가 안 도와주면 화장실도 못 가잖아. 물론 트릭시와 테오가 서로 집에 있겠다고 나서지만, 트릭시는 토론 연습이 있고 테오는…."

우리는 내 동생 테오가 살기등등한 괴성을 지르며 픽셀 이미지의 소를 도살하고 있는 곳을 슬쩍 돌아봤다.

페퍼가 깔깔 웃었다. "네가 이 집 진입로를 벗어나기도 전에 테오가 집을 깡그리 태워버리겠지?"

나는 저녁 내내 뱃속을 괴롭히던 불안의 응어리를 무시하고 페퍼의 웃음소리에만 집중했다. 이런 상황에서도 페퍼가 재미있는 점을 발견했다면, 나 역시 못 할 것 없었다.

"내일 해 뜨자마자 학교에 전화해서 누들을 학교에 돌려보낼 방법을 찾아야겠어. 누들은 무슨 일이 있었는지 절대 얘기를 안

할 거란 말이지. 다른 남학생을 때렸다는 말만 들었는데 학교는 폭력을 절대 용납하지 않으니까 말이야." 테오가 듣는 것 같지는 않았지만 나는 속삭이듯 목소리를 낮췄다. "가엾은 누들. 그래서 그렇게 쏜살같이 숲으로 달려 들어갔구나. 한번은 그네 타는 테오를 실수로 너무 세게 밀어서 코가 부러질 뻔한 적도 있잖아. 기억나?"

페퍼는 고개를 끄덕였다. "그때 누들이 한 사흘쯤 테라스 밑에 숨어서 안 나오려고 했었지?"

"굶어 죽을까 봐 우리가 참치샌드위치를 넣어줬잖아. 테오의 멍든 눈을 볼 때마다 얼마나 눈물을 짜는지." 오래된 일이었지만 지금 생각해도 웃음이 났다. "그 와중에 테오는 반대쪽 눈도 똑같이 멍들게 해달라고 애원했고."

우리는 앉아서 내가 가진 선택지를 하나씩 소거했다. 뱁스에게 맡기는 것은 당연히 안 될 일이었다. 누들을 집에 혼자 둘 수도 없고, 일터로 데려가는 것 또한 불가능했다. 앞으로 몇 주는 내가 병가를 낼 여력도 없다. 건더슨은 내가 자기 아내의 제안을 거절하고 집에 있겠다고 하면 상처받을 테고, 사실 유급 병가도 남지 않았다.

"할머니는 잘 계셔? 내가 할리퀸을 잔뜩 훔쳐드렸으니까 내게 빚이 있으신 거잖아…."

"미안하지만 안 되겠어. 할머니는 다음 주 내내 스포캔에 계실 거야. 의사를 만나신다고."

"혹시—" 내가 입을 열었지만 페퍼는 고개를 저었다.

"그냥 정기 검진이야. 별일 아니고."

"그렇다면—" 나는 다시 말을 꺼내려 했다. 이번에, 페퍼의 경고는 협박에 가까웠다.

"하지 마, 클로이. 내가 말만 꺼내도 할머니는 버럭하실 걸. 내가 한 말은 전부 못 들은 걸로 해줘."

내 속에 쌓이고 있는 담장에 뜨거운 좌절의 벽돌을 얹었다.

로니가 갑상샘암 투병 중이라는 건 나도 잘 알지만, 파쿠타스 가족은 처음부터 내가 어떤 식으로든 도움을 주려 하면 완강히 거절했다. 스포캔의 전문의에게 차로 모셔다드리겠다는 제안도 소용없었고. 병문안을 오는 손님에게 대접할 요리를 만들어 주겠다는 제안도 거부당했다. 동네를 산책하다가 우연히 꺾은 야생화가 아닌 한, 꽃다발도 못 가져오게 했다.

'지금도 동생들 보살피느라 정신을 못 차리잖아.' 로니는 이렇게 말했다.

'거기서 뭘 더 어떻게 신경 써.' 페퍼는 이렇게 덧붙였다.

물론 틀린 말은 아니지만, 그런 말을 듣는다고 기분이 나아지지는 않았다. 요즘 페퍼와 내 사이는 거의 일방적이었다. 나는 받고 또 받고 받기만 했다. 우리 집 아이들이 고등학교를 마치고 제 발로 설 수 있을 때까지 나는 받기만 해야 할까.

우리는 다시 침묵에 빠졌다.

"내가 휴가를 쓸 수도 있어." 페퍼가 입을 열었지만 나는 단호히 고개를 저으며 말을 끊었다.

"어림없는 소리. 누들은 내가 책임져야지."

다시 입을 닫았다.

이번에는 지갑에 들어있는 긴급 전화번호가 떠올랐다. 도서관 대출 시스템에서 발견한 아홉 자리 숫자로, 동생들에게는 아직 알려주지 못했다. 걸어보지 않아서 우리 엄마 번호가 맞는지도 확실치 않지만, 기록에 따르면 러베나 샘슨은 윌리엄 골드먼의 《프린세스 브라이드》를 전국의 여러 도서관에서 최소 일곱 번은 빌렸다.

우리 엄마가 가장 좋아하는 책이었다. 우리 둘뿐이던 시절, 우리가 함께라면 세상에 두려울 게 없다면서 엄마가 읽어주던 책. 나는 모험과 풍자가 가득하고 일곱 살 아이의 머리로는 이해하기 어려운 다층적인 서사를 지닌 그 책이 좋았다.

그 책은 내 침대 밑에 처박힌 엄마의 소지품 상자에 지금도 들어 있다. 엄마가 일부러 책을 두고 갔다고 생각하고 싶었다. '삶은 공평하지 않다. 죽음보다는 좀 더 공평할 뿐이다'라는 교훈을 내게 일깨우려고. 하지만 사실은 그저 짐을 싸다가 빠뜨렸을 것이다. 엄마는 옷가지와 쿠키 통에 들어있던 가족 비상금, 우리 다섯 명이 크리스탈 폭포에 소풍 가서 찍은 사진만 가져갔다.

삶 전체, 사람 넷은 버려두고.

나는 최악의 상황이 아니라면 절대 엄마에게 전화를 걸지 않겠다고 다짐했다. 지금 상황이 암울하기는 해도 최악이라 평하고 싶지는 않았다.

"다른 방법이 없으면 재스퍼한테서 받은 수표를 현금으로 바꿔서 개인 간호사를 쓰면 되지." 나는 무심한 투로 들리기를 바라며 말했다. "그 돈을 그렇게 쓰고 싶진 않지만 다른 수가 없다면 말이야."

"아, 맞다." 페퍼는 한쪽 다리를 깔고 앉으며 나를 보고 눈을 빛냈다. "좋은 소식이 바로 그거야. 아이들을 데리고 짐을 다 싸서 다른 곳으로 이사할 필요가 없다는 거. 재스퍼는 살인자가 아니야. 레이더 기지가 운영되던 1950년부터 1961년 사이의 뉴스 기사를 샅샅이 살폈거든. 죽은 여자, 살인 혐의, 심지어 재스퍼 홈스라는 이름도 전혀 언급이 없었어. 역시나 건더슨의 허풍이었던 거야."

예상과 달리, 별로 안심이 되지 않았다. 재스퍼의 추악한 과거사 탐구를 끝내는 순간 나, 그리고 현재에 집중해야 하기 때문이었다.

"그래봤자 재스퍼가 체포되지 않았다는 사실만 증명될 뿐이잖아." 나는 희망을 버리지 않았다.

페퍼는 빙그레 웃으며 호주머니를 뒤적이더니, 인쇄된 종이를 꺼냈다. "맞아. 하지만 이것도 찾았어. 네가 보고 싶어 할 것 같아서."

별 기대 없이 종이를 펼쳤지만, 50년대의 흐릿한 흑백 사진일 줄은 몰랐다. 쓰러진 나무 무더기 앞에 남자들이 두 줄로 서 있었는데, 언뜻 봐서는 누가 누군지 구분되지 않았다. 하나같이 투박한 옷차림에, 육체노동자 특유의 거칠고 허기진 표정이었다. 그들 옆에는 커다란 2인용 톱이 세워져 있었다. 금속 톱니가 그들이 서 있는 숲속의 햇살을 받아 반짝이고 있었다.

"꼭 옛날 벌목꾼들 같네." 내가 말했다.

그녀는 한쪽에 서 있는 남자를 가리켰다. "옛날 벌목꾼들이니까. 하지만 맨 끝에 근육남을 봐. 낯이 익지 않아?"

"이럴 수가." 나는 사진을 자세히 들여다보며 숨을 죽였다. 이목구비가 뚜렷한, 인상 쓴 얼굴을 당연히 알아보았다. 대부분 무성한 수염에 가려져 있는데도. "이 사람이 재스퍼 홈스? 이렇게…, 멋있었다고?"

페퍼가 요란하게 깔깔대자 테오가 헤드폰을 벗고 우리를 쏘아보았다.

"그렇지?" 그녀가 목소리를 낮추어 속닥거렸다. "그런 노인이 이런 매력남이었을 줄이야. 진짜로 여자를 죽였다면 이 강렬한 눈빛으로 죽였을 거야."

"닐슨 벌목 회사 창립 100주년 기념행사에 참가한 신입 벌목공들." 나는 사진의 설명을 읽었다. "그럴듯한데? 당시에 이 인근에 살았던 사람 대부분은 어떤 식으로든 레이더 기지나 벌목이랑 관계가 있었잖아. 재스퍼도 생계 수단이 필요했을 테고."

"도서관 책장 속에서 묘령의 여자와 사랑을 속삭인 이유도 그렇게 설명이 되지. 너 같으면 이런 남자가 헤밍웨이 얘기를 하면서 접근하는데 안 넘어갈 재간이 있겠냐고. 내가 너를 잘 알지, 클로이. 시 한 줄만 읊으면 네 팬티 벗기는 건 일도 아니잖아."

"페퍼!" 테오를 흘끔 살폈더니 다시 컴퓨터에 정신을 팔고 있었다. 나는 목소리를 낮췄다. "그렇지도 않아. 요즘 가뜩이나 바쁜데 어떤 남자가 《일리아드》를 그리스어 원문으로 읽어준다고 하면 짜증만 날 것 같아. 먹을 게 가득 담긴 트렁크를 가져오면 몰라도…."

나는 잭을 떠올리며 말끝을 흐렸다. 당황스럽게도 뺨이 달아올랐다. 아까 잭의 입에서 나온 황당한 추파가 오늘 누들을 잃을 뻔한 나를 안심시키려는 노력이라는 것을 속으로는 알고 있었다. 한

편으로는 잭이 가끔씩 야생 생존 가이드를 들춰보는 것 말고는 무슨 책을 읽겠나 싶기도 했다. 헤밍웨이는 개뿔.

페퍼가 싱글거렸다. "그냥 해본 소리야. 재스퍼와 수수께끼의 여인이 헤밍웨이의 어느 책에 글을 남겼는지 몰라도 빨리 손에 넣어야지. 둘 사이에 무슨 일이 있었는지 궁금해 죽겠어."

"재스퍼 홈스라면 여자에게 툴툴거리고 딱딱거렸겠지. 결국 여자는 학을 떼고 죽기 살기로 달아났을 거야." 이렇게 말하면서도 나는 사진을 고이 접어 소중히 숨겼다.

"그랬을까?"

"그럼. 그런 심술궂은 남자한테 잘못 걸리면, 제정신 박힌 여자는 누구나 줄행랑을 칠 수밖에 없어."

7

1960

콜빌 공립 도서관에서 일한 지 3주쯤 지났을 무렵, 캐서린은 우연히 《무기여 잘 있거라》를 발견했다.

이 마을의 서가를 거쳐 가는 책 중에는 헤밍웨이가 단연 인기였다. 캐서린을 고용했고, 피고용인들을 교정이 필요한 불량한 여학생 대하듯 하는 피터스 여사에 따르면, 헤밍웨이가 위대한 작가이기 때문이었다.

"절제의 대가였지요." 그녀는 캐서린의 꿈에까지 나타나기 시작한 거만하고 점잔 빼는 말투로 평가했다. "말하지 않은 것으로 가장 많은 말을 했어요."

캐서린은 그녀의 문학적 분석에 동의하면서도, 헤밍웨이의 진짜 인기는 소설의 주제 때문이 아닐까 생각했다. 이 동네에서는 전쟁이나 군사와 관련된 것이라면 무엇이든 사랑받았다. 한 도시의 경제가 군사 기지를 중심으로 돌아가고, 거의 모든 사회 활동이 그곳에서 복무하는 100명 남짓한 독신 남성과 관계가 있었기에 그런 관심은 당연했다. 《서부전선 이상 없다》와 《붉은 무공훈장》도 비슷한 이유로 인기를 누렸다.

책을 빌리고 시간을 죽이고 사서들에게 집적대기 위해 도서관을 어슬렁대는 젊은 남자들도 관심의 대상이었다.

"돌아보지 마. 윌리엄 맥브라이드가 비소설 코너에서 너를 흘끔거리고 있어." 캐서린의 뒤에서 속삭이는 목소리가 들려왔다. "이번 주만 벌써 네 번째로 찾아왔어."

"다섯 번째야." 캐서린이 한숨을 지었다. 그녀는 그 지긋한 시선을 피하느라 몸을 숙였다. "어제 넌 여기 없었지. 문 닫기 직전에 저 남자가 이집트 태양의 여신에 대해 조사해야 한다며 들어왔거든."

로니가 탄식했다. 그녀는 다른 네 명의 시간제 사서 중 한 명으로, 콜빌을 통틀어 캐서린이 가장 좋아하는 사람이 되어가고 있었다. 캐서린은 이 아리따운 아메리카 원주민 아가씨가 책에 관한 갖가지 질문을 받고 몇몇 고객의 코를 납작하게 해주는 모습을 이미 목격했다. 그때 로니는 너무나 온화하고 겸손한 미소를 띠었기 때문에 사람들은 그녀가 순식간에 자기들을 속 좁은 바보로 만들었다는 것을 눈치채지 못했다.

"뻔하네." 로니가 웃으며 말했다. "네가 서가에서 관련 자료를 찾지 못하면 대신 너를 숭배하겠다고 개소리를 하겠지."

캐서린은 바로 그 순간 로니를 콜빌에서 가장 마음에 드는 사람으로 정했다. 서해안 전체에서 가장 좋아하는 사람인지도.

"그 비슷한 소리를 했어." 캐서린이 인정했다. "나만 그렇게 느낄까, 아니면 진짜 그 사람의 치아 수가 유난히 많은 걸까? 웃을 때마다 치아밖에 안 보여."

"그 남자 부모가 아들의 치아에다 돈깨나 썼다는 뜻이야." 로니는 고개를 돌려 윌리엄 맥브라이드 중위가 숨어 있는 쪽을 흘끔댔다. 그는 양손으로 책을 펼쳐 독서에 몰두하는 척했지만, 그의 눈이 페이지 위로 움직이지 않는다는 것을 캐서린은 간파했다. "쯧쯧. 저 남자 너한테 푹 빠졌네."

캐서린은 얼굴을 찌푸리며 젊은 장교를 등졌다. 치아와 상관없이 그는 꽤 잘생긴 청년이었다. 이목구비는 반듯했고, 머리는 완벽하게 뒤로 넘겨졌고, 제복은 그녀의 아버지도 인정할 만큼 단정했다.

불행히도 캐서린은 전에도 이런 사람을 만난 적이 있었다. 그녀는 항상 이런 부류를 만났다.

그녀의 아버지에게 흠잡을 데 없이 공손하고, 어머니의 비위를 잘 맞추며, 그녀의 보호자를 자처할 사람. 첫 데이트는 동네 레스토랑이나 마을 북쪽에서 몇 킬로 떨어진 자동차 극장이 되겠지? 차에 진 한 병을 준비해 놓고 둘의 몸이 열기로 달아오르면 그녀의 다리를 더듬을 테고. 그녀는 허락할지도 모른다. 하지만 그는 결국 그녀를 다시 집으로 안전하게 데려다줄 것이다.

'맞습니다. 아닙니다. 따님과 데이트를 해서 영광이었습니다.'

그리고 그 무의미한 대답 이면에는 항상 다른 동기가 들끓고 있다고 캐서린은 느꼈다.

'따님을 다시 만나겠습니다. 그럼 이제 제 진급 얘기를 해보실

까요?'

"중위가 되겠다는 기대에 푹 빠졌겠지." 캐서린이 말했다. 그녀는 서가에 돌려놔야 할 《무기여 잘 있거라》를 들고 한숨지었다. "안됐지만 나는 계급장에 반할 만큼 바보는 아니고."

캐서린은 무엇 때문에 손에 든 책 페이지를 넘기기 시작했는지는 알 수 없었다. 윌리엄 맥브라이드의 노골적인 관심 때문이기도 했고, 가장 아끼는 브라 속에 품고 있는 깔끔하고 네모난 손수건 때문이기도 했다. 어머니가 세 번이나 세탁한 끝에 겨우 피를 제거했지만, 캐서린은 자전거 사고에서 구해준 사람에게 깨끗한 상태로 돌려주고 싶었다. 사고로 느낀 충격이 가시고 도서관에서 마음이 진정되자, 캐서린은 자신이 그 가엾은 남자를 얼마나 쌀쌀맞게 대했는지 깨달았다. 그에게 손수건을 돌려주는 것보다 사과하는 것이 먼저였다.

하지만 처음 일주일은 그를 만나지 못하고 지나갔다. 그다음 주도. 이제 세 번째 주였다. 손바닥에 남은 분홍색 흉터가 없었다면, 모든 것이 자신의 상상에서 나온 게 아닌지 의심스러웠을 것이다.

"하지만 내 생각이 맞았어." 캐서린은 자신이 찾던 구절에 시선을 고정했다. "헤밍웨이 책에 나온 문장이 맞아."

"뭐가?" 로니가 캐서린의 어깨 뒤에서 책을 들여다봤다. 로니의 은은한 라벤더 향이 코를 간지럽혔다. "'자네 피는 깨끗하게 응고되고 있어' 같은 문장에 밑줄을 긋는 이유는 뭘까? 그 옆 여백에 뭐라고 적혀 있네?"

메시지를 읽는 캐서린의 가슴이 조금 두근거렸다. 날림으로 쓴 글씨였지만 한 자 한 자 알아볼 수 있었다.

당신을 놀라게 할 생각은 없었어요. 많이 다치지 않았기를 바라요.

"아, 이런." 로니가 말했다. "피터스 여사가 보면 안 되는데. 한번은 어떤 아이가 《샬롯의 거미줄》에다 글씨 연습을 했는데, 피터스 여사가 우리더러 범인을 찾아 아이 엄마에게 배상을 받아내라는 거야."

캐서린은 몇 페이지를 더 훑었지만 다른 메시지는 보이지 않았다. 그 두 문장만이 던져져 있었다. 오직 그녀만을 위한 두 문장이었다.

"무슨 뜻인지 알겠어? 그 메시지." 로니가 물었다.

"이상하게 들리겠지만… 그래, 알겠어." 캐서린은 책 앞면에 꽂힌 노란색 대출 카드를 확인했다. "이 책 마지막 대출자가 재스퍼 홈스라는 사람이네. 누군지 알아?"

로니의 눈썹이 올라갔다. "재스퍼? 알다마다. 그를 모르는 사람은 없어. 벌목 회사에서 일하잖아."

"젊은 남자야? 키가 크고 민첩하고 조금 거칠어 보이는 남자?" 캐서린이 캐물었다.

"조금 거칠어 보인다?" 로니는 웃으며 고개를 저었다. "재스퍼 홈스는 어쩌다 타임머신을 타고 온 19세기 모피 사냥꾼 같은 모습이야. 내 조부모님이 그러시는데 예전에는 이 동네에 그런 사람 엄청 많았대."

로니의 설명을 듣자, 캐서린은 재스퍼 홈스가 자신을 자전거 사고에서 구해 준 사람이라는 확신이 들었다. 다만 그가 메시지를 남긴 이유는 알 수 없었다. 캐서린이 그 구절을 알아들을 줄 알았을까? 호기심에 이끌려 결국 그 문장을 찾아낼 줄 알았을까?

"가만, 그 남자가 메시지를 썼다고 생각하는 거야? 솔직히 그 사람 글 쓰는 타입 같지는 않은데. 책도 안 읽을 것 같고. 이 동네에 저런 남자 많잖아. 낚싯대 갖고 혼자 숲속 깊숙이 틀어박히는 사람."

"지원서 제출하러 온 날 내 손이 상처투성이였던 거 기억나?" 캐서린이 물었다.

로니는 고개를 끄덕였다. 캐서린이 꺼낸 손수건을 보고 그녀는 까만 눈을 반짝였다.

"누가 내 자전거를 들이받았는데 그 남자가 나를 구해줬어. 지혈하라고 이걸 건네면서 그 문장을 말하고 떠났어."

"그 사람이 네 혈액 응고 과정을 칭찬했다고?" 로니는 한 손을 쳐들고 몸을 들썩이며 웃어댔다. "조금 전에 한 말 취소할게. 딱 재스퍼 홈스가 할 만한 행동 같아. 마을 아이들은 그가 다가오는 것을 보면 반대 방향으로 줄행랑을 치지. 그를 빅풋, 귀신, 살인마를 합쳐놓은 사람쯤으로 생각하는 거야. 호감 가는 성격은 아니라는 뜻이지."

"그렇구나." 캐서린이 웅얼거렸다. "내겐 꽤 친절했는데."

로니가 캐서린을 위아래로 훑었다. 캐서린은 오늘도 어머니에게 물려받은 옷을 입었고 그녀의 몸매는 완벽했기에, 로니가 무슨 생각을 하는지 알 수 있었다. 캐서린은 뺨이 화끈거렸다.

"그런 게 아니라." 캐서린이 항의했다. "사고를 목격한 사람이라면 누구라도 그랬을걸. 내 자전거가 다 찌그러졌다니까."

로니가 씩 웃었다. "그런데 그 남자가 똑바로 펴 주었겠지." 그녀는 캐서린의 불편한 심기를 느꼈는지 미소를 거두며 그녀의 손에 들린 책을 가리켰다. "그 남자한테 답장 쓸 거야?"

캐서린은 아랫입술을 깨물었다. "그래야 할까?"

"그래야지. 나쁠 거 없잖아?"

바로 그 순간, 피터스 여사가 인상을 쓰고 지나갔다. 그녀는 키만큼이나 마음도 작은 여성이었다. 말똥말똥한 눈은 콜라병 바닥보다 두꺼운 안경 뒤에서 크게 확대되었다.

"근무 시간에는 잡담 금지예요, 아가씨들." 피터스 여사가 특유의 노래하는 듯한 말투로 두 사람을 꾸짖었다. "이럴 시간 있으면 청소도 좀 하고요."

"죄송합니다." 로니의 눈에 장난기가 가득했다. "윌리엄 맥브라이드가 뒤에 숨어서 사서들이 지나갈 때마다 집적대는 것이 적절한 행동인지 따지고 있었어요."

"로니!" 놀랍게도 피터스 여사는 보이지 않는 손잡이를 당긴 듯 몸을 일으켜 키를 1센티미터쯤 늘렸다. 그녀의 거들이 갑자기 당기면서 삐걱대는 소리가 들릴 지경이었다.

"그 사람이 아가씨들을 괴롭힌다고?"

"아니, 그 사람을 곤란하게 만들고 싶지는 않아요. 하지만 우리를 가까이서 지켜보니까 너무 신경 쓰여요. 어떻게 대처해야 할지도 모르겠고요." 로니가 말했다.

"내가 당장 처리하죠." 피터스 여사가 자신만만하게 선언했다. "이 젊은이들은 내 도서관이 군대 위문 공연장인 줄 아는지. 여긴 연애하는 곳이 아니라 교육하는 곳이죠."

로니와 캐서린은 이 말에 터질 뻔한 실소를 간신히 참았다. 그들은 피터스 여사가 젊은 중위를 묵사발로 만드는 현장을 피하려고 서둘러 자리를 떴다.

"나 잘했지?" 로니가 대출 데스크 뒤를 뒤적이며 말했다. 그녀는 캐서린에게 펜을 건네고 《무기여 잘 있거라》를 가리켰다. "그 사람에게 다정한 말을 남겨. 어찌 되나 보게."

"피터스 여사한테 걸려서 해고당하거나, 책이 몇 주간 서가에서 잠자다가 낯선 사람한테 대출되겠지, 뭐."

"그러면 별로 손해 볼 거 없네?" 로니가 명랑하게 대꾸했다. 그녀는 손으로 턱을 괴고 기다렸다. "서둘러. 잡담할 시간에 청소나 하라잖아."

캐서린은 잠시 펜 끝을 씹다가 책장에 갖다 댔다.

나는 살아남을 거예요. 이 책에 나오는 가엾은 C에게도 살아남으라고 말해주고 싶어요. 왜 위대한 소설가들은 하나같이 남자를 구원하기 위해 여자를 죽이는지 이해가 안 돼요.

"오, 마음에 드는데." 로니가 고개를 끄덕였다. 캐서린은 잉크를 말리려고 책장을 후 불었다. "재치 있는 말이야. 이 문장을 보면 몇 주나 고민에 빠질 거야."

책을 덮고 서가로 향하는 카트에 내려놓던 캐서린은 문득 불안을 느꼈다. "그 사람에게 고뇌를 안겨줄 생각은 없어. 그냥…" 그녀는 자신의 의도를 정확히 알 수 없어 말끝을 흐렸다.

대화를 시작하겠다고? 추파를 던지겠다고?

로니는 유쾌한 웃음으로 변명하려는 캐서린을 막았다. "두 단어 이상을 뱉는 경우는 드물고, 노려보는 눈초리가 매섭기만 한 동네 벌목꾼이랑 심도 있는 문학 분석을 하겠다고?" 그녀는 코 옆을 톡톡 두드렸다. "걱정 마, 캐서린. 네 비밀은 내가 지켜줄게. 그때까지…."

두 사람은 윌리엄 맥브라이드를 도서관 문밖으로 이끄는 피터스 여사를 흘끔 보았다. 고참 사서는 사형수를 감옥으로 호송하듯 당당히 머리를 쳐들고 있었다.

"그때까지 넌 책 속에 이집트의 태양 여신에 대해 한두 문장 남겨도 되겠지." 로니의 입가에 웃음기가 남아 있었다. "둘 중 누가 먼저 답장을 쓰는지 두고 보는 것도 재밌겠다."

8
클로이

"항상 옆에 둬야 해. 알겠지?"

누들에게 내 휴대전화를 건넸다. 정강이뼈가 부러지고 갈비뼈에 심하게 멍이 든 채 집에 갇힌 12살짜리에게 필요한 번호가 전부 저장되어 있었다.

도서관 전화번호랑 친절한 언더힐 의사 선생님, 외상으로 배달해 주기로 약속한 동네 피자 가게.

그리고 깊이 고민한 끝에 입력한, 내 지갑 속 그 번호.

"마지막은 온 세상이 불타고 있을 때만 눌러야 되는 번호야."

내 경고에 누들은 엄숙히 고개를 끄덕이며 휴대전화를 주머니에 챙겼다. "진짜로. 세상에 완전한 종말이 닥쳤을 때만. 테오랑 트릭시가 좀비로 변하고, 나는 밀려드는 좀비 무리를 막다가 도서관에 갇히고, 구미베어가 입에 거품을 무는 상황에만."

나는 잠시 망설이다 덧붙였다. "그럴 때라도 벨소리가 울리자마자 그 여자가 전화를 받을 거라고는 기대하지 마."

"아예 안 받을지도 모르지." 트릭시가 신을 발에 끼우고 배낭을 어깨에 걸치며 말했다. 내가 찾아낸 전화번호에 대해 트릭시에게는 미리 경고했다. 내 죄를 자백하듯이. 하지만 트릭시의 반응은 예상과 달랐다. 엄마의 연락처를 오랫동안 숨겼다며 화를 낼 줄 알았는데, 오히려 내가 그 번호를 찾았다는 것이 못마땅한 모양이었다.

트릭시는 나를 외면하며 말했다. "미안해, 언니. 하지만 그게 엄마 번호가 아니라는 데 내 점심값 5달러를 걸겠어. 아마 정부 설문조사나 나무늘보 관련 정보를 알려주고 1분에 3.99달러를 청구하는 곳으로 연결될 거야."

"나무늘보는 나뭇가지를 너무 꽉 잡고 있어서 죽은 후에도 나무에서 떨어지지 않아." 테오가 커다란 시리얼 그릇에서 눈도 떼지 않고 말했다.

누들이 소파에서 몸을 움직이다가 움찔했다. 나는 그 애 밑에 베개를 12개쯤 받치고 한 달 내내 심심하지 않을 만큼의 그래픽 노블을 도서관에서 빌려다 주었다. 누들은 특히 피가 난무하고 자극적인 '나이트 웨이브' 시리즈에 푹 빠져 있었다. 서가에 머무를 새가 없을 만큼 인기가 많은 책이었다.

"걱정 마, 누나." 누들이 아픔을 참고 미소 지었다. "난 괜찮으니까."

테오는 눅눅한 시리얼을 한 입 더 떠 넣었다. "나무늘보는 일주일에 딱 한 번 똥을 누는데, 자기 몸무게의 3분의 1이나 되는 엄청난 양이래."

"차라리 누들한테 백악관 전화번호를 알려주는 편이 나을걸?"
트릭시는 여전히 내 시선을 피하면서, 내 가슴을 찢는 씁쓸한 말
투로 내뱉었다. "배터리가 없는 휴대폰을 주던가. 그 여자한테는
도와 달라는 자식의 전화보다 죽은 전령 비둘기가 차라리 빨리
도착할 거야."

"세계에서 가장 나이가 많은 나무늘보는 독일의 동물원에 살고
있어." 테오가 그릇을 들고 우유를 후루룩 마시며 말했다. "이름
은 얀이고 50살이 넘었어."

나는 눈을 감고 매일 아침 이 무리를 문밖으로 몰아낼 때 쓰는
전략에 착수했다. 동생들의 문제를 한 번에 하나씩 해결하는 것
이었다. 때로는 나이순으로, 때로는 도서관에서처럼 알파벳순으
로.

오늘은 가장 쉬운 문제부터 해결할 참이었다.

"테오, 그런 정보 인터넷에서 본 거지? 설마 다음 달에 100달러
짜리 나무늘보 핫라인 청구서가 날아오는 건 아니겠지?"

테오는 낄낄대며 아침 식사 그릇을 싱크대에 넣었다. "다음 달
이 돼 봐야 알겠지?"

그냥 하는 소리일 거라 희망하며 다음 문제로 넘어갔다. 나는
누들의 이마에 입을 맞추며 말했다. "필요하면 언제든 전화해. 알
겠지? 누나가 일하는 시간이라고 참을 필요는 없어. 건더슨이 좋
아하진 않겠지만 이해할 거야. 네게 급한 일이 생기면 누나가 언
제든 하던 일을 멈추고 달려갈게."

누들은 진지하게 고개를 끄덕였다. "그럴게. 약속해."

나는 심호흡을 하고 다음으로 트릭시를 돌아봤다. 그 아이는 이미 문밖으로 반쯤 나가 있었지만 멈춰 서서 손을 쳐들었다. "아무 말 마. 내가 그냥 버럭한 거야. 진심이 아니었어."

"트릭시."

"지금은 얘기할 시간 없어. 이미 늦었거든. 지각이 잦으면 토론 팀에서 쫓겨나."

"엄마는 힘든 상황에서 할 만큼 했어." 나는 급히 빠져나가려는 동생을 순순히 보낼 생각이 없었다. 살면서 일정이 미뤄지지 않기는 처음이었다. 어제부터 내 몸에 끊임없이 분출된 아드레날린 덕분에 시간 관리 능력에 기적이 일어났다. "네가 엄마를 용서하지 않은 거 알아. 너더러 용서하라는 건 아니지만—"

트릭시는 딱 트릭시답게 온몸으로 화를 냈다. "절대 용서하지 않을 거야. 백만 년이 지나도. 백만 달러를 들고 집 앞에 나타나도."

가슴이 더 답답해졌다. 나도 엄마를 용서하지는 못했지만, 트릭시가 아직도 양손에 꼭 쥔 날카로운 분노의 칼날은 오래전에 버렸다. 다 책임감 때문이라는 사실을 나는 뼈저리게 느꼈다. 몇 년 전만 해도 내 안에 불을 지폈던 모든 것, 정의를 향한 열정, 옳고 그름에 대한 절대적인 확신, 내 꿈을 따라 눈부신 미래로 나아가려는 열망은 모두 무뎌지고 빛이 바랬다. 나이에 비해 너무 빨리 늙어버렸다. 어떤 여자들처럼 은밀히 마녀로 변신하는 웃긴 괴짜 아줌마가 된 것도 아니었다. 내가 원하는 것은 늘 낮잠뿐이었다.

"영원히 분노를 안고 살 수는 없어." 내가 말했다.

"두고 보시지."

나는 싸우기를 포기했다. 지난 몇 년간 트릭시와 대화를 나누면서 알게 되었다. 엄마가 가출한 후에 이 아이가 이 집을 지키려고 어떤 노력을 했는지. 열한 살 나이에도 트릭시는 이 사회의 시스템을 정확히 파악하고 있었다. 다 괜찮은 척하는 것이 가장 안전한 길이라는 것을. 아이들이 적당히 씻고, 밥을 굶지 않고, 정시에 학교에 나타나는 한 국가는 개입하지 않는다.

일주일 넘게 트릭시는 연극을 이어갔다. 동생들에게 뭐든 구해 먹이고 버스 정류장까지 배웅하면서, 엄마가 전날 밤 술집에서 과음한 탓에 늦잠을 자고 있는 가정의 행복하고 건강한 아이들처럼 보이려고 용을 썼다.

"그 쓸모없는 전화번호는 지워야 해." 트릭시가 중얼거렸다. "우리는 그 여자 없이도 잘 살잖아."

"물론이야." 나는 담담히 동의했다. 내 입에서 거짓말이 잘도 튀어나왔다. "하지만 만일을 대비해야지. 어찌됐든 우리 엄마니까."

트릭시의 조소가 많은 것을 말해주었지만, 못 들은 척하고 트릭시와 테오를 문밖으로 내몰았다. 뭐 하나 제대로 돌아가는 게 없는 상황이지만 현관문을 잠그면서 나는 집의 적막함이나, 고통스럽고 지루하고 외로운 하루를 앞두고 입을 꾹 닫은 누들에 대해 더 이상 생각하지 않기로 했다.

우리가 이 상황에 대해 할 수 있는 것이 거의 없다는 것을 잘 알기 때문이었다.

◆

건더슨은 내가 딱했는지 하루 종일 서가 일을 맡겼다. 한동안 나를 공원과 휴양 시설 관리 부서에 몇 달 파견한다는 얘기가 있었다. 그쪽 일손도 부족하고 내가 정부 수급자다 보니 노동력이 필요한 모든 지방 관공서의 입김이 미치는 탓이었다. 하지만 내 형편이 얼마나 어려운지 건더슨도 눈치챈 모양이었다.

조용하고 효율적인 내부에 수많은 책이 깔끔하게 배치된 도서관은 지금 내 삶의 유일한 질서였다. 물론 도서관에 온 아이들이 요즘 틱톡에서 유행하는, 투명한 비닐로 변기 시트를 덮는 장난을 하는지 감시하느라 15분마다 화장실을 들락거려야 했다. 연체료에 불만을 품은 성난 고객의 전화를 받는 것도 내 몫이었지만, 그래도 건더슨의 배려가 감사했다. 누들을 돌봐주겠다는 아내의 호의를 무시당했는데도 건더슨은 내게 서운해 하지 않았다.

나는 카트를 비소설 통로로 밀다가 누군가 디스토피아 소설을 전부 시사 코너로 옮겨놓은 것을 알고 신음했다.

"처음 이럴 땐 귀엽기나 했지." 나는 이렇게 중얼거리며 《시녀 이야기》를 꺼내어 《1984》, 《배틀 로얄》, 《씨 뿌리는 사람의 비유》와 함께 카트에 쌓았다. 이런 장난을 치는 사람이 누군지는 몰라도 확실히 안목은 있었다. "좀 더 성숙한 방법으로 정치적 의사를 표시할 줄 알아야 할 텐데."

"저기요."

누군가 내 뒤에서 눈치도 없이 또렷하게 속삭였다.

"저기요." 다시 저음의 남자 목소리가 들렸다. "이쪽으로 와보세요. 보여줄 게 있어요. 이 도서관에 큰일 났어요."

나는 일부러 돌아서지 않았다.

"미안한데요, 그런 수법은 사서한테 딱 한 번만 통해요. 두 번째부터는 다 눈치채고 경비를 부른다고요." 나는 머리 위 천장 패널에 박힌 검은 반원을 가리켰다. "카메라에 찍히기 전에 피하셔야겠어요. 인터넷에 영상이 퍼지면 개망신이잖아요."

서둘러 달아나는 소리 대신 남자 웃음소리가 들렸다.

"그런 종류의 큰일은 아니고요." 목소리에 웃음이 깊이 배어 있어 항상 웃음을 달고 사는 사람이 아닌가 싶었다. "진짜 그런 짓을 하는 남자가 있나 봐요? 열심히 일하는 순진한 여성들을 꼬시려면 좀 창의적인 방법을 써야 할 텐데."

그 말을 들으니 돌아서도 안전할 것 같았다.

그 순간 난 어제 누들을 구해준 사람의 얼굴을 발견하고 얼마나 놀랐던지. 생존 학교의 유명 인사인 잭은 오늘도 솔잎 위에서 밤을 지새운 모습과 냄새를 하고 있었지만, 그나마 이번에는 훨씬 깨끗했다.

"그런 일 생각보다 잦아요." 막을 새도 없이 그 말이 내 입에서 튀어나왔다. "'섹시한 사서'라는 포르노를 최초로 찍은 감독 때문에 공공 서비스가 엉망이 됐죠."

아름다운 미소가 그의 얼굴을 빛냈다. 속눈썹이 길고 짙은 눈을 깜박이며 서가에 무심히 기댄 모습에 매력을 느끼지 않을 수 없었다. 너무나 천연덕스러운 태도를 보니 일부러 연출한 자세라는 확신이 들었다.

"포르노 감독을 탓할 수만은 없겠는데요." 그는 또 속눈썹을 파들거렸다. "도서관 통로에서 혼자 구시렁대는 모습이 얼마나 귀엽던지."

그제야 그가 일부러 내 약을 올린다는 것을 깨달았다. 오늘 아침에 너무 정신이 없어서 그냥 깨끗한 옷을 눈에 띄는 대로 걸쳤다. 충진 린넨 원피스는 흡사 감자포대 같았고, 머리는 정수리 위로 엉성하게 틀어 올린 상태였다. 고양이에게 끌려가서 며칠 방치됐다가 다시 끌려 나온 물건 같은 몰골이었다.

나는 그를 노려봤다. "어떻게 오셨어요?"

"사실은요." 그는 내 말투나 험악한 인상에 전혀 개의치 않고 한쪽 어깨에 아무렇게나 걸친 배낭에서 책을 꺼냈다. "반납하러 왔는데, 내가 훼손하지 않았다는 걸 꼭 알리고 싶어서요. 책에 글씨가 적혀 있더라고요."

나는 그가 무슨 말을 하는지 단번에 알아챘다.

'그 두 사람이야. 재스퍼 홈스와 수수께끼의 C. 우리가 서가에서 찾지 못한 헤밍웨이의 책이겠지.'

"《무기여 잘 있거라》인가요, 아니면 《봄의 급류》인가요?" 나는 탐욕스럽게 책에 손을 뻗으며 물었다. 제목을 알고 싶은 마음에 너무 많은 것을 드러내고 말았다. 잭은 내 손이 닿지 않는 곳으로 책을 얼른 옮기며 혀를 찼다.

"아니, 뭐가 그리 급해요? 일단 당신한테 궁금한 게 있어요."

이 말에도 너무나 매력적이고 선명한 미소가 뒤따랐기 때문에 나는 손을 떨어뜨렸다.

"참고 자료 코너의 위치나, 뉴욕 타임스 베스트셀러를 선정하는 기준에 대한 내 의견이 궁금한 게 아니라면, 그쪽을 도울 수 있을지 모르겠네요." 나는 냉랭하게 대꾸했다.

내 목소리가 아무리 싸늘해도 그는 당황하지 않았다. "참고 자료가 어디 있는지는 알고 있고, 다양한 주제에 대한 당신 의견도 듣고 싶지만, 그 때문에 온 건 아니고요." 그의 눈가에 장난기가 어렸다. "그 친구가 어떻게 지내는지 듣고 싶어서 말이죠. 어제 괜찮은 척은 했지만, 꽤 놀란 것 같았거든요."

"누들 말이에요?" 나는 얼빠진 사람처럼 물었다.

"내가 상관할 일은 아니지만, 아무래도 직접 구조한 아이들한 테는 신경이 쓰이더라고요. 그게 내 약점 같기도 하고." 그의 눈가 주름이 깊어졌다. "뭐, 예쁜 사서 앞에서 맥을 못 추는 것도 그렇고. 하지만 약점 없는 사람이 어딨겠어요."

누들에 대한 진심이 느껴져서 뒷부분은 못 들은 척해주기로 했다. 나도 평소보다 훨씬 솔직하게 이야기했다.

"씩씩하게 잘 이겨내고 있지만 오늘은 집에 혼자 두고 나와야 했어요. 몸은 괜찮은 데 정서적으로…" 나는 말끝을 흐렸다. 누들의 정서 상태에 대해서는 말을 아껴야 했다. 적어도 내가 직장에 있는 동안은. "지금껏 학교에서든 어디서든 한 번도 싸운 적이 없는 아이예요. 그만큼 다정하고 온화한 아이는 없을걸요. 이번 일로 많이 힘들어하고 있어요."

잭이 다정하고 근심스럽게 고개를 끄덕이자, 내 마음은 더욱 흔들렸다.

"어제 누들이 학교에서 무슨 일을 겪었는지 못 들었죠? 교장 선생님께 연락해 봤는데 아무것도 모르시더라고요. 그냥 누들이 화장실에서 다른 아이를 때리고 곧바로 자수했다는 것밖에."

교장 선생님에 따르면 상대 남학생은 이 일을 문제 삼으려 하지 않았으니 누들이 입을 닫고 있었다면 별일 없이 넘어갔을 거라고 했지만 그 부분은 언급할 가치가 없었다. 이렇게 이해심이 깊어 보이는 사람에게도 누들의 확고한 윤리적 잣대와 폭력에 대한 깊은 혐오를 설명하기란 쉽지 않았다.

"미안해요." 잭은 어깨를 으쓱했다. "아이에게 자세히 캐묻지는 않았어요. 내 경험상, 일을 저질러놓고 숲속으로 달아나는 사람에게는 늘 그럴 만한 이유가 있더라고요."

나는 이 말에 놀라 눈을 끔벅였다. "열두 살짜리 아이한테도 요? 화를 못 이기고 계곡으로 굴러떨어졌을 때도요?"

"당신 동생, 보기보다 강해요. 한 번 떨어졌다고 망가질 아이가 아니에요." 그는 고개를 기울여 나를 조금 이상한 눈으로 바라보았다. "그러고 보니 당신도 마찬가지네요."

"나에 대해 아무것도 모르잖아요." 어떤 까닭인지 그의 확언에 나는 불안해지기 시작했다. "잘 모르겠지만 나는 수천 군데가 망가졌어요."

"'사람들이 세상에 너무 많은 용기를 가져온다면, 세상은 그들을 꺾기 위해 죽여야만 하고, 그래서 결국 죽음에 이르게 한다.'" 그는 인용문을 낭독하듯 말했다. 나는 곧바로 그것이 진짜 인용문이라는 사실을 깨달았다. "'세상이 모든 사람을 꺾어 버리고 나면, 꺾인 그곳에서 사람들은 더욱 강해진다.'"

"《무기여 잘 있거라》네요." 나는 길게 숨을 쉬듯 말했다. "알아맞힐 수 있었는데."

잭은 싱긋 웃더니 내게 책을 건넸다. "원래는 책 구절을 잘 외우지 않는데, 정확히 당신한테 하고 싶은 말이어서요. 누가 여백에다 글을 많이 적어놨네요. 이 문장에는 밑줄을 그어놨고요."

그가 파란 책을 내 손에 쥐어주는 순간, 나는 짜릿한 전율을 느꼈다. 로니와 페퍼와 그 집에 쌓인 할리퀸 책에 쓰인 것처럼 잭의 손가락이 스쳐서가 아니라, 책을 펼치면 무엇을 보게 될지 알고 있었기 때문이다. 분명 재스퍼 홈스 컬렉션의 일부가 되기에 손색이 없을 낡은 책이었다. 빛바랜 천 커버와 금박 글자는 확실히 고풍스러웠다.

"다 읽었어요?" 나는 이렇게 물으며 책장을 넘기다가 9장 끝부분에서 멈췄다. 혈액 응고에 대한 문장 옆에 내 글씨만큼 눈에 익은 글씨를 발견했다.

당신을 놀라게 할 생각은 없었어요. 많이 다치지 않았기를 바라요.

나는 살아남을 거예요. 이 책에 나오는 가엾은 C에게도 살아남으라고 말해주고 싶어요. 왜 위대한 소설가들은 하나같이 남자를 구원하기 위해 여자를 죽이는지 이해가 안 돼요.

여자들이 우리를 두렵게 하기 때문이죠.

나는 살면서 단 하루도 누구를 두렵게 한 적이 없는데요.

그렇지 않아요. 당신은 나를 두렵게 해요.

그래서 어제 약국에서 마주쳤을 때 아무 말 없이 달아났어요?

"별로 안 놀라네요." 문장을 탐독하는 나를 지켜보며 잭이 말했다. "이 사람들 알아요?"

"이제 좀 알 것 같아요." 나는 손끝으로 단어를 따라가며 말했다. '가엾은 C'라는 부분이 가장 눈에 띄었다. 수표에 서명된 재스퍼의 글씨를 보고, 나는 알아보기 힘든 악필이 그의 글씨라고 이미 확신했다. 하지만 예쁘장한 다른 글씨는 훨씬 구체적인 정보를 알려주고 있었다. 다시 말해, 《무기여 잘 있거라》의 주인공 캐서린이 우리가 아는 유일한 C는 아니라는 것. 오히려, 두 사람이 한 이름을 공유하는 느낌이었다.

캐서린과 재스퍼. 재스퍼와 캐서린.

"방금 당신이 읊은 구절 있잖아요." 내가 황급히 말했다. "꺾인 사람들에 관한 내용이요. 몇 페이지에 있어요?"

"기억이 잘 안 나는데. 거의 끝부분쯤이었어요. 왜요?"

내 보물을 뒷방으로 가져가서 은밀히 한 문장 한 문장을 뜯어보고 싶었지만, 잭이 부담스러울 만큼 나를 빤히 지켜보고 있었다.

"알려줘서 고맙다고요." 나는 사서다운 새침한 목소리를 냈다. "아무리 오래됐어도 도서관 책을 훼손하는 건 눈살 찌푸려지는 행동이잖아요."

그 순간, 이 책이 60여 년을 서가에 꽂혀 있었는데도 이런 훼손이 눈에 띄지 않았다는 것이 이상하게 느껴져서, 표지 안쪽에 바코드가 붙어 있나 살폈다. 붙어는 있었지만 모서리가 일어나있었다. 건더슨이 알았다면 '도서 관리 기준'에 대한 한 시간짜리 강의를 준비하고도 남을 일이었다.

"잠깐만요." 나는 의심스러웠다. "이렇게 오래된 헤밍웨이를 왜 이 도서관에서 대출했어요?"

그는 어깨를 으쓱했다. "별빛 아래서는 밤이 꽤 길게 느껴지거든요. 책을 읽으면 시간이 잘 가고요."

"그럼, 일반 서가에서 찾았어요?" 나는 이 남자가 보름달 아래서 나뭇잎과 나뭇가지로 만든 침대에 누워 헤밍웨이를 읽는 모습을 상상하지 않으려 애를 썼다. 내가 낭만적 감성에 쉽게 빠지는 여자는 아니지만(그럴 시간이 어딨나?) 그런 장면은 왠지 나를 뒤흔들었다. 확실히 그 점에서는 페퍼의 말이 옳았다.

"녹슨 배관 뒤에…, 숨겨져 있던 책은 아니고요?"

"진정한 사랑의 비밀을 아는 요정 대모님이 주신 선물이라면 뭐라고 할래요?" 그가 입가에 미소를 머금었다.

나는 입을 일자로 만들었다. "그쪽이 하는 말은 하나도 못 믿겠다고 하겠죠."

"알았어요." 그가 장난스레 한숨을 쉬었다. "그렇다면 평범한 날 평범한 서가에서 발견했다고 하죠, 뭐. 재미없기는."

나는 이 말에 대답할 가치를 못 느꼈는데, 그것이 나의 첫 번째 실수였다. 알고 보니 두 번째 실수는 애초에 이 남자가 나를 도서관의 조용한 구석으로 모는 데도 가만히 있었던 것이다.

"그런데 나는요, 엄청 재밌는 사람이거든요. 토요일 저녁에 만나주면 증명할 수 있는데요." 그가 짓궂게 덧붙였다.

내가 대답도 하기 전에 낮은 헛기침 소리가 대화를 중단시켰다. 여러모로 다행이었는데, 무엇보다 내가 '싫어요'라고 반사적으로 대답할 뻔했기 때문이다. 나에게 데이트는 온 가족을 이끌고 디

즈니랜드로 휘리릭 휴가를 다녀오는 것만큼이나 언감생심이었다. 특히나 이런 남자와의 데이트라면. 아마도 이 좁은 촌 동네에서 좀 매력 있다 싶은 여자에게 전부 들이대고 다니겠지. 하지만 정말로 내 동생의 목숨을 구했고, 내게 이 책도 갖다주었으니 좋게 거절해야겠다고 생각했다. 내 삶이 얼마나 엉망진창인지 맛만 좀 보여주면, 나를 3미터 길이의 텐트 기둥으로도 건드리지 말아야 한다는 것을 곧바로 깨달을 것이다.

"진지한 문학 토론을 나누는 데 방해해서 미안하지만, 데이지가 쉬는 시간에 참고 자료 데스크를 맡아줘야겠어." 건더슨이 말했다. 그럴 필요까지는 없었지만, 그는 매섭기 짝이 없는 눈으로 잭을 노려봤다.

잭은 노상 그렇듯 전혀 개의치 않았다.

"책 찾는 거 도와줘요?"

"네, 부탁드려요." 잭이 눈 하나 깜짝하지 않고 대답했다.

뭐, 엄밀히 말하면 건더슨이 안 보는 틈을 타, 내게 한쪽 눈을 찡긋했지만. "저는 생존 학교에서 일하는데, 우리 훈련소를 거쳐 가는 사람들이 읽을 만한 생존기를 찾고 있어요. 섀클턴의 탐험기나, 《마션》, 《파리 대왕》 같은 종류 말이죠. 제가 모를 만한 책이 있다면 추천해 주시겠습니까?"

건더슨의 마음을 사는 방법을 잭이 어떻게 정확히 간파했는지 의문이었지만, 그가 온몸으로 뿜어내는 바람둥이 특유의 매력 때문이 아닐까 싶었다.

나는 눈알을 굴리며 그 자리를 뜨려고 몸을 돌렸다. 아무래도 이 두 사람, 죽이 척척 맞을 것 같았다.

"아, 그리고 클로이?" 건더슨이 나를 불렀다. 나는 《무기여 잘 있거라》를 꽉 쥐었다. 그가 그 책을 없애라고 하거나, 다른 사람을 위해 대출을 예약해 놓으라고 하면 낭패였다. 나는 모든 페이지를 꼼꼼히 살펴볼 수 있을 때까지 이 사랑스러운 책을 숨겨둘 작정이었다.

"네, 관장님." 나는 공손히 대답했다.

"뱁스가 자네 주려고 캐서롤을 만들었어. 동생 돌보는 것만으로도 벅찰 거라면서." 건더슨은 내가 그에게 못되게 굴었던 모든 순간을 민망하게 만드는 미소를 지었다. "휴게실 냉장고에 있어. 다들 누들을 응원하고 있다고 전해달래."

형편없는 인간쓰레기가 된 기분으로, 그에게 감사를 표하고 수레를 참고 자료 코너로 밀기 시작했다. 일에 집중하느라, 책이 떠나고 한참 후에야 헤밍웨이에 꽂힌 쪽지를 발견했다.

재스퍼의 악필을 연상시키는 메시지에서, 책의 이름과 아홉 자리 전화번호를 보았다. 그 밑에는 이렇게 적혀 있었다.

배트 시그널로도 나를 부를 수 있지만 아무한테도 말하지 말아요. 내 비밀이 누설되면 안 되거든요.

(배트맨 시리즈에서 제임스 고든이 배트맨을 부를 때마다 사용하는 탐조등 - 옮긴이)

9

클로이

지쳤지만 묘하게 들뜬 기분으로 집에 돌아왔다. 보기도 좋고 냄새도 좋은 치즈 요리 덕분에 저녁 식사는 무사히 넘겼고, 하루 종일 내가 받은 비상 전화는 테오의 학교에서 걸려 온 한 통뿐이었다. 모든 학생은 교칙에 따라 교실에서 신발을 신고 있어야 한다는 내용이었다. 테오가 '오늘의 과학 용어'로 '내성 발톱'을 선택했더라도 말이다.

그 순간에 나는 참고 자료 데스크 앞에 있었다. 내게도, 부득이하게 전화를 걸게 된 학교 행정직원에게도 다행한 일이었다. 내가 구글에 로그인해 테오가 자신의 내성 발톱을 같은 반 친구들에게 보여주기로 했다는 사실을 알기까지 5초가 걸렸다. '가정의학과 예약하기'를 내 메모에 추가하기까지 5초가 더 걸렸다. 테오의 발가락 상태가 반 친구들에게 겁을 줄 정도로 나빠졌다면, 염증을 치료받아야 할 때가 되었다는 뜻이다.

평소와 같은 자리에 주차하고 차에서 내리면서 내 기분은 조금 나빠졌다. 트릭시와 테오가 집에 돌아오기엔 너무 이른 시간이었는데도 누들과 구미베어가 보이지 않았다.

"구미베어?" 집 안에 들어서며 불렀다. 어느 날이든 개가 대답할 확률은 반반이었지만 불러는 봐야 했다. "누들? 너희 어디 있어?"

아무도 대답하지 않았고, 집을 둘러볼수록 대답을 들을 가능성도 줄었다. 동생이 내가 시킨 대로 간식을 먹거나 피자를 주문한 흔적은 없었다. 물병에도 손대지 않았고, TV 리모컨은 내가 놓아둔 자리에 그대로 있었다. 가장 낭패는 그래픽 노블이 보이지 않는다는 것이었다.

이 세상에서 누들이 아끼는 것은 딱 두 가지였다. 나이트 웨이브 시리즈와 침만 질질 흘리고 아무짝에도 쓸모없는 개. 누들이 다시 숲으로 도망친다면, 아마 그 두 가지만 가져갈 터였다.

음식이 아니었다. 물도 아니었다. 침낭도 아니었다. 생존에 조금이라도 도움이 될 것은 아무것도 안 가져갔을 것이다.

가슴을 잔뜩 졸이며 문밖으로 뛰쳐나갔다. 최근에 다리를 부러뜨리고 빌린 목발을 짚은 10대 초반의 아이가 어디까지 갈 수 있을지 의문이었지만, 나보다 적어도 6시간은 먼저 출발했다. 찾을 가능성이 별로 높아 보이지 않았다.

길이 두 갈래로 나뉘어 있고, 여섯 개의 산책로가 멋대로 뻗어 있는 것도 못마땅했다. 콜빌에서는 어느 방향을 보나 국유림이 코앞이다. 집 안으로 뛰어 들어가 《무기여 잘 있거라》의 책장 사이에 꽂힌 쪽지를 꺼낼지 한참 고민도 했다. 실종 아동을 추적하여 찾아내는 임무라면 전 세계에서 잭만 한 사람이 없을 것 같았다. 그가 흙바닥에 코를 대고 냄새를 몇 번 맡으면 사라진 내 동생의 위치를 정확히 알아낼 것만 같았다.

"아니야." 나는 소리 내어 말하고 팔로 몸을 힘주어 감쌌다. 위장에서 올라오는 신물을 막아야 했고 날씨가 쌀쌀하기도 했다. 가을 기온은 하루가 다르게 떨어졌다. "그래선 안 돼. 나 혼자서 누들을 찾을 수 있어. 일단 생각부터 해보자."

그 순간 울부짖는 소리가 들렸다.

처음에는 희미해서 거의 알아듣지 못했다. 구미베어는 평소에 잘 짖는 개가 아니었다. 짖으려면 힘이 많이 들뿐더러, 불도그가 울부짖는 과정은 마치 악마를 소환하는 것처럼 추하다. 웅웅거리고 깩깩거리면서 침을 엄청나게 흘린다. 그러나 소리가 길어질수록 내가 무엇을 듣고 있는지 서서히 감이 잡혔다. 그 소리가 어디서 나는지도.

"구미베어?" 잔디밭 경계로 달려가며 소리쳤다. 그곳의 격자 울타리가 나를 재스퍼 홈스가 사는 선과 악의 정원으로 손짓했다. "너야? 다쳤어?"

"아니야아아아!" 비명 소리가 들렸다. 내가 잘 아는 목소리였다. 누들이 고통받고 있었다. 날카로운 비명이 또 이어졌다.

나는 이름 모를 덤불을 헤치고 재스퍼의 집 뒤편으로 달려갔다. 누들과 구미베어가 어떻게 여기 있는지 몰라도, 둘이 세상에서 가장 환영받지 못할 곳이 이 집이라는 것은 알았다. 책에 적힌 글을 읽고 재스퍼의 과거를 엿보면서 그에게 조금이나마 인간미를 느끼긴 했지만 역시 내게 소중한 것을 걸고 도박을 할 생각은 없었다.

특히나 내 동생이라면.

"여기서 뭘 하고 있는— 아! 누들? 재스퍼?" 나는 부드럽고 푹신한 잔디 위에서 걸음을 멈췄다. 내 앞에 누들이 다리를 통나무에 받친 채 야외용 의자에 왕처럼 앉아 있었다. 한 손에 쥔 막대기 끝에는 당근이 매달려 있었다. 앞에서 풀밭을 껑충거리던 구미베어가 한 입 베어 문 상태였다.

이 정도로도 놀라 자빠질 판인데, 재스퍼 홈스도 똑같은 의자에 앉아 있었다. 한 손에는 김이 오르는 찻잔을, 다른 손에는 《남과 북》 문고판을 들고.

재스퍼의 뒷마당에서 쉬고 있는 내 동생, 진짜 개답게 장난치며 노는 구미베어보다 더 의외의 장면은 로맨스 소설을 읽는 재스퍼였다. 《남과 북》은 단순한 로맨스가 아니다. 지극히 종교적이고 감상적이다. 이 남자와는 도저히 연결 지을 수 없는 정서랄까.

"누나, 이것 봐!" 내 감정을 말로 표현하기 전에 누들이 외쳤다. "이것 좀 봐!"

누들이 텃밭에서 갓 수확한 당근을 흔들자 구미베어는 입으로 물겠다고 이빨을 딱딱거렸다. 가엾은 늙은 불도그는 숨이 차서 씩씩거리면서도 통통한 몸을 제 딴에는 최대한 높이 들썩였다.

누들이 나를 보고 활짝 웃었다. "개가 당근을 먹을 수 있다는 거 알아? 심지어 좋아한다니까. 홈스 씨가 그러는데, 당근이 개한테 좋대. 당근을 먹으면 입에서 썩은 내가 덜 난다는데."

"나는…, 잘 모르겠는데…." 당황하여 재스퍼와 내 동생을 번갈아 보았다. 혼란이 다른 감정으로 바뀌었다. 충격일까? 아니면 자포자기? 저렇게 많은 말을 연속으로 하는 누들은 몇 년 만에 처음 보았다. "홈스 씨가 이렇게 해주셨어요?"

"나를 재스퍼라고 부르기로 한 것 같은데." 그는 책장 사이에 책갈피를 끼우고 책을 조심스레 옆에 내려놨다. "계속 그렇게 부르지 그래?"

"이게 무슨 상황인지 모르겠네요. 셋이 여기서 뭘 하고 있어요? 누들이 찾아왔어요?"

"수표를 아직도 안 바꿨던데." 재스퍼가 무슨 말을 하는지 깨닫기까지 시간이 좀 걸렸다. "책값 말씀이세요?" 나는 눈을 깜박였다. "아직 은행 갈 짬이 안 나서요."

아직 적절한 금액도 정하지 못했다. 너무 큰돈을 썼다가 재스퍼에게 내 영혼을 빼앗길까 두려웠지만, 병원에서 치료비를 얼마나 청구할지도 두고 봐야 했다.

"수표를 빨리 현금으로 바꿔야지." 이번에는 입꼬리에 살짝 미소를 짓는 그를 보고, 나는 보호 본능에 이끌려 누들 앞으로 나섰다. 누들은 내 행동을 고마워하지 않았다. 오히려 답답하다는 듯 투덜거렸다.

"지금 길을 막고 있잖아, 클로이 누나. 구미베어는 누나를 뛰어넘을 수 없어."

"아, 미안." 나는 당장 옆으로 비켰지만 피해는 이미 발생했다. 피해라 함은 내 동생과, 경비라고는 할 줄 모르는 그 애의 경비견을 납치한 재스퍼 홈스가 이 상황에서 주도권을 쥐고 있는 것이었다.

"다리 부러진 아이를 하루 종일 집에 혼자 둘 수는 없지." 재스퍼는 여전히 입가에 미소를 띠고 있었다. "이 아이한테 무슨 일이 생길 수 있는지 알아?"

그래, 알고 있었다. 그래서 내 목숨이 걸린 듯이 이곳으로 달려오지 않았나. 뭐, 실제로 내 목숨이 걸리기도 했다.

"저 빌어먹을 개한테 걸려 넘어질 수도 있잖아. 쇼크에 빠지거나 진통제를 과용할 수도 있고. 젠장, 누가 집에 침입해서 물건을 싹 훔쳐 갈 수도 있지."

이 마지막 말에 나는 입을 열 용기를 냈다. "안됐지만 우리 집에 침입하는 사람은 엄청 실망할 텐데요. 깨진 노트북이나 전부 제각각인 접시 세트가 산더미같이 쌓였다고요. 맨 밑에는 아기 옷이 깔려 있을 것 같은 빨래 무더기 외에는 가져갈 게 없거든요."

계속 말할 수도 있었지만 누들이 살짝 헛기침을 했다. 그 아이의 목소리는 평소처럼 속삭이는 수준으로 돌아갔다. "누나, 화내지 마. 홈스 씨가 며칠 여기 있어도 된댔어. 그래픽 노블을 읽어본 적이 없으시다는 거야. 무시무시한 이야기를 좋아한다고 하셔서 내 책을 빌려드렸어. 괜찮지?"

"당연히 괜찮지." 나는 아이를 진정시키려고 머리를 쓰다듬었다. 아드레날린의 작용으로 손이 떨렸지만, 누들은 눈치채지 못한 듯했다. "하지만 홈스 씨께—"

"재스퍼라고 부르라니까." 그가 퉁명스레 말했다.

"재스퍼 씨에게 너를 돌봐달라고 할 수는 없어. 안 그래도 엄청 바쁘실—"

이번에는 재스퍼가 툴툴거렸다기보다 껄껄 웃었다고 해야 할 것 같았다. 구미베어가 울부짖으며 악마를 소환할 때처럼 굵고 거친 소리였다.

"내게 딱히 할 일이 없다는 건 너도 알잖아." 그는 조금 망설이다가 말을 이었다. "다른 방법을 찾을 때까지 아침마다 아이를 여기로 보내도 돼. 밥도 먹이고 말썽 안 피우게 잘 감시할 테니까."

내가 이 관대한 제안을 오해할까 봐 그는 내 발치에 침을 뱉는 시늉을 했다. "그 이상은 못 해. 기저귀도 안 갈 거고, 붕대도 못 바꿔줘. 나는 보모가 아니니까."

누가 재스퍼 보고 보모라고 하겠나 싶었지만 누들은 빙그레 웃기만 했다.

"저, 기저귀는 안 차는데요." 누들은 이렇게 말하고 기대하듯 나를 쳐다보았다. "어, 누나? 그래도 괜찮을까?"

온몸의 세포가 거부했다. 일단 이 사람에게 빚을 지기가 싫었다. 더구나 정원 뒤쪽에 크로커스와 백합이 유난히 무성하게 핀 직사각형 땅뙈기가 보였다. 토머스 하디의 《성난 군중으로부터 멀리》에 나오는 매장 장면이 곧바로 머릿속에 떠올랐다.

크로커스와 히아신스는 줄지어 심었다. 이 여름꽃 몇 가지는 그녀의 머리와 발치에 심고, 백합과 물망초는 그녀의 심장 위에 심었다. 나머지는 그 사이의 공간에 흩어 심었다.

재스퍼가 독서광이라는 사실을 알게 된 지금은, 그가 이 책을 읽고 캐서린의 신체 부위를 꽃으로 장식하듯 묘지를 꾸몄을지도 모른다는 의심이 들었다. 살인자라면 그 정도 이상한 짓은 능히 할 수 있다.

별로 그럴듯한 해석은 아니었지만 영 가망 없는 추측도 아니었기 때문에, 나는 그 생각에 매달렸다. 지푸라기를 잡아야 하는 상황에서 그 지푸라기가 얼마나 연약한지 따질 수는 없는 노릇이다.

하지만 재스퍼가 그런 생각을 떨쳐주었다.

"다른 방법이 있는 것도 아니잖아." 재스퍼가 비웃듯이 말했다. "이번에도 내가 아동보호국에 신고하기를 바라나?"

나는 그 말에 가슴을 세게 얻어맞은 듯 뒤로 휘청거렸다. 11세 이하의 아이 셋을 버리고 떠나는 것과 12살 동생을 집에 혼자 두고 동네 도서관에 6시간을 일하러 가는 것은 다르겠지만, 내 마음속에서는 별로 다르게 느껴지지 않았다. 하루 종일 안고 있던 죄책감이 돌담처럼 단단히 자리 잡았다.

"물론 그건 아니죠." 내 목소리는 어울리지 않게 차분했다.

"그렇지. 내 제안을 받아들인다는 뜻인가?"

점점 그쪽으로 마음이 기울었지만 말이 나오지 않았다. 재스퍼에게 내 동생을 보살피라고 맡기는 것은 누구도 연락하고 싶지 않은 번호를 누들에게 건네는 것만큼 불안했다. 문을 열고 적을 순순히 집에 들일 수는 없다. 셰익스피어가 맨 처음은 아니지만 이런 상황을 가장 잘 표현했다. 그건 미친 짓이다.

"누나?" 누들이 나를 쿡쿡 찔렀다. 내가 대답을 지체할수록 동생의 얼굴은 걱정으로 찌푸려졌다. "괜찮겠지? 폐 끼치지 않고 얌전히 굴겠다고 약속할게. 나는 재스퍼 씨가 좋아. 나를 괴롭히지 않는다고."

누들의 말에 나는 멈칫했다. 내 동생은 좋아하는 사람이 별로 없고, 좋다고 인정하는 사람은 그보다 훨씬 적었다. 그리고 재스퍼가 '괴롭히지' 않는다는 말에는 두 사람의 생각보다 훨씬 큰 의미가 담겨 있었다. 누들은 평생 자신을 깎아내리는 어른들에게 둘러싸여 있었다. 어른들은 누들의 자신감과 용기를 빼앗고 아무 것도 이해하려 하지 않았다. 나는 다른 어른들과 달리 재스퍼가 그러지 않는 이유가 누들에게 따뜻한 연민을 품어서가 아니라 다른 인간에 대한 관심이 부족해서가 아닐까 의심스러웠다. 하지만 굳이 그런 말을 꺼낼 생각은 없었다.

"그래. 알았어. 어쩌겠어." 양보할 때마다 어둠의 편에 가까워지는 기분이었다. "그렇다고 이 상황이 내 마음에 든다는 뜻은 아냐."

"앗싸!" 누들이 외쳤다.

"아우우우!" 구미베어도 동의했다.

재스퍼가 마지막으로 반응했다. "뭐가 그리 걱정이야?" 그가 눈을 부라렸다. "내가 이 아이를 해치기라도 할까 봐? 소문 같은 거 믿지 마. 내가 항상 마을에서 따돌림만 당하던 사람은 아니야."

그 말이 도서관 책 여백에 적힌 내용과 부합했기 때문에 나는 대담하게 물었다.

"그게 사실이라면, 예전에는 어떤 분이셨죠?"

그는 내게 허를 찔렸다고 생각하는 모양이었다. 나를 보고 몇 번 눈을 끔벅이더니 헛기침을 했다. "젊은 사람들은 자기만 인생을 경험한 줄 아는 게 문제야." 비꼬는 듯한 어조였다. 자기가 등장하기 전에 일어난 일은 전부 허구인 줄 알지."

"재스퍼 씨의 친구 비프가 인생을 어떻게 살았는지 또 이야기하시게요? 그 비유가 이번에도 통할 것 같진 않은데요."

재스퍼는 책을 집어 책갈피를 끼운 페이지를 펼쳤다. 나는 거기 뭐라 적혀 있는지 보려고 고개를 쭉 내밀었지만 책장은 도서 박람회에서 새로 산 책처럼 빳빳하고 깨끗했다.

"아니야." 그는 책을 읽기 시작했다. "사서라면 그 정도는 알아야 한다는 뜻이야. 아직까지도 훌륭한 소설의 힘을 모른다면 언제까지나 모를 테니까."

10

1960

캐서린도 재스퍼 홈스만큼 어려운 사람은 처음이었다.

약국에서 자신을 피하는 그를 본 이후로, 그녀는 마을 곳곳에서 비슷한 일을 겪었다.

어느 토요일 이른 아침, 어머니가 주문한 토마토 모종을 가져오는 심부름을 하러 들어간 가게에서, 캐서린은 비료 여러 포대를 사는 재스퍼를 보았다. 그는 땀으로 흠뻑 젖은 채 암모니아 냄새를 풍기는 무거운 자루를 트럭 뒤편에 싣고 있었다. 캐서린이 손을 들어 인사했지만, 그는 돌아서서 손을 더 빨리 움직일 뿐이었다.

자전거 바구니에 토마토 모종을 담고, 캐서린은 곧장 도서관 쪽으로 페달을 밟았다. 《무기여 잘 있거라》의 책장을 넘기다가 그녀는 찾고 있던 구절을 발견했다.

희망이 아예 없는 건 아니죠. 하지만 가끔 희망을 품을 수 없을 때도 있어요. 늘 희망을 잃지 않으려고 애쓰지만 그게 잘 안될 때가 많아요.

펜을 들고 여백에 글을 쓸 때도 이제는 양심의 가책을 느끼지 않았다. 재스퍼가 책장이 아닌 곳에서는 대화하기를 거부한다면 책을 이용하는 수밖에 없었다. 아예 시도하지 않는 것보다는 나을 것이다.

잠시나마 당신이 내게 손을 흔들어 줄 줄 알았어요. 내가 어리석었나요?

당신이 내게 무엇을 원하는지 모르겠어요.

희망이죠.

…왜요?

번거롭고 시간이 많이 드는 의사소통 방식이었기에 대화가 끝나기까지 일주일 가까이 걸렸다. 그 사이에 캐서린은 재스퍼를 영화관(그는 티켓을 사지 않았다)과 주유소(그는 스테이션왜건에 연료를 채우는 윈터스 부인을 돕고 있었다)에서 목격했고, 한번은 벌목 트럭 뒤에 매달린 모습도 보았다. 트럭은 나무를 가득 실은 채 덜컹거리며 중심가를 지나가는 중이었다. (그 순간 캐서린은 재스퍼를 너무 원망하지 않기로 마음먹었다. 그는 너무 지쳐 보였기에, 주위 분위기는 물론이고 캐서린이 그의 관심을 끌려 하는 것도 알아채지 못했으리라.)

그러는 내내 재스퍼는 손 한 번 흔들지 않고, 미소 한 번 짓지 않았으며, 알은체도 하지 않았다. 캐서린은 《시라노 드 베르주라크》에서처럼 재스퍼가 캐서린이 아닌 그녀와 주고받는 편지에 마음을 빼앗긴 것이 아닐까 의심한 적도 있지만, 그녀를 그토록 철저히 피하는 것을 보고 생각이 달라졌다. 그 정도 무시는 단단히 작정해야만 가능할 테니까.

통찰력 있는 소령의 딸이었기에, 캐서린은 그가 단단히 작정했다는 것을 한눈에 알아보았다. 어쩌면 그녀도 단단히 작정했는지 모른다. 캐서린은 펜을 들고 이렇게 적기 시작했다.

17장을 봐요. 끝부분을.

며칠 후, 캐서린이 출근하여 살펴보니 평소에 그 책이 꽂혀 있던 자리가 비어 있었다. 가슴을 두근거리며 그것이 잘못 꽂혀 있거나 다른 서가에 놓여 있는지 살폈다. 피터스 여사가 먹잇감을 노리는 매처럼 그녀의 동작 하나하나를 지켜본다는 사실을 깨닫자 심장 박동은 더 빨라졌다.

"당신 애인을 찾는 거예요? 내 사무실 서류 캐비닛 좀 봐달라고 부탁했는데." 그녀는 콧구멍이 보이지 않을 정도로 코를 훔쳤다.

"제, 애인이요?" 캐서린은 당황한 속마음을 노출하지 않으려 애썼다. 피터스 여사는 알고 있을까? 재스퍼에 대해? 책에 대해?

"틈만 나면 도서관에 얼쩡대는 게 나는 영 못마땅하지만, 뻑뻑한 잠금장치를 고쳐주기로 했거든." 캐서린은 피터스 여사의 목소리가 뼛속까지 울린다고 느꼈다. "그래서 한 번은 넘어가려고. 이번 한번만이에요."

캐서린은 땀이 밴 손바닥을 허벅지에 문질렀다. 오늘만큼은 관습과 아버지의 뜻을 거슬러 몸에 딱 맞는 7부 바지를 입어서 다행이다 싶었다. 피터스 여사가 그를 사무실에 가두었다면 그는 달아날 데도, 숨을 데도 없다.

완벽했다. 그녀에게는 기회였다.

"그 사람한테 도움이 필요한지 제가 한번 가 볼게요." 캐서린이 활달하게 제안했다.

그녀는 대답을 기다리지 않았지만 피터스 여사가 소리치는 것을 막지는 못했다. "문은 열어 둬요! 육체의 유혹이 생길 때마다 한 치씩 더 열어야 돼요!"

캐서린은 서둘러 사무실로 향하면서 로니와 눈이 마주치지 않도록 조심했다. 눈을 맞췄다가는 웃음이 터질까 봐 두려웠다.

피터스 여사의 커다란 책상에 딸린 금속 서랍장 앞에 남자가 앉아 있었다. 캐서린은 그 남자를 제대로 확인하기도 전에 왜 불쑥 말을 걸었는지 한탄스러웠다.

"아하! 이제야 잡았네요." 그녀가 노래하듯 말했다. 그러고는 헤밍웨이에게 조용히 양해를 구하며 책 속 문장을 조금 바꾸어 읊었다. "우리 모두는 끝장났어. 그것을 깨닫지 못하는 게 문제지."

남자가 벌떡 일어섰다. 환하게 웃는 그를 보고 캐서린은 꼼짝도 할 수 없었다. 사실 그녀가 꼼짝하지 못한 이유는 미소 때문만이 아니었다. 눈앞에 보이는 것이 꿈에 자꾸만 찾아오는 거칠고 음울한 남자의 얼굴이 아니었기 때문이다. 윌리엄 맥브라이드는 거칠지도 음울하지도 않았고 꿈에 찾아오는 법도 없었다.

"캐서린! 드디어 왔네요."

캐서린은 당황한 표정을 숨기려 안간힘을 썼다. 완벽한 군인의 딸 역할을 오랜 세월 훈련 받은 것이 도움이 되었지만, 그의 뒤 책상에 비스듬히 놓인 《무기여 잘 있거라》를 발견하자 평정을 유지할 수 없었다.

"이건 뭐 하러 가져왔어요?" 캐서린이 책에 손을 뻗으며 물었다. 윌리엄은 재빨리 옆으로 움직여 그녀를 막았다.

"구실이 필요하잖아요." 그는 열린 문을 보며 말했다. 두 사람 다 반대편에서 피터스 여사가 혀를 끌끌 차는 소리를 들었다. 그는 조심스레 목소리를 낮추어 덧붙였다. "도서관에 계속 찾아올 핑계가 있어야죠. 피터스 여사가 우리 사이를 눈치챘거든요."

캐서린의 심장이 한참이나 멈추고 《시라노 드 베르주라크》의 악몽이 다시 밀려왔다. 책에 글을 남긴 사람이 윌리엄 맥브라이드였을까? 그 책이 꽂힌 서가 옆을 지날 때마다 가슴을 두근거리게 만든 사람이 윌리엄 맥브라이드였다고?

"아닐 거야." 그녀가 중얼거렸다. 너무 작은 소리여서 윌리엄이 들었는지는 알 수 없었다.

"내가 문학을 잘 모르긴 하지만, 대출한 책을 꼭 읽어야 한다는 규칙은 없죠? 이 책은 좀 짧으니까 며칠 후에 또 다른 책을 고르러 올 평계가 좋잖아요."

"그렇다면." 캐서린의 심장이 다시 콩닥거리기 시작했다. "안 읽은 거예요?"

윌리엄은 책을 집어 책등을 살폈다. "《무기여 잘 있거라》?" 그가 인상을 썼다. "고깝게 듣지 말았으면 좋겠는데, 군사 훈련은 받을 만큼 받고 있어요. 당신 아버지가 좋은 지휘관이 아니라는 뜻은 아니에요. 훌륭한 지휘관이시죠. 인간으로선 더 훌륭하시고."

안도감 때문에 캐서린은 평소보다 경솔해졌다.

"그러면 아무 책이나 집었다는 뜻이에요? 다행이네요. 덕분에 간 떨어지는 줄 알았어요." 그녀는 당당히 손을 내밀었다. "그 책 나 줘요."

윌리엄 맥브라이드는 어리석었지만 바보는 아니었다. 그는 곧장 캐서린과 책상 사이를 막아섰다. "왜요? 이 책이 뭐길래?"

"아무것도 아니에요. 그냥 당신한테 안 어울리는 책이지."

그는 표지를 톡톡 두드렸다. "당신은 읽었어요?"

"당연하죠."

"마음에 들었고요?"

캐서린은 아랫입술을 깨물며 곰곰이 생각했다. 솔직히 헤밍웨이의 팬은 아니었다. 사실, 이 책을 읽은 이유는 누군가가 아버지에게 이 책이 그녀 같은 젊은 미혼 여성에게 적합하지 않다고 말했기 때문이었다. 뭐든지 못하게 하면 더 하고 싶었다. 그녀는 어머니를 포섭한 다음, 이 책의 문학적 가치와 군대에 대한 정확한 묘사를 내세워 결국 아버지의 승낙을 받아냈다.

어쨌거나 이 책은 누구 말 만큼 추잡스럽지 않았다. 애정 장면은 직접 묘사되기보다 암시되는 쪽이었고, 아버지도 인정할 만한 교훈이 담겨 있었다.

행실이 나쁜 여자가 출산 중에 목숨을 잃는다. 남자는 그 죄의 절반에 대한 대가를 전혀 치르지 않은 채 아쉬울 것 없는 행복한 삶을 산다. 젠장. 차라리 그 여자에게는 브램 스토커의 …길고 흰 콧수염만 남기고 깔끔하게 면도했고, 머리부터 발끝까지 색 한 점 없이 검정으로만 휘감은 키 큰 노인이 더 잘 어울릴 텐데. 아니면 메리 셸리의 …흉측하게 일그러진 혐오스러운 괴물이나.

캐서린은 괴물에게 물리적 형태를 부여할 용기가 있는 작가가 좋았다.

"괜찮았어요." 캐서린은 책에 대한 관심을 억지로 숨기며 말했다. "조금 현학적이지만 당신은 그런 거 좋아하실 것 같은데요."

윌리엄의 환한 미소가 조금 어두워졌다. 캐서린은 조금 미안해졌지만, 그렇다고 윌리엄이 그녀에게 책을 넘긴 것은 아니었다. 역시 바보는 아닌 모양이었다.

"내가 책을 주면 내 부탁 들어줄래요?" 그가 물었다.

"그럴게요." 반사적으로 이 대답이 튀어나왔다.

그러자 윌리엄의 눈빛이 살아났다. 그는 그녀를 놀리듯 책을 손이 닿지 않는 곳으로 치웠다. "나랑 데이트해요."

캐서린의 심장이 또 한 번 격렬하게 쑤셨다. "뭐라고요? 왜요?"

"분명히 당신한테 의미 있는 책이네요." 그는 자신이 부도덕한 짓을 저지르려 한다는 것을 전혀 모르는 듯 부드럽고 진지하고 당당하게 말했다. "당신은 분명히 내게 의미 있는 사람이고요. 한 번만 만나줘요, 캐서린. 그것만 해주면 돼요. 자동차 극장에서

〈기젯〉을 상영 중이에요. 영화 끝나면 식당에서 밀크셰이크를 마셔요."

그가 제안하리라 예상했던 밋밋하고 시시한 데이트에 매우 가까웠기에, 캐서린은 웃음을 터뜨려 속마음을 드러낼 뻔했다. 그녀는 또 책을 안전하게 지키려면 아주 신중하게 행동해야 한다고 느꼈다.

"네. 그래요. 당신이 원한다면요."

"정말요? 이번 토요일 어때요?" 그의 얼굴이 너무나 황홀한 표정으로 빛났기에 캐서린은 그의 기대를 부추긴 것이 미안할 지경이었다. 다행히 그의 말이 조금은 협박조였기 때문에 죄책감을 느낄 정도는 아니었다. 진짜 신사라면 그녀에게 무해한 청을 했을 것이다. 읽을 책을 골라달라거나 날씨 정보를 제공하는 전화번호를 알려달라는 등. 그녀 자체를 요구하는 것이 아니라.

"토요일 좋아요." 캐서린은 달콤한 미소를 지었다. "그리고 내 말이 맞는지 궁금하면 그 책을 대출해도 돼요. 재미있을 거예요. 주인공이 임무를 버리고 군인이자 남자로서 명예를 잃는 이야기니까."

재스퍼 홈스같은 남자라면 이 말을 뻔한 거짓말로 들을 터였다. 하지만 윌리엄 맥브라이드에게는 기막히게 먹혔다.

"아니, 아까 말했듯이 그냥 핑계예요." 그는 가지런한 치아를 드러내고 웃으며 캐서린에게 책을 건넸다. "이제 여기 찾아올 구실이 마땅치 않아서요. 아무한테도 말하지 말아요. 사실 나, 이집트의 태양 여신에 전혀 관심 없어요."

"그럴 줄 알았어요." 캐서린이 심드렁하게 말했다.

윌리엄이 그녀의 냉소를 감지했는지는 몰라도, 그것을 지적할 기회는 없었다. 열린 문밖에서 낮은 헛기침 소리가 들리더니, 피터스 여사가 머리를 들이밀었다. 굳게 다물린 입술을 보고 캐서린은 그녀가 여신 이야기를 들었을 거라 짐작했다.

"잠금장치는 다 고쳤어요?" 피터스 여사가 물었다.

"새것처럼 고쳐놨습니다." 윌리엄은 공손하게 고개를 끄덕였다.

캐서린은 어머니가 이 모습을 볼 기회가 절대 없기를 바랐다. 몰래 커피를 끓여주고, 민망할 정도로 꽉 끼는 바지를 입고 나가는 캐서린을 못 본 척해 주는 어머니지만, 예의 바른 젊은 남자에게는 더없이 약했다.

"이제 기지로 돌아가야겠네요." 윌리엄이 덧붙였다. "하지만 제 도움이 필요한 일이 또 있으면, 쉬는 시간에 잠깐 들를 수 있어요."

피터스 여사는 이 제안을 받아들이며 흡족해했다. 그러나 그녀가 윌리엄의 팔을 잡고 남자의 손을 빌려야 할 녹슨 경첩과 깨진 벽돌을 둘러보는 동안, 캐서린은 별로 걱정하지 않았다. 수리할게 많다면 윌리엄이 서가와 그녀의 곁에 출몰하는 빈도는 오히려 줄어들 테니까.

그들의 목소리가 멀어지자마자, 캐서린은 문을 닫고 책장을 넘겨 17장 끝부분을 찾았다. 그녀가 재스퍼에게 마지막으로 찾아보게 한 부분이었다. 그의 생각이 궁금한 문장이었다.

굵은 밑줄을 그은 그 구절이 그의 눈에만 보이기를 바랐다. 기쁘고 다행스럽게도 그는 금방 알아차렸다.

"나는 당신 친구예요."

"알아요."

"아닐걸요. 하지만 언젠가는 알게 되겠죠."

당신이 정말로 내 친구가 되고 싶다면, 이쯤에서 내가 헤밍웨이를 별로 좋아하지 않는다는 걸 고백해야겠네요.

캐서린은 그 순간, 폭발한 기쁨을 간신히 억눌렀다. 사실 재스퍼가 그녀와 친구라는 데 동의하거나 그렇게 느낀다고 표현하지는 않았지만, 그녀의 메시지에 답장을 했다. 캐서린에게는 그 정도로 충분했다. 지금으로서는.

피터스 여사가 돌아와 이 사무실에서 벌어진 일에 대해 해명을 요구하기 전에, 캐서린은 얼른 답장을 썼다.

아무한테도 말하지 않을게요. 그나저나 헤밍웨이를 좋아하지 않는다면서 애초에 왜 그 책을 골랐죠?

캐서린은 나중에 서가에 꽂으려고 소설책을 호주머니에 넣었다. 손이 떨렸지만 두려워서가 아니었다. 순전히 기대감 때문이었다. 이 소소한 놀이를 계속하다가 둘 중 한 명이 들킬 공산이 컸고, 그 책임은 곧장 그녀에게 돌아오겠지만 캐서린은 개의치 않았다.

발레와 박물관은 없을지라도, 이 마을은 온갖 화려한 도시와 이루 말할 수 없는 신비를 전부 합친 것보다 더 큰 흥분을 주는 곳이 되었다.

그녀에게 로맨스와 비밀이 생겼다. 그녀에게는 직업도 있고 숨길 것도 있다.

무엇보다 친구가 생겼다.

11

클로이

"반경 100킬로 내에 있는 《힐 하우스의 유령》 중고 책을 전부 찾아야 해." 다음 날 아침, 일터에 들어서며 페퍼에게 말했다. 내 팔에는 빈 캐서롤 접시와 헤밍웨이의 책, 이 지역의 모든 중고 서점 목록이 들려 있었다.

스포캔까지 갈 마음은 없었기 때문에 선택의 폭은 좁았지만 이 인근에도 찾아볼 곳이 아예 없지는 않았다. 몇몇 중고품 할인 매장의 도서 코너에는 다양한 책이 구비되어 있었고 창고 세일도 가볼 만했다. 게다가 이 마을 사람들은 물건을 마르고 닳도록 쓰는 편이었다. 책장은 차고의 선반이 되었다가 해체되어 불쏘시개로 쓰였다. 이불은 커튼으로 이용되다가 결국 고등학교 축제용 꽃 무늬 토가(흰 양모로 만든 고대 로마의 의상으로 반원형 형태의 옷감을 어깨와 목 주변으로 둘러서 입는다 – 옮긴이)로 변신했다.

테오도 나름의 계획이 있었다. 바로 오늘 아침, 그 애는 우리에게 뒷골목이라는 뒷골목은 샅샅이 뒤져서 버려진 담배꽁초를 찾으라고 통보했다. 발톱 사건 때문에 닷새를 방과 후에 학교에 남아 있으면서, 필터를 물에 담가 일종의 녹 방지제를 만들 수 있다는 사실을 배운 모양이었다. 테오는 녹 방지제를 잔뜩 만든 다음 지역 농부들에게 판매해 우리 가족의 재산을 불리겠다는 계획을 세웠다.

나는 늘 그렇듯 잘해보라고 격려했지만, 테오의 수거 작업에 참여하는 것은 정중히 거절했다. 양육을 하다 보니 누구도 내게 알려주지 않은 끔찍하고 더러운 일을 차고 넘치게 겪어야 했다. 가족의 재산이고 뭐고, 일거리를 늘릴 생각은 없었다.

"셜리 잭슨?" 페퍼가 내 짐을 덜어주러 다가오며 물었다. 그녀는 헤밍웨이 책만 집었기 때문에 큰 도움은 되지 않았지만 내가 뭐라 할 수는 없었다. 나는 자정이 훌쩍 넘은 시간까지 여백에 적힌 글을 읽고 또 읽었다. 신간이 나오자마자 단숨에 읽어 치운 루시 폴리의 스릴러보다 더 흥미진진했다. "왜? 재스퍼 홈스 문학 기행의 다음 목적지라도 되는 거야?"

"17장 끝부분이야." 이렇게 대답하다가 내게 곧장 달려오는 건 더슨을 발견하고 빈 캐서롤 접시를 내밀어 그를 막았다. "이렇게 빨리 돌려받아서 놀라셨죠? 동생들이 한 입도 안 남기고 먹어 치웠어요. 아무래도 제가 애들을 쫄쫄 굶겼나 봐요. 사모님께 다시 한번 감사하고 정말 맛있게 먹었다고 전해주세요. 콜리플라워였죠? 파스타 대신 넣은 게?"

내가 셀러리 주스까지 나눠달라고 했으면 그의 기분이 더 좋았을 텐데.

"온 가족이 고지방 다이어트를 하고 있어." 그는 예비 엄마처럼 당당히 배를 두드렸다. "벌써 4킬로가 빠졌어. 주말에 먹게 뱁스한테 몇 개 더 만들어 달라고 할게."

"아니, 안 그러셔도 돼요. 저희는 잘 먹고 있으니까요. 진짜로요." 나는 기관총처럼 말을 쏟아냈다. "사모님을 자꾸 귀찮게 해 드리면 안 되죠. 그러면 저희가 어떻게 음식을 맘 편히 먹겠어요."

"그냥 돕고 싶어서 그러는 거잖아." 건더슨은 살짝 상처받은 목소리였다. "다들 같은 마음이야."

"소용없어요, 관장님." 페퍼가 책에서 눈을 떼는 둥 마는 둥 하며 말했다. 여기서도 손 글씨가 보였지만 건더슨은 모르는 듯했다. "클로이에게 도움의 손길을 받아들이게 하는 것보다 어려운 건, 애초에 도움이 필요하다고 인정하게 만드는 거예요."

"자기 할머니 병문안도 못 가게 하는 사람이 할 말은 아닌데."

"뭐, 오는 건 괜찮아." 페퍼가 주저 없이 대꾸했다. "다만 뭘 갖고 오는 건 금지야. 그건 그렇고, 관장님, 지난번에 사주신 착즙기를 할머니가 얼마나 잘 쓰고 계시는지 몰라요. 갑상샘에 얼마나 좋은지는 몰라도, 남은 음식 재료를 모조리 쓸어 넣고 어떤 음료가 나오는지 지켜보는 재미에 푹 빠지셨죠. 어제는 감자 껍질과 양파를 갈아 먹었는데 신기하게 감자전 맛이 나더라고요."

"그러라고 드린 건 아닌데—" 건더슨은 말을 꺼냈다가 한숨을 쉬며 따지기를 포기했다. "그래도 쓸모가 있다니 다행이네."

"이건 아니지!" 내가 빽 소리를 질렀다.

페퍼는 일부러 멍한 눈으로 나를 보았다. "감자전 맛 주스 마시고 싶었어? 할머니한테 좀 더 만들어 달래서 내일 가져올게. 하지만 그건 바로 마시는 게 좋은데. 아니면 감자가 거무튀튀하게 변하잖아. 테오한테 물어보면 그 이유를 알 거야."

"페퍼." 내가 말했다.

"클로이." 그녀가 말했다.

"건더슨." 건더슨이 말했다. 그는 활짝 웃으며 덧붙였다. "소외된 기분이 들어서."

이제 내가 싸움을 포기할 차례였다. 하지만 나는 건더슨만큼 우아하지 못했다. "알았어요. 그래, 페퍼. 처치 곤란한 주스가 있으면 나한테 좀 갖다줘도 되지만 마시겠다고 약속은 못 하겠네. 그리고 맞다, 관장님, 캐서롤을 더 만들어 주세요. 사모님이 힘든 건 싫지만—"

"그런 말은 됐고." 건더슨은 캐서롤 접시를 가슴에 꼭 끌어안고 돌아서며 말했다. "뱁스도 좋아할 거야. 새로운 에그롤 조리법을 시험하지 못해서 난리였거든."

우리는 떠나는 그를 지켜보았다. 나는 안도의 한숨을, 페퍼는 나를 이해한다는 듯 미소를 지었다.

"내 방식은 아니지만 효과가 있네. 음식이 진짜 맛있었던 거야, 아니면 건더슨을 보내버리려고 한 소리야?"

"맛있었어." 나는 여전히 짜증을 느꼈다. "하지만 그게 중요한 게 아니야. 페퍼, 나도 도움을 받아들일 줄 안다고."

"그래 맞아."

"나는 그야말로 후원금 모금 사이트랑 정부 지원으로 사는 사람이잖아."

"마지막 모금은 테오의 부러진 어금니를 고칠 돈을 마련하는 게 목적이었잖아. 그 애가 펜치로 직접 이를 뽑아서 문제가 해결됐으니까 모금을 종료한 거고. 이젠 다 끝냈잖아. 잘 넘어갔으니까."

테오는 지금도 그 이빨을 병에 고이 모셔두고, 가족에 도움이 안 된다는 욕을 먹을 때마다 들고나왔기 때문에 페퍼의 말은 틀리지 않았다. 그래도 나는 반론을 준비했다.

"내가 도움을 받아들일 줄 모른다면, 재스퍼가 한동안 누들을 돌봐주겠다는 제안에 왜 동의했겠어?" 페퍼가 헉 소리를 내자 나는 웃음을 터뜨렸다. "네가 제대로 들은 거 맞아. 나는 사랑하는 동생을 세상에서 가장 매정한 사람의 손에 넘기고도 전혀 후회하지 않아. 그 정도로 절박하다고. 도움의 손길을 기꺼이 받아들이고 있다니까."

수긍할 줄 알았는데 페퍼는 내게 책을 던졌다. "너 진짜 거짓말 못 한다. 너는 재스퍼가 나쁜 사람이라고 생각하지 않는 거야. 오히려 좋아하는 것 같다? 캐서린이란 여자처럼 그 사람한테 푹 빠졌는데."

"그 구절을 찾았어? 내가 왜 셜리 잭슨 얘기를 했는지 알겠지?" 나는 너무 흥분해서 목소리의 떨림을 숨기기 어려웠다. "《힐 하우스의 유령》이 퍼즐의 다음 조각이라고 확신하지만 도서관 데이터베이스는 이미 확인했어. 오랫동안 그 책을 소장하지는 않았더라고."

"그 구절 찾았어. 하지만 이제 재스퍼랑 그렇게 친해졌다면서 왜 그 얘기를 못 꺼내나 모르겠네. 그 로맨스가 결국 어떻게 됐는지 궁금하면 그냥 물어보면 되지."

"장난해? 살다 살다 그렇게 한심한 소리는 처음 들어보겠다." 낭만적이고 이지적이고 문학적인 페퍼가 내 눈에도 빤히 보이는 것을 보지 못한다는 사실이 믿기지 않았다. "그 사람은 실연당한 괴팍한 책벌레의 현신 같은 사람이야. 《비밀의 화원》의 아치볼드 크레이븐이라든지, 《폭풍의 언덕》의 히스클리프라든지, 《론리 하츠 북클럽》의 아서 매클라클런이라든지. 진짜, 페퍼. 내 얘기를 듣고도 그런 소리가 나와? 젊은 시절, 지독한 사랑의 비극을 겪었고, 한평생 그 상처를 극복하려 애쓰다가 실패했어. 그래서 지금 저렇게 불행하잖아. 그 여자에게 상처받은 거지. 진짜로 그 여자가 죽었는지도 모르고. 살해당한 게 아니라 그냥."

"네가 사랑해 마지않는 C가 죽었다는 말을 하면서 너무 신난 거 아냐?"

내가 순식간에 푹 빠졌던 여성이 요절했다고 생각하다니. 죄책감이 나를 덮쳤다. 하지만 죄책감이 아무리 강한들 다른 걱정을 전부 집어삼킨 호기심에는 당할 수 없었다. 속이 뒤틀리거나 무기력해지는 불안과 흥분 이외의 감정을 느낀 지 하도 오래되어, 나는 호기심의 마법에 걸려들고 말았다.

"그래. 어쩌면 그 여자는 지금도 어딘가에서 잃어버린 사랑을 그리워하고 있을지도 몰라. 나는 황혼기에 접어든 두 사람을 재회시키고 싶은 건지도."

이 말에 페퍼는 시큰둥하고 냉소적인 눈빛으로 반응할 뿐이었다. 나는 책을 펼쳐 이미 내 마음에 새겨진 글을 읽었다.

당신이 정말로 내 친구가 되고 싶다면, 이쯤에서 내가 헤밍웨이를 별로 좋아하지 않는다고 고백해야겠네요.

아무한테도 말하지 않을 게요. 그나저나 헤밍웨이를 좋아하지 않는다면서 애초에 왜 그 책을 골랐죠?

묵비권을 행사할래요.

그건 범죄자나 정치인이 하는 거잖아요.

알았어요. 추천을 받았어요.

누가 추천했어요? 사서가?

뭘 캐묻고 그래요?

당신은 숨기는 게 너무 많아요. L이 틀림없네요. 원체 감상적이고 신파적인 책을 좋아하니까. 이 책 좋아한다고도 했었고.

L은 아니에요. 이 책이 감상적이고 신파적인 것도 아니고. 로맨틱하다고 해야죠.

로맨틱? 로맨틱하다고요? 헤밍웨이가 마지막에 C를 죽이지 않았으면 둘의 사랑 이야기는 파국으로 치달을 수밖에 없어요. F같은 이기적인 탈영병은 전쟁이 끝나자마자 C에게 싫증을 냈을걸요? 가엾은 C 씨는 혼자서 아이를 키워야 했을 거예요. 1920년대에는 여자가 몸을 버리면 자립할 방법이 없었잖아요. 그건 로맨스가 아니에요. 비극이지.

두 사람의 대화가 꾸역꾸역 이어졌기 때문에 나는 페이지를 계속 넘기는 수밖에 없었다. 이 책이 얼마나 많은 사람들의 손을 탔는지, 메시지 사이에 시간 간격이 얼마나 있었는지 알 수 없었지만, 손때 묻은 책장을 보니 그 과정이 어지간히 길었겠다 싶었다.

그래. 알았어요. 러브스토리를 좋아하지 않는군요.

당신은요? 가장 좋아하는 책이 뭐죠?

묵비권을 또 행사해도 돼요?

다음에 공공장소에서 나를 마주쳤을 때 손을 흔들어 주기로 약속 한다면요.

거기서, 내가 알은체했죠. 이제 만족해요?

그럭저럭. 셔츠가 잘 어울리데요. 눈동자 색이 더 돋보였어요.

칭찬해 달라곤 안 했는데.

그럼 다음에 만날 때는 파란 셔츠 입지 마요. 좋아하는 책도 말해 주지 않는데 우리가 다음에 읽을 책은 어떻게 골라요? 내가 이 서가 근처에 너무 얼쩡대니까 P여사가 수상하게 생각하잖아요.

음…, 당신이 가장 좋아하는 책은 뭐죠?

지금요? 맞혀 봐요.

《오만과 편견》?

이그. 좀 진지해져 봐요.

알았어요. 《우돌포의 비밀》.

비슷했어요. 고딕 소설을 좋아하는데, 배경이 현대라면 더 좋고요. 공포는 현실이 될 가능성이 있을 때 훨씬 더 무서우니까요. 예를 들어, SJ는 여자를 겁에 질리게 하는 법을 정말로 잘 알죠.

아, 저런. 그 책은 안 읽을래요. 너무 무서워요.

그래요? 잘 생각했어요. 미리 경고하는데, 그냥 무서운 정도가 아니에요. 진짜 소름 끼쳐요.

저기. 왜 아무 말도 안 해요?

J? J???

그래요. 당신이 이겼어요. 그 소름 끼치는 책, 한 번 읽어나 보죠.

무서운 책 안 좋아하는 줄 알았는데요?

…생각이 바뀌기 시작했어요.

대화는 거기서 끝났다. 더 이상 메시지도, 문학 비평도, 재스퍼의 파란 셔츠가 눈동자 색과 어울린다는 이야기도 없었다. 《북회귀선》에 적힌 메시지는 이미 봤으니, 두 사람의 관계가 진전되었다는 사실은 알았다. 그때는 1960년대였는데도 둘은 공개적으로 만나면서 사랑과 이에 대해 논하고, 한 침대에 누웠다.

나는 그 빈틈을 메우고 싶었다. 그래야 했다. 백지 수표보다, 뱁스가 만들어 낼 수 있는 모든 캐서롤보다, 누를 용기도 없는 오래된 전화번호보다 더 간절한 욕구였다.

"네겐 정말 중요한 일이구나?" 내가 한숨을 쉬며 가슴에 끌어안는 책에 고갯짓을 하며, 페퍼가 물었다. 나는 이 책을 도서관 서가에 돌려놓지 않을 작정이었다. 누구도 아쉬워하지 않을 책이었다. 대출 이력을 확인하려고 책을 스캔해 보았지만, 낡은 바코드는 우리 시스템에 등록되어 있지 않았다.

"무슨 일이 있었는지 알아야겠어." 내가 대답했다.

페퍼는 입술을 오므렸다. "그 사람이 안 좋아할 텐데."

누구를 가리키는지 물어볼 필요도 없었다. "책을 다 모아서 재스퍼에게 돌려줄 거야. 클로이 샘슨은 한다면 해."

"그런다고 그 사람이 좋아하겠냐? 네가 책을 전부 읽었다는 뜻인데."

"그러면 재스퍼에게 숨겨야겠다. 그리고 내 평생 아무도 모르게 할 거야."

"알았어. 내가 도와주지."

나는 페퍼의 입에서 나온 그 말에 너무 마음이 놓여 그녀가 경고하듯 한 손을 쳐드는 모습을 눈여겨보지 않았다.

"하지만 네가 그 수표에 5천 달러를 써서 점심시간에 은행에 가져가는 조건이야."

"페퍼, 그건 안 돼! 재스퍼가 누들을 돌봐주기로 했다는 얘기, 방금 들었잖아. 그의 인심과 돈을 다 챙길 수는 없어. 염치가 있지."

페퍼가 입술을 더 삐죽 내밀었다. "그럼 나한테 병가를 내거나 휴가를 써서 도와달라고 했어야지."

나는 고개를 저었다. 저을 때마다 마음이 점점 무거워졌다. 페퍼의 그 표정, 내겐 익숙했다. 단호한 얼굴, 절대 물러서지 않겠다는 얼굴이었다.

"네 휴가는 할머니 챙기는 데 써야지."

"나한테도 좀 나눠달라고, 클로이. 온 세상 무게를 혼자 짊어지려고 아등바등하는 모습을 보기만 해도 지쳐. 전화만 하면 와서 도와줄 사람 없어? 어디 도와주려고 기다리는 영웅은 없냐고?"

전화만 하면 와서 도와줄 영웅이라는 페퍼의 표현에 힘이 났다.

평소 같았으면 그 따뜻하고 끈끈한 감각을 무시하고 꿀꺽 삼켜 위산으로 녹여버렸겠지만, 지금은 그렇게 하지 않았다. 진정한 로맨스를 가슴에 품고서 어찌 그럴 수 있을까? 나는 진실한 사랑을 믿지 않았고, 그것에 대해 무슨 할 말이 있다 쳐도 절대 하지 않겠지만, 싸늘한 내 심장조차 지금은 갈비뼈 밖으로 튀어나올 듯이 쿵쿵거렸다.

"배트 시그널에 응답하는 사람 말이야? 그런 남자라면 아는 것도 같은데."

페퍼가 깔깔 웃었다. "나는 네 엄마를 염두에 두고 한 말인데, 그런 사람도 괜찮겠다. 내가 생각하는 그 사람이 맞다면 아주 큰 도움이 될 것 같아."

12

클로이

"당신이 데이트에 동의했을 때부터, 내가 둘만의 오붓한 저녁을 기대한 건 아니었어요."

그게 어떻게 가능한지는 몰라도, 잭은 동네 볼링장 '코퍼볼'에서나 병원에서나 도서관에서나 야외에서나 자기 집처럼 편안해 보였다. 어디서나 그런 식일 것이다. 기분 좋고, 여유로워 보이고. 어디에 있든 옆에 있는 여자의 어깨에 팔을 걸치다시피 하고 큰 몸집을 좌석에 느긋하게 기대고 있겠지. 그래서 나는 그의 맨 팔뚝에서 올라오는 열기에 너무 신경 쓰고 싶지 않았다.

"그렇지! 스트라이크!" 테오가 우리에게 달려오며 말했다. 땀으로 머리카락이 이마에 붙어 있었다. "두 번 연속이야. 꼭 적어둬야 해. 누나, 점수 기록하고 있지?"

"내가 적고 있어." 누들이 수줍은 표정으로 잭을 올려다보며 말했다. 그 애는 몽당연필로 앞에 놓인 종이를 톡톡 두드렸다. "내가 제대로 하고 있는 거 맞아요?"

잭은 잠시 훑어보고 고개를 끄덕였다. "완벽해. 점수 기록하는 실력이 최고야. 다음에 경마장 갈 때 너를 데리고 가야겠다."

"경마장에 간다고요?" 누들이 물었다.

"나도 데려갈 거예요?" 잭이 대답할 틈도 없이 테오가 끼어들었다. "항상 기수가 되고 싶었거든요. 워워! 이랴!"

"안 돼. 넌 기수 하기에는 키가 너무 커. 앨로이시어스처럼 작고 아담한 사람이 제격이야."

"나도 작고 아담한데." 트릭시가 반대편 자리에서 말했다. 그 애가 눈을 깜박이는 모습을 보니 우리가 오늘 저녁을 무사히 보낼 거라는 희망은 깡그리 사라졌다.

우리 집에 도착한 순간부터, 잭은 오늘 저녁에 샘슨을 한 명이 아니라 네 명이나 데리고 나가야 한다는 사실에 놀랐지만 실망하지는 않았다. 트릭시는 그에게 홀딱 빠졌다. 트릭시에 따르면 잭은 1. 샘슨 가족 전체를 아무렇지 않게 받아들였고, 2. 누들을 본명으로 부르고도 무사한 것을 보면 최고의 영웅이 분명하다고 말했다. 나는 상식보다 감정이 앞서는 열다섯 살 여학생은 아니지만, 그 말에 동의하고 싶었다.

하지만 티내지 않기로 다짐했다.

"아직 안 늦었으니까 달아나도 돼요." 나는 잭에게 이렇게 말하고, 트릭시에게 경고의 눈초리를 쏘았다. 트릭시는 기다란 가짜 속눈썹에 뭐가 붙은 척하며 외면했다. "내가 만만하거나 쉬운 데이트 상대는 아니라고 분명히 경고했으니까요."

잭은 웃음을 참느라 온몸을 부들거렸다. "그 말을 들었을 때 당신이 나초를 주문할 때 할라피뇨를 추가하겠다는 뜻인 줄 알았어요."

"여기 나초도 있어?" 테오가 이렇게 물으며 역시 잭을 향해 위험하게 눈을 반짝였다. "배고파, 누나. 나초 하나 시켜서 나눠 먹으면 안 돼?"

트릭시가 소리 내어 비웃었다. "네가 나눌 줄 아는 건 세균뿐이잖아."

"무슨 소리! 내가 특별히 만든 비듬 샴푸도 쓰게 해줬잖아?"

"나 비듬 없거든!" 트릭시는 머리 뿌리까지 벌겋게 달아올랐다. 사실 날씨가 많이 건조해지면 트릭시의 머리에 비듬이 일어났다. "네 샴푸 향이 마음에 들었을 뿐이야."

"징크 피리치온 때문이야. 좋은 냄새가 아니고, 젖은 구미베어 냄새야." 테오는 의기양양하게 잭을 돌아봤다. "머리 곰팡이를 다 죽이는 성분이에요. 내겐 머리에도 발에도 곰팡이가 있어요. 온몸에 곰팡이가 생겼죠. 트릭시도 마찬가진데 발진인 척 숨기고 있는 거예요."

"이런 수모 도저히 참을 수 없어." 트릭시는 구시렁대며 의자에 깊숙이 파묻혔다. "언니, 테오 좀 말려주면 안 될까?"

나는 지갑을 뒤져 잔돈 한 움큼을 꺼냈다. 대부분은 1센트와 5센트였고, 그마저 정체불명의 찐득한 물질이 묻어 있었지만 그 문제는 테오가 나중에 해결할 터였다.

"자." 나는 잔돈을 테오의 손바닥에 쏟았다. "네 곰팡이 데려가서 비디오 게임이나 해. '팩맨'으로 한 번 붙어봐."

"내 곰팡이는 '램페이지'를 더 좋아하지만, 뭐." 테오가 대꾸했다.

"누들도 데려가라고 해." 트릭시가 투덜댔다. "그래야 우리도 진짜 어른들이 하는 대화를 나눌 수 있지."

"너까지 데려가라고 할 거야." 나는 또 한 번 단호히 경고했다. 트릭시가 이번에는 눈을 깜박이지 않는 것을 보니 내 경고가 통한 모양이었다. 큰맘 먹고 마지막 10달러 지폐를 트릭시의 손에 쥐어주었다. "나초 사와. 할라피뇨도. 60초 안에 누가 가장 많이 먹나 시합해야지. 20분쯤 안 돌아와도 괜찮아. 너 때문에 골 아파 죽겠다."

트릭시는 툴툴거리면서도 목발을 잡고 누들을 일으켰다. "가자, 누들. 눈치 보여서 어디 앉아 있겠어?"

"너무 티 냈나?" 내가 웃으며 말했다. 트릭시의 얼굴을 보니 새로 배운 토론 기술을 나중에 전부 써먹겠다고 벼르는 표정이었지만, 그래도 이 아이는 유쾌함 빼면 시체였다. 더구나 우리가 잭을 잠시 빌려왔을 뿐이라는 것을 나만큼이나 잘 알았다. 잭은 머잖아 자신이 무슨 실수를 했는지 깨닫고 산속으로 줄행랑을 칠 것이다.

"이렇게 재밌기는 오랜만이에요." 그는 여전히 내 어깨에 닿을 듯 말 듯 팔을 무심히 걸치고 있었다. "나도 끼워줘서 고마워요. 세상에 이런 가족이 진짜 있는 줄은 몰랐어요."

나는 그 말을 모욕으로 받아들였다. "영악하고 극성맞은 문제 아들이란 뜻이죠? 맞아요, 진짜 골치 아픈 애들이에요. 너무 정들기 전에 버려도 돼요."

"아이들이랑 정들기 전에요, 아니면 당신이랑 정들기 전에요?"
잭이 물었다. 내 얼굴이 트릭시처럼 붉어졌는지, 그는 빙그레 웃
으며 덧붙였다. "음, 점수를 매긴다면 1점부터 칠성장어 빨판까지,
어느 수준의 애착이에요? 미리 대비해야 되겠는데."

"내게 전화번호를 알려줄 때만 해도 이런 상황을 예상 못 했
죠?" 나는 그의 미끼를 물지 않았다. "물론 나도 진짜로 데이트를
하고 싶었거든요. 그런데 우리는 한 묶음이라서요."

그는 무심히 어깨를 들썩였다. 그 행동이 어떤 위로의 말보다
진정성 있게 느껴졌다. "괜찮아요. 이런 가족은 책에서만 봤어요."

"어떤 책에서요?" 나는 경계하며 물었다.

그는 항복하듯 손을 쳐들었다. "다 좋은 책이었어요. 《작은 아
씨들》, 《성 안에 갇힌 사랑》 같은."

"둘 다 읽어봤다고요?"

"나는 얼굴만 잘생긴 사람이 아니에요, 샘슨. 말했잖아요. 산속
에는 밤이 길다고. 시간을 때울 책이 없으면 로빈슨 크루소 되는
거죠." 그가 말을 잠시 멈추었다. "항상 도서관에 가서 책을 빌리
는데, 당신은 얼마나 바쁜지 내게 눈길도 안 주더라고요. 한번은
당신이 한 번 봐줄까 싶어서 범죄 실화 코너에 있는 모든 책의 첫
페이지를 읽었어요."

그의 다른 헛소리만큼 이 말도 믿기지 않았다. "우리 범죄 실화
코너에는 책이 여덟 권밖에 없는데요."

"음, 페어차일드에서 교육생들이 오기로 되어 있어서 시간이 촉
박했거든요. 다음에는 서부 소설 코너에 얼쩡거려야겠어요. 그러
면 최소 네 시간은 있을 수 있을 거 아녜요. 이 동네 사람들은 카

우보이에 열광하나 보던데요."

나는 웃음이 터질까 봐 입술을 깨물었다. 우리 지역에서 루이스 라무르(미국의 서부 소설 작가 - 옮긴이)를 읽는 사람이 전국 어느 도서관보다 많다는 사실은 비밀이 아니었다. 다들 말을 사랑하는 사람들이었다. "정말 《작은 아씨들》을 읽었다고요?"

"나 조 마치 팬이에요." 잭이 진지하게 대답했다.

"《성 안에 갇힌 사랑》도요?"

"손에서 내려놓을 수가 없던데요."

"《힐 하우스의 유령》은요?" 나는 참지 못하고 물었다.

그는 생각에 잠긴 듯 미간을 우그렸다. 내 신체 부위에서 반응을 끌어내려고 의도된 표정 같았다. "그 책은 왜요?"

무심한 듯 어깨를 들썩이는 모습을 연출하고 싶었지만 뜻대로 되지 않았다. "그냥 생각나서요."

한참이나 빤히 쳐다보는 그의 시선에, 혹시 내 이빨에 뭔가 끼었나 싶었다. "가만. 그 책이 50년대에 나온 현대 고딕 소설이고, 셜리 잭슨이 썼다는 사실과 관계가 있나요?"

나는 헉 소리를 냈다. 그가 나와 같은 단서를 찾아냈다는 것이 약 오르면서도 기뻤다. "그걸 알았다고요? 그런데 왜 아무 말 안 했어요?"

그는 항복하듯 양손을 쳐들었다. "지금 이 순간까지는 아무것도 몰랐어요. 당신이랑 똑같은 메시지를 봤지만 당신 얘기를 듣고 나서야 퍼즐이 다 맞춰지네요." 그는 잠시 말을 멈추고 덧붙였다. "그 두 사람이 《힐 하우스의 유령》에도 낙서를 했다는 뜻이에요? 연애편지를 주고받았다고요? 보여줄래요?"

이토록 상황을 쉽게 파악한 그가 기특해서 뽀뽀라도 해주고 싶은 심정이었다. 사실 그 외에도 입을 맞추고 싶은 이유는 많았지만 참기로 했다. 잭을 가짜 데이트로 유인해 동생을 셋이나 달고 나갔지만, 그는 즐거워 죽겠다는 듯 기꺼이 밥값을 냈기에 나는 그것이 진심인지 의심스러울 정도였다.

"보여주고 싶지만, 아직 책을 못 찾았어요. 도서관에도 없고, 중고 서점에 전화해 봐도 최근 판밖에 없었어요. 벼룩시장이나 창고 세일에 가볼 수도 있겠지만 그건 건초 더미에서 바늘 찾기겠죠. 애초에 바늘이 존재하는지도 확실치 않은데 말이죠."

"만만치 않네요. 다른 곳에 숨겨져 있을 가능성은요?"

"딱 한 군데가 의심스러운데…." 나는 마지막 선택지를 생각하며 콧등을 우그렸다. 재스퍼 홈스. 죽은 캐서린과 함께 여백을 채운 책 한 권에 5천 달러를 쓸 정도면, 그 책도 이미 갖고 있을 공산이 컸다. 수십 년 전부터 간직했을지도. "비밀 지켜줄래요?"

잭이 손을 들어 보이스카우트 경례를 했다. 잭은 당연히 보이스카우트였을 것이다. 경주용 나무 자동차를 직접 깎아서 만들고, 으깬 나무 열매와 발효된 이끼로 색칠까지 했겠지?

"나를 믿어요. 대통령 기록관 뺨치게 많은 비밀을 품고 있으니까."

"왜 또 그쪽이 나를 놀리는 기분이 들까요?"

"당신이 너무 꼬여 있어서 그래요. 그래서 귀엽긴 하지만요." 내가 갑자기 꺅 소리를 지르자 그는 또 눈가에 주름을 잡으며 웃었다. "내가 어떤 일 하는지 알죠?"

내 목소리를 계집애처럼 비명이나 지르는 것이 아닌 다른 용도로 쓸 수 있는 기회에 감사하며 얼른 대답했다. "네, 공군과 계약을 맺고 조종사들에게 야생 생존 훈련을 시키잖아요. 베어 그릴스와 비슷하지만 정부 허가를 받았죠."

"19일이에요." 그의 눈가 주름은 전혀 펴지지 않았다. "훈련생한 명을 훈련시키는 기간이요. 고되고 피곤한 19일이죠. 19번의추고 어두운 밤. 19번의 일출과 일몰."

나는 그의 입술에서 만들어지는 말에 매료되어 고개를 끄덕였다.

"그런 환경에서 며칠을 보낸 사람들에게 어떤 변화가 생기는지알면 놀랄걸요. 허세는 전부 사라지고 다른 현실에 접속되는 것같아요. 먹고, 버티고, 지금이 마지막 순간이 아니기를 바라면서하루를 이겨내죠. 마침내 밤에 잠자리에 누우면, 옆 사람을 돌아보며 속마음을 털어놓아요. 다른 일에 신경 쓸 여력은 없어요."

나는 아무 말도 하지 않았다. 한마디로, 놀라지 않았기 때문이다. 내가 죽기 살기로 하루하루를 살았다고 하기는 뭣하지만, 아니라고 하기도 뭣했다. 고집 세고 총명한 세 아이와 기싸움을 하다 보면 기력이 전혀 남아나지 않았다. 동생들의 삶을 나락으로떨어뜨리지 않기를 바라며 매 순간을 견디고 나서 마침내 자려고누우면…, 나는 무엇을 돌아볼까? 빈 침대? 납작해진 베개? 속에담긴 것을 전부 털어놓고 싶어도, 들어줄 사람은 하나도 없다는자각?

"내가 너무 직설적이다 싶겠지만, 원래 이런 사람이에요." 그는미안하다는 듯 어깨를 들썩했다. "아닌 척하는 법을 잊은 지 오래거든요. 실수와 후회, 놓친 관계와 낭비된 기회를 한탄하는 인생 이야기를 수없이 듣다 보면 그냥 직진하는 법을 배우게 되죠. 나는 당신이 좋고 당신 가족도 좋아요. 더 알고 싶은데 굳이 아닌 척할 이유가 없죠."

만약 내가 세상에서 가장 아름다운 미소를 지닌, 솔직하고 강인하고 잘생긴 사나이였다면, 나도 똑같이 대답할 수 있었을지 모른다. 하지만 나는 사서라고 하기도 뭣한 저임금의 대학 중퇴자로, 열심히 돌려막는 신용카드와 의지력만으로 가족을 지탱하고 있었다. 그래서 화제를 돌렸다.

"당신은 외동이 틀림없어요."

그는 호기심과 장난기 가득한 눈으로 나를 보았다. "왜 그렇게 생각해요?"

"형제자매가 있다면, 내 동생들이랑 저녁을 먹고 나서 같은 경험을 또 하고 싶다고는 안 할 테니까요. 그 아이들이 가진 매력은 참신함뿐이거든요."

"그렇지 않아요. 나한테 철벽을 치려는 누나의 매력도 있으니까요." 그는 장난스레 한숨을 쉬었다. "하지만 당신 말이 맞아요. 나는 외동이고 부모님도 두 분 다 외동이었어요. 그보다 더 암울한 인생이 있을까요?"

그 말에 나는 우쭐해졌다. 그리고 연민 비슷한 감정도 밀려왔다. 동생들은 시련이자 골칫덩어리이지만 내겐 전부였다. 어떤 난관이 닥쳐도 굳세게 직진하려는 트릭시의 의지, 세상의 관습에 휘둘리지 않는 테오의 초연함, 누들의 유연한 이해심이 없는 세상은 상상할 수 없었다. 나를 침대 밖으로 이끄는 동생들의 소란과 기쁨 없이 집에서 혼자 깨어나는 삶은 상상할 수 없었다.

가끔은 엄마도 두고 떠난 사람들, 부담으로밖에 여기지 않았을 아이들에 대해 그런 감정을 느끼는지 궁금했다. 엄마가 느낀 것은 그저 자유로움뿐일까?

"외로운가 봐요." 내가 말했다.

"그랬죠. 지금도 그렇고."

게임기 쪽에서 웃음이 터졌다. 둘 다 그쪽을 돌아보니 테오가 핀볼 기계를 옆으로 기울이고 있었다. 기계는 금방이라도 그 아이 위로 넘어질 것 같았다.

나는 한숨을 쉬었다. "언제든지 내 동생들을 빌려 가도 돼요. 공짜로요."

"당신도 같이 온다면 언제든 좋아요." 그 말에 너무 당황해서 잭이 자세를 바꾼 것도 알아채지 못했다. 그의 손이 내 어깨를 가볍게 스치고 머리 한 가닥을 옆으로 치웠다. "그래, 비밀 얘기는 언제 해줄 거예요?"

"비밀?" 드러난 내 목에 가까이 다가온 그의 손이 신경 쓰였다. "아. 맞다. 그거요."

"비밀이라고 해서 엄청 솔깃했거든요. 꼭 《힐 하우스의 유령》이 어디 있는지 아는 사람 같았어요."

다른 데 주의를 돌릴 수 있어 다행이라는 생각에, 뜻하지 않게 많은 말을 쏟아냈다. "우리 옆집에 있을 거예요. 재스퍼 홈스네 집. 무뚝뚝하고 심술궂은 노인이죠. 우리 원반과 축구공을 훔치고, 실수로 자기 집 장미꽃을 밟기라도 하면 불같이 화를 내죠."

"원반을 훔친다고요? 뻔뻔하네요."

"웃기겠지만 그 사람은 아주 옛날부터 내게 흰고래나 다름없었어요. 그런데 지난주에 겨우 잡았죠."

잭은 가슴에 손을 얹고 기절하는 시늉을 했다. "《모비딕》 얘기
죠? 내 심장이 마구 나대내요."

엉덩이로 그를 툭 밀자 내 허벅지가 그의 다리에 닿았다. 하지
만 나는 어쩐 일인지 몸을 떼지 않았다.

"나 지금 진지해요. 내가 도서관 지하에서 너덜너덜한 《북회귀
선》을 발견하면서 모든 것이 시작됐어요. 외설적인 책인데―"

"《북회귀선》 설명은 안 해도 돼요." 그는 말허리를 자르고 양손
을 쳐들었다. "내가 반평생을 산에서 혼자 살았다고 했잖아요? 베
드신이 한 번이라도 등장하는 책은 안 읽어본 게 없어요. 베개 밑
에 뒀다가 꿈나라까지 데려가죠."

내 살갗이 화끈거렸다. "점잖은 사람이라면 그 책을 읽었다고
인정도 안 하고, 좋았다고는 더더욱 말 못 할 걸요."

"그런데 우리 두 사람은 성적 자기결정권을 지닌 피 끓는 성인
답게 그 책을 두고 토론 중이죠." 달아오른 내 뺨을 보고 딱했는
지, 그는 다리를 내 몸에서 떼었다. 허벅지가 떨어지고 나서야 나
는 제대로 숨을 쉴 수 있었다. "그래, 당신이 《북회귀선》을 찾았다
고요. 그래서 그게 뭐요? 《그레이의 50가지 그림자》는 훨씬 적나
라한데, 사람들은 그 책을 아이들 피아노 연주회에서도 읽는다잖
아요. 요즘 같은 시대에 그게 뭐 대수라고요."

숲속에서 《그레이의 50가지 그림자》 시리즈까지 다 읽었는지
묻고 싶었지만 꾹 참고, 캐서린과 재스퍼 홈스의 로맨스라는 진짜
중요한 문제에 집중했다.

"그 책에 글이 적혀 있어요." 나는 잭에게 그 내용을 대충 설명

했다. "역시 당신이 읽은 헤밍웨이 책에 낙서한 두 사람이 썼죠."

우리에게 주어진 시간이 짧고 주위에서 볼링핀 쓰러지는 소리가 너무 요란해서, 원하는 만큼 자세히 설명할 수는 없었지만 잭은 재깍 이해했다. 재스퍼가 백지 수표를 내밀며 책을 냉큼 가져갔다는 얘기, 누들을 봐주겠다면서 수상한 친절을 베풀었다는 얘기, 재스퍼의 과거에 뭔가 끔찍한 일이 있었다는 건더슨의 언질까지 잭에게 설명했다. 이 모든 정황은 내가 파헤치는 미스터리의 다음 페이지가 재스퍼의 꽉 닫힌 현관문 뒤에 있음을 암시했다.

"그럼 결정됐네요." 내 얘기가 끝나자마자 잭이 말했다.

"뭐가 결정돼요?"

아이들이 게임을 끝내고 돌아와서 더 하러 가겠다고 조를 것이 분명했기에, 잭은 재빨리 대답했다.

"어떻게든 그 집에 들어가서 찾아봐야죠. 우리 둘이서 힘을 모으면 대단한 걸 발견할 수 있겠어요."

13
1960

"파란 셔츠 입은 저 청년은 누구지? 왜 계속 우리를 쳐다보는 거야?"

"네? 누구요? 어디요?"

바구니를 한쪽 팔에 걸친 캐서린이 슈퍼마켓 한복판에 멈췄다. 갑자기 심장이 폭풍 속을 날아오르는 새처럼 퍼덕거렸다. 침착하게 행동하고 싶었지만 그녀가 제정신이 아니라는 것을 어머니가 눈치채지 못할 리 없었다.

"어느 청년 말이에요?"

"너 보라고 손을 흔든 것 같아."

캐서린은 아랫입술을 깨물며 통로 건너편의 재스퍼 홈스를 보았다. 어머니의 말과 달리 쳐다보지도 손을 흔들지도 않았지만 그렇게 하고 싶은 표정이었다. 온종일 숲속에서 나무를 베다 온 몰골이었다.

"도서관에 자주 오는 사람이네요. 책을 골라달라고 해서 몇 번
도운 적이 있어요."

"저 남자가?" 어머니는 혀를 차며 과일 통조림 진열대로 관심
을 돌렸다. "평생 책 한 권 안 읽게 생겼구만. 네가 사람을 잘못
봤겠지."

"왜 그래요, 엄마. 속물처럼."

어머니는 배 통조림을 집어 캐서린의 바구니에 담았다. "저런
남자는 상대하지 않는 게 좋아. 책 추천은 피터스 여사한테 맡기
지 그래? 저 사람 수준에 딱 맞는 책을 잘 알 텐데."

캐서린은 어머니의 앞을 막아서려 했지만 너무 늦었다. 재스퍼
는 어머니가 하는 말을 들었거나, 입술과 표정을 보고 대충 눈치
챘을 것이다. 일그러진 표정으로 그는 고개를 돌렸다.

"엄마 때문이에요." 캐서린이 소곤거렸다. "기분이 상했을 거예
요."

"모르는 소리 마라. 저런 남자들은 감정 같은 거 없어. 충동만
있을 뿐이지."

캐서린은 쉴 새 없이 식료품을 집어 바구니에 넣는 어머니를
보며 한숨을 삼켰다.

물건값을 치르고 밖으로 나가는 재스퍼를 쫓아가고 싶은 마음
이 굴뚝같았지만, 그랬다가는 상황이 더 곤란해질 터였다. 그 덩
치에도 재스퍼 홈스는 거친 황소보다는 겁먹은 사슴 같았다.

지금 캐서린의 호주머니에 들어있는 도서관 책은 그 증거로 충
분했다. 이번에는 그녀가 그 책 여백에 메시지를 적을 차례였지만

그를 어디까지 몰아붙여야 할지 알 수 없었다.

그를 몰아붙이고 싶은 것은 분명했다. 그가 몰리고 싶어한다는 것도 점점 분명해지고 있었다. 하지만 캐서린은 멈춰야 할 때를 모르는 사람이었다. 겉보기와 달리 그녀는 겁 많은 사슴보다 거친 황소에 가까웠다.

사실,《힐 하우스의 유령》에서 주고받은 메시지는 이제 다 외울 정도였다.

저런 집이라면 혼자 살아도 좋겠다고 생각하며 그녀는 자동차의 속도를 줄였다. 구불구불한 정원 길 끝의 작고 파란 현관문과 완벽한 조화를 이루는 계단 위 흰 고양이가 보였다. 저 풍성한 장미 뒤에 숨으면 아무도 나를 찾지 못하겠지. 혹시 모르니 길가에 협죽도도 심어야겠어.

10년 후의 내 모습이에요. 내가 원하는 건 집 한 채. 고양이 한 마리. 협죽도 몇 그루. 그리고 혼자 사는 삶이죠. (물론 뒤에 나오는 유령은 빼고요.)

지금은 그렇게 생각해도 그때쯤이면 당신은 아이를 예닐곱 명쯤 낳고 행복한 결혼 생활을 하고 있을 거예요.

아니 J. 청혼하는 거예요??

아니요.

너무 재깍 대답하는데요. 진짜 그렇게 확신하나 봐요.

확신해요.

결혼할 수 없다면, 둘이서 로미오와 줄리엣처럼 도망치는 거예요? 미리 말해두는데, 나는 헤밍웨이 소설 속 여주인공이 아니에요. 구원의 이야기를 완성하기 위해 책 끝부분에서 죽을 생각은 전혀 없어요.

우리는 아무것도 안 해요. 당신이 자신을 그렇게 내던지는 건 큰 잘못이에요. 당신은 나보다 훨씬 나은 사람을 만날 수 있으니까요.

얼마나 나은 사람 말이죠? 내게 책을 건넨 사람은 아무도 없었는데요. 수줍고 책을 좋아하는 벌목공 정도는 되어야 할 텐데요? 나 그런 사람을 좋아하거든요.

아니, 다시 책 이야기로 돌아갈 수 없어요?

캐서린은 이 지점에서 할 말을 잃었다. 자신을 내던지는 건 그녀의 결정이라는 말을 하고 싶었지만 펜을 들 때마다 말문이 막혔다. 그녀는 지금껏 거쳐온 도시에 머무른 기간이 고작 2년이기 때문에 모든 것이 아무 의미가 없다는 말을 해야 했지만, 그런 생각만으로 더 우울해질 뿐이었다.

"그건 그렇고, 며칠 전에 윌리엄 맥브라이드랑 데이트는 어땠니?" 어머니가 통로를 걸으며 밝고 또렷한 목소리로 물었다. 캐서린의 상상이었는지 몰라도, 방금 전까지 재스퍼가 서 있던 자리에 솔잎과 가죽 냄새가 감도는 듯했다.

윌리엄 맥브라이드는 솔잎과 가죽 냄새를 풍기지 않았다. 애프터 셰이브 로션과 절박함의 냄새가 났다.

"나쁘지 않았어요. 자동차 극장에서 내 몸을 더듬으려 했죠."

"캐서린 위니프레드 마틴!"

"왜요? 내가 허락했다고는 안 했잖아요. 그 남자가 덤볐다고만 했지. 그런 부류는 늘 그런 식이잖아요."

엄마는 장보는 시늉을 그만두고 목소리를 낮춰 날카롭게 말했다. "그런 말은 때와 장소를 가려서 해야지." 그러고는 마지못해 미소를 지었다. "민망한 소리로 나를 당황하게 만들 거라는 생각은 집어치워. 나도 한때는 젊었거든. 그런 부류가 어떤지 알아."

캐서린도 알 만하다는 듯 미소 지었다. 어머니는 겉으로는 정숙해 보여도 속으로는 그렇지 않아서 좋았다. "엄마! 아빠랑 혼전 순결을 지키지 않았다는 뜻이에요?"

"그건 절대 아냐. 네 아빠는 한결같이 완벽한 신사였어. 하지만 윌리엄 맥브라이드 같은 젊은 남자들이 어떤지는 나도 잘 알아." 어머니는 잠시 말을 멈췄다가 덧붙였다. "조금 아까 가게를 나간 그 청년도 마찬가지일걸. 여긴 좁은 동네야, 캐서린. 사람들이 수군대면 네 아버지 귀에 들어가게 돼 있어. 말이 안 새게 조심 또 조심해야 돼."

이런 조언을 들으면 캐서린은 항상 자라면서 받은 가정교육의 족쇄를 풀고 어머니와 함께 양지로 나가고 싶다고 느꼈다. 말조심은 하고 싶지 않았다. 아침 식사로 자몽을 먹고 싶지도, 윌리엄 맥브라이드 같은 남자와 데이트를 하고 싶지도 않았다. 아버지처럼 자신의 인생을 살고 싶었다.

그것은 가족 누구도 입 밖으로 꺼내지 않는 엄연한 진실이었다. 아버지 삶이 두 여자의 삶보다 훨씬 풍요롭고 충실하다는 것. 매일 아침 아버지는 자신의 명령이 곧이곧대로 이행되리라는 확신을 갖고 일어났다. 직장에서는 계급 덕분에, 집에서는 그렇게 되는 것이 당연했기 때문에. 어머니는 너무 빨갛다 싶은 립스틱이나 싱크대 밑 노란 세제 통 뒤에 숨긴 담뱃갑 같은 사소한 반항으로 그 명령을 에두를 방법을 찾았지만, 그런 삶을 온전한 삶이라 할 수 있을까? 그것을 공정하다 할 수 있을까?

아버지가 인정하는 몇 안 되는 여성의 직업 중 하나가 사서였기에 캐서린은 직업을 가질 수 있었다. 캐서린이 그 자리를 이용해 신간 공포 소설을 빠짐없이 대출한다거나, 틈이 나는 대로 H. P. 러브크래프트와 대프니 듀 모리에의 잔인하고 기괴한 이야기를 탐독한다는 사실은 아버지도 전혀 몰랐다. 캐서린의 가방에 《사이코》라는 신간이 들어있다거나 그녀가 그 책을 밤새 읽을 계획이라는 것도.

아버지는 캐서린이 다른 공포 소설의 여백에서 동네 벌목공과 연애질을 하고 있다는 사실도 까마득히 몰랐다. 유령과 끔찍한 환상, 벽에 적힌 이상한 낙서가 가득한 소설의 여백에서.

캐서린은 갑자기 눈이 맑아진 기분으로 어머니를 보았다. 어머니는 참으로 아름답고 활기차고 비범한 여성이었다. 아름답지만 비뚤어진 미소를 손으로 가릴 필요가 없다면 더 비범한 여성이 되었으리라.

"나를 그렇게 보지 마, 캐서린. 사회의 규칙을 어디 내가 만들었겠니? 나는 따르는 사람일 뿐이야."

캐서린의 시선이 어떻게 움직이는지를 읽어내는 예리함과 현명함 역시 엄마의 비범한 점이었다. 하지만 그런 능력은 어디에 쓰이고 있을까? 냅킨에 묻은 겨자 얼룩을 없애는데? 완벽한 검정 원피스를 찾아내는데?

"엄마 혼자 장을 다 보실 수 있죠?" 캐서린이 갑자기 바구니를 어머니에게 밀쳤다.

어머니는 바구니를 받아들었지만, 이번에도 그 날카로운 눈빛으로 날카롭게 물었다. "왜? 그 청년 따라가게?"

캐서린은 주머니에 손을 넣어 《힐 하우스의 유령》의 익숙한 모서리를 만지작거렸다. 도서관 소유인 이 책은 처음 발견했을 때는 꽤 새 책이었지만 둘이서 계속 주고받다 보니 책장에 낡은 티가 나기 시작했다. 둘의 정체를 드러낼 단서는 남기지 않으려고 신경 썼지만, 누구라도 도서관에서 이 책을 발견하는 사람은 엄청난 얘깃거리를 손에 넣는 셈이 된다.

"네, 맞아요. 그럴 거예요. 이름은 재스퍼 홈스고 내 친구예요."

"캐서린…." 어머니는 경고하듯 입술을 꼭 다물었다.

"알아요. 말 안 새게 조심할게요. 아빠는 모르게 해주세요." 내 정체를 숨기자. 나를 한 번도 이해하려 하지 않았던 사람에게는. 캐서린은 까치발을 하고 땀띠 파우더 냄새를 풍기는 엄마의 뺨에 입을 맞추었다. "걱정 말아요, 엄마. 내가 다른 세상에 속한 남자를 몰래 만나고 다닌 게 이번이 처음도 아니잖아요."

"캐서린!"

캐서린은 손가락을 흔들며 장난스레 작별 인사를 하고 어머니
가 더 잔소리를 하기 전에 문밖으로 뛰쳐나갔다. 나중에 '여자끼
리 나누는 진솔한 대화'를 견뎌야 할 테고, 집안에서 이중간첩 생
활을 이어갈 방법도 더 궁리해야 하겠지만, 그 정도는 자유를 위
해 치러야 할 사소한 대가일 뿐이었다.

특히나 재스퍼가 어느 방향으로 갔는지 정확히 알고 있을 때는.

"찾아도 소용없어요. 아직 돌려놓지 않았으니까요."

재스퍼가 도서관 서가 반대편에 서 있는 캐서린을 보고 깜짝
놀랐으면서도 아무렇지 않은 척하자 그녀는 흐뭇했다. 재스퍼보
다 키가 15센티미터나 작았기에 눈높이를 맞추려면 까치발을 해
야 했지만 아무래도 좋았다. 캐서린을 발견하고 당황하면서도 행
복해하는 모습에 그녀는 터지려는 웃음을 참았다. 그녀가 주위에
나타났을 때 이토록 사랑스러운 감정의 갈등을 보여준 남자는 여
태 없었다. 재스퍼는 그녀를 좋아하면서도 그 감정을 인정하지 않
으려 했고, 자신의 그런 상반되는 감정을 다스리는 법도 몰랐다.

"지금까지 늘 아침마다 제자리에 돌려놨잖아요." 재스퍼가 서
가에서 손을 내리며 대꾸했다. 그도 도서관의 분위기와 피터스
여사의 요구에 맞춰 캐서린처럼 목소리를 낮추는 수밖에 없었다.
그녀가 힘겹게 웃음을 참는다는 것을 눈치채고 재스퍼는 눈을
가늘게 떴다. "슈퍼마켓에 있어야 하는 거 아녜요?"

"거길 나올 수밖에 없었어요. 브로콜리가 어찌나 따분하던지."

"당연히 따분하죠. 겨자과 채소는 전부 따분해요. 공간을 엄청 차지하는데다가 해충이 유난히 많이 꼬여요. 초보 정원사들은 대부분 키울 보람이 없다고 생각할걸요."

이 간단한 농사 상식(재스퍼가 지금까지 그녀에게 한 말 가운데 가장 길었다)에 캐서린의 미소는 더욱 환해졌다. "브로콜리를 엄청 증오하나 봐요."

"눈치 못 챘나 본데, 나는 매사에 격한 감정을 느껴요." 그가 손을 내밀었다. "책 줘요. 내 차례잖아요."

그는 도서관 서가 반대편에 서 있고, 《힐 하우스의 유령》은 캐서린의 호주머니에 안전하게 들어 있었지만 그녀는 뒤로 물러섰다. "아직 안 돼요. 채소 얘기가 안 끝났잖아요. 다른 채소는 또 뭐가 그렇게 마음에 안 드는지 궁금해요."

그는 미간을 우그렸다. "채소가 전부 못마땅한 건 아니고. 특정 종류만요."

"자리를 너무 차지하는 종류요?"

"맞아요."

"손이 너무 많이 가는 채소도?"

"그래요."

"입에 넣으면 쓰고 맛없는 채소도요?"

그 물음에 재스퍼는 잠시 멈칫했다. 그의 시선은 재빨리 캐서린의 입술로 향했다가 다시 눈으로 올라왔다. "그런 말은 한 적 없는데."

그런 말은 할 필요가 없었다. 그 짧은 눈짓에서 그는 쪽지를 교

환한 지난 3개월보다 더 많은 것을 드러냈다. 캐서린은 느린 속도의 대화와 선반에 꽂힌 책을 발견하는 순간의 기대와 흥분, 그리고 누군가 우연히 그 책을 발견해 두 사람을 감싼 무지갯빛 거품을 터뜨릴지 모른다는 긴장까지 즐겼지만, 살아 숨 쉬는 그녀가 언제까지나 그 거품 속에 머물 수는 없었다.

신중하고 조용한 구애를 소설 속에서 접할 때는 그렇게 좋을 수 없었다. 여느 소녀들처럼 캐서린은 서간 소설을 좋아했다. 도로시 세이어즈가 쓴 《사건 문서》의 모든 페이지에 설렜고 《바람 부는 포플러나무집의 앤》에도 끝까지 몰입했다. 하지만 쪽지를 주고받는 것만으로는 충분치 않을 때가 있다.

지금이 바로 그때였다.

"답장 쓸 틈이 없었어요." 그녀는 호주머니를 살짝 두드렸다. "하지만 나랑 같이 가면, 내가 뭐라고 적으려 했는지 말해줄게요."

재스퍼는 그녀가 서가에 꽂힌 셜리 잭슨의 책 전부를 그의 머리에 던졌어도 그렇게 놀라지는 않았을 것이다.

"어디로 가자고요?" 그는 갈라진 목소리를 냈다.

캐서린은 머리를 빨리 굴려야 했다. 우선, 재스퍼가 달아나기까지는 30초밖에 남지 않았다. 그가 야구공마저 으깰 억센 손을 지닌 키 크고 건장한 남자라는 사실, 거친 외모와는 딴판으로 식물과 문학에 대해 백과사전 수준의 지식을 가진 지극히 총명한 사람이라는 사실은 중요하지 않았다. 그는 캐서린이 자신에게 푹 빠져 있다는 사실도 의식하지 못하는 듯했다. 그녀의 섣부른 행동이나 큰 소리 한 번으로도 그는 숲으로 영영 달아나 자취를 감출지 모른다.

게다가 캐서린은 다가오는 피터스 여사의 묵직한 발소리와 더 묵직한 숨소리를 들었다. 피터스 여사는 초음파로 먹잇감을 감지하는 박쥐보다 더 빨리, 복도를 서성대는 남자를 감지하는 여자였다.

"이쪽이에요." 캐서린은 도서관 뒤편, 지하실로 내려가는 계단 쪽으로 고개를 기울였다. 지하는 그저 사용하지 않는 석탄 통과 오래된 책을 보관하는 휑한 공간이었지만, 재스퍼 홈스와 비슷한 매력이 있었다.

그곳은 조용했다. 궁금증을 유발했다. 그리고 세상에서 소외된 곳이었다.

재스퍼는 뭐라 따지고 싶은 눈치였지만 캐서린보다 피터스 여사가 더 무서운 모양이었다. 고개를 푹 숙인 채 그는 캐서린을 따라 서가 끝으로 향했다.

캐서린은 행동을 개시했다. 손을 내밀어 그의 손가락을 감싸고 손바닥을 맞댔다. 예상대로 그의 손은 거칠었다. 고된 노동과 투지로 생긴 굳은살이 느껴졌다. 반면 그녀의 손바닥은 비단결처럼 보드라운 아기 손 같았다. 어머니가 시키는 대로 매일 밤 잠자리에 들기 전에 바셀린을 듬뿍 바르고 면장갑을 낀 덕분이었다.

재스퍼도 그 차이를 처절하게 느꼈는지 손을 구부려 빠져나가려 했다.

"아니, 그러지 말아요." 캐서린은 그를 지하실 문으로 이끌며 속삭였다. "당신을 해치지 않아요, 약속해요."

재스퍼는 이 말이 이상하다고 느끼지 않았다. 고개를 숙인 채 그녀를 따라가면서 눈으로는 피터스 여사의 흔적을 찾았다. 둘은 서로 부딪히며 컴컴한 복도와 더 컴컴한 계단을 더듬더듬 내려갔지만 뒤에서 쫓아오는 사람은 없었다.

전구에 달린 줄을 당겨 불을 켤 수도 있었지만, 캐서린은 위험을 감수하고 싶지 않았다. 대신에 반짝이는 새 배관 부품이 담긴 상자를 옆으로 치우고 재스퍼의 목에 팔을 감았다. 그 순간 그녀는 새 책보다 더 흥미로운 것을 읽었다. 재스퍼의 부드러운 눈에 깃은 두려움과 갈망이었다.

캐서린은 그에게 키스했다.

젊은 군인들 틈에서 청소년기를 보낸 매력적인 젊은 여성답게, 캐서린은 어둠 속의 기습 키스가 낯설지 않았다. 그녀의 입술에 닿는 남자의 입술, 그녀의 열정적인 반응에 대담해지는 그들의 몸에도 익숙했다.

그러나 캐서린도 이번 키스에는 전혀 대비하지 못했다. 입술과 입술이 맞닿는 순간, 재스퍼는 그녀의 폐에서 공기를 전부 앗아가기라도 할 듯 숨을 훅 들이켰다. 그때부터 캐서린은 다시 숨을 쉰 기억이 없었다.

뇌에 산소가 공급되고 있는 것은 분명했다. 그녀는 정신을 잃거나 쓰러지지 않았고, 자신이 군인이 아니라는 것을 증명하기로 결심한 남자의 뜨거운 포옹 속에서 질식하지도 않았다. 하지만 그의 입이 그녀의 입술 위로 움직이자, 그녀는 온갖 낭만적인 소설 속 수줍은 아가씨처럼 그에게 매달렸다. 그녀가 자신을 내주자 그는 그녀를 받아들였다. 재스퍼가 마침내 몸을 떼어낼 때까지 시간이 얼마나 흘렀는지 알 수 없었다. 그의 당황한 표정은 어둠 속에서도 뚜렷이 알아볼 수 있었다.

"캐서린." 그는 긴 숨을 내쉬며 그녀의 이름을 불렀다. 그 말에 담긴 책망과 감탄은 그녀의 뼛속까지 울리는 갈망이 되었다.

"왜 그래요? 당신을 해치지 않았잖아요?"

재스퍼는 그녀를 응시할 뿐이었다. 그의 눈이 반짝이고, 그들 앞에 다가와 이게 무슨 상황이냐며 해명을 요구하는 사람이 아무도 없자, 대담해진 캐서린은 손을 뻗어 불을 켰다. 갑자기 쏟아진 빛에 둘 다 눈을 깜빡였지만 먼저 적응한 사람은 캐서린이었다. 그녀는 주머니에서 책과 아이디어가 떠오를 때를 대비해 항상 갖고 다니는 펜을 꺼냈다. 그리고 대화가 중단된 부분을 찾아 마지막 메시지를 읽었다.

우리는 아무것도 안 해요. 당신이 자신을 그렇게 내던지는 건 큰 잘못이에요. 당신은 나보다 훨씬 나은 사람을 만날 수 있으니까요.

얼마나 나은 사람 말이죠? 내게 책을 건넨 사람은 아무도 없었는데요. 수줍고 책을 좋아하는 벌목공 정도는 되어야 할 텐데요? 나 그런 사람을 좋아하거든요.

아니, 다시 책 이야기로 돌아갈 수 없어요?

캐서린은 그 밑에 마침내 하고 싶던 말을 적었다.

됐어요. 아직도 그 한심한 책 얘기를 하고 싶어요?

캐서린는 책과 펜을 재스퍼에게 건네고, 그의 눈이 문장을 훑는 동안 웃음을 참았다. 그는 낮게 탄식하면서도, 찾으려던 문장을 발견할 때지 고개를 들지 않고 책장을 샅샅이 살폈다. 새로운 페이지에 적힌 새로운 문장이었다.

캐서린은 그가 어디에 밑줄을 치는지 어깨 너머로 들여다보고 싶은 마음이 간절했다. 하지만 원래 이 남자는 엄청난 인내심을 요구하는 사람이었다.

"여기예요." 그는 캐서린에게 책을 건넸다. 역시나 그는 책 중간 쯤에 밑줄을 그어놓았다.

"우리를 지키려면 달아나는 수밖에 없어요. 적어도 그것이 우리를 따라올 수는 없을 거 아니에요? 위험하다고 느껴지면 우리는 왔을 때처럼 떠나면 돼요. 물론." 그는 건조하게 덧붙였다. "최대한 빨리요."

다른 여성이라면 이 문장을 자신의 수완에 대한 평가로 받아들였을지 몰라도, 캐서린은 달랐다. 특히나 재스퍼가 전하는 문장이라면. 그녀 역시 감정이 고조되었고, 혈관에는 뜨거운 피가 힘차게 솟구쳤다. 재스퍼가 얼마나 벅찬 감정을 느꼈을지는 상상하기도 어려웠다. 그는 가장 좋은 상황에서도 자신이 차지하는 공간을 최소화하려는 사람이었다. 이런 상황에서는 거의 투명해지기를 바랄 것이다.

다행히 캐서린은 그를 찾는 방법을 정확히 알고 있었다.

미소를 숨긴 채, 그녀는 배관 부품 상자에 앉아 이렇게 적기 시작했다.

나는 열아홉 살 난 사서일 뿐이에요. 악의와 파멸의 집이 아니라. 과장이 너무 심한 거 아니에요?

당신, 그 집이랑 똑같아요.

또 나보고 무섭다고 하려고요? 나의 그런 점을 좋아하는 줄 알았는데.

나는 엘리너와 똑같고요.

당신이 지난 10년간 병든 어머니를 간호한 젊은 여자라고요? 이상하네요. 그런 줄은 전혀 몰랐는데.

내 말 무슨 뜻인지 알잖아요, C.

캐서린은 그 문장을 읽으면서 웃음기를 손으로 가려야 했다. 점점 흥분하는 재스퍼 홈스가 참 볼만했다. 그녀의 목을 조르고 싶은 것 같기도 하고 키스를 하고 싶은 것 같기도 했다. 어쩌면 둘 다를 한꺼번에 하고 싶은지도 모른다.

재스퍼가 가엾다는 생각도 들었다. 그의 말뜻을 이해했기 때문이었다.

엘리너는 불안하게 방황하고 표류하는 사람이에요. 적어도 힐 하우스에 찾아가 집어삼켜지기 전에는요. 집이 아무리 겁을 줘도 엘리너는 집을 좋아해요. 집에 자신을 맡기고 사로잡히기를 바라죠. 결국 집에 의해 파멸하더라도 그녀가 원하는 파멸이에요. 그럴 수밖에 없었을 거예요.

이 글을 읽고 재스퍼는 안도했다. 그는 아무것도 쓰지 않고 책을 다시 건넸다.

"당신, 알고 있네요." 안심한 그의 목소리를 듣고 캐서린은 책을 주머니에 넣었다. 다시 그의 손을 잡고, 이번에는 보드라운 손바닥으로 그의 거친 손을 쓸며 피부가 주는 감촉을 즐겼다. 그의 존재 자체가 기를 쓰고 그녀에게 다가오는 느낌이었다.

"당연히 알죠, 재스퍼. 내가 이 책을 왜 그리 좋아하겠어요?" 그녀는 잠시 말을 멈췄다가 소리 죽여 덧붙였다. "그리고 내가 당신을 왜 그리 좋아하겠어요?"

이번에는 재스퍼가 그녀에게 입을 맞췄다. 캐서린은 이렇게 큰 남자가 어쩌면 이토록 재빠를 수 있는지 의아했지만, 무슨 상황인지 깨닫기도 전에 그의 가슴에 파묻혔다. 두 사람 사이에 책이 어색하게 끼어 있었지만, 둘 다 개의치 않고 서로의 품에 깊이 파고들었다.

캐서린 마틴과 재스퍼 홈스, 힐 하우스와 엘리너 밴스는 한참을 그렇게 얽혀 있었다. 황급히 계단으로 다가오는 발소리를 듣기 전까지.

"이건 아니라고 봐요." 캐서린이 뒤로 물러나며 말했다. 재스퍼가 손을 뻗어 떨어지는 책을 잡았다.

"내가 이미 말했잖아요. 당신이 듣지 않았지. 당신은 말을 절대 안 듣는 사람이네요."

재스퍼의 사랑스러운 홍조도, 가장 소중한 것인 양 책을 움켜쥔 모습도 캐서린은 놓치지 않았다. 계단으로 다가오는 피터스 여사의 발소리도 놓치지 않았다.

"키스 얘기가 아니잖아요, 이 바보." 캐서린은 재스퍼의 팔을 붙잡고 석탄 통 쪽으로 당기며 말했다. 그곳에는 골목으로 통하는 뒷문이 있었다. 나가면 자유를 찾을 수도 있었다. 재스퍼는 그 자리에 버티려 했지만 캐서린의 고집을 당해낼 수 없었다.

어떤 남자라도 당해낼 수 없을 것이다. 그것을 깨달을 기회가 없을 뿐.

캐서린은 그의 손을 들어 올려 굳은살의 가장 거친 부분에 입을 맞췄다. 그리고 그를 문밖으로 밀어냈다. "우리가 좀 더 안전하게 만날 장소가 필요하다는 뜻이었어요."

재스퍼가 잠시 망설였다. 처음에 캐서린은 그가 두 사람이 하고 있는 것을, 그녀를 밀어내려는 게 아닐까 두려웠다. 하지만 그는 곧 입을 열었다.

"내가 아는 장소가 있어요." 그는 붉어진 얼굴로 말을 더듬었다. "별로 좋은 곳은 아니고, 강가에 있는 작은 오두막인데—"

그녀의 몸에 전율이 흘렀다. 이런 남자의 얼굴을 이만큼 붉게 물들일 수 있다니. 이렇게 목석같은 존재를 무릎 꿇게 할 수 있다니. 그녀는 자신의 힘을 의식하고 짜릿함을 느꼈다.

"거기로 데려가 줘요." 그의 생각이 바뀌기 전에 얼른 말했다.
"강가의 작은 오두막이라니, 정말 가고 싶어요."

14

클로이

잭은 우리 집과 재스퍼의 집을 가르는 담장 밑에 서 있었다. 키가 커서 머리가 담장 위에 무성하게 늘어진 미나리아재비 덩굴손에 닿을 정도였다. 《힐 하우스의 유령》을 찾는 일에 끌려 들어온지도 일주일이 다 되었지만, 그는 열정을 잃기는커녕 온 마음과 영혼을 이 일에 쏟아붓고 있었다.

"그냥 그 집 문을 두드리고 화장실 좀 쓰자고 하면 안 될까요?" 잭이 덩굴손을 옆으로 치우며 말했다. "책장을 찾는 데는 오래 걸리지 않을 거예요. 아주 큰 집도 아니고. 내가 갑자기 아파 죽겠다는 시늉을 하고, 당신이 둘러보면 어때요?"

"단박에 알아챌걸요." 나는 고개를 저었다. "아파 죽을 거였다면 우리 집에서 죽었겠죠."

"아니, 안 그랬을 거예요. 당신한테 잘 보여야 하니까요. 아파도 조금만 아픈 척했겠죠."

잭이 검은 옷을 빼입고 집 앞에 나타난 이후로 줄곧 내 목까지 차오르던 웃음을 겨우 참았다. 쉽지 않았다. 이 남자와 함께하면 할수록 웃을 일이 넘쳤다.

"상관없어요. 그래봤자 소용없으니까. 당신은 내 반응을 끌어낼 수 있다면 무슨 말이든 할 사람이잖아요."

잭은 환히 웃을 뿐이었다. "그 말은 내 계획에 따를 거라는 뜻인가요? 내가 생각하는 다른 방법은 앨로이시어스를 들여보내 집 안을 염탐하게 하는―"

"절대 안 돼요." 나는 말허리를 잘랐다. "이 일에 누들을 끌어들이면 안 돼요. 날마다 재스퍼한테 돌봐달라고 보내는 것도 부담스러운데."

그의 반박을 예상했지만 잭은 어깨를 으쓱할 뿐이었다. "그러면 우리가 밤에 몰래 잠입해 그 사람이 소장한 책을 모조리 훔쳐야 돼요. 나는 그런 방법밖에 모르겠어요."

나는 코웃음을 쳤다. 수완이 그렇게 뛰어난 사람이었지만 범죄 공모에는 꽝이었다. 보이스카우트 정신 때문이 아닐까 싶었다. 무단 침입에는 스카우트 공훈 배지가 없으니까. 다행히 나는 이 임무를 수행하기에 적합한 훈련이 되어 있었다. 이런 동네에서 성장하면 좀도둑질 기술 한두 가지쯤은 익히기 마련이다.

"뻔한 방법은 안 돼요. 재스퍼는 철저한 신원 증명과 여러 통의 추천서 없이는 당신을 집 안으로 들이지 않을걸요. 낯선 사람을 좋아하지 않거든요. 친구도 별로 안 좋아해요. 아무래도 친구가 없어서겠죠."

잭이 집을 살펴보느라 머리를 기울이자 미나리아재비가 그의 귀를 간지럽혔다. 그는 생생한 보라색 꽃에서 마당에 흩어진 다른 모든 꽃으로 시선을 옮겼다.

"이렇게 꽃이 만발할 계절은 아닌데?" 그가 손을 뻗어 꽃을 만지며 물었다. "비결이 뭘까요?"

"내 직장 상사는 시체 때문이래요."

잭은 짧고 강한 웃음을 터뜨렸다. "당신 생각은 어때요?"

이상하게도 내게는 준비된 답이 있었다. "주로 시간과 정성이겠죠. 재스퍼 씨는 과거에 벌목꾼이었어요. 페퍼가 도서관 자료실에서 사진을 발견해서 알게 됐어요. 그러니까 늘 자연과 가까웠다는 뜻이에요. 더구나 평생 사람들과 담을 쌓고 살았잖아요. 누구에게도 주지 않은 사랑을 정원에 오롯이 쏟은 거죠."

잭은 멈칫하고 나를 보았다. "그분이 당신 책에 나오는 아가씨를 사랑한 줄 알았는데요."

"이름이 캐서린이에요." 그녀의 이름을 입 밖으로 꺼내자 내 마음이 조금 아팠다. 연민일 수도, 그저 슬픔일 수도 있다. "그 여자가 쓴 글을 보고 알았어요. 재스퍼 씨가 캐서린을 사랑한 건 확실해요. 그래서 나는 무슨 일이 있었는지 꼭 알고 싶어요. 분명 두 사람을 갈라놓는 어떤 비극이 일어났고, 그 일로 재스퍼 씨가 그렇게 비참하고 심술궂은 노인이 된 거예요."

"그런데 당신이 바로 잡고 싶다고요? 그분을 바꾸겠다고요?"

이번에는 대답이 쉽게 나오지 않았다.

사실 재스퍼 홈스만 사람들을 멀리한 것은 아니었다. 홈스처럼 대단한 사랑을 잃은 것은 아니지만 나는 꿈을 잃었다. 스스로 뭔가를 성취하고 이 마을을 벗어나는 꿈, 이 작은 마을 너머로 인생을 펼치는 꿈. 물론 대학으로 돌아가거나 온라인 수업을 들을 수도 있지만 그것은 꿈을 이루는 것과는 다르다. 날마다 더러운 접시가 쌓인 싱크대에 손을 담가야 하고 통장 잔고는 하루하루 줄어간다면, 피할 수 없는 현실에 한 걸음씩 더 다가가는 수밖에 없다.

젊은 날의 좌절 뒤에 몸을 움츠린 채 이런 곳에서 늙어가면서, 책장이나 정원에서만 위안을 찾는 비참하고 심술궂은 할머니가 될 거라는 현실.

재스퍼의 불행에 얽힌 미스터리를 푸는 것은 나 자신의 불행을 해결하는 것과 무관하지 않았다.

"그냥 진실을 알고 싶어요." 그것이 지금 상황에서 내가 할 수 있는 최선이었다. "도울 생각 없다면 당신은 빠져도 돼요."

"그 말, 진심이 아니잖아요." 잭은 항복하듯 손을 쳐들며 늘 그렇듯 편안하고 여유롭게 웃었다. "설마 모험할 기회를 빼앗으려는 건 아니죠? 내겐 모험이 필요한데."

"당신은 인생 자체가 모험이잖아요. 맨손으로 동물을 죽여서 먹는 사람이니."

"그렇긴 한데, 그건 액션 영화 스타일의 모험이에요. 이건 미스터리고요. 수수께끼죠." 그는 나를 보며 눈썹을 움찔거렸다. "로맨스이기도 하고."

내 심장이 콩닥거리는 소리에 그가 무슨 수작을 부리는지 알아챘지만, 그 말투에서 떠오르는 두 가지 기억이 있었다. 둘이 엮여 하나의 깨달음으로 이어지자 내 심장은 더욱 요동쳤다.

첫 번째는 헤밍웨이의 책에서 캐서린이 재스퍼를 로맨티스트라고 놀렸다는 사실이었다. 지금까지 진행된 두 사람의 연애를 보고 나는 그녀가 옳았음을 뼛속 깊이 느꼈다. 한 여자를 책장 속에서 이해하는 시간을 충분히 갖고 나서야 다음 단계로 나아가고, 그후로도 오랫동안 책을 매개로 애정을 주고받는 남자라면, 로맨티스트일 수밖에 없다.

두 번째 기억은 내가 재스퍼의 집 뒤뜰로 들어가 누들과 함께 있는 모습을 처음 본 날, 그가《남과 북》을 읽고 있었다는 사실이다. 그 책은 19세기에 발표된 최고의 로맨스 소설로 꼽히지만(물론 제인 오스틴과 브론테 자매에게는 양해를 구한다) 도서관 추천 도서 목록에 오를 만한 작품은 아니었다. 느긋하게 그 책을 읽는 사람이 추구하는 목적은 순전히 즐거움이다.

이런 단서들이 의미하는 것은 딱 한 가지였다. 재스퍼는 사랑을 사랑한다는 것. 잔뜩 찡그린 얼굴과 못마땅하게 투덜대는 모습 뒤에는 연약하고 섬세한 마음을 지닌 남자가 숨어 있었다.

"어떻게 해야 할지 알겠어요." 내가 불쑥 말했다.

"정말요?" 잭이 손가락 관절을 꺾었다. "뒷담을 타고 오르는 것도 계획에 포함시켜줘요. 여기 온 김에 직접 보여주고 싶어서 몸이 근질근질했거든요."

나의 농담에 그는 웃음을 품었지만 그의 매력에 더 깊이 빠지고 싶지 않았다. "그냥 재스퍼 씨를 찾아가서 진실을 물어보려고요."

"뭐?" 잭이 팔을 툭 떨어뜨렸다. "그게 다예요?"

"그게 어때서요?" 나는 돌아서서 집과 정원을 새로 바라보았다. 어릴 때는 그 집을 성난 거인이 사는 콩나무 꼭대기만큼이나 두려워했지만, 이제는 인생에 남은 유일한 아름다움을 필사적으로 붙잡고 있는 남자의 고요한 오아시스로 보였다.

"그분은 내가 뒤를 캐고 있다는 걸 이미 알지도 몰라요. 슬금슬금 기회를 보면서 침입할 계략을 세우느니, 그냥 현관 앞으로 찾아가서 전부 털어놓을래요." 나는 마음을 정한 다음 고개를 까딱하고 한 걸음 앞으로 나아갔다. "지금 들어갈래요. 나한테 뭘 어쩌겠어요? 기껏해야 내 면전에서 문을 쾅 닫는 거? 책을 던지는 거? 누들을 돌봐주지 않는 거?"

마지막은 실제로 타격이 크겠지만 내 결정에 영향을 주지는 않을 것이다. 앞으로 성큼성큼 나아가던 나는 잭이 따라오지 않자 멈추고 뒤를 돌아보았다.

"왜 그래요?" 내가 물었다. 잭은 담장 아래서 꿈쩍하지 않고 잔디밭을 지나가는 내 모습을 지켜보고 있었다. "그 사람이 당신한테 무슨 짓을 할지 두려워서 그래요? 걱정 말아요. 내가 지켜 줄게요."

"당신은 정말 모르는군요?" 그가 물었다.

나는 눈을 끔벅였다. 이 세상에서 내가 모르는 것을 다 모으면 알렉산드리아 도서관을 가득 채우고도 남으리라. "뭘 몰라요?"

"무작정 쳐들어가서 이런 질문을 할 여성, 아니 사람이 세상에 몇이나 될까요? '실례지만, 혹시 한때 캐서린이라는 젊은 여인과 연애하면서 도서관 책 여백을 이용해 메시지를 주고받으셨어요? 그렇게 하셨다면 두 분이 글을 남긴 다른 책도 보여주실래요?'"

뺨이 화끈거렸다. "너무 뻔뻔한 요구일까요?"

그의 길고 나지막한 웃음소리에 정신이 혼미해졌다. 그가 세 걸음 만에 내 앞으로 다가와도 현기증은 가시지 않았다.

"그 정도는 괜찮을 거예요. 당신은 그런 요구를 하기에 딱 적당한 사람이고요. 가서 전부 꺼내놓고 어떻게 되는지 보자고요."

"서가에서 찾았다고? 도서관 서가에서?"

재스퍼는 집 현관 앞에 서서, 거대한 몸으로 집 안으로 들어가는 길을 막고 있었다. 나는 그의 어깨 너머로 내부를 흘끔거렸다. 흰 벽과 흰 바닥을 수많은 실내 식물이 채우고 있어, 마치 열대 밀림 같았다.

《무기여 잘 있거라》를 든 채 몸을 와들와들 떠는 재스퍼를 보니, 강한 바람만 불어준다면 그는 쓰러지고 나는 문으로 들어갈 수 있을 것 같았지만, 문도 그도 밀칠 생각은 없었다. 그의 얼굴은 이미 벽과 구분이 안 될 만큼 창백해져 있었다.

"사실 책은 잭이 발견했어요." 나는 뒤에 서 있는 남자 쪽으로 고개를 기울였다. "무해한 사람이니까 신경 쓰지 마세요."

"칭찬인지 모욕인지 헷갈리네요." 잭이 내 귀에만 들릴 소리로 속삭였다. 그는 나를 스쳐 지나가 손을 내밀었다. "뵙게 되어 영광입니다, 선생님."

"이번에는 돈은 못 줘." 재스퍼는 그 손과 손에 붙은 사람은 아예 무시하고 말했다. 그의 시선은 내게 고정되었다. 안색과 자세는 이미 평소대로 돌아오고 있었다. 물론 불쾌한 태도도. "네가 걸스카우트 쿠키 팔듯이 책을 팔러 온 거면…"

"이 책은 그냥 드리려고요." 나는 그를 안심시켰다. "하지만 팬

찾으시면 들어가서 얘기를 좀 하고 싶은데요."

그가 턱에 힘을 주었다. "괜찮지 않아."

"책을 다 봤거든요." 나는 경고 조로 말했다. 협박이라는 수단을 쓰고 싶지는 않았지만 재스퍼는 유일하게 협박에만 반응했기에 선택의 여지가 없었다. "《북회귀선》도 대부분 훑어봤고요. 우리를 들여보내 주시죠. 캐서린 얘기를 해주시기 전에는 안 갈 거예요."

다시 창백해질 줄 알았는데, 그의 목에 붉은 기가 올라오기 시작했다. "캐서린이라고." 그는 반문의 기미 없이 되뇌었다.

"그분 이름 맞죠?" 나는 집요하게 물었다. "책에서는 'C'라고 부르셨지만, 제가 직접 알아냈어요."

"맞아." 재스퍼가 인정했다. 그의 어깨가 조금 처졌다. "그 사람 이름이었어. 오래전에 죽었지만."

처음에 느낀 승리감이 순식간에 잔잔한 슬픔으로 바뀌었다. 두 사람의 이야기가 비극이고, 재스퍼의 인생이 그 비극에서 벗어나지 못했다는 것은 나도 이미 알고 있었다. 하지만 캐서린이 아주 젊었을 때 그 비극이 일어났다니.

그리고 나는 깨달았다. 그때는 재스퍼도 아주 젊었다는 사실을.

"그분 얘기를 하기 싫으시면 안 하셔도 돼요." 나는 팔을 뻗어 재스퍼를 안아주고 싶은 충동을 눌렀다. 그런 짓을 하면 내가 문을 통과할 가능성은 아예 사라질 게 분명했다. "하지만 저를 집안에 들여보내 주셨으면 좋겠어요."

"왜?"

재스퍼의 질문은 간단했지만, 대답은 간단치 않았다. "궁금해서요. 평생 이웃으로 살았는데, 6주에 한 번씩 도서관에 와서 매번 《듄》을 빌려 가는 사람보다 재스퍼 씨에 대해 아는 게 없으니까요."

마지막 말은 꺼내기 전에 조금 망설였다.

"제가 캐서린이란 분을 안 지 얼마 되지 않았지만, 벌써 친구처럼 느껴지기도 하고요."

내 뒤의 잭은 조용하기만 했다. 그 이유를 궁금해할 새도 없이 재스퍼가 문을 활짝 열었다. 그는 돌아서서 안으로 들어가다가 현관을 반쯤 지나서 멈추었다. "괜찮아. 들어와도 돼. 신발은 벗어야 해. 문도 닫고. 올해는 진딧물이 유난히 기승이야. 여기 있는 식물들을 망치면 안 되니까."

나는 너무 놀라서 잭에게 쿡 찔리고 나서야 낡은 운동화를 벗었다. 집으로 돌아오기 전에 마지막으로 구입한 운동화로, 지금껏 소유했던 가장 비싼 신발이기도 했다.

돌아보니 잭은 조금 전까지 재스퍼가 서 있던 곳을 응시하고 있었다. "이 노인이 당신을 싫어한다고 하지 않았나요?" 그가 신발 끈을 조심스럽게 풀며 말했다.

"싫어하는 거 맞아요." 내가 대꾸했다. 잭의 신발은 종아리까지 올라오는 등산화였기 때문에 벗는 데 시간이 좀 걸렸다. "나를 방심하게 하려는 속셈일 거예요. 저 사람 입에서 나오는 말은 곧이곧대로 받아들이면 안 돼요."

등산화 한 짝이 바닥에 쿵 떨어졌다. "내가 저분을 의자에 묶을 테니까 당신이 심문할래요?"

"내가 그러겠다고 하면 진짜 할 수 있어요?"

"할 수 있느냐는 말은 내가 힘으로 제압할 수 있느냐는 뜻이에요?" 잭은 어깨를 들썩였다. "내 훈련생들을 잡아먹으려고 위협하던 흑곰을 제압한 적은 있어요. 아님, 예쁜 아가씨가 요구하면 기꺼이 위험한 일에 뛰어들 수 있냐는 뜻인가?" 이번에 그는 빙긋 웃었다. "답을 아는 방법은 하나밖에 없겠죠."

곁눈질로 잭을 살펴보니 그는 나를 일부러 외면하고 있었다. 그의 말이 진실한지 허풍인지 알 길은 없었지만, 이 남자는 누구에게도 명확한 대답을 하지 않는다는 느낌을 받았다.

다른 한 짝도 바닥에 떨어졌다. "의자에 묶는 방법이 별로면 언제든 이 집 정원에서 천연 약초를 따와서 진실을 털어놓게 하는 약물을 만들 수도 있어요." 그가 말했다.

"그렇군요." 나는 시큰둥하게 대꾸했다. "적의 스파이로 의심되는 토끼 무리한테도 똑같은 방법을 썼겠죠?"

"이제 말이 좀 통하네요."

나는 고개를 절레절레 흔들며 집 안으로 들어갔다. 문밖에서 본 대로 깔끔하고 단정하며 식물이 빽빽이 들어찬 집이었다. 덩굴, 양치식물, 꽃 화분, 무늬접란이 집안의 모든 방을 차지하고 있었다. 이상하게도 책이나 책장은 전혀 보이지 않았다.

주방 의자에 웅크리고 앉은 외로운 노인 한 명뿐이었다. 앞에 놓인 책장을 넘기는 그의 입가에 미소가 살짝 묻어났다.

"캐서린에겐 내게 의지에 반하는 말과 행동을 하게 만드는 재주가 있어." 그는 여백에 적힌 글씨를 손가락으로 더듬었다. "도서관 사서랑 이런 짓을 하다니 상상이 돼?"

"그러니까." 내가 이 말을 꺼내는 순간, 재스퍼에 빈틈을 보이지 않겠다는 다짐은 흐지부지해졌다. "캐서린이 사서였다고요? 여기 콜빌에서요? 제가 일하는 도서관 말씀이죠?"

"캐서린은 나와 다른 세계의 사람이었어. 나는 처음부터 알고 있었지." 그는 종잡을 수 없는 표정으로 나를 올려다봤다. "내 뜻대로 했다면 그런 이유 때문에 관계가 끝났을 거야."

내가 얻을 수 있는 대답은 이 정도인 모양이었다. 나는 한숨을 쉬었다. "그분이 도서관에서 일하셨군요. 그래서 책을 이용해 쪽지를 주고받으셨고요."

"요즘 젊은 사람들이 손에서 놓지 못하는 희한한 기계 같은 건 그때 없었으니까." 재스퍼가 꾸짖듯이 말했다. "우리는 알몸 사진이나 그 우스꽝스런 노란 동그라미를 주고받을 방법이 없었으니까."

'알몸 사진'이란 말이 나올 때 잭을 쳐다보지 않으려고 조심했지만, 그 다음 부분이 내 관심을 끌었다. "우스꽝스런 노란 동그라미요?"

재스퍼가 답답하다는 듯 손을 흔들었다. "웃고 침 흘리고 방귀 뀌는 그림 있잖아. 그런 걸 뭐라고 부르는지 몰라도."

"이모티콘이라고 합니다, 선생님." 잭이 대답했다.

재스퍼는 경고하듯 그에게 손가락을 들어 보였다. "나를 또 '선생님'이라고 부르기만 해. 이 집에 발을 들인 걸 후회하게 해줄 거야."

"알겠습니다, 선생님." 잭은 무덤덤하게 대꾸했다. 재스퍼를 대놓고 무시하는 행동이었다. "조심하겠습니다."

재스퍼는 자신의 협박을 실행할까 고민하는 듯하다가, 한숨을 쉬며 주방을 가리켰다. "좀 앉지 그래." 짜증스러운 목소리였다. "쫓아낸다고 나갈 것 같지도 않으니까."

우리를 이 집에 들인 사람이 재스퍼였기에, 나는 그 말을 무시하고 나무 의자에 편히 앉았다. 잭도 잠시 후 나처럼 앉았다.

"1960년이었어." 재스퍼가 불쑥 입을 열었다. "우리가…, 편지를 주고받기 시작한 때가. 레이더 기지가 운영되던 마지막 시기에 캐서린의 아버지가 이곳으로 발령이 났고, 그녀는 도서관에 일자리를 얻었어."

이것만으로도 예상보다 훨씬 많은 정보였다. 그것도 무료로 제공된 정보. 함정이 아닐까 의심스러웠다.

"그리고 미리 말해두는데, 《북회귀선》을 돌려받을 생각은 말아." 재스퍼는 나를 쏘아봤다. "아직 수표를 현금으로 바꾸지 않았던데, 그렇다고 거래가 무효가 된 건 아냐. 네가 은행에 가지 않은 게 내 탓은 아니잖아."

잭이 호기심 어린 눈으로 우리를 쳐다보자 나는 얼른 대화 방향을 틀었다. 현금화되지 않은 수표가 아직도 내 지갑에 남아 있는 이유를 설명할 방법이 없었다. 돈이 아쉬울수록 그 돈을 갖겠다는 마음은 점점 줄었다. 페퍼라면 도움을 받아들일 줄 모른다고 나를 나무라겠지만, 그게 전부는 아니었다. 이 남자의 고통을 이용해 돈을 벌거나 그의 인생 이야기를 숫자 하나와 지폐로 맞바꾸는 것이 꺼림칙했다.

인간은 은행 계좌에 찍힌 숫자로 규정할 수 있는 존재가 아니다. 인생의 의미는 그보다 커야 한다.

"그래서 재스퍼 씨와 캐서린은 《무기여 잘 있거라》에서 메시지를 주고받기 시작했죠." 나는 사실을 확인하듯 말했다.

재스퍼가 책 표지를 경건하게 어루만졌다. "그랬지."

"다음은《힐 하우스의 유령》으로 옮겨갔고요."

"이렇게 쉽게 알아냈다고? 우리가 신중하지 못했네." 페이지를 넘기는 그의 입가에 미소가 번졌다. "지금 생각해 보면 신중하지 못한 짓을 숱하게 저질렀지만 젊을 때는 다 그렇지. 너희 같은 젊은 사람들은 생각보다 숨기는 걸 잘 못해."

이제는 함정이라기보다 공격처럼 느껴졌지만 재스퍼의 말은 아직 끝나지 않았다.

"책에 우리가 다음에 셜리 잭슨으로 넘어갔다는 말이 나온다면, 그렇게 한 게 맞을 거야. 지금은 너무 오래돼서 우리가 뭐라 적었는지 전부 기억하지는 못해. 캐서린은 공포 소설을 좋아했어. 음침하면 음침할수록 더 좋아했지. 사람들의 사지가 갈가리 찢기면 열광했어."

"그분 제 취향이네요." 잭이 중얼거렸다.

"자네 같으면 그 여자 옆에서 5분도 못 버텨." 재스퍼는 빠른 속도로 테니스공을 치듯 재깍 맞받았다. "자네가 눈을 반짝이기도 전에 자네를 가늠하고, 씹어 먹고, 뱉어냈을걸?"

"가늠한다고요?" 잭이 반문했다. 그는 나를 보았다. 어떻게 했는지 몰라도 그의 눈이 반짝였다. "그게 무슨 말씀이신지?"

"자네는 요즘 젊은 사람들의 문제를 다 갖고 있어." 재스퍼는 묻지도 않은 말을 했다. 나는 공격 대상에서 비껴갔다는 사실이 기뻐서 그 대화를 즐기기 시작했다. "자기 가치를 너무 잘 아는 거지. 요즘 애들은 말이야. 제 잘난 척을 하려고 끊임없이 동영상을 만들어대고, 거울 앞에서 우쭐대고, 달리기 좀 했다고 메달을 받잖아."

잭은 낄낄대며 자신을 손으로 가리켰다. 평소와 달리 땟국물은 없었지만, 볕에 그을린 얼굴이 적어도 내 눈에는 더없이 매력적이었다. "제가 우쭐대는 것 같으세요?"

"물론이지. 이 아가씨가 지저분한 짐승 취향이라는 걸 눈치채고, 자네도 온 동네가 자기 집인 양 우쭐대면서 졸졸 따라다니고 있잖아. 너희에겐 겸손이라곤 없어."

너무 심한 말이었다. 잭이 서둘러 자신을 방어할 사람은 절대 아니었지만.

"잠깐만요." 내가 끼어들었다. "몇 주 전에는 제게 누들한테 더 세 보이는 별명을 지어줘야 한다고 하셨잖아요. 대우받고 싶은 모습으로 세상에 자신을 드러내야 한다고요."

순식간에 재스퍼의 태도가 누그러졌다. 길고 힘든 여정 끝에 바람이 빠지는 열기구를 보는 기분이었다. "아, 그랬지. 하지만 누들은 달라."

갑자기 목이 메어 말이 나오지 않았다. 만약 다른 사람이 감히 내게 '누들은 다르지, 누들은 해당이 안 되지' 같은 말을 했다면, 나는 《힐 하우스의 유령》이 되어 재스퍼가 사랑한 캐서린처럼 그를 갈기갈기 찢어놨을 것이다.

하지만 이번만큼은 재스퍼가 누들을 판단하려고 하는 말이 아니었다. 그는 누들을 겨우 며칠 곁에 두었지만 며칠이면 충분했다.

그는 직접 보았기 때문에 아는 것이었다.

"혹시 글을 남기신《힐 하우스의 유령》을 갖고 계세요?" 나는 핑 도는 눈물을 삼키며 물었다. 이 남자들 앞에서는 절대 무너지고 싶지 않았다. "도서관 데이터베이스에도 없고 이 동네 중고 서점을 다 뒤져도 못 찾았거든요."

재스퍼는 나를 보고 눈을 끔벅댔다. "당연히 없지."

"아." 소용돌이치던 온갖 감정에 실망감이 더해져 나는 할 말을 잃었다.

잭이 가볍게 목청을 고르며 침묵을 깼다. "가능성은 희박한 줄 알았지만, 다른 두 권은 쉽게 찾았기 때문에 해 볼 만하다고 생각했어요. 일단 그 책은 건너뛰어야 할 것 같은데…." 그가 말꼬리를 흐렸다.

"나더러 캐서린과 내가 편지를 주고받았던 책 목록을 내놓으라는 뜻인가? 내 사랑 이야기에 네 더럽고 무례한 손을 대겠다고?"

바로 내가 묻고 싶었던 질문이었기에 숨을 죽이고 답을 기다렸다.

"안 되겠는데. 전부 내 거야. 캐서린은 내 거라고."

재스퍼의 솔직한 고백이 끝나는 것인가 싶어 두려웠지만 그는 말을 이었다.

"이런 말이 도움이 될지 모르겠는데, 그 오래된 책들이 아직 남아 있을 리 없어. 캐서린이 전부 다 가져갔을 텐데. 그 사람이 죽었을 때 나는…." 그는 기억을 떨치려는 듯 고개를 흔들었다. "그만두자. 내가 어떻게 했든 무슨 상관이겠어. 네가 그 책 두 권을 찾은 것만으로도 놀랐거든. 캐서린은 부모님 눈에 띄지 않는 곳에 숨겼을 거야. 한 권은 도서관 지하에, 다른 한 권은 뻔히 잘 보이는 도서관 서가에."

이 말은 내 희망을 꺾었다기보다 기대감을 불어넣었다. 책이 더 있을 가능성도 있고, 어떤 이유로 보존되어 있었다는 것. 캐서린은 먼 훗날 책이 발견되는 것이 얼마나 큰 의미를 갖게 될지 예상했던 모양이다. 재스퍼는 어떨지 몰라도 적어도 내게는 의미가 컸다.

60년도 더 지난 미래의 사서, 갈 길을 잃고 이미 가진 줄도 모를 질문의 답을 찾는 사람에겐.

"그분이 일부러 숨겼다고 생각하시는 거예요?" 너무 캐묻는다 싶었지만 멈출 수가 없었다. "남들이 훔쳐보지 못하게 하려고? 아니면 결국 발견되기를 바랐을까요?"

재스퍼는 고통스러운 표정으로 나를 보았다. "사서도 아닌 애더러 주제넘고 중뿔난 탐정 놀이를 하라고 책을 숨긴 건 아냐."

"제가 결국 진실을 밝혔잖아요."

"너희 둘을 집 안에 들이는 게 아니었는데." 재스퍼는 끙 소리를 내며 일어섰다. 하지만 나는 그가 《무기여 잘 있거라》를 챙기는 모습을 눈여겨봤다. "집에 가. 나를 좀 내버려 두고. 이미 떠나고 묻히고 애도까지 마친 과거를 들쑤시지 말라고."

재스퍼의 인내심이 한계에 도달한 듯하여, 나는 포기하고 문 쪽으로 향했다. 잭이 내 등을 손으로 민 것도 한몫했다.

우리가 문 앞에서 신발을 신으려는 순간 재스퍼가 다시 말을 꺼냈다.

"만약에 캐서린이 나머지 책을 숨겼다면, 자기 부모가 없앨 거라고 생각했기 때문일 거야." 그의 목소리가 어찌나 잔잔한지 내 심장 박동 소리에 묻힐 지경이었다. "우리 사이를 허락하지 않았거든."

내 입에서 질문이 튀어나왔다. "재스퍼 씨가 벌목공이라서요?"

그의 얼굴에 놀라는 기색이 스쳤다. "뒷조사를 꽤 했군. 그래, 나는 벌목공이고 그 사람은 공군 장교의 딸이었으니까. 나는 빈털터리고 그 사람은 부자였으니까. 내가 줄 수 있는 것은 철물점 위층의 창문도 없는 단칸방이었고 그 사람은 무엇이든 누릴 자격이 있었으니까."

이 말이 너무 슬퍼서 잠시 숨을 골라야 했다. 대부분의 사람에게 그 정도는 극복 못 할 장벽이 아니겠지만 나는 대부분의 사람에 속하지 않았다. 책에서는 항상 사랑의 힘으로 어떤 어려움이든 극복할 수 있고 돈으로 행복을 살 수는 없다고 가르친다. 나는 그런 말이 대체로 옳다고 믿었다. 진심으로.

하지만 그 장벽을 극복하라고 요구하는 건 지나치다. 특히 사랑하는 사람에게는.

"힘드셨겠어요." 나의 진심을 말했다.

재스퍼도 진심을 느꼈는지 내게 마지막 선물을 주었다.

"로니 파쿠타스한테 물어봐." 그는 문을 활짝 열고 우리를 내보냈다. 나는 문틀에 걸려 넘어질 뻔했지만 잭이 기다렸다는 듯이 나를 붙잡았다.

"로니라고요?" 내가 되물었다. 갑자기 L이 감상적인 신파를 좋아한다는 캐서린의 말이 이해되기 시작했다. 로니도 페퍼처럼 한때 도서관에서 일했다. 이 모든 수수께끼를 풀겠다는 열정이 지나쳐 나는 그 사실을 잊고 있었다. "페퍼네 할머니 말씀이세요?"

"그 책을 어디서 찾을 수 있는지 아는 사람은 로니밖에 없을 거야." 재스퍼가 대답했다. 그의 눈은 꿈꾸는 듯 먼 곳을 응시했다. 이 순간, 그는 우리 곁에 있지 않았다. 어떤 의미로든. "옛날 옛적에 캐서린과 로니는 둘도 없는 친구였거든."

15

클로이

로니는 콜빌에서 가장 아름다운 집에 살았다. 그 인근의 주택
이 대부분 그렇듯 별로 크지는 않았고 현대식으로 개조되지 않
아 무더운 여름에는 견디기 힘들다는 단점이 있지만, 집은 크리스
털 폭포 위의 널찍한 부지를 차지하고 있었다. 춥고 맑은 밤이면
뒷마당에서 폭포 소리가 들려왔다.

달리 할 일이 없어 술판을 벌이러 오는 10대들의 소리도 들렸
지만, 모든 걸 다 가질 수는 없는 법이다.

"클로이!" 내 스테이션왜건이 진입로에 들어서는 순간 로니가
나를 맞으러 나왔다. 지난번보다 조금 야위긴 했지만 그럭저럭 건
강해 보였다. 마음과 달리 내가 페퍼의 할머니를 자주 찾아뵙는
편은 아니라서 어떤 상태일지 전혀 예상하지 못했다. 위험한 암은
아니었고 몇 차례 받은 수술도 잘 됐지만 로니는 남은 시간이 얼

마나 소중한지 잘 알고 있었다. "동생들도 데리고 온 거지? 꼭 해치워야 될 켄터키 버터케이크가 있는데 믿고 맡길 사람이 테오뿐이야."

"테오는 호저 등에 있는 가시도 없어서 못 먹잖아." 조수석에서 내린 페퍼가 나와 함께 계단을 오르며 말했다.

"아니, 가시는 안 먹을 거야. 다트나 표창을 만들어서 온 동네를 공포에 떨게 하겠지."

내가 계단을 다 오르자마자 로니는 앞으로 300년 동안 이 테라스에 서서 나를 위로하겠다는 듯 온 힘을 다해 포옹했다.

"누들이 사고를 당했다는데 도움을 못 줘서 미안하구나. 가엾은 녀석. 어째서 길도 안 살피고 숲속을 내달렸을까."

로니가 아직 나를 놓아주지 않아서 다행이었다. 누들이 무슨 일을 겪고 있는지 알 수 없는 시간이 길어질수록 나는 슬퍼졌다. 재스퍼의 수수께끼를 푸는 것이 차라리 쉽게 느껴졌다.

"모르겠어요. 무슨 일이 있었는지 도통 얘기를 안 해요. 귀찮게 해서 미안하다는 소리만 하지."

"샘슨 집안 아이들은 왜 다 그러나 몰라." 로니는 혀를 차며 나를 집 안으로 이끌었다. "벽으로 힘껏 돌진해 놓고 자기가 다쳤는데도 벽에다 사과부터 하기 바쁘지."

"저는 힘껏 돌진하지 않아요. 사실은 아예 달리지를 않죠. 학교 체육관에서 달리기를 하면 늘 꼴찌였어요. 페퍼한테 물어보시면 알아요."

"할머니 말씀은 그냥 비유잖아." 페퍼는 깔끔하고 포근한 응접실을 둘러보더니 구운 과자의 달콤한 냄새를 한껏 들이마셨다.

오늘 로니는 확실히 기분이 좋아 보였다.

"내가 어느 벽에 사과를 했다는 거야?"

"인생의 벽." 페퍼가 얼른 대답했다.

"솔직한 감정의 벽이지." 로니가 덧붙였다.

페퍼가 또 덧붙였다. "야망의 벽."

로니도 멈추지 않았다. "다른 사람들의 잘못이라는 벽."

페퍼는 하이 파이브를 하려고 손을 들었다. "오오, 좋은데요, 할머니."

로니는 빙긋 웃으며 손녀와 장난스레 손을 마주쳤다. 손바닥을 떼지 않고 그들은 손깍지를 꼈다. 두 여자의 그토록 편안하고 따뜻한 모습을 보자 목이 메었다. 둘 사이의 유대감과 파쿠타스 가족 전체가 나누는 정이 나는 몹시도 부러웠다. 내게는 동생이 많았지만 페퍼는 외동딸이었다. 그렇다고 혼자라는 뜻은 아니다. 친척이 많았으니까. 이모, 삼촌, 사촌, 혈연관계는 아니지만 한 동기간처럼 끈끈하게 엮인 사람들…. 페퍼는 마을 어디를 가도 친척이라며 다가오는 사람들과 마주쳤다.

사랑하고 보살펴주는 사람들의 그물망을 나는 결코 알지 못했다. 하지만 페퍼에게는 태어날 때부터 안전하게 받쳐주는 촘촘한 그물망이 있었다. 숲속에서 수백 곳의 절벽을 뛰어내려도 절대 땅에 떨어지지 않게 보호해 줄 그물망이었다.

반면에 나는 아빠가 누구인지도 모르고, 건강한 관계를 오래 유지하지 못하는 엄마 탓에 조부모도 잃었다. 태어나는 순간부터 내 유일한 안전망은 엄마였지만 나를 받쳐주지 못하는 성글고 부실한 그물이었다.

한 사람만으로 안전한 그물을 얻을 수는 없다는 말도 있지만, 그 한 사람마저 너무 얇아서 결국 느슨하게 엮인 실타래로 전락했다. 하지만 너무 깊이 생각하고 싶지는 않았다. 내가 돌아가고 나면 로니와 페퍼는 이 문제에 대해 깊은 대화를 나눌지도 모른다. 지금으로서 나는 아무리 얇더라도 계속 옆으로 늘어지며 동생들을 떠받치려 애쓸 수밖에 없었다.

"그나저나 할리퀸은 정말 고맙다." 로니가 페퍼의 손을 놓으며 말했다. 로니를 따라 주방으로 들어갔더니 역시나 식탁 한복판에 반질반질한 고리 모양의 버터케이크가 놓여 있었다. 로니는 넉넉하게 두 조각을 잘라서 우리 앞에 놓았다. "지금 진짜 재밌는 걸 읽고 있어. 임신한 주인공이 기억상실증에 걸렸는데, 해군 특수부대를 퇴역한 남자가 그녀를 구원하는 이야기지. 제목은 《프레그네시아》야."

나는 웃으며 한 손을 쳐들었다. "지어내지 마세요. 저는 안 속아요. 설마 그런 책이 있으려고요."

"진짠데! 아직 반밖에 못 읽었지만 오늘 밤에는 다 읽을 거야. 손에서 내려놓을 수가 없어."

"로니!" 입에 한가득 물고 있는 케이크에 내 외침 소리가 막혔다. 내용물을 주방에 뿜지 않으려 애썼지만 실패했다. "그게 사실일 리 없잖아요."

"사실이야." 페퍼가 말했다. "몇 년 전에, 네가 대학 다닐 때였지 아마. 그 책이 엄청 인기였어. 이동도서관에 들어오기가 무섭게 대출됐다고."

페퍼는 주방 반대편에 놓인 책장으로 다가갔다. 사서를 천직으로 삼은 로니와 페퍼의 집이었으니 장서는 말할 것도 없이 굉장했다.

"마음에 드시는 책 중에 더 기괴한 제목은 없었나요?" 페퍼가 책등을 훑으며 물었다. 대부분 반복해서 읽었는지 낡은 티가 역력했다. "'왕자를 협박한 음탕한 시녀'라든지? 내 기억에는 있었던 것 같은데—"

나는 켄터키 버터케이크를 입에 넣기 바빠 페퍼가 멈칫하는 것을 눈치채지 못했다. 그리고 입안에서 사르르 녹는 케이크의 맛에 빠져, 왜 멈칫했는지도 깨닫지 못했다.

"음, 클로이?" 페퍼의 목소리는 멀리서 들려오는 것 같았다. "잠깐 이쪽으로 와볼래?"

"네 이모 레일런이 갖다준 성애물 전집 얘기라면 듣고 싶지 않다." 로니가 말했다. "내가 여가 시간에 뭘 읽을지는—"

"그게 아니에요." 페퍼가 책장에서 책을 꺼내어 우리 쪽으로 다가왔다. 빛바랜 노란색 꽃이 그려진 검정 양장본이었다. 나는 보자마자 알아차렸다. 도서관 소장 도서였을 시절의 오래된 스티커가 붙어 있었으니까. "할머니, 이 《힐 하우스의 유령》에 대해 해주실 말씀 있어요?"

부드러워지는 로니의 눈빛을 보고, 나는 그것이 단순한 책 한 권은 아니라고 느꼈다. 재스퍼가 캐서린 얘기를 할 때 흘러넘치던 생기, 세월이 흘러도 지울 수 없던 그 광채가 떠올랐다.

아, 60년이 지나도 그런 감정을 불러일으키는 여자라니. 세상이 아무리 변해도 기억이 그 정도의 무게를 지닐 수 있다니.

"그 낡디낡은 책 말이냐?" 로니는 손을 휘휘 저었다. "네 아빠보다 더 오래됐을걸. 이제는 내용도 가물가물하다."

"젊은 여자가 유령의 집에 들어갔다가 집에 영원히 빨려 들어간다는 이야기예요." 내가 설명했다. "1960년에 그 책을 함께 읽은 비운의 연인에 관한 책이기도 하고요."

내 입을 틀어막을 줄 알았는데 로니는 웃음을 터뜨렸다. 케이크만큼이나 달콤하고 맛깔나는 소리였다. 유통기한이 있는 웃음이었기에 더욱 소중했다.

"너도 아는구나?" 로니는 페퍼에게서 책을 받아들었다. 그녀는 거친 모서리를 다듬는 듯 표지를 경건하게 쓰다듬었다. "재스퍼가 말해줬니?"

나는 대답 대신 내 의문을 제시했다. "할머니랑 재스퍼 씨가 서로 아는 사이였는지는 몰랐어요."

로니는 진분홍 돋보기안경 너머로 나를 보았다. "이 마을에 여든이 넘은 사람은 딱 열두 명이야, 클로이. 그 딱한 재스퍼 영감, 당연히 알지. 젊었을 때도 까칠한 건 마찬가지였어. 세상에 그보다 더 고집 센 불평꾼은 없을 거야."

내가 아는 사실과 맞아떨어져서 웃음이 났다. "진작에 말씀해주셨으면 좋았잖아요. 지난 여섯 달 사이에만 제 동생들이 원반과 축구공 수십 개를 빼앗겼거든요. 소중한 그 집 잔디에 닿는 순간 재스퍼 할아버지가 모조리 가져가 버려요."

"그러고도 남을 인간이야." 로니도 인정했다.

"재스퍼 씨를 안다면 캐서린도 아시겠네요?" 페퍼가 물었다. "둘이 사귄 것도?"

"아, 캐서린은 전혀 딴판이었다." 로니의 눈가가 다시 부드러워

졌다. "재스퍼가 어둠이라면 캐서린은 빛이었고 그가 달이라면 캐
서린은 태양이었어. 솔직히 나는 캐서린이 뭘 보고 재스퍼를 좋
아하는지 이해가 안 됐지만, 그게 이유라면 이유겠지."

"어떤 이유 말씀이세요?" 내가 물었다.

로니는 책 표지를 펼치고 책장을 넘기다가 중간쯤에서 멈췄다.
손 글씨를 보는 순간 내 가슴이 두근거렸다. 책을 낚아채고 싶은
충동을 누르며 로니의 책 읽는 목소리에 귀를 기울였다.

"'힐 하우스에서 두 번째로 맞는 아침이야. 이렇게 행복할 수가.
여행은 연인들의 만남으로 끝이 나지. 밤새 한숨도 못 잤어. 거짓
말을 하고 바보짓을 했지. 공기에도 와인 맛이 감도는 기분이야.'"

이토록 편안한 음성이라면 몇 시간이라도 들을 수 있을 것 같
았지만 여백에 적힌 내용이 궁금해 죽을 지경이었다.

"다음에는요?" 내가 재촉했다.

"아직 안 끝났어. 좀 기다려봐." 로니는 목청을 가다듬고 계속
읽었다. "'어리석은 탓에 괜한 공포에 빠지기는 했지만 결국 이런
기쁨을 얻었네. 아주 오랫동안 기다려온 기쁨을.'"

"할머니, 그만요. 우리, 그 책에는 관심 없어요. 재스퍼와 캐서린
이 서로 어떤 야한 말을 주고받았는지 궁금해 죽겠다고요." 페퍼
가 말했다.

이번에 로니가 안경 너머로 내다본 사람은 내가 아닌 손녀였다.
"둘은 야한 말을 전혀 쓰지 않았어. 그랬다면 캐서린이 이 책을
나한테 줬겠니? 이건 로맨스란다. 오염 없이 순수하고 진지한 로
맨스."

"그러면 우리가 읽어볼래요." 페퍼는 책을 집더니 할머니가 반

격할 것을 알고 내게 던졌다. "어서 도망쳐, 클로이! 너라도 읽어봐! 다 읽을 때까지 내가 할머니를 붙잡고 있을게."

농담인 줄 알면서도 나는 슬쩍 비켜서서 로니가 읽은 다음 부분을 읽기 시작했다.

행복하구나, 엘리너. 드디어 네 몫의 행복을 찾았네.

이런 말 하기 싫지만 C, 이 책이 우리에게 저주를 내린 것 같아요.

무슨 뜻이죠?

내가 행복하니까요. 드디어 내 몫의 행복을 찾았으니까요. 그런데 이 책의 결말을 떠올리면 마냥 좋다는 생각은 들지 않아요.

흠. 재밌네요. 밤새 한숨도 못 잤죠?

당신도 알잖아요. 같이 있었으니까.

쉿. 나는 철학적인 얘기를 하고 싶어서 그래요. 당신이 거짓말을 하고 바보짓을 했다고요?

거짓말은 몰라도 바보짓은 사실이에요. 당신이 말한 《사이코》를 읽기 시작했는데, 살면서 그렇게 무서운 책은 처음이었어요. 어쩜 그리 섬뜩한 책을 좋아해요?

어쩔 수 없어요. 원래 그렇게 생겨 먹었으니까. 그나저나 왜 딴 길로 새는 거예요? 공기는 어때요? 와인 맛이 느껴지나요?

아니요, 하지만 당신 입술에서는 느껴져요. 그러면 충분할까요?

"야한 내용은 없다면서요!" 내가 꽥 소리를 질렀다. 여자를 위해 좋아하지도 않는 책을 읽는 재스퍼, 누군가의 입술에서 와인 맛이 난다고 말하는 재스퍼는 도저히 상상할 수 없었다. "재스퍼와 캐서린이 같이 밤을 보냈다고요? 결혼하기 전에? 1960년에?"

로니는 슬픈 표정으로 고개를 저으며 혀를 찼다. "요즘 젊은이들이란. 모든 세대는 성과 관련된 일체를 자기들이 발명한 줄 알아. 그게 사실이면 너나 페퍼는 어떻게 태어났겠니? 그 많은 네 동생들은? 처녀 잉태로? 성령의 힘으로?"

나와 동생들이 어떻게 잉태되었는지 상상하고 싶지 않았지만, 어쩔 수 없이 엄마 얼굴이 떠올랐다. 트릭시의 아름다움은 전부 그 여자에게서 나왔기 때문에 엄마는 절대 멀리 있지 않았다. 잡티 하나 없는 피부와 화사한 미소, 별다른 노력 없이도 요즘 트렌드에 딱 맞는 체형.

엄마를 '절세 미녀'라 칭하는 사람을 여럿 보았다. '끝내주는 몸매'라는 말도 (불행히도) 여러 번 들었다. 엄마를 가리켜 '얼굴이 아깝다'고 하는 말도 숱하게 들었다. '아름답기 그지없지만 짐승만큼도 상식이 없는 여자'라는 뜻이었다.

나도 때때로 거울 속에서 그 얼굴을 보곤 했지만 실제 내 모습이 아닌 빛의 농간처럼 느껴졌다. 내 속에 숨어 있는 그 여자가 드러나 보이는 순간은 대개 방심하고 있을 때였다.

"캐서린이랑 재스퍼 사이에 무슨 일이 있었는지 자세히는 모르니까 나한테 물어도 소용없어." 로니는 내 질문을 사전에 차단했다. "둘의 사랑은 아주 빠르게 진행됐고, 아주 뜨거웠고, 아주 비극적이었다는 기억밖에 없어. 위대한 사랑은 원래 그런 법이지."

이 말에 페퍼가 항의했다. "할머니! 할아버지가 돌아가시기 전까지 50년이나 결혼 생활을 하셨잖아요. 할아버지와의 사랑은 위대하지 않다는 거예요? 어떻게 그런 말씀을 하세요?"

그녀는 혀를 끌끌 차며 손사래를 쳤다. "네 할아버지는 착하고 건실했지만 책 여백에다가 사랑을 속삭인 적은 없어. 퇴근길에 잊지 말고 감자 한 봉지를 사 오라는 쪽지나 쓸 줄 알았지."

나는 페퍼의 할머니와 할아버지가 함께 살고 웃고 사랑하는 모습을 봐왔기 때문에 그 말을 곧이듣지 않았다. 5년 전에 남편을 여읜 로니가 상실이 남긴 상처를 깊이 들쑤시려 하지 않는다는 것도 알았다. 그래서 그녀가 페이지를 넘기라고 손짓했을 때 나는 순순히 따랐다. 얼마 넘기지 않아 다른 글을 발견했다.

"당신의 보호는 나보다 다른 사람들에게 더 필요해요. 나는 알아서 할 테지만, 저들은 무정한 마음과 어두운 눈 때문에 너무나 연약하죠."

이상하지 않아요? 무정한 마음 때문에 누군가가 더 연약해진다는 것이?

꼭 그렇지는 않아요. 그것이 이 책의 핵심이죠. 집은 자신을 사랑하지 않는 사람들을 죽여요. 모든 갈등은 집을 있는 그대로 받아들이지 못하는 데서 비롯되죠. 그래서 복수가 필요한 거예요.

이번에도 나를 집에 비유하는 거예요? 당신이 나를 사랑하지 않으면 내가 당신을 죽일 거라고?

어느 쪽이든 당신은 나를 죽일 거예요, C. 우리 둘 다 알고 있잖아요.

나도 모르게 한숨이 새어 나왔다.

"맙소사." 로니가 중얼거렸다. "나 그 소리 알아."

"그러게." 페퍼가 히죽거렸다. "완전 푹 빠졌네요. 재스퍼가 100살만 젊었어도 클레어가 냉큼 낚아챘을 텐데요."

로니는 쭈글쭈글한 손가락으로 페퍼를 가리켰다. "말조심해라, 얘. 우리, 그렇게 늙지 않았어."

나도 손가락질을 했다. "좋은 감정도 싫은 감정도 없어. 그냥 관심이 있을 뿐. 내가 아는 재스퍼 홈스는 딱 이 구절처럼 무정한 마음과 어두운 눈을 가진 남자야. 하지만 캐서린은 그의 연약함을 발견했지. 그를 다루는 법을 정확히 알았던 거야."

"틀린 말이 아냐." 로니는 갑자기 생각에 잠긴 듯이 입술을 오므렸다. "나는 재스퍼를 다루는 캐서린처럼 남자를 다루는 여자를 본 적이 없어. 딱 한눈에 그를 갖기로 결심하고는, 쉴 새 없이 밀어붙여 결국 무릎을 꿇렸지. 너희 둘도 캐서린한테서 한 수 배워야 해."

"그래야겠어요." 나도 인정했다. "그래서 두 사람의 나머지 이야기를 이렇게 궁금해하잖아요."

나는 잠시 말을 멈추었다. 입 밖으로 꺼낼 수 없는 말은 할 수도 없고 하고 싶지도 않았다. 사실 나는 캐서린보다는 늙고 꽉 막히고 무정한 재스퍼와 비슷했다. 누군가 그의 벽을 허물고 그가 온몸으로 거부했던 사랑을 느끼게 했다는 사실은 내게 큰 의미가 있었다.

솔직히 말하면 엄청난 의미가 있었다.

다음 질문은 신중하게 꺼내야 했다. 로니를 위해서도, 나 자신을 위해서도.

"당시에 캐서린을 아셨다면 그분께 무슨 일이 일어났는지도 아시겠네요." 이상하게 그 말을 입 밖으로 꺼내기가 어려웠지만 나는 단어 하나하나에 필요한 무게를 실었다. "건더슨은 재스퍼가 캐서린을 죽이고 시신을 정원에 묻었다고 주장하지만—"

로니가 명랑한 웃음을 터뜨리며 내 말을 끊었다. "건더슨은 정보의 9할을 아내한테서 얻어. 아내는 음모론 사이트를 여러 개 운영하는 사람이지. 그 부부 입에서 나온 말은 한마디도 믿을 게 못 돼."

"믿지 않아요. 하지만 재스퍼는 항상 우리에게 냉정했고, 캐서린의 죽음은 너무 갑작스럽고 비극적이었잖아요. 그러니까 그런 말에 조금 솔깃했죠."

페퍼도 고개를 끄덕였다. "제가 그 무렵에 실종된 여자들에 관한 기사를 찾느라 마이크로필름을 뒤져봤는데 아무것도 없었어

요. 50, 60년대에 이 동네는 어지간히 따분했을 거예요. 할 일이
라고는 쿠폰을 모으고 레이더 기지에서 무도회를 여는 것뿐이었
나 봐요."

"가만." 로니가 미간에 깊은 주름을 잡으며 우리 둘을 번갈아
보았다. "캐서린의 죽음이 갑작스럽고 비극적이었다는 건 또 무슨
뜻이야?"

내 이마도 우그러졌다. "아닌가요? 모든 죽음은 비극적이잖아
요. 그분이 워낙 젊었으니까 갑작스러웠을 테고요. 그렇지 않았다
면 재스퍼 씨가 왜 그리 상심했겠어요?"

"클로이, 캐서린은 죽지 않았단다."

온몸이 굳고 심장이 한참을 멈춘 기분이었다. "죽지 않았다는
건 무슨 뜻이에요?"

로니가 나를 어찌나 이상한 눈으로 보고만 있는지, 혹시 내가
그 질문을 입 밖으로 꺼내지 않았나 싶었다. 페퍼가 대신 질문을
반복해야 했다.

"죽지 않았다면 캐서린에게 무슨 일이 일어났어요? 우리가 뭘
놓친 거죠?"

"아무것도 놓치지 않았어." 로니가 혀를 찼다. "내가 전부 다 아
는 건 아니지만 레이더 기지의 다른 남자와 스캔들 비슷한 게 있
었어. 캐서린은 내게 이 책을 주면서, 지켜달라고 말하고 떠났지.
그 후로는 소식을 듣지 못했어."

"재스퍼는요?" 나는 현기증을 느꼈다. "둘의 비극적인 러브스토
리는요?"

로니의 입술이 슬픈 미소를 지었다. "끝났단다, 애야, 세상일이

다 그렇듯이. 둘의 이야기는 누구도 읽고 싶어 하지 않는 책의 짧고 격렬한 한 챕터에 불과했어."

제
2
부

16

1960

재스퍼는 매주 금요일 오후 3시에 주급을 받았다. 3시 30분이면 이미 그 돈의 절반은 사라졌다.

"평소처럼요?" 시청 사무실의 카운터 뒤에 앉아 있는 쾌활한 금발 여자가 물었다. 그녀는 은행 출납원, 전신 송금원, 우체국장을 동시에 맡고 있었다. 곱게 매니큐어를 칠한 손으로 마을의 비밀을 대부분 쥐고 있다는 뜻이었다. "40달러는 현금으로 드리고, 40달러는 애버딘으로 보낼까요?"

"네, 부탁해요." 재스퍼는 정신이 딴 데 팔려있었다. 주머니에서 《힐 하우스의 유령》을 꺼내어 그와 캐서린이 대화를 중단한 부분을 찾고 싶은 마음을 참느라 자제력을 총동원해야 했다. 두 사람은 내일 밤 평소처럼 강가의 밀회 장소에서 만나기로 했지만, 재스퍼는 어제 밑줄 친 구절에 대한 캐서린의 생각을 알고 싶어 안

달이 났다.

책이 얼마나 섬뜩한지, 그 내용이 불러일으키는 이미지에 시달리며 몇 시간을 뒤척여야 했지만, 그런 경험이 처음은 아니었다. 재스퍼는 살면서 두렵지 않은 날이 거의 없었다. 이 지역의 찬란한 태양, 삶에 기쁨만 가득하다는 듯 미소를 지으며 손을 흔드는 사람들, 아름답게 깔깔대며 그가 힘겹게 억눌렀던 감정들을 되살리는 아가씨들이 두려웠다.

"듣고 있어요, 재스퍼?" 금발 여자가 빳빳한 10달러 지폐 네 장을 내놓으며 말했다.

"네? 아. 미안해요." 그는 돈을 받아 지갑에 넣었다. "딴생각하느라."

"그럴 줄 알았어요." 그녀는 재스퍼를 안심시키려는 듯 미소 지었다. "가족들이 정말 고마워하겠어요. 하나밖에 없는 내 오빠는 나머지 가족이 어떻게 지내는지 관심도 없거든요. 몇 년 전에 스포캔의 도축장에 일하러 떠난 후로 감감무소식이에요. 크리스마스카드도 못 받았어요."

"아." 재스퍼의 뺨이 달아올랐다. 역시 마지막으로 크리스마스카드를 보낸 지가 언제인지 기억도 나지 않았다. 그런 것까지 해야 하나? 이미 돈을 탈탈 털어서 집으로 보내고 있는데? "안됐네요."

이름이 아마도 사만다였을 금발 여자는 눈썹을 완벽한 아치 모양으로 치켜올렸다. 그러고는 송금 영수증을 카운터 위로 밀었다. "막상 당신을 보살펴줄 가족은 없다니 외롭겠어요." 그녀가 영수증을 새침하게 내려다보며 말했다. 재스퍼는 그 시선을 따라갔다가 그녀가 영수증에 적은 여섯 자리 숫자를 발견했다. "대화할 사람이 필요하면 전화하세요."

"아. 어. 고마워요." 재스퍼는 영수증을 뭉쳐 가까운 쓰레기통에 던지고픈 충동을 참았다. 그가 아주 예의 바른 사람은 아니었지만 그런 행동은 그녀에게 지나친 모욕일 터였다. "그럴게요."

"할 생각 없겠지만 한다고 손해 볼 건 없잖아요." 그녀가 눈을 찡긋했다. "다음 주에 봐요."

재스퍼는 자신도 알아듣지 못할 말을 웅얼대며 고개를 숙인 채 시청을 나섰다. 길 건너편에 다갈색 벽돌로 지은 작은 도서관이 눈에 들어왔지만, 그쪽으로 발길을 돌리지 않았다. 그럴 이유가 없었다. 이미 손에 책을 쥐고 있었고, 지금은 캐서린이 근무할 시간도 아니었다.

한때 도서관은 그에게 행복한 장소, 안식처였다. 언제든지 들어가서 서가의 책을 꺼내 들고 그에게 토론, 대화, 무엇보다 농담을 걸어오는 사람들을 피할 수 있었다. 이제 재스퍼는 그 신성한 공간에 들어갈 때마다 자신의 모든 숨결을 예민하게 인식했다.

들숨과 날숨: 로니가 짓궂은 눈을 반짝이며 그를 지켜본다.

날숨과 들숨: 그가 책 여백에 몰래 글을 쓰려고 할 때마다 피터스 여사가 방해한다.

들숨과 들숨과 들숨: 그녀가 보인다. 캐서린이. 그의 캐서린, 둥그스름하고 발그레한 뺨 위로 머리카락은 늘어뜨린 채 책을 들여다보는 캐서린.

그가 도서관에 들어설 때마다 캐서린은 금방 알아챘지만 속눈썹을 잠깐 파들거릴 뿐, 티는 내지 않았다. 재스퍼도 그것을 느꼈다. 두 사람이 같은 장소에 서 있으려면 공기에 변화가 생겨야 했다. 그럴 수밖에 없었다. 세상은 두 사람이 오랫동안 가까이 있기에 적합한 곳이 아니었다. 그들은 화학 반응처럼 불안정하고 위험했으며 무엇보다 폭발적이었다.

재스퍼는 더 이상 기다릴 수 없어, 아무도 지나가지 않기를 바라며 골목으로 나가 책을 꺼냈다. 콜빌의 거리는 짜증 날 정도로 넓었다. 한때는 그 거리를 16마리 말이 끄는 벌목용 수레가 꽉 채우기도 했다. 겨울이나, 해마다 열리는 퍼레이드 때는 좋았지만 혼자 있고 싶은 남자에게는 최악이었다. 재스퍼에게 세상 무엇보다 간절한 것이 바로 혼자 있는 시간이었다.

과거에는 그랬다.

그는 손가락을 더듬어 원하는 페이지를 찾았다. 분간하기 어려운 자신의 글씨 뒤에서 캐서린의 기울여 쓴 예쁜 글씨를 보자 숨이 턱 막혔다.

각자 자신의 절망에 깊이 빠져 있었기에 어둠 속으로 탈출해야만 했다. 질기고도 연약한, 분노라는 불편한 망토를 덮어쓴 채 그들은 걸음을 내디뎠다. 서로를 절실히 인식했지만 누구도 먼저 말을 걸지 않겠다고 단단히 마음먹고 있었다.

내가 가끔 말을 꺼내기 어려워하는 이유가 궁금했나요? 분노와 절망이 나를 강하게 옥죄고 있기 때문이에요. 당신에게 온 마음을 주고 싶지만 그 두

가지 감정이 내 안에 존재하는 한 그럴 수 없을 거예요.

가끔 보면 당신, 감정 과잉이에요. J. 캐서린은 이렇게 썼다. 이 문장을 보자 재스퍼는 그녀의 웃음기 섞인 목소리가 들리는 듯했다.

그녀의 가장 사랑스러운 점이었다. 그를 끌어당기면서도 밀어낸다는 것. 매끄러운 갈색 머리부터 예쁜 구두를 신은 단정한 발까지, 캐서린은 이 세상 온갖 밝고 아름다운 것들의 상징이었다. 그녀의 가장 큰 시련과 고난은 딸을 과잉보호하는 부모였고, 가장 큰 걱정은 매번 그녀를 가로막는 경계를 어디까지 넘을 것인가 하는 문제였다.

캐서린의 그런 점에 불만을 품고 싶지 않았다. 그녀의 어떤 모습에도 불만을 품고 싶지 않았다. 하지만 수중에 40달러가 전부인 남자로서 불만을 억누르기는 쉽지 않았다. 그중 30달러는 매주 숙식비로 나갔고, 5달러는 매트리스에 숨겨둔 돈뭉치에 보태졌고, 나머지 5달러로 그 밖의 일체를 해결해야 했다.

이런 깡촌에서도 5달러로는 쪼들리기만 했다. 책 한 권, 영화 한 편, 아늑한 맛이라고는 없는 칙칙한 벽을 조금이나마 화사하게 해줄 새 화분조차 사기 어려웠다.

그는 한숨을 쉬며 책장을 넘겼다. 다른 메모가 있나 찾았지만 보이지 않았다. 캐서린은 서둘러 떠나야 했거나 그에게 더 이상 할 말이 없는 모양이었다.

그 한 문장이 전부였다. 가끔 보면 당신, 감정 과잉이에요. J.

뼈아프게도, 그 말은 틀리지 않았다. 그는 감정 과잉이었다. 항상 그랬다. 오래전부터, 그는 늘 가장 부적절한 방식으로 반응했다. 미소를 지어야 할 때 요란하게 웃고, 참아야 할 때 엉엉 울었고, 의연히 버텨야 할 때 움츠러들었다.

그가 답장을 썼다. *미안해요, 그렇게 반응하지 않는 법을 알고 싶어요.*

그는 책을 덮고 도서관 반납함에 넣었다. 어쩌면 캐서린은 그 메시지를 보고 이해할지도 모른다. 그가 너무 빨리, 너무 많이 느끼는 사람이라는 것을. 날마다 세상이 그에게 기대하는 것과 마음이 자신에게 요구하는 것 사이에서 힘겨워하고 있다는 것을.

그는 고개를 푹 숙인 채 보도를 따라 느릿느릿 숙소로 향했다. 주머니 속 40달러마저 소유할 자격이 없는 것처럼 부담스럽게 느껴졌다. 사실은 그렇지 않은 데도. 어머니와 동생들에게 돈을 보내겠다고 약속한 지도 한참이 지났다. 3년 내내 그 약속을 지켰다. 처음으로 고향을 떠난 열여섯 살 소년이, 성인 남자마저 뼈와 가죽만 남을 만큼 고된 일을 감당하는 열아홉 살 청년이 될 때까지.

아직 뼈와 가죽만 남았다고 할 정도는 아니지만, 그는 날마다 자신이 조금씩 마모된다고 느꼈다. 여섯 개의 배고픈 입을 먹이는 남자의 숙명이었다.

"거기, 너. 벌목공."

그 목소리를 듣자마자 재스퍼는 발끝만 내려다보며 못 들은 척, 못 알아들은 척했다.

군화 한 쌍이 그의 앞에 멈췄다. "제이컵, 맞지? 아니…, 제러미였나? 제롬? 미안. J로 시작하는 이름이었는데."

재스퍼는 한숨을 쉬며 고개를 들었다. "재스퍼예요." 그는 길지 않은 평생 동안 숱한 적을 만든 특유의 퉁명스러운 목소리로 대꾸했다.

"맞다. 재스퍼." 그 남자, 윌리엄 맥브라이드가 환히 웃었다. "내가 얼굴은 잘 기억하는데 이름을 잘 못 외워. 같이 좀 걸을까?"

재스퍼는 내키지 않았지만 거절할 구실이 떠오르지 않았다. 그래서 괜찮다는 뜻으로 고개를 까닥했다.

"우리, 정식으로 만난 적은 없는 것 같은데, 나는 윌리엄 맥브라이드라고 해. 레이더 기지 소속이고." 어린 학생에게 뭔가 선심을 쓰는 듯한 말투였다. "맥브라이드 중위라고, 혹시 들어봤나 몰라?"

재스퍼가 내뱉었다. "누군지 압니다."

"그래. 그렇다면 내 말 이상하게 듣지 않겠네."

재스퍼는 이 상황이 이미 이상하다고 느꼈지만, 어쩔 도리가 없었다. 그는 걸음을 늦춰 상대의 속도에 맞췄다.

"대단한 독서광이던데? 도서관에서 책을 꽤 많이 빌리더라고."

재스퍼가 휘청거렸다. "누가 그래요?"

"누구한테 들은 게 아니라, 너를 이 동네에서 자주 봤거든. 항상 새로운 책을 눈여겨보는 것 같더라고. 며칠 전에는 무슨 책을 읽었지? 녹색 표지였는데." 그는 답이 떠오른 듯이 손가락을 튕겼다. 재스퍼는 쉽게 답을 알려줄 수 있었다. 대프니 듀 모리에의 《레베카》를 읽는 모든 순간이 즐거웠지만, 대화를 이어갈 생각은 없었다. 특히 로맨스가 가미된 소설에 대한 그의 깊고 은밀히 사랑에 대해서는.

그 얘기만큼은 누구에게도, 심지어 캐서린에게도 하지 않았다.

그녀가 아무리 집요하게 물어도 그는 함구하기로 다짐했다. 그렇게 하지 않으면 캐서린은 그를 가만 내버려두지 않을 것이다.

"아무튼, 책을 많이 읽잖아."

"그래요." 대답이 꼭 필요한 것 같아 재스퍼는 이렇게 대답했다.

"그런데…, 혹시…?" 윌리엄은 말을 멈추고 걸음도 멈췄다. 재스퍼도 멈추는 수밖에 없었다. "사실은 내가 도서관 사서랑 친해지고 싶어서 그러는데, 캐서린 마틴이라고. 우리 지휘관의 딸인데, 좋아하는 게 책밖에 없더라고."

재스퍼는 이 대화를 피해 달아나고픈 충동과 힘겹게 싸워야 했다. 이 젊은 남자에게 캐서린의 취향에 대해 술술 알려줄 수도 있었다. 그녀는 책을 좋아하지만 영화도 좋아한다고. 잔혹하고 피비린내 나는 영화일수록 더 좋아한다고. 날마다 점심으로 사과 한 개를 먹지만 사실은 피클을 듬뿍 넣은 치즈버거와 다크 초콜릿 밀크셰이크를 먹고 싶어 한다고. 세상에서 어머니를 가장 사랑하고, 겉으로는 아버지에게 순종하지만 속으로는 아버지의 규칙과 질책을 모조리 내던지고 싶어 한다고.

무엇보다 캐서린은 이 마을이 줄 수 있는 것보다 훨씬 크고 밝은 삶을 갈망한다고. 그 꿈을 이룰 수 없기 때문에 자신을 가까이할 자격이 없는 남자를 만나며 위안을 얻고 있다고.

"그래서 책을 좀 읽어봤어요?" 재스퍼가 물었다.

놀랍게도 젊은 장교는 웃음을 터뜨렸다. 그는 대낮에조차 눈이 부신 흰 치아를 드러냈다. "물론이지. 지난 두 달 동안 내 평생 읽은 것보다 더 많이 읽었어. 그래도 소용이 없더라. 캐서린은 나를 따분한 사람이라고 생각해."

재스퍼는 자기도 모르게 고개를 끄덕였다. 딱 캐서린다웠다. 그녀는 평범한 일상을 원하지 않았다. 드라마와 공포, 짜릿함과 기쁨을 원했다. 그녀는 그 자체로 환히 타오르는 존재였다. 그녀가 이 마을로 이사 온 날부터, 태양이 구름 뒤에서 나와 모두를 눈부시게 하는 것만 같았다.

"궁금한 게…." 윌리엄이 땅에 발길질하며 말했다. "혹시 캐서린이 어떤 책을 좋아하는지 들은 적이 있나 해서. 캐서린의 관심을 끌려면 어떤 책을 읽어야 할지 모르겠어. 몇 주 전에 자동차 극장에 데려갔는데, 영 지루해하더란 말이지."

재스퍼는 이 남자의 얼굴을 한 방 먹이지 않으려고 다시 걷기 시작했다. 캐서린이 이자와 당당히 데이트를 했다고? 남의 눈을 피하거나 책장 뒤에 숨어서가 아니라? 더구나 이 남자는 그 기회를 허투루 날렸다니?

"잠깐, 기다려봐." 윌리엄이 종종걸음으로 다가왔다. 그는 보폭이 넓고 절도 있는 걸음걸이로 쉽게 재스퍼를 따라잡았다. 재스퍼는 체격이 좋았다. 10시간씩 나무를 베려면 그래야 했지만 그의 움직임은 자연스럽지 않았다. "책 제목 하나만 알려줘. 그거면 돼. 네가 캐서린을 쭉 지켜봤잖아. 그러니까 알려줄 수 있겠지?"

"지켜봤다고요?" 재스퍼는 입이 바싹 탔다.

"뼈다귀를 쳐다보는 개처럼 말이야. 괜찮아. 나한테 변명할 필요는 없어." 젊은 장교의 입가에 비웃음이 걸렸다. "그래도 너무 빤히 쳐다보는 건 곤란해."

재스퍼는 사람의 마음을 읽는 능력이 뛰어나지 않았지만, 어떤 남자가 자신을 위협한다는 것조차 눈치채지 못할 정도는 아니었다.

"무서운 책을 좋아해요." 재스퍼는 자신보다 캐서린을 위해 말했다. 머리에 포마드를 처바른 이 거만한 남자가 그녀를 만날 자격이 있다고 생각해서가 아니라, 윌리엄이 마음만 먹으면 캐서린의 삶을 매우 피곤하게 만들 수 있을 것 같아서였다. "《흰옷을 입은 여인》이나 《슬리피 할로우의 전설》을 읽어보세요. 아니면 포의 책 아무거나."

윌리엄은 코에 주름을 잡았다. 그러자 심술 난 아기처럼 보였다. "진짜로? 사기 치는 거 아니지?"

재스퍼는 손이 올라가려는 것을 겨우 참았다. 이 대화를 계속할 시간도 기력도 없었다. "내 의견을 물었잖아요." 그는 퉁명스레 내뱉었다. "그래서 대답했고요. 더 이상 뭘 바라요?"

재스퍼는 걷기 시작했지만, 몇 걸음도 떼기 전에 젊은 중위의 목소리가 그를 멈춰 세웠다.

"캐서린은 너 같은 남자한테 눈길도 안 줄걸." 윌리엄은 목소리를 높이지도 않았다. 그럴 필요가 없었다. 재스퍼가 한 단어도 놓치지 않고 있다는 것을 잘 알 테니. "캐서린이 어떤 집안 출신인지 알아? 얼마나 대단한 인맥을 가졌는지 알기나 해?"

재스퍼는 알지 못했지만 그것은 중요하지 않았다. 윌리엄이 무엇을 강조하려는지 명백했으니까. 캐서린이 원하는 남자를 누구든 가질 수 있는 군 고위 간부의 딸이고, 다음 끼니를 전혀 걱정할 필요 없는 부유한 집안 출신이라는 의미가 아니었다. 재스퍼가 그녀에게 아무것도 아니라는 뜻이었다.

재스퍼가 그 사실을 미처 몰랐다는 듯. 뼛속 깊이 느끼지 못했다는 듯.

"캐서린이 내게 눈길도 안 줄 거라면 뭐가 걱정이에요?" 재스퍼도 상대와 같은 크기의 목소리로 말했다. 자신에 대한 어떤 것도 거저 노출할 생각이 없었다. 재스퍼 같은 처지에서는 그럴 여력이 없었다. "책은 읽든 말든 알아서 하고요, 나를 이 일에서 빼줘요."

재스퍼, 현재

재스퍼는 옆집에 멈추는 자동차를 보기 전에 그 소리부터 들었다.

처음에는 전에 본 그 청년인 줄 알았다. 클로이가 찾아온 날 같이 달고 왔던 청년. 숲에서 막 기어 나온 몰골을 한 잭이라는 그 젊은이는 팔짱을 낀 채 재스퍼의 집 한복판에 떡 버티고 서서 눈을 클로이의 얼굴에서 떼지 않았다. 영락없이 누군가에게 홀딱 반해서 얼이 빠진 표정이었기에 재스퍼는 그 청년을 다시는 못 볼 거라고는 생각지 않았다. 보나 마나 샘슨의 집에 또 찾아오겠지. 그것도 자주.

잭이 앞으로 해결해야 할 과제를 생각하니 이상하게도 질투가 솟구쳤다. 그의 전투는 힘겨울 것이다. 클로이 샘슨은 호락호락한 상대가 아니었다. 절묘한 순간에 미소를 짓거나 환히 웃으며 오른쪽 뺨에 보조개를 만들겠지만, 싸우지 않고 굴복하지 않을 터였다. 잭이 목적을 이루려면 온 마음을 다해야 하겠지만, 그렇다 해도 성공한다는 보장은 없었다.

재스퍼가 클로이에게 크게 관심이 있다는 뜻은 아니었다. 그저 그 과정의 불확실함이 그리웠다. 자신도 어쩌지 못하는 초조하고 불안한 느낌이, 신체 접촉보다 더 많은 것을 의미하는 은밀한 미소가 그리웠다.

아주 오랜만에 느끼는 감정이었다. 굳이 따져보면 60년도 넘은 일이지만 계산 따위는 하고 싶지 않았다. 재스퍼의 나이쯤 되면 계산을 안 하는 편이 나았다. 덧셈과 뺄셈의 결과는 항상 우울했다.

그는 주방 싱크대 위의 창문으로 샘슨네 앞뜰을 내다보았다. 못 보던 차였다. 짙은 파란색의 매끈한 그 차는 창문의 선팅이 너무 짙어서 안에 누가 탔는지 알아볼 수 없었다.

저 집에 가장 최근에 찾아온 차는 아동보호국 소속이었다. 직접 전화를 걸면서도 재스퍼는 그 가엾은 아이들을 공정하거나 다정한 대우를 받는다는 보장이 없는 기관에 넘기기가 영 꺼림칙했지만 다른 선택의 여지가 없었다. 아이들이 학교에 가 있을 때 식품을 몰래 갖다 놓고 밤마다 테라스에 앉아 그 집을 지켜보는 것이 며칠은 가능했지만 이미 늙고 지친 몸으로는 쉽지 않았다. 닫힌 문 뒤에서 줄 수 있는 도움은 한계가 있었다. 그는 최대한 기다렸지만, 그러면서도 너무 오래 기다린 게 아닌지 두려웠다.

문이 열리고, 차 밖으로 나오는 남자의 다리가 보이자 재스퍼는 마음을 다잡았다. 사랑에 빠진 잭의 다리라기에는 너무 짧았고 구두 디자인은 너무 요란했다. 조수석에서 내린 신발도 마찬가지였다. '잔디 천공기'보다 마당에 더 깊은 구멍을 파는 하이힐이었다.

그제야 재스퍼는 그들이 누구인지 깨달았다.

"안 돼." 재스퍼가 말했다. 그의 말을 듣는 것은 수백 가지 식물뿐이었지만. 그가 아무리 말을 걸어도 식물은 대답하는 법이 없었다. "안 돼, 안 돼, 안 돼, 안 돼."

그의 말은 재스퍼 자신 만큼이나 쓸모가 없었다. 차에서 내려, 불타는 듯 빨간 머리를 흔들어 펼치는 여자를 보며, 재스퍼는 지금껏 해온 노력이 수포로 돌아갔음을 깨달았다. 클로이가 들이닥쳐 그의 마음을 뒤흔들 책을 건넬 일도, 누들이 마당에 살포시 앉아 그래픽 노블을 읽어줄 일도 없을 것이다. 너무 시끄럽고 짓궂고 활발해서 지켜보는 것이 고통스러운 다른 두 아이도 앞으로는 볼 일이 없을 것이다.

러베나 샘슨이 돌아왔다. 그녀의 지시에 따라 키 작은 남자가 트렁크에서 하나씩 꺼내는 여행 가방의 크기로 볼 때, 오래 머무를 모양이었다.

◆

재스퍼는 행동을 결심하기까지 10분을 망설였다.

처음 5분 동안 그는 담장 너머에서 펼쳐지는 드라마에 관여하지 말아야 할 이유를 꼽았다.

1. 내 일이 아니다.

2. 나는 드라마를 싫어한다.

3. 샘슨 아이들이 알아서 잘할 것이다.

4. 지금도 저 집 아이들과 너무 깊이 엮여 있다.

5. 사실 나는 누구와도 감정적으로 얽히지 않고 60년을 살았다. 이제 와서 달라질 이유가 없다.

다음 5분 동안 그는 거실에서 두꺼운 흰색 카펫 위를 왔다 갔다 했다. 아무리 나랑 무슨 상관이냐며 혼잣말을 해도, 내가 없어도 잘 살 것이고 아무도 나를 필요로 하지도, 원하지도 않는다고 생각하려 해도, 그 집에서 뭔가 나쁜 일이 벌어진다는 느낌을 지울 수 없었다. 일단 너무 조용했다. 절대 저렇게 조용한 아이들이 아닌데. 개 짖는 소리, 볼륨을 한껏 올린 TV 소리, 가끔씩 온 동네를 뒤흔드는 폭발음, 그리고 시도 때도 없이 그의 고요한 안식처로 날아오는 원반 소리에 시달리다 보면, 마치 활화산 옆에 사는 기분이었다.

원반 몇 개를 갖고 그 집으로 찾아가야겠다는 작전을 짜고 있을 때, 누가 뒷문을 쾅쾅 두드렸다.

"홈스 씨?" 여자 목소리였다. "홈스 씨. 안에 계신 거 알아요. 문 좀 열어 주세요. 급해요."

처음에는 클로이가 도움을 청하러 온 줄 알았는데, 목소리가 좀 더 고음이었다. 생각해 보니 집이 흔들릴 만큼 요란하게 문을 두드릴 사람은 트릭시 샘슨이어야 했다. 클로이는 도움을 요청할 사람이 아니다. 무엇이든 요구하는 타입이 아니다. 그 나이 때의 자신이 떠올라서 재스퍼는 클로이를 보면 안쓰러울 때가 있었다.

"무슨 일이야?" 그가 투덜대며 문을 열었다. 아니나 다를까, L. M. 몽고메리의 소설에서 튀어나온 듯 초롱초롱한 눈과 주근깨를 가진 클로이의 동생이 서 있었다. 이 집 사람들이 그렇게 똑 닮지 않았어도 이 가족과 그렇게 오래 척지고 살 수 있었을까 싶었다. 그들의 닮은 얼굴은 끝내주게 매력적이었다. 다만 가족 중 누구도 그 점을 크게 의식하지 않는 듯했다. 혈연과 애정의 끈으로 영원히 묶여 있지만, 그것이 얼마나 소중하고 귀한지 생각해 본 적은 없을 것이다.

"드디어!" 테오가 누나와 재스퍼를 밀치고 집 안으로 들어왔다. 팔다리가 길쭉하고 사춘기 특유의 체취를 풍기는 그 아이는 쌩하니 달려왔다가 집에 들어서자마자 우뚝 멈췄다. "식물이 왜 이렇게 많아요? 여기서 약초 키우시는 거예요? 아니면 채소? 독초?"

자신이 말한 이 마지막 단어에 테오가 얼마나 흥분했는지, 옆에 서 있던 재스퍼의 뼛속까지 떨릴 지경이었다.

"테오, 허락도 없이 남의 집에 들어가면 어떡해?" 트릭시는 이렇게 말해놓고 재스퍼를 바라보았다. 그는 자신이 졌다는 것을 깨달았다. "우리 들여보내 주실 거죠? 괜찮죠? 어차피 누들도 돌봐주고 계신데."

오래전에 모든 이에게 닫힌 채 쿵쿵 움직이기만 하는 심장을 가진 재스퍼가 한숨을 쉬며 문을 열었다. "좋아. 들어와도 되지만 밥은 안 줄 거야. 그리고 아무것도 만지면 안 돼." 그는 재빨리 트릭시의 뒤를 살폈다. "누들은 어디 있지?"

트릭시가 얼굴을 살짝 찌푸렸다. "안 오겠대요. 누굴 좀…, 만나고 있어요."

누들이 누구를 만나고 있는지 물을 필요는 없었다. 자격도 없는 엄마가 돌아오는 광경을 재스퍼가 못 봤다 쳐도 트릭시의 얼굴에 드러난 혐오감을 보면 모든 것을 알 수 있었다.

"네 언니도 같이 '만나고' 있니?" 점잖게 관심 없는 척을 하고 싶었지만 뜻대로 되지 않았다. 다행히 감정이 격해진 트릭시와 테오는 눈치채지 못했다.

"클로이가 자기 손가락을 자를 뻔했어요." 테오는 재미있는 구경거리라도 본 듯 들뜬 목소리를 냈다. 그러고는 재스퍼에게 돌아서서 티셔츠 소매에 묻은 붉은 얼룩을 보여주었다. "보세요, 여기까지 피가 묻었어요. 저녁에 먹을 당근을 썰다가요. 당근은 아무도 좋아하지 않는데요. 갑자기 엄마가 들어오니까, 툭!"

"그렇게 부르지 마." 트릭시가 낮고 위협적인 목소리로 말했다. "그 여자는 우리 엄마가 아니야. 선물을 아무리 많이 가져왔든, 새 남자가 누구든 상관없―" 트릭시가 말을 멈추더니, 아랫입술을 깨물며 가방을 바닥에 쿵 떨어뜨렸다.

그제야 재스퍼는 트릭시가 무엇을 들고 왔는지, 두 아이가 무엇을 들고 왔는지 알아보았다. 속이 꽉 찬 배낭이었다. 단순히 숙제를 도와달라고 찾아온 게 아니었다.

그의 시선을 따라가던 트릭시는 입술을 더 꽉 깨물었다.

"우리를 별로 안 좋아하시는 거 알아요. 염치없는 부탁이란 것도 알고요. 그래도 제발 우리를 며칠만 여기서 지내게 해주세요. 저랑 테오를요."

"안 돼." 재스퍼의 입에서 곧바로 그 말이 튀어나왔다.

샘슨 남매는 이 단호한 거절을 액면 그대로 받아들이지 않고 재스퍼의 허점을 파고들 모양이었다. 테오는 재스퍼 앞에서 두 손을 맞잡고 가련한 천사 같은 표정을 지었다. 반면 트릭시는 어린 애답지 않게 눈을 가늘게 뜨고 뻔뻔한 표정을 지었다.

"진짜 말 잘 들을게요, 홈스 씨." 테오가 간청했다. "있는 듯 없는 듯 지낼 거예요. 그나저나 저기 창가에 놓인 꽃이 까마중 같은데, 제가 아주 조금만 잘라서―"

"닥쳐, 테오. 넌 아무 도움이 안 돼." 트릭시는 당당히 턱을 쳐들더니 목청을 가다듬고 연설을 시작했다. "웹스터 사전은 '공동체'를 '동료애를 가진 사람들의 집단'이라 정의하고 있습니다. 저는 여러분께 이렇게 주장합니다. 공동체는 단순한 집단을 뛰어넘어―"

"절대 안 돼." 재스퍼가 말허리를 잘랐다.

트릭시는 그를 보고 눈을 끔벅였다. "아직 시작도 안 했어요. 적어도 서론은 끝내게 해주셔야죠."

하고 싶지도 않은 일을 왜 해야 하느냐고 재스퍼가 따지려는 순간, 테오는 호주머니 깊숙이 손을 넣어 닳고 구겨진 종이를 꺼냈다.

"여기요." 테오가 그것을 재스퍼의 손에 쥐어주었다. "이거면 될까요? 클로이 지갑에서 훔쳤어요. 홈스 씨가 주신 백지 수표예요."

"그럼 그렇지." 재스퍼가 구겨진 종이를 편평하게 펼치며 중얼거렸다. 역시나 맨 밑에 그의 서명이 뚜렷이 보였다. 보아하니 숫자를 쓴 흔적이 없었다. 그가 제안한 5천 달러도, 클로이가 적겠다고 협박한 100만 달러도, 심지어 브랜드 시리얼 한 통을 살 5달러도 적혀 있지 않았다.

"제가 이걸 돌려드리면, 숙박비를 내는 거나 마찬가지 아닌가 요?" 긴장했는지 테오의 입가에 주름이 잡혔다. 테오는 샘슨 가족 중에서 재스퍼가 가장 이해하기 어렵다고 느꼈던 아이였다. 정신 사납게 까불어대고 지나치게 당돌했다. 하지만 그 표정을 보니 왠지 짠했다.

"제겐 돈이 한 푼도 없어서요. 신문 배달을 하려고 했는데, 이젠 신문을 받는 사람이 마을에 여섯 명밖에 없대요."

"너희가 잘 몰라서 이러는 거야." 재스퍼의 말은 애원에 가까웠다. 그는 몇 발짝 뒤로 물러났다. 두 아이와 거리를 두면 피할 수 없는 상황을 피할 수 있다는 듯이. "너희는 여기 있으면 안 돼."

"자리를 많이 차지하지 않을게요." 테오가 또 애처로운 표정으로 장담했다.

"어차피 주로 학교에 있을 거예요." 트릭시가 덧붙였다. "걸리적 거리지 않을게요."

재스퍼가 유일한 구명줄로 손을 뻗었다. "클로이는 어쩔 건데? 그냥 버려두려고?"

두 아이가 강렬한 눈빛을 주고받았다. 재스퍼는 둘 사이에 흐르는 전류를 느꼈다. 그는 더 강하게 압박했다.

"클로이는 너희를 보살피겠다고 모든 걸 포기했는데, 너희는 이렇게 갚는 거냐? 골치 아픈 일이 생겼다고 줄행랑부터 치겠다? 참 형편없는 동생들이군."

그의 말은 잔인했고 말투는 더 잔인했지만, 그런 환경에서 자란 아이들에게는 거의 타격이 없다는 게 문제였다. 이 아이들을 협박할 방법은 거의 없었다.

"클로이는 뭐든지 잘 해낼 수 있어요." 테오가 결연히 턱을 쳐들었다.

"언니는 내가 그 여자를 어떻게 생각하는지 알아요." 트릭시는 혐오스럽다는 듯이 침을 뱉으려다 말았다. 재스퍼가 벼랑 끝에 몰렸음을 감지한 듯, 그녀는 배낭의 지퍼를 열었다. "저도 돈을 드릴 수 있어요."

"네 돈은 필요없―" 그는 입을 열었다가 트릭시가 꺼내는 물건을 보고 말을 멈췄다. 최근에 그의 손에 들어온 다른 두 권처럼 이 책도 그의 얼굴만큼이나, 캐서린의 얼굴만큼이나 낯익었다.

"이거 재스퍼 씨 책이죠?" 트릭시는 《힐 하우스의 유령》 초판 도서관 소장본을 재스퍼의 손이 닿지 않는 곳에 들고 말했다. 재스퍼는 자신이 아무리 늙었어도 그 정도는 쉽게 빼앗을 수 있을 줄 알았는데 그렇지가 않았다.

'내 추측이 맞아. 진짜로 로니가 갖고 있었네. 그 늙은이가 세월이 이렇게 흐르도록 갖고 있었어.'

"그거 어디서 났어?" 재스퍼는 답을 알면서도 물었다.

"클로이 방에서 가져왔어요. 저, 바보 아니에요. 재스퍼 씨랑 언니가 이상한 책들을 모으고 있는 거 알아요."

그는 트릭시의 상황 판단이 완전히 틀린 동시에 철저하게 옳다는 생각에 웃음을 터뜨릴 뻔했다. 겉보기에 클로이는 60여 년 전의 낡은 도서관 책들을 찾아다니는 일에 빠져 있는 것 같지만, 재스퍼 입장에서 그녀가 하는 일은 시체를 부활시키는 것이나 다름없었다.

"너도 읽었니?" 그가 긴장하여 물었다.

"아니요. 책은 클로이가 좋아하지 저는 안 좋아해요. 그리고 이 책은 넷플릭스 시리즈로도 나왔잖아요." 트릭시는 책을 가까운 데로 옮겼다. "어떻게 하실래요? 거래할까요? 이 냄새나고 낡은 책을 드릴 테니까 그 마녀가 떠날 때까지 저랑 테오가 여기 있게 해주세요."

"마녀?" 재스퍼는 시간을 벌 요량으로 되물었다. 하지만 그렇게 번 시간을 어떻게 활용할지는 미지수였다.

"'이름을 말해서는 안 되는 그 여자'는 어때요? 악마의 화신? 흔적 없이 사라진 러베나? 뭐라고 부르시든 상관없어요. '너희 엄마'라고만 안 하시면 돼요."

테오가 코를 훌쩍였다. "사과도 한마디 안 했어요. 아무 일도 없었다는 듯이 그냥 들어왔어요."

"결혼도 했어요." 트릭시가 덧붙였다. "성을 갈아치웠으니까 이제 샘슨도 아니에요."

트릭시는 한마디 한마디를 진작에 이긴 논쟁의 결정타처럼 내던졌다. 솔직히 틀린 말도 아니었다. 재스퍼는 자신이 언제부터 이 가족의 호구가 되었나 싶어 기가 찼지만, 러베나가 클로이를 처음 병원에서 집으로 데려온 날부터라는 생각이 들었다. 빨간 얼굴을 하고 몸을 꼼지락대던 그 아기는 따뜻한 자궁으로 다시 기어들어 갈 수만 있다면 뭐든지 하겠다는 듯 악을 써댔다.

"책 좀 보자." 그가 손을 뻗었다. 트릭시가 피하지 않자 그는 책을 낚아채어 얼른 마지막 페이지를 펼쳤다. 캐서린과 함께 여백에 적은 내용을 전부 기억하지는 못하지만 마지막 문장들만큼은 그의 마음속에 아로새겨져 있었다.

차가 나무에 부딪히기 직전의 짧은 순간에 그녀는 또렷이 생각했
다. 내가 뭘 하는 거지? 내가 왜 이러는 걸까? 왜 아무도 나를 막지 않
을까?

내 인생의 엘리너가 아닌 사람에게 진지하게 물을게요. 지금 누군가
당신을 막으려 한다면 어떻게 하겠어요? 떠날 건가요? 나에게서? 우
리에게서?

알잖아요. 나는 그렇게 안 해요. 그렇게 못 해요.

그런데 왜 이러는 거예요? 왜 이러는 거냐고요?

당신을 사랑하니까요, C. 당신도 잘 알잖아요. 처음 본 순간부터 당신을
사랑했어요.

그래요. 하지만 당신은 이제 책을 다 읽었잖아요. 엘리너는 좋은 결
말을 맞지 못했어요. 우리도 그럴 거예요.

나도 알아요.

재스퍼는 그가 서둘러 적은 마지막 문장을 손가락으로 쓸었다.
'나도 알아요.' 아, 시간을 거슬러 올라가 그 말을 책장에 남긴 젊

은이를 흔들어 일깨울 수 있다면. 그는 알지 못했다. 그는 알 수 없었다. 트릭시와 테오보다 겨우 몇 살 많았던, 두 눈에 희망이 가득했던 청년은 자신이 한평생 슬픔과 후회, 외로움에서 헤어나지 못할 것이라고는 생각지 못했다.

가장 큰 고통은 외로움이었다.

"그러면 우리를 여기 있게 해주시는 거예요?" 트릭시가 간절히 물었다.

"그래." 갑자기 싸울 의욕이 사라졌다. 그는 태어난 날부터 싸웠지만, 그래서 얻은 게 뭐란 말인가? 사진 한 장 없이 식물만 가득한 집. 허전한 복도와 더 허전한 휴일. 필요하지도 원하지도 않는 원반이 가득 찬 벽장. 원반을 간직한 이유는 그 알록달록한 색이 그가 생각하는 삶이란 것에 가장 가깝기 때문이었다.

"와!" 테오가 소리쳤다.

"감사해요!" 트릭시는 한숨을 쉬었다.

두 아이가 그를 끌어안으려고 다가오자 재스퍼는 얼른 몸을 피했다.

"이런 거 하지 마." 그가 경고했다. 남의 팔에 포근히 안겨본 게 언젠지 기억이 가물가물했다. 지금 그 기록을 깨는 건 감당할 수 없을 것 같았다. "이 집엔 손님방이 없으니까 거실 바닥에서 자야 돼."

"저는 아무 데서나 잘 수 있어요." 테오가 당당히 말했다.

"어디든 괜찮아요." 트릭시가 맞장구를 쳤다.

"너희 가족이 찾아오면 나는 거짓말을 안 할 거야. 너희가 어디 있는지, 어떻게 나를 협박하고 이 집에 쳐들어왔는지 일러줄 거야."

"상관없어요." 테오가 고집스런 표정으로 말했다.

"어차피 그건 중요하지 않아요." 트릭시가 훨씬 누그러진 태도로 덧붙였다. "우리가 어떻게 할지 언니한테 벌써 얘기했거든요."

그 말이 재스퍼의 흥미를 자극했다. "그런데도 너희를 순순히 보내줬다고?"

"우리더러 할 수 있으면 해보라고 했어요." 트릭시의 미소가 어찌나 환하고 예쁜지 재스퍼도 따라 웃을 뻔했다. "재스퍼 씨가 절대 허락할 리 없다면서요."

길지 않은 평생 동안 재스퍼는 예의범절에 관한 책을 세 권이나 읽었다.

첫 번째는 책이라기보다는 소책자에 가까웠는데, 그가 어느 아이의 생일 파티에 초대받았을 때 그의 어머니가 건넨 것이었다. 그곳 손님 중에 아는 사람이 하나도 없었고, 다양한 포크의 사용법도 아예 몰랐기 때문이었다. 두 번째는 에밀리 포스트의 《사회, 사업, 정치, 가정에서의 에티켓》이었는데, 그가 콜빌로 이사 올 때 누군가 기차에 두고 내린 책을 집어 온 것이었다. 세 번째는 요리책을 겸하는 책으로, 거기서 얻은 지식이라고는 요즘 디너파티에는 아스픽(고기나 해산물, 야채 등을 젤리로 굳힌 요리 - 옮긴이)을 넉넉하게 써야 한다는 것뿐이었다. 그럼에도 그는 그 책을 예의범절 관련 도서에 포함시켰다.

그러나 젊은 여성에게 재스퍼가 처한 민감한 상황에 대해 설명할 방법을 알려주는 책은 없었다. 그 여성의 아버지에게 지휘를 받는 전도유망한 장교가 그녀의 사랑을 얻기 위해 재스퍼에게 자신을 도우라고 협박한다는 말은 어떻게 전해야 할까?

"어서 털어놔요." 캐서린이 컴컴한 영화관 뒤편에서 소곤거렸다. 둘은 남들의 이목을 의식해 서로 다른 줄에 앉아 있었다. "다음 책에 글로 남기지도 못할 만큼 중요한 할 말이 뭔지."

고개를 돌리니 그녀의 얼굴 위에 반사된 영화 스크린이 보였다. 둘 다 이미 본 적이 있는 〈뜨거운 것이 좋아〉였다. 극장이 한적할 시간을 신중하게 선택했지만, 재스퍼는 진짜 데이트처럼 함께 영화를 보고 싶었다. 나란히 앉아 팝콘 한 통을 나눠 먹고 그녀의 따뜻한 허벅지를 그의 몸에 댄 채로…. 그녀의 부모가 용납하지 않을 줄 알면서도 재스퍼는 그런 데이트를 원했다.

간절히 원했다.

"일단 새 책을 골라야 해요." 그는 자리에 몸을 기대며 시간을 벌었다. "《힐 하우스의 유령》에 대해서는 할 말이 떨어졌어요."

캐서린의 부드러운 한숨이 그에게 닿았다. 그 순간 초코볼 한 알이 그의 뒤통수를 정확하게 맞추고 끈적한 바닥에 톡 떨어졌다. "이런 거짓말쟁이." 캐서린이 그를 놀렸다. "그 책 좋아하면서."

그가 낮은 신음을 뱉었다. 로맨스도 없고 문장도 장황한 것이 영 취향에 맞지 않지 않았지만, 그렇게 말할 생각은 없었다. 캐서린이 그 책을 얼마나 좋아하는지 아니까.

"걱정 말아요." 여전히 놀리는 투라 재스퍼는 신뢰가 가지 않았다. 그 말투가 좋았고, 그 매력에 정신없이 빠질 것 같았지만, 그 말을 믿느니 똬리를 튼 뱀을 믿는 편이 나을 터였다. "새로 읽을 책을 구했으니까. 당신도 마음에 들 거예요."

"무슨 책인데요?"

"제목은 안 가르쳐 줄래요. 당신의 소녀 감성에는 충격일지도 몰라요."

그는 당황하여 몸을 꼿꼿이 세웠다. "소녀 감성이라니요. …섬세한 거지."

"며칠 전에 내가 상의를 벗었을 때 놀라 자빠질 뻔했잖아요."

"캐서린!" 그는 고개를 뒤로 휙 돌렸다. 앞의 공간만 보며 대화를 이어갈 수가 없었다. 아니나 다를까, 그녀는 입술 사이로 이를 드러내며 빛나는 웃음을 지었다. "공공장소에서 그런 말을 하면 어떡해요?"

"뭐 어때서요? 있는 그대로 말하는데요. 내가 오두막 벽으로 잽싸게 밀어붙이지 않았으면 당신은 앞으로 고꾸라졌을걸요."

재스퍼는 뺨이 화끈거려 신음하며 몸을 낮췄다. 그가 신이, 또는 인간이 만든 가장 아름다운 살덩어리를 감싸 쥔 순간 캐서린이 그를 벽으로 밀어붙인 것은 사실이지만, 그가 그 순간에 충격을 받았다고 할 수는 없었다.

그는 흥분했다. 환희에 들떴다.

하지만 그는 캐서린의 어떤 공포 소설보다 무시무시한 진실을 알고 있었다. 살아서 이 상황을 벗어날 수는 없다는 것. 그는 캐서린에게 단숨에 깊이 빠져버려 영원히 헤어나지 못할 위험에 처했다.

"혹시 D. H. 로렌스라면 너무 늦었어요." 재스퍼가 심술을 부렸다. "《채털리 부인의 연인》을 이미 읽었는데 내 소녀 감성으로도 전혀 설레지 않았거든요."

캐서린이 깔깔 웃었다. "자세히 말해 봐요. 그 야한 걸작을 언제 읽었는지?"

재스퍼는 못 들은 척 화면만 응시했다. 마릴린 먼로가 요염하게 걸어가고 있었다.

"월트 휘트먼도 전부 읽었으니까 빼줘요. 그리고 사드 후작도. 번역이 형편없어서 제대로 이해가 안 됐지만."

당황스럽게도 캐서린이 옆자리 등받이를 넘어왔다. 그녀는 빈자리로 미끄러져 앉아 눈을 반짝였다. "진짜, 재스퍼 홈스. 이런 음란 마귀 같으니!"

얼굴이 새빨개졌지만 영화관의 침침한 조명 덕분에 캐서린에게 보이지 않아도 되어 다행이라 생각했다.

"그냥 그 책을 두고 다들 왜 그리 난린지 궁금했을 뿐이에요." 그가 변명했다.

재스퍼를 더 놀리지 않고, 캐서린은 한숨을 쉬며 자리에 기댔다. 그녀는 팔뚝과 팔뚝이 가볍게 스치는 것 이상의 접촉은 허락하지 않았다. 캐서린은 어느 순간에 어느 정도로 다가가야 하는지 알았다. 재스퍼가 그녀의 향기와 촉감에 압도되기 전에 물러나야 했다. 그는 때로 그녀의 과감함보다 자제력에 더 매료되는 기분이었다.

캐서린은 재스퍼 같은 사람들이 빈 공간에서 편안함을 느낀다는 사실을 본능적으로 아는 듯했다. 둘 중 누구도 채워야 한다는 압박을 느끼지 않는 대화 사이의 침묵, 전기가 흐르는 두 허벅지 사이의 거리, 그녀가 딱 한 단어만 적은 책장의 여백, 이런 공간이 재스퍼에게는 나머지 모든 것보다 큰 의미를 가졌다. 그 공간은 고요했고, 그는 외로움을 느끼지 않고 혼자만의 생각에 잠길 수 있었다.

"당신이 생각하는 '난리'가 뭐죠?"

재스퍼는 굳이 대답할 필요가 없었다. 질문이라 할 수도 없었고, 그가 몇 분간 영화를 보며 생각을 정리해도 캐서린은 이상하게 여기지 않을 터였다.

하지만 재스퍼는 말하고 싶었다. 그녀에게 알려주고 싶었다.

"그런 책은 화제성 때문에 읽는 거죠." 그는 자리에 좀 더 편히 기대며 말했다. 커다란 작업용 부츠 옆면이 그녀의 빨간 인조 가죽 구두의 곡면을 스쳤다. "가끔 그런 책 얘기를 하며 낄낄대는 남자들을 봐요. 마치 책장에 적힌 단어 몇 개가 자기 품에서 무너져 내리는 여자라도 된다는 듯이."

캐서린은 그에게 닿은 발을 떼지 않고 숨을 훅 들이마셨다. "당신은 그렇게 느끼지 않나 봐요?"

재스퍼는 웃음을 터뜨릴 뻔했다. 캐서린의 몸을 옆에 두는 느낌, 그녀의 심장이 그의 심장과 맞닿고, 그녀가 입을 벌려 그를 받아들이고, 그녀의 영혼이 그에게 스며들어 둘 중 하나가 어디서 시작되고 끝나는지 구분할 수 없게 되는 그 느낌은 어떤 언어로도 표현할 수 없었다. 세상에 존재하는 책을 전부 읽는다 해도 그 느낌에는 절대 미치지 못할 것이다.

"그렇게 느끼지 않아요." 재스퍼가 대꾸했다.

그녀는 더 많은 말을 기대하며 숨을 죽였지만 재스퍼는 설명하지 않았다. 그럴 필요가 없었다. 그는 소설가도 시인도 아니었고, 이미 수천 가지 뛰어난 언어로 표현된 것을 반복할 이유가 없었다.

재스퍼는 그저 수줍고 서투르고 지나치게 예민한 남자로, 마음 속 세계와 자신이 살아야 하는 세계를 조화시키지 못할 뿐이었다. 캐서린이 두 세계의 다리 역할을 할 것이다. 그녀를 처음 본 순간부터, 망가진 자전거 밑에서 그에게 소리를 지르던 순간부터 알 수 있었다. 같은 공간에 있는 것만으로도 그를 살아나게 할 열정을 지닌 사람이었다.

캐서린의 손가락이 그의 손으로 들어왔다. "알았어요."

그녀가 그의 어깨에 편안히 머리를 기댄 채 영화 화면에 시선을 고정하자, 그는 다시 한번 그 다리를 건너는 기분이었다. 잠깐이나마.

"누가 들어와서 우리를 보면 어떡해요?" 재스퍼가 물었다.

"그러면 나는 평생 외출 금지를 당하겠죠." 그것이 세상에서 가장 자연스러운 일이라는 투였다. "아니면 할머니, 할아버지가 계시는 동부로 보내지거나, 우리 집에 맨 처음 찾아오는 잘생긴 장교와 결혼하게 되겠죠."

마지막 부분을 듣고 재스퍼는 그녀에게 잡힌 손을 빼려 했다. 하지만 캐서린의 억센 손아귀에서 쉽게 빠져나올 수 없었다.

"왜 그래요? 농담한 걸 갖고."

재스퍼도 잘 알았지만, 전혀 우습지 않았다. "그 남자가 당신을 좋아해요." 그는 단어를 신중하게 골랐다. "윌리엄 맥브라이드."

"알아요. 그런 남자는 늘 있죠."

"며칠 전에 그 남자가 도서관 앞에서 내게 말을 걸었어요."

"그랬어요?" 그 말에 캐서린은 손을 뗐다. 그리고 미간을 찌푸리고 코를 우그린 채 불안한 눈빛으로 재스퍼를 보았다. "왜 그랬대요? 뭐라고 하던가요?"

재스퍼는 캐서린의 말투를 신경 쓰고 싶지 않았지만, 그녀의 근심은 날카롭게 벼린 칼날처럼 그를 꿰뚫었다. 윌리엄의 위협과 조롱, 두 사람이 지금껏 너무 조심성이 없었다는 후회 등 모든 것을 털어놓고 싶은 충동을 느꼈지만 그녀에게 고민을 더 얹어주고 싶지는 않았다.

"나더러 책을 추천해달라고 했어요." 재스퍼가 대답했다. 그것은 진실이었다.

캐서린은 영화 속 여배우와 동시에 까르르 웃었다. "귀엽네요. 그래서 추천했어요?"

"할 수밖에 없었어요. 당신이 어떤 책을 좋아하는지 궁금하대요. 문학 이야기를 꺼내면서…, 당신을 유혹하겠다는 심산이죠."

"설마 우리 책을 알려준 건 아니죠? 그 사람이 찾아내기라도 하면—"

"아니, 당연히 안 알려줬죠." 그가 거칠게 대꾸했다. "우리 둘만의 책이잖아요."

"다른 사람들도 얼마든지 책을 대출해서 우리가 써놓은 글을 볼 수 있죠."

재스퍼도 동의했다. 조만간 누군가 그들의 책을 빌려 거기 적힌 글을 발견하겠지만 그래서 문제였다. 재스퍼는 절대 뛰어난 작가가 될 수 없었다. 가방끈이 짧고 많은 시간을 육체노동에 쏟아부어야 했다. 마음속 감정의 극히 일부조차 표현할 말을 찾을 수 없었다.

하지만 몇 문장을 적는 짧은 시간 동안은 뛰어난 작가가 부럽지 않았다. 어설프나마 자신의 사랑 이야기를 쓸 수 있으니까.

"그 남자가 에드거 앨런 포를 인용해도 놀라지 말아요." 재스퍼가 경고하듯 말했다. "그리고—"

캐서린은 그를 보고 궁금하다는 듯 고개를 갸웃했다. "그리고 뭐요?"

그런 수법에 넘어가지 말라고, 윌리엄에게 빠지지 말라고 간절히 당부하고 싶었지만 하지 않는 편이 나을 터였다. 그는 많은 책을 읽었기에 현실에서 이야기가 어떻게 끝날지 알고 있었다.

오래오래 행복하게 사는 결말은 없다. 재스퍼 같은 남자에게는.

"그 남자한테 D.H. 로렌스는 권하지 말아요." 재스퍼가 한숨을 쉬며 말했다. "선정성에만 관심을 가질 사람이니까요."

19

1960

재스퍼와 캐서린이 남몰래 만나던 강가의 밀회 장소는 그 이름만큼이나 소박했다.

재스퍼는 숲속을 산책하다가 이곳을 발견했다. 콜빌로 이사 온지 얼마 되지 않아 벌목꾼들 외에는 아는 사람이 없던 시절이었다. 산책 습관은 그가 그 일을 해온 3년 내내 이어졌다. 다른 벌목꾼들이 싫은 것은 아니었지만, 공통 분모를 찾기가 어려웠다.

사실 그는 누구와도 공통 분모를 찾기 어려웠지만, 진짜 문제는 그것이 아니었다. 함께 일하는 사람들이 거칠고 지친 남자들이라는 것, 젊음과 체력을 입에 풀칠하기도 빠듯한 임금과 맞바꿀 수밖에 없는 사람들이라는 것이었다. 그들은 내일이 세상의 마지막 날이라는 듯이 술을 마시고 여자를 찾았으며, 독서가 주는 장기적인 이익보다 천박하고 근시안적인 쾌락을 추구했다.

"당신이 그렇게 속물인 줄 몰랐네요." 그의 품에 안긴 캐서린이 보온병에 담긴 진한 커피와 독한 술을 홀짝이다 웃음을 터뜨렸다. "어떻게 술 마시고 여자랑 자는 남자들을 업신여길 수 있죠? 자기도 방금 같은 걸 해놓고선."

재스퍼는 립스틱이 얼룩진 캐서린의 입가로 위스키를 탄 커피가 흘러내리는 것을 보며 고개를 저었다. 그녀는 떨어지는 한 방울을 핥으려고 재빨리 혀를 내밀었지만 놓치고 말았다. 그녀가 실패한 것을 재스퍼가 마무리하느라, 두 사람은 5분쯤 지난 후에야 다시 하던 이야기로 돌아갈 수 있었다. 하지만 그 무렵 재스퍼는 질문도 대답도 이미 잊고 말았다.

"여긴 어떻게 찾았어요?" 이제 립스틱이 엉망으로 번져 캐서린의 미소는 일그러져 보였다. "이런 오두막은 틀림없이 주인이 있을 텐데요. 아무도 안 찾아올 거라 확신하는 이유가 뭐죠?"

재스퍼는 허름한 판잣집을 둘러보며(그는 이곳을 미화하여 '오두막'이라 부르는 캐서린에게 동조하지 않았다) 코웃음을 쳤다. 확실히 지붕과 벽 네 개는 갖추고 있었다. 침대와 벽난로도 있고, 재스퍼가 수고한 덕분에 유사시에 몇 주는 버틸 만큼의 장작과 생필품도 준비되어 있었다. 그는 자기 소유의 책 몇 권을 꽂아둘 책장도 만들었다. 캐서린의 호기심이 나른한 졸음을 이기고 그의 책을 자세히 살펴볼 순간이 두려웠다. 그가 수년에 걸쳐 모은 책들을 보고 그녀가 요란하게 비웃을 것만 같았다. 그에게 소중한 책들을 그녀는 유치한 로맨스로 치부할 것이 분명했다. 성홍열에 굴복하는 베스 마치나 심장마비로 사망하는 매튜 커스버트를 제외하면 그의 책에는 죽음이 별로 등장하지 않았다.

"제정신을 가진 사람은 이런 데 살고 싶지 않을 테니까요." 재스퍼의 설명에 캐서린은 호기심이 동하는 듯 눈썹을 씰룩거렸다.

"당신은 이런 데 살고 싶잖아요."

재스퍼는 조금 놀랐다.

캐서린이 쿡쿡 웃었다. "나는 못 속여요, 재스퍼. 당신은 모든 걸 포기하고 이런 숲속에서 은둔자처럼 살고 싶잖아요. 나무를 베고 식재료를 직접 기르고 외부 세계와 소통을 거부하면서요." 그녀는 잠시 말을 멈췄다가 덧붙였다. "사실, 아직도 그렇게 하지 않는 이유가 궁금하네요. 이미 10분의 9는 은둔자인데, 왜 마지막 한 걸음을 떼지 않죠?"

"그럴 수 없어요." 그가 간결하게 대답했다.

그녀도 간결하게 물었다. "왜요?"

재스퍼는 숨을 훅 들이마시며 생각했다. 처음 느끼는 의문은 아니었지만, 이 여자의 부드럽고 감미로운 간결한 말들이 그를 왜 이토록 불안하게 만드는지 궁금했다. 이처럼 문제의 핵심을 꿰뚫는 다른 사람을 만났더라면 그는 당장 산으로 달아났으리라. 하지만 캐서린의 그런 능력에서 재스퍼는 난생처음으로 마음의 평화를 느꼈다.

그의 캐서린은 밀고 당기기를 하지 않았다. 놀리고 도발하면서 그를 안락한 구역에서 멀리 끌어내었다. 이제 그를 지탱해 줄 것은 한차례 강풍에 흩어질 구름 한 조각뿐이라고 느껴질 때까지. 그녀는 쉽고 즐겁게 사랑했다. 재스퍼가 보기에는 그저 그녀가 그것을 원하기 때문이었다. 하지만 글을 주고받는 동안 그녀는 단 한 번도 자신을 숨긴 적이 없었다.

그래서 재스퍼는 고통스러웠지만, 갑자기 심장에 날개가 돋아나 가슴 밖으로 튀어나올 듯이 퍼덕거렸지만, 진실을 이야기했다.

"내 인생은 내 것이 아니에요. 한 번도 그랬던 적이 없어요."

"무슨 뜻이에요? 회사 때문인가요? 고용 계약…, 말이에요?"

"그것도 하나의 이유죠." 그는 거칠거칠한 턱을 문질렀다. 아무리 자주 면도를 해도 그의 턱에는 항상 그늘이 져 있었다. 방해받기 싫은 남자의 분위기를 풍기고 싶을 때는 유용했지만, 항상 초췌해 보이는 것이 못마땅했다. 그의 얼굴에 어린 시절의 흔적은 전혀 남지 않았다.

"혹시 빚이 있나요?" 캐서린이 캐물었다. "빚진 돈이 있다면—"

재스퍼는 그녀가 그쪽으로 더 파고들기 전에 말을 끊었다. "고향에 가족이 있어요. 대가족이요."

캐서린이 벌떡 일어나 앉았다. 상반신을 덮고 있던 빛바랜 꽃무늬 이불이 미끄러졌다. 재스퍼는 그런 완벽함을 눈앞에 두고 있다는 사실만으로도 긴장하여 손바닥에 손톱을 박아 넣어야 했다.

그녀가 한 번도 후회하는 기색을 드러내지 않고 자신을 그에게 내어주었다는 사실만으로도 재스퍼는 괴로웠다. 이 오두막의 상태와 재스퍼의 개인적인 처지를 알고도 이곳에 있다는 사실이 안타까움을 더했다.

그에게는 과분한 일이었다. 그는 그녀를 가질 자격이 없었다.

"가족이 있다는 게 무슨 뜻이에요?" 그녀는 노출된 알몸에 개의치 않고 물었다. "혹시…, 아내가 있어요? 아이도?"

재스퍼는 소리 없이 웃었다. "내가 몇 살이라고 생각해요, 캐서린?"

"글쎄요…, 스물여덟? 스물아홉? 잘 모르겠네요."

이번에 그는 소리 내어 웃었지만 유쾌해서는 아니었다.

"열아홉이에요. 당신과 같아요."

"아." 그녀가 눈꺼풀을 파들거리며 이불을 다시 당겨 몸을 감쌌다. 언제까지라도 그녀를 바라볼 수 있을 것 같았지만 눈에 보이지 않게 된 것에 감사했다. 좋은 것이 지나치면 감당할 수 없었다.

"그러면 숨겨둔 아내와 아이가 없다는 뜻이에요?"

그는 침대에서 몸을 일으켜 지갑을 집었다. 거기서 모서리가 닳고 색이 바랜 사진을 꺼내어 캐서린에게 건넸다.

"우리 엄마예요." 그는 허름한 다세대 주택 계단 앞에 서 있는 키 크고 날씬한 여인을 가리켰다. "그 주위에 앉아 있는 다섯 아이는 내 동생들이고요."

캐서린은 사진을 한참 들여다보았다. 긴 침묵에 익숙한 남자에게조차 길게 느껴지는 시간이었다.

"아버지는 어디 계세요?" 그녀가 마침내 물었다.

재스퍼는 사진을 다시 받아 고이 지갑에 넣었다. "내가 열두 살 때 돌아가셨어요. 당시에 엄마는, 거기 발치에 있는 보비를 임신 중이었죠." 그는 잠시 말을 멈추고 너무 불쌍하게 들리지 않도록 나머지를 설명할 방법을 고민했다. "이웃의 도움을 받고 엄마가 세탁 일을 하면서 몇 달을 버텼지만, 돈은 예상보다 빨리 바닥났어요. 내가 학교를 그만두고 제재소에서 일하는 수밖에 없었죠."

"열두 살에요?" 캐서린이 눈을 동그랗게 떴다.

재스퍼는 조용히 고개를 끄덕했다. 부끄럽지 않았지만 부끄럽지 않은 것도 아니었다. 그런 상태에 너무 오래 머물러 있다 보니 더 이상 다른 상태를 생각할 수 없었다. 정규 교육을 받지 못했다는 아쉬움이 항상 그를 짓눌렀다. 특히 그가 진정으로 마음이 편하다고 느낀 곳은 학교가 유일했기에. 한편으로 그는 남자가 된 자신이 자랑스럽기도 했다. 물론 가난하고 피로한 남자였지만.

하지만 가족을 부양하는 남자이기도 했다. 보비, 티나, 해리엇, 쌍둥이인 올리와 올리가 준비되지 않은 상태에서 무언가를 포기해야 하는 일이 없도록 늘 신경 썼다.

"콜빌에 온 지 몇 년 되지 않았어요." 캐서린이 침묵을 깰 생각이 없어 보이자 재스퍼가 입을 열었다. "애버딘의 공장에서 4년쯤 일했을 무렵, 이곳 벌목 회사에서 벌목공을 모집했어요. 별로 떠나고 싶지 않았지만 회사에서 계약 보너스와 위험수당을 제시했죠. 그래서 나이를 속이고 짐을 대충 챙겨서 여기로 온 거예요. 내가 버는 돈의 절반은 집으로 가요. 내가 버는 돈의 절반은 언제까지나 집으로 갈 거예요. 그럴 수밖에 없어요. 내게 의지하는 식구가 너무 많아요."

"당신 인생은 당신 것이 아니군요."

그는 어색하게 어깨를 으쓱했다. "생각만큼 나쁘지는 않아요. 나는 야외에서 손으로 하는 일을 좋아하니까요. 숲도 좋아하죠. 고요한 밤은 더 좋고요." 이 말을 하면서 그는 살며시 미소 지었다. "그리고 이 마을엔 책이 잘 갖춰진 도서관도 있잖아요. 그게 가장 마음에 들어요."

캐서린은 이불을 로마의 토가처럼 몸에 감싼 채 침대를 빠져나갔다. 한참이나 재스퍼는 자신이 너무 많은 말을 한 것이 아닌지,

그녀를 달아나게 만들 암울한 진실을 드러낸 것이 아닌지 두려웠다. 하지만 그녀는 책장으로 다가갈 뿐이었다. 재스퍼는 이불 속에서 낭창대는 벗은 등의 굴곡을 보았다. 드러난 그녀의 피부를 보고 그는 온몸으로 아픔을 느꼈지만 조금도 움직이지 않았다.

한 줄로 꽂힌 책 위로 손가락을 가볍게 스치며 캐서린은 그를 돌아보았다. "그래서 책을 그렇게 많이 읽는군요?" 너무나 부드러운 그 목소리에 재스퍼의 내면에서 사나운 뭔가가 튀어나올 것만 같았다. "당신에겐 독서가 곧 배움이네요. 세상과의 연결고리고."

그는 말을 할 자신이 없어 고개를 끄덕였다.

"가장 좋아하는 책이 뭔지 말해줘요." 캐서린은 남자가 자신의 속마음을 드러내는 것이 세상에서 가장 당연한 일이라는 듯이 말했다. 그녀는 입가에 짓궂은 미소를 띤 채 책등을 살폈다. "《오만과 편견》.《그들의 눈은 신을 보고 있었다》.《폭풍의 언덕》. 역시 당신 취향이네요. 아주…, 로맨틱해요."

놀리는 듯한 가벼운 말투 다음에 무슨 말이 뒤따를지 예상하고 재스퍼는 숨을 죽였다. 다른 사람이 그런 말을 했다면 그는 받아쳤을 것이다. 항상 마주치는데도 날마다 그를 지치게 하는 인식에 맞서 싸웠을 것이다. 하지만 캐서린이 하는 말이라면 무엇이든 받아들일 수 있었다.

그녀가 다시 입을 열자 생각이 바뀌었다.

"우리가 읽을 다음 책을 가져왔어요." 여전히 놀리는 투였다. 캐서린은 천천히 걸어가서 가방을 집었다. 자신의 노출된 몸을 내내 의식하면서. "내가 그랬죠? 깜짝 놀랄 거라고."

그녀가 내민 녹색 표지의 책을 받아 들면서도 손이 전혀 떨리지 않는다는 사실이 재스퍼는 더 놀라웠다.

《북회귀선》. 그가 제목을 소리 내어 읽고는 고개를 홱 쳐들었다. "캐서린! 이걸 어디서 구했어요?"

재스퍼가 아직 그녀에게 완전히 빠지지 않았다면, 입꼬리를 올린 그녀의 미소가 그의 운명에 쐐기를 박았을 것이다. 짓궂음과 수줍음, 대담함과 조신함이 절묘하게 섞인 미소였다.

딱 캐서린다운 미소.

"당신도 들어봤다는 뜻이죠?" 그녀가 소곤거렸다. "다행이네요."

"미국에서 이 책은 불법이에요." 책 내용이 자신을 불태울까 두려워 재스퍼는 표지를 열지 않았다. 캐서린이 처음으로 키스했을 때도 그런 기분이었다. 그때 받은 충격에서 무사히 벗어났는지도 알 수 없었다. "도서관에서 빌려온 거 아니죠?"

그녀의 낭랑한 웃음소리가 공간을 채우자 비로소 오두막이 진짜 집처럼 느껴졌다. "당연히 아니죠. 내가 피터스 여사 몰래 이 책을 빼돌리는 걸 상상이나 할 수 있어요? 그분은 파리의 방탕한 난교를 상상만 해도 가슴이 벌렁거릴 텐데요."

"그러면 어디서 났어요?"

캐서린은 다시 침대로 들어가 침대 머리에 기대며 눈썹을 찡긋거렸다. "다 수가 있어요."

"음지에서 책을 구할 수 있다고요? 콜빌에서?"

캐서린이 킥킥 웃었다. "뭐, 사실 로니한테서 넘겨받았지만 아무한테도 말하지 말아요. 로니의 동생이 멕시코에 갔다가 상자째로 사 왔대요. 트렁크에 싣고 다니면서 권당 20달러에 팔고 있어요."

재스퍼는 손에 든 책을 보며 나직이 휘파람을 불었다. 책 한 권 값이라기엔 터무니없이 비쌌지만, 당연히 호기심이 동했다. 30년 대에 발표된 이후로 숱한 논란을 일으킨 책이었다. 주로 외설성이나 미성년자의 일탈과 관련된 논란이었다. "그래서 당신이 한 권을 샀다고요? 나랑 같이 읽으려고?"

그녀는 책을 다시 받아 들고 애정 어린 손길로 책장을 넘기기 시작했다. "뭐, 당신이 있든 없든 이 책을 샀겠지만 같이 읽으면 더 재미있겠죠."

"캐서린…."

그녀는 해맑은 눈으로 그를 보았다. "왜요? 좋은 책을 읽고 교양을 쌓아야죠. 스스로 배우는 기회라고 생각해요."

그는 혀를 차고 고개를 절레절레 흔들면서도 슬며시 미소를 지었다. 책 한 권으로 그의 인생을 송두리째 뒤흔들 수 있는 사람은 오직 캐서린뿐이었다.

"같이 읽겠다는 뜻으로 받아들일게요." 캐서린이 말했다.

분명히 그는 같이 읽을 생각이었지만 입으로는 이렇게 말했다. "캐서린 마틴, 당신은 대체 어디서 나타난 거죠? 대체 어떤 사람이죠?"

그녀는 콧노래를 흥얼대며 침대에 누워 그의 질문을 문학적으로 해석했다. "나는 방랑자예요, 재스퍼. 어디서 왔는지, 어디로 갈지 알 수 없어요."

"그래서요?"

"그래서 어쩌라고요? 보이는 그대로예요. 여태 아빠가 시키는 대로 살아왔죠." 그녀가 입술을 살짝 일그러뜨렸다. "명령에 복종하는 군인들처럼요."

재스퍼는 오두막 내부를 둘러보았다. 이곳은 선과 악이 공존하는 둥지, 그의 마음을 영원히 붙들 공간이었다. 그는 소리 내어 웃었다.

"왜 그래요?" 캐서린이 일어나 앉으며 물었다. "뭐가 그리 웃겨요?"

재스퍼도 침대로 올라갔다. 무릎이 이불에 닿는 순간, 그녀의 향기가 그를 덮쳤다. "당신은 아버지의 부하들과는 전혀 달라요." 그의 입술이 그녀의 입술에 스쳤다. "당신의 행동은 전부 반항이잖아요."

"여길 나서기 전에 내가 또 한 번 반항하기를 바라는군요."

재스퍼는 그녀가 이 순간을 또 하나의 놀이로 바꿔버리지 못하도록 고개를 저었다. 그리고 그녀에게 손깍지를 끼며 말했다. "당신만큼 세상을 쉽게 뒤집어 놓는 사람을 본 적이 없어요. 당신은 읽지 말아야 할 책을 읽고, 가까이하지 말아야 할 사람들과 친구가 되죠." 그는 얼굴을 붉히며 다음 말을 더듬거렸다. "유혹하지 말아야 할 남자를 유혹하고요."

캐서린은 그의 손가락을 꽉 쥐었다. "그렇죠?"

"제발 누구에게도 당신한테 빚졌다고 느끼게 하지 말아줘요." 너무 격한 말투였지만 어디 지금만 그럴까? 재스퍼는 언제나 감정 과잉이었다. 감정은 그를 늘 따라다니며 속박했다. "내게도, 당신 부모님에게도, 윌리엄 맥브라이드 같은 남자에게도."

"어머, 재스퍼 홈스. 꼭 질투하는 것처럼 들려요."

"아니에요." 그는 캐서린의 손을 입으로 가져가 손가락 하나하나에 가볍게 입을 맞췄다. "나는 세상이 어떻게 돌아가는지 알아요. 세상은 당신 같은 사람들을 짓밟는 곳이에요."

"그러면 당신 같은 사람들은요?" 그녀는 재스퍼의 움직이는 입술에 시선을 고정하고 물었다. "당신은 세상에 어떤 대우를 받고 있죠?"

재스퍼는 대답이 준비되어 있었다. "나는 태어날 날부터 이미 짓밟혔어요. 세상에 왔을 때와 똑같은 모습으로 돌아가는 수밖에 없겠죠."

20
재스퍼, 현재

재스퍼는 머리를 스치는 원반을 보기 전에 느꼈다. 원반은 그의 옆을 섬광처럼 휙 지나갔다. 처음에는 그의 수반을 가끔씩 찾아오는 황금방울새거나, 요즘 들어 그의 시야를 심하게 방해하는 이상한 빛의 농간인 줄 알았지만, 뒤이은 외침이 너무 요란하고 선명했다. "야, 구미베어! 이게 무슨 짓이야!"

재스퍼는 한숨을 쉬며 책을 내려놨다.《힐 하우스의 유령》은 그의 기억 그대로 기괴했지만, 어릴 때처럼 공포에 빠지기는 어려웠다. 이 책을 처음 읽었을 때 그는 확실히 어린 애였다. 열아홉이면 법적으로는 성인이지만, 그는 자신을 주인공 엘리너와 닮았다고 생각할 만큼 어리석었다.

'내게 달밤에 우수에 젖은 채 긴 거리를 산책하는 습관이 있었나?' 물론이다.

'어둠이 내리자마자 이성과 합리성을 깡그리 상실했나?' 틀림없다.

'피할 수 없는 상황을 피하는 최후의 수단으로, 차로 나무를 들이받을 것인가?' 그것까지는 확실히 알 수 없었다.

서서히 여명이 밝아오는 시간에, 60년이 넘는 고된 삶을 회상하며, 바닥에 놓인 침낭 속에서 자고 있는 두 아이를 보고 있으려니 그때의 감정을 떠올리기 힘들었다. 그 시절 너무나 어렸던 그와 캐서린은 짧고 무모한 사랑에 빠져, 앞으로 닥칠 파문에 대해서는 생각하지 않았다. 당시에 누군가 그에게 목숨을 바칠 가치가 있는 사랑이냐고 물었다면 그는 단호히 그렇다고 대답했으리라.

하지만 요즘 세상에는….

"저기, 재스퍼 씨. 일어나셨어요?"

"어, 일어났어." 그는 의자에서 몸을 일으켰다. 마당을 얼른 둘러보니 까치밥나무 덤불에 원반이 박혀 있었다. 그것을 쥐고 울타리로 다가갔다. "첫새벽부터 뭐 하는 거야?"

클로이를 보는 순간 답을 알 수 있었다. 밤새 잠을 거의 못 잔 모습이었다. 불꽃 같은 머리카락이 위로 뻗쳤고, 불안감에 창백해진 얼굴에 주근깨가 한층 두드러져 보였다. 탱크톱과 잠옷 반바지 위에 해어진 가운을 걸쳤지만 이른 아침의 추위를 막기엔 역부족이었다. 가을 이슬은 이미 서리로 변했고, 그녀의 짧은 숨결은 흰 입김이 되었다.

"마당에서는 개랑 놀지 않기로 약속한 줄 알았는데." 재스퍼의 거친 목소리에 걱정이 묻어났다.

클로이는 그의 말도, 개도 무시했다. 개는 물어오기 놀이에는 조금도 관심 없다는 듯, 빈 밥그릇 옆에 퍼질러 누워 있었다.

"다들 잘 있나요?" 클로이가 물었다.

재스퍼는 그녀가 누구 얘기를 하는지 아는 척할 필요가 없었다. "뭐야, 내가 자는 애들을 죽여서 뒷마당에 파묻기라도 했을까봐? 그만한 무덤을 파는 데 시간이 얼마나 걸리는지 아직 모르나 보네."

클로이는 웃음을 터뜨렸다. 그녀의 자유 의지를 벗어난 듯한 기괴하고 초조한 웃음소리였다. "몇 주 전만 해도 그 말이 진짠 줄 알았을 거예요." 그녀는 재스퍼가 가장 아끼는 화단에 고갯짓을 했다. 그가 한해살이 식물을 심는 곳이었다. 공간과 수고를 철저히 낭비하는 일이었지만, 이 세상에 머무는 시간이 짧은 식물들이라 어쩐지 더 아름다워 보였다. "한동안 저곳이 재스퍼 씨가 오래전에 떠나보낸 캐서린의 무덤일지도 모른다고 생각했어요."

그 이름이 클로이의 입에서 너무 쉽게 튀어나오자 재스퍼는 무릎에 힘이 풀리는 기분이었다.

"하지만 그럴 리 없잖아요?" 클로이는 그를 바라보며 물었다. "무덤은 아니겠죠?"

진짜 궁금해서 하는 질문처럼 들리거나 느껴지지는 않았지만, 그 후로 침묵이 한참 이어지자 재스퍼는 뭔가 말을 해야 했다. "그래." 그는 천천히 동의했다. "그럴 리 없지."

"그분이 몇 년도에 돌아가셨다고요?"

이상하게 도전적으로 느껴지는 말이었다. "그런 말 한 적 없는데."

클로이의 등 뒤에서 집안의 조명이 켜지자 그녀는 살짝 움찔했다. "세상에. 그 여자가 일어났어요. 급해요. 제가 들어가 봐도 될까요?"

재스퍼는 어쩌겠냐는 듯 손을 펼쳤다. 그녀의 남동생과 여동생을 재워주기로 했을 때, 그는 클로이에게도 문을 열어준 셈이었다. 그의 문, 그의 집, 그의 빌어먹을 인생 전체를 열어젖혔다. 60년을 단단히 봉했지만, 그의 담장 역시 허풍으로 이뤄졌을 뿐이었다.

"정말 누들을 혼자 내버려둘 거야?" 그가 덤불 사이로 달려오는 클로이에게 물었다. 그녀는 잠시 인상을 썼다가 겨우 표정을 관리했다.

"애초에 이 사달을 낸 장본인이 누들이에요. 그 애가 그 여자한테 전화했거든요. 러베나, 엄마한테요."

재스퍼는 놀랐지만 클로이가 예상한 이유 때문은 아니었다. 누들이 무심코 흘린 말들로 짐작건대, 그 아이는 다른 두 아이를 합친 것보다 클로이의 고충을 깊이 이해하고 있었다. 돈에 대한 불안, 가족에게 싫은 소리를 하는 사람에게 사납게 맞서는 열정, 어떤 대가를 치르더라도 스스로 일어서겠다는 의지…. 재스퍼도 그런 모습들을 봐왔지만 그가 개입할 입장은 아니었다.

"그 아이는 네게 도움이 되고 싶었던 거야."

클로이는 다시 한 번 의아한 눈으로 재스퍼를 보았다. 평소 그를 보던, 경계심에 경멸이 조금 섞인 눈빛과는 달랐다. 이번에는 표면 아래 감춰진 뭔가를 보려는 듯한 눈빛이었다.

"재스퍼 씨가 그 애를 부추겼다는 뜻이에요? 누들이 전화를 할 거라고 얘기하던가요?"

그 말에 재스퍼는 코웃음을 쳤다. "우리가 하루 종일 여기서 너

를 버리고 떠난 엄마 얘기라도 했을까 봐? 그리고 내가 그 아이한
테 할아버지처럼 조언이라도 했을까 봐?"

클로이의 눈가에 보일락 말락 긴장이 풀린 것만으로 재스퍼는
그녀가 알아들었다고 이해했다. 그와 누들은 대부분의 시간을 평
온하고 친밀한 침묵 속에 같이 앉아 있었을 뿐이다.

"아침 내내 속옷 차림으로 밖에 서 있을 거야, 아니면 커피 마
시러 들어올 거야?" 말투에 환영한다는 기색을 전혀 내비치지 않
았지만, 어쨌든 그녀가 알아주기를 바라며 숨을 죽였다.

클로이가 아랫입술을 깨물었다. 그녀의 집에 불이 켜지고 발소
리가 나면서 생명이 깨어나고 있음을 알렸다. 그녀는 자기 집을
재빨리 돌아보고는 고개를 끄덕였다.

"그 사람 이름은 토드예요." 클로이가 얼굴을 찌푸렸다.

그 말에 재스퍼는 요란하게 웃음을 터뜨릴 뻔했다. "토드라고?"

"토드 애런스요. 보험회사에서 일하지만, 미식축구 선수 경력이
뜻대로 풀리지 않아서래요. 무릎이 안 좋다네요."

"그런 놈들은 하나같이 무릎이 안 좋다지." 재스퍼가 웃음을
참으며 동의했다. 클로이의 말투를 보면 그 남자가 아내의 시체를
무더기로 쌓아놓는 푸른 수염이라도 되는 것 같았다. "누들을 그
사람들과 같이 둬도 괜찮은 거야?"

"생각해 보니까 괜찮은 사람 같아요." 클로이는 '괜찮다'가 누군
가에게 할 수 있는 최악의 평가라는 듯 입술을 삐죽였다. 그녀는
잠시 망설이다 덧붙였다. "우리 엄마한테도 잘해요. 진짜 많이 도
와주는 것 같아요."

재스퍼는 고개를 끄덕일 뿐이었다. 그렇게 인정하기가 클로이에

게 얼마나 힘들지 잘 알았다. "어서 들어와. 테오랑 트릭시가 멀쩡히 잘 지낸다는 걸 직접 확인해야지."

클로이의 손이 재스퍼의 팔에 닿았다. 너무 순식간이라 그는 스치는 바람으로 착각할 뻔했다. 하지만 그녀는 언제나처럼 걱정으로 굳어진 표정을 지으며 말했다.

"홈스 씨는요? 어떻게 참고 계세요?"

"네 동생이 이미 집을 불태우려 했는지 묻는 거라면 대답은 '그렇다'야." 재스퍼는 몸을 틀어 집 안으로 들어갔다. "하지만 우리 집 화재 보기는 성능이 좋아. 인화성 물질은 전부 숨겼고. 당장은 안전할 거야."

함께 집에 들어가 보니 두 아이는 이미 잠에서 완전히 깨어 재스퍼의 주방을 엉망으로 만들고 있었다.

"언니, 아침 먹으러 온 거야?"

"누나, 이것 좀 봐! 재스퍼, 아니 홈스 씨, 아니 재스퍼 씨 집에는 시리얼이 다섯 가지나 있어. 전부 되게 맛있는 시리얼이야."

"언니, 테오한테 다섯 가지를 전부 한 그릇에 섞으면 안 된다고 말 좀 해줘. 그레이프 너츠와 럭키 참스를 섞는 건 범죄야."

어떤 공간이든 난장판으로 만들어 버리는 동생들에게 대답하는 대신, 클로이는 어깨 너머로 재스퍼를 흘끔 보았다.

"이 집에 어떻게 유명 브랜드 시리얼이 다섯 종류나 있을까요?" 클로이가 물었다.

재스퍼는 어색하게 어깨를 들썩였다. "아이들이 언제까지 있을지 몰라서 시내 갔을 때 필요한 것들을 좀 사 왔어."

"코코아 퍼프스야! 진짜 코코아 퍼프스." 테오는 시리얼을 섞는 것은 그만두고, 몇 시간을 날뛰기에 충분한 양을 그릇에 부었다. "누나, 미안하지만 이제부터 재스퍼 씨 집에서 살려고."

트릭시는 테오가 코코아 퍼프스를 한 그릇에 모조리 붓기 전에 상자를 빼앗았다. "내 건 좀 남겨둬야지, 멍청아." 클로이를 보며 얼굴을 붉혔지만, 트릭시는 누구도 자기를 건드리지 말라는 듯 단호히 턱을 쳐들었다. "우리를 집에 데려가려고 온 거면 됐어. 그 여자나 그 여자가 끌어들인 짐짝과는 상종하고 싶지 않으니까. 억지로 데려가려 하면 나는 달아날 거야."

이렇게 싸우자고 덤비니 클로이도 물러설 수 없었다.

"아 그래? 어디로 달아나게? 누들이 떨어져 죽을 뻔한 숲속 절벽으로? 그 방법은 이제 식상한데."

트릭시의 턱이 더 올라갔다. "정 다른 수가 없으면 그래야지. 그 여자랑 한 공간에서 숨을 쉬느니 차라리 얼어 죽는 쪽을 택하겠어."

"도움을 주려고 밴쿠버에서 여기까지 왔잖아." 클로이가 말했다.

"그 여자가 화성에서 왔대도 내 생각은 달라지지 않아. 언니는 화해 선물이랍시고 가져온 《프린세스 브라이드》 초판본을 덥석 받을지 몰라도 나는 그 정도로 어림없어."

재스퍼는 호기심에 클로이를 돌아봤다. 그녀의 뺨이 붉게 물들고 있었다. 《프린세스 브라이드》라고? 이상했다. 그 책의 해학적인 문체는 그의 취향이 아니었지만, 입을 꾹 다문 클로이를 보니 그녀에게는 큰 의미가 있는 책 같았다.

"너는 계속 '그 여자'라고만 하네." 테오가 코코아 퍼프를 한입 가득 우물거리며 말했다. "그냥 엄마라고 부르면 안 돼?"

"엄마답게 처신해야 엄마라고 부르지."

그 말을 끝으로 트릭시는 거실을 뛰쳐나갔다. 재스퍼는 그녀가 어디로 가는지 몰랐다. 그의 집은 작았기 때문에 어디 있든 그들의 목소리가 트릭시에게 가닿을 터였다. 그래서 재스퍼는 굳이 알려고 하지 않았다. 이 가족은 공간을 많이 차지하지 않는다는 것이 무슨 의미인지 전혀 모른다는 생각이 들었다. 그들은 마치 땅에 충돌하는 유성 같았다. 날쌔고 요란하며, 어디에 떨어지든 커다란 상처를 남겼다.

"죄송해요." 클로이가 재스퍼의 의자에 앉으며 말했다. 그녀는 커피잔을 받아 들었지만 멍하니 젓기만 했다. "트릭시가 힘들어할 줄은 알았지만…"

재스퍼가 가지고 들어온 책을 발견하고 클로이는 말끝을 흐렸다. 어제까지만 해도 그녀가 소유했던 책이었다. 누구를 탓해야 할지 단번에 파악한 그녀는 실눈으로 테오를 쏘아봤다.

"테오." 그녀가 경고하는 투로 물었다. "내 물건 뒤졌니?"

테오는 시리얼 한 숟가락을 입에 퍼넣었다. "응."

"허락도 없이 책을 가져갔고?"

"정확히 말하자면 트릭시가 가져갔어. 나는 망을 봤을 뿐이고."

둘의 말다툼이 격해지기 전에 재스퍼가 개입했다. "아이들 변호를 하자면, 그건 내 책이야. 애들은 그걸 정당한 소유자한테 돌려줬을 뿐이고." 그는 잠시 말을 멈추었다. "내 말이 맞지? 로니가 내내 그 책을 갖고 있었잖아?"

클로이는 다시 한번 묘한 눈빛으로 재스퍼를 보았다. "맞아요. 그분이랑 재스퍼 씨에 대해 한참 얘기를 나눴어요. 캐서린 얘기도 하고요."

캐서린의 이름이 나와도 재스퍼는 눈도 깜짝하지 않았지만, 사실은 심장 부근에 날카로운 통증을 느꼈다. 그가 말을 이었다. "재밌네. 로니는 요즘 어떻게 지내?"

"죽어가고 있어요." 클로이가 대놓고 말했다.

이번에는 재스퍼도 움찔했다. 한때 캐서린 마틴이라는 연결고리로 이어졌던 인연이지만 그가 로니 파쿠타스와 진정으로 가까웠던 적은 없었다. 캐서린에게 일어난 일에 대해 로니가 항상 자신을 탓한다고 느꼈다. 그의 잘못은 맞지만 로니가 그렇게 비난할 이유는 없었다. 그는 캐서린을 사랑하려 했다. 그는 캐서린을 사랑했다.

사랑만으로 충분치 않은 것이 문제였다.

"그분을 찾아가 보세요. 옛 친구를 만나면 반가워할 거예요."

재스퍼는 고개를 까딱할 뿐이었다. 클로이의 무슨 생각을 하는 건지, 로니에게 무슨 말을 듣고 그에게 경계심을 드러내는지 알수 없었지만 지금 그것이 중요한 문제는 아니었다. 그는 한 번에 한 가지 위기만 감당할 수 있었고, 그조차 버거웠다.

"여기 얼마나 있을 거래?" 대신 이렇게 물었다. "러베나랑…, 토드 말이야."

테오가 입으로 옮기던 숟가락을 멈추고, 눈을 반짝이며 대답을 기다렸다.

"모르겠어요." 클로이는 커피 젓는 동작을 멈추고 어깨를 축 늘어뜨렸다. "며칠일 수도 있고, 몇 주가 될 수도 있고, 아예 눌러앉을 수도 있어요. 아이들에 대한 법적 권한은 없지만 집은 그 여자 명의로 되어 있으니 머물고 싶으면 머물 수 있죠."

"사과 같은 건 없었어?" 재스퍼는 계속 캐물었다. 자신이 만들지 않은 상처를 건드리는 것은 그의 성미에 맞지 않았지만, 참을 수가 없었다. "그렇게 떠났으면서? 어린 자식 셋을 버리고 집을 나갔으면서?"

테오의 입매가 일자로 굳어졌다. 클로이도 마찬가지였다.

"그 여자가 얼마나 머물지는 누들한테 달렸어요." 클로이는 손을 뻗어 테오의 머리카락을 살며시 헝클며 말을 이었다. "누들이 전화해서 불렀잖아요. 그 여자가 필요한 건 누들이니까요."

"누들한테 그 여자는 필요 없어." 테오는 반쯤 먹다 남은 시리얼 그릇을 밀어냈다. "우리가 있으니까."

음식을 낭비한다고 꾸짖는 대신 클로이는 한숨을 쉬며 손으로 턱을 괴었다. "미안하다, 테오. 나도 싫어. 하지만 나까지 너나 트릭시처럼 짐을 싸 들고 재스퍼 씨 집으로 옮겨올 수는 없어. 누들을 지켜볼 사람도 있어야지."

재스퍼는 자신이 초대한 적도 없는 클로이가 애초에 이 집에 살러 올 입장은 아니라는 말은 구태여 하지 않았다. 그런 말이 무슨 소용일까? 지난 한 달 사이 샘슨가 아이들은 그를 자기들 편으로 결정한 모양이었다. 친구, 보호자, 할아버지로. 캐서린 이후로 그는 다른 사람들의 감정에 이토록 휩쓸린 적이 없었다.

클로이가 인상을 썼다. "적어도 엄마는 누들이 학교에서 무슨 일을 겪고 있는지, 왜 그렇게 도망을 다니는지는 알아낼지도 몰라. 나는 아무것도 알아낼 수 없었거든."

"나도 마찬가지야." 테오가 어깨를 으쓱했다. "누들은 미안하다, 말썽을 부릴 생각은 없었다는 말뿐이야."

클로이는 재스퍼를 돌아보았다. 약간의 희망이 담긴 눈빛이었다. 그는 무슨 일이 닥칠지 알고, 그녀를 막으려 한 손을 쳐들었다. "나는 그 아이한테 캐물은 적 없고, 그럴 생각도 없어. 무슨 일이 있었는지 너한테 알리고 싶었으면 진작 털어놨겠지. 그 아이를 믿고 스스로 문제를 해결하게 해야지."

"그렇게 어이없는 말은 처음 듣네요. 누들은 어린애라고요."

"맞아요." 테오도 끼어들었다. "아이들을 어떻게 믿어요. 우리는 먹고 사고 치는 것밖에 안 하는데."

"그래, 안다니 다행이다." 재스퍼는 난장판이 된 주방을 둘러보았다. "그건 나도 잘 알겠구나."

테오가 낄낄거렸지만 클로이는 이 화제를 그냥 넘길 생각이 없었다. "누들이 겨우 열두 살인 건 아시죠? 아직 제 보호를 받는 미성년자라고요."

재스퍼는 그녀의 목소리에 담긴 울분을 감지했지만 흔들리지 않았다. 오히려 그 열정에 마음이 끌렸다. "열두 살이면 자기 앞가림은 하고도 남지. 나는 그 나이 때 뭘 했는지 알아?"

"몰라요. 말씀해 주세요."

진짜 말을 해주어야 할지 알 수 없었다. 클로이가 그의 어린 시절에 관심이 있을 리 없었고, 설령 관심이 있다 쳐도 지금 와서 바꿀 수도 없는 일에 대해 하소연해 봤자 무슨 소용이 있을까? 병 속에 담긴 과거는 주위에 마구 뿌려대느니 꼭꼭 밀봉하는 편이 나을 텐데.

그럼에도 그는 대답했다.

"하루 종일 일했어. 나도 너처럼 가족을 부양했다고. 그러니까 너 혼자 세상 고생을 다 하고 온갖 희생을 다 한다는 듯이 한숨만 쉬어대지 말라고."

재스퍼의 예상과 달리 클로이는 반격하지 않았다. 오히려 딱딱한 입매가 누그러졌다. "죄송해요. 몰랐어요."

"네가 어떻게 알겠어?" 그가 쏘아붙였다. 다른 화제로 넘기고 싶어서였지만 달리 무슨 말을 해야 할지 몰라서이기도 했다. 친절과 이해를 베풀기에는 너무 이른 시간이었다.

그는 그 불안하고 불편한 감정에 내몰려 다음 말을 뱉어놓고 대번에 후회했다. "알았어. 그 아이가 그렇게 걱정되면 내가 한 번 물어볼게."

클로이는 슬로모션으로 그를 돌아보며, 입을 살며시 벌리고 놀란 표정을 지었다. "정말요? 어떻게요? 왜요?"

"건방진 질문은 집어치워." 그가 내뱉었다. 뭘 저렇게까지 놀랄 일인가 싶었다. 아주 이타적인 제안도 아닌데. 이 가족을 이 집과 마당에서 쫓아내려면 도리가 없지 않나? "네 동생한테 도움을 주고 싶은 거 맞지?"

"네, 맞아요."

"네가 너무 물러 터져서 끌어내지 못한 대답을 내가 얻어낼 거라고 믿는 거지?"

클로이의 입가에 미소가 걸렸다. "맞아요."

"그러면 됐네." 그는 다시 커피잔을 쥐다가 손이 떨리지 않는 것을 보고 만족했다. 그는 먼저 클로이에게 고개를 끄덕였고, 이 모든 대화를 서커스 줄타기 구경하듯 지켜보던 테오에게도 고개를 끄덕였다. "네가 할 일의 9할을 이미 내가 하고 있으니까 이런 일 하나쯤 더 보태도 상관없어. 어차피 내가 달리 할 일이 있는 것도 아니고."

"그럼 전에는 뭘 하면서 시간을 보내셨어요?" 테오가 물었다.

"독서." 뻔뻔한 거짓말이었다. 클로이가 《북회귀선》을 발견하기 전까지 그는 수년간 책을 집어 든 적도 없었다. 하지만 최근에는 다시 책에 빠졌다. 옛날에 좋아했던 책들, 한때 그에게 삶의 의미를 주었던 유치하고 감상적인 로맨스 소설들이 갑자기 침대 옆에 쌓이기 시작했다.

그 느낌을 잊고 살았다. 종국에는 다 잘될 거라 믿으며 책을 손에 들고 다른 사람의 이야기에 빠져드는 그 느낌을…. 아주 오랫동안 자신에게 허락하지 않았던 기쁨이었다.

재스퍼가 감정을 잘 감추지 못한 탓인지, 아니면 클로이가 아침만 되면 이렇게 집요해지는지 알 수 없었지만, 그녀는 고개를 갸웃대며 그가 가장 두려워하던 질문을 던졌다. "왜 우리한테 이렇게 잘해 주시는 거예요? 대체 뭐가 바뀐 거죠?"

그는 속마음을 털어놓지 않았다. 입 밖으로 꺼내는 순간 사실이 되어버릴 것 같아서였다. 그 말은 그가 오래전에 쌓은 벽 뒤에 숨겨두는 편이 훨씬 안전했다.

'나야, 나라고. 내가 바뀌었어.'

대신에 그는 얼굴을 찌푸리며 비교적 사적인 공간인 침실로 걸음을 옮겼다.

"너희를 언제 내쫓을지 몰라." 경고 조였지만 아무도 신경 쓰지 않았다. "나를 너무 귀찮게 하지 마."

21

재스퍼, 현재

러베나 샘슨, 아니 러베나 애런스인가? 지금 어떤 성을 쓰든 간에 그녀는 재스퍼의 기억 속 그 모습 그대로였다.

"홈스 씨, 였나요?" 그녀가 현관문을 열며 물었다. 화사한 미소를 지었지만, 눈가의 주름이 깊었다. 그녀를 두 딸과 구별 짓는 특징은 그 주름뿐이었다. 이 가족의 유전자는 강력했다. "농담이에요. 홈스 씨 당연히 기억하죠. 오늘 들르실 거라고 클로이한테 얘기 들었어요. 어서 들어오세요."

재스퍼는 끙 소리로 대답을 대신했다. 다른 말을 했다가는 대화의 물꼬가 터질 수 있었고, 둘 다 그런 상황은 원치 않았다. 재스퍼는 긴말할 기분이 아니었고, 러베나는 그가 하는 말을 듣고 싶지 않을 테니까.

"오늘 누들을 데려가려고." 러베나 주위로 집안을 기웃대며 말했다. 믿기지 않았지만, 집은 지난번보다 더 난장판이었다. 여행 가방은 펼쳐져 있고, 그 내용물이 어수선하게 흩어져 있었다. 탁자 위에는 손도 대지 않은 선물 상자가 쌓여 있었다. "그 아이 여기 있어?"

러베나가 인상을 쓰자 눈가의 주름이 더 깊어졌다. "클로이가 말 안 했나요? 누들이 회복될 때까지 내가 보살피러 온 거라고요. 홈스 씨는 이제 신경 끄세요."

재스퍼에게는 뭐라 대꾸할 기회가 주어지지 않았다. 우선, 그 느려 터진 개가 간식을 기대하고 어슬렁어슬렁 다가왔다. 뒤이어 우렁찬 남자 목소리가 쩌렁쩌렁 울렸다.

"들어와요, 들어와!" 목소리가 외쳤다. 벽을 뒤흔들 정도로 큰 소리였지만, 그 주인은 키가 170센티미터도 안 될 남자였다. 체구는 왜소한데 배만 불룩했다. 그를 본 순간 재스퍼는 코웃음을 참아야 했다. 이 남자가 무릎 때문에 축구 선수 생활을 접어야 했다고 사람들을 속였다면, 대단한 입담꾼일 것이다.

"그 구원자시군요." 토드가 말했다.

기막히게 강한 악력에 손을 잡히자 재스퍼는 어깨에서 팔이 빠지는 기분이었다.

"방금 날 보고 뭐라고 했어요?" 재스퍼가 억지로 손을 빼며 물었다.

남자는 눈 하나 깜빡하지 않았다. "구원자요. 선한 요정. 빛나는 갑옷을 입은 기사." 그의 입에서 나오는 단어 하나하나에 재스퍼의 얼굴이 점점 붉어지자 토드는 낄낄대기 시작했다. "옆집 이웃."

그 마지막 표현조차 동화 속에서 튀어나온 것처럼 들리게 하는 그의 말투가 재스퍼는 영 탐탁잖았다.

"그 아이를 데리러 왔어요." 재스퍼는 턱에 힘을 주었다. "어디다 숨겼어요?"

"저 여기 있어요." 누들이 목발에 기댄 채 복도에서 천천히 걸어왔다. 러베나가 밝은 얼굴로 팔을 뻗었지만 누들은 그녀에게 안기기 전에 몸을 피했다. 대신에 개를 껴안았다.

"진짜 용감하고 씩씩한 아이 아닌가요?" 러베나가 말했다.

재스퍼는 자신에게 하는 말이라고 생각했지만 토드가 나서서 대답했다. "정말 대단한 녀석이지." 세 명이 아닌 3천 명의 청중 앞에서 연설하는 투였다. "늙은 제 엄마를 닮아서 배짱이 대단하지."

"어쩜, 토드." 러베나에게 얼굴을 붉힐 염치는 있나 싶었는데, 알고 보니 재스퍼가 생각한 이유 때문이 아니었다. "어떻게 나한테 늙었다는 소리를 해?"

"그래도 내가 당신을 처음 만난 그날처럼 아름다워." 토드가 그녀의 엉덩이를 토닥이며 덧붙였다.

재스퍼를 보는 누들의 표정에 너무 많은 말과 고통이 담겨 있어서, 아이를 달랑 안아 들고 이곳을 빠져나가고픈 충동을 느꼈다. 안타깝게도 그의 늙은 몸은 그것을 허락하지 않았다.

"러베나, 지금쯤 적어도 마흔다섯 살은 됐을 텐데." 재스퍼는 대신 이렇게 말했다. 행동을 취할 수 없다면 독설이라도 퍼부어야 했다. 그의 경험상 독설은 대개 효과가 있었다. "그 형용사가 딱 어울리지."

러베나가 놀라서 입을 떡 벌렸지만 토드는 낄낄대기만 했다.

"참, 홈스 씨, 그게 숙녀한테 할 소린가요?"

"내 눈에는 숙녀가 안 보이는데 말이지." 재스퍼는 누들에게 관심을 돌렸다. "자, 꼬마야, 나랑 같이 갈 거야, 말 거야? 오늘 현장 학습을 갈까 하는데, 네 다리 때문에 천천히 움직여야겠지? 당장 출발하는 게 좋겠다."

황폐한 숲 한가운데 홀로 선 크리스마스트리처럼 환히 웃는 아이를 보며 재스퍼는 자신의 임무를 깨달았다. 누들을 여기서 데리고 나가야 했다. 무슨 수를 써서라도.

"현장 학습이라고?" 러베나가 되물었다. 그녀의 얼굴이 우스꽝스러울 정도로 일그러졌다. "안 돼. 누들, 오늘 하루는 우리끼리 있을 줄 알았는데. 너와 나 둘이서만."

토드가 낮게 헛기침을 했다.

"물론 네 새아빠도 같이." 러베나가 덧붙였다. 그녀는 아랫입술을 깨물었다. "여태 못다 한 얘기가 얼마나 많은데."

"대충 4년 치 정도 되겠는데?" 재스퍼가 끼어들었다. 그는 생각하는 시늉을 하다가 덧붙였다. "아니, 5년 치인가? 아이들이 어릴 때는 시간이 너무 빨리 흘러서 따라가기도 쉽지 않지."

갑자기 하얗게 질리는 러베나의 얼굴을 보고, 재스퍼는 표적을 제대로 맞추었다고 느꼈다. 그녀의 감정이 상하든 말든 전혀 관심 없었다. 클로이는 가족을 위해 이 여자를 받아들일 수도 있고, 누들이 전화해서 부른 데도 나름의 이유가 있겠지만, 그렇다고 재스퍼가 그녀를 점잖게 대해야 한다는 뜻은 아니었다.

사실, 점잖게 대하지 않는 기술을 그는 오래전에 완성했다. 더 많은 사람이 시도할 필요가 있는 기술이었다.

"우리가 없는 사이에 당신들 둘이서 할 일이 많을 거야." 재스퍼는 문 옆에 걸린 개 목줄을 내려 아무짝에도 쓸모없는 불도그의 목에 걸면서 덧붙였다. 이 젠장 맞을 동물이 꾸물거리면 어디든 가든 시간이 세 배는 더 걸리겠지만, 그는 구미베어가 누들에게 얼마나 소중한 존재인지 알고 있었다. "싱크대에는 설거짓거리가 잔뜩 쌓여 있고, 지붕은 최소 여섯 군데가 새고, 미납 청구서도 여기저기 굴러다닐 테니까. 엄청 여러 개가."

러베나는 입을 열었다가 다시 다물었다. 흡사 방금 입에 낚싯바늘이 걸린 물고기 같은 표정이었지만 재스퍼는 토드의 반응을 보려고 기다리지 않았다. 무엇보다 그 남자가 어떻게 생각하든 전혀 관심이 없었다. 휘둥그런 눈으로 그를 올려다보는 누들의 마음을 해석하기도 어려웠다. 놀라움일까? 괴로움일까? 아니면 재스퍼가 잠시나마 바랐듯이, 잘한 일에 대한 존경심일까?

"가자, 누들." 재스퍼는 개를 문밖으로 끌어내며 퉁명스레 말했다. "이렇게 화창한 날씨를 그냥 흘려보낼 수는 없지. 그리고 네가 '나이트 웨이브' 다음 편을 읽어주기로 약속했잖아."

누들은 고개를 푹 숙이고 목발을 짚으며 재스퍼를 따라나섰지만, 그 전에 엄마에게 미안하다는 표정을 지었다. 재스퍼는 누들에게 사과와 연민은 받을 자격이 있는 사람을 위해 아껴두라고 말하고 싶었다. 하지만 다 부질없었다.

그는 날마다 잘해보려고 발버둥 치다가 결국 골치 아픈 일을 남에게 떠넘기는 엄마를 두는 심정이 어떤지 잘 알았다.

그런 엄마의 자식은 온갖 괴로움과 어려움을 겪는다. 상처를 받지만 결국 살아남는다.

◆

"꽉 잡아, 앨로이시어스. 다음 구간은 전속력으로 달릴 거야."

재스퍼는 폰데로사 소나무의 몸통을 짚고 숨을 헐떡였다. 젊고, 짜증 날 만큼 건장한 잭이 누들을 배낭처럼 등에 업고 쌩쌩 내려가고 있었다. 두 사람은 부러진 뼈와 깁스, 그들을 기다리는 온갖 위험에 아랑곳하지 않고 껑충껑충 내리막길을 질주했다. 재스퍼는 보기만 해도 온몸이 쑤셨다. 옆에서 툴툴거리는 구미베어도 틀림없이 같은 심정이었다.

젊은이는 젊음을 낭비한다는 말은 허튼소리가 아니었다. 재스퍼가 벌목꾼으로 일하던 한창 시절의, 여자도 거뜬히 들어 올리던 튼튼한 등과 다리를 되찾을 수만 있다면—

"안 내려오고 뭐 하세요, 영감님?" 길 아래 공터에서 잭이 소리쳤다. 그는 45킬로짜리 소년을 등에 업고 1킬로미터가 넘는 거리를 걸어왔건만 숨이 차는 기색도 없이 온화한 얼굴에 미소까지 띠고 있었다.

"천천히 좀 가지 그래?" 재스퍼가 나무에서 몸을 떼며 투덜거렸다. 그와 구미베어는 한 걸음씩 내디딜 때마다 뼈가 삐걱거렸다. 그는 꼬박 10분이나 혼자 고민하다가 결국 생존 학교에 전화해 잭에게 도움을 요청했다. 이 젊은이와 함께 가는 것이 내키지 않았지만 어쩔 수 없었다. 요즘은 원하는 것과 필요한 것이 속수무책으로 뒤엉켜버리곤 했다.

"그렇게 센 척할 거 없어." 바위에 걸려 넘어질 뻔한 재스퍼가 투덜거렸다. "클로이도 안 왔는데 뭐 하러 무리하고 그래?"

잭이 눈썹을 움찔거렸다. 그러면서 그 해맑은 미소 없이는 아무것도 할 수 없다는 듯이 선하게 웃었다. "그렇죠. 하지만 여기 있는 앨로이시어스가 집에 가서 다 얘기할 거잖아요. 아니면 제가 뭐 하러 하루 일까지 쉬면서 짐꾼을 자처하겠어요?"

잭의 니트 모자 위에서 누들이 수줍게 웃었다. 그 아이는 새로 싹튼 누나의 로맨스에는 전혀 관심 없다는 듯한 태도로 분위기를 바꾸었다. "이렇게 재밌는 현장 학습은 처음이에요."

잭이 시원스레 웃었다. "그거야 힘든 일은 내가 다 하고 있으니까. 도착하려면 얼마나 더 가야 하죠?"

"벌써 지쳤어?" 재스퍼가 쏘았지만, 매운맛은 없었다. 역시 꽤나 지친 탓이었다. "걱정 말아. 저 빈터만 지나면 금방이야. 열쇠는 깔개 밑에 숨겨져 있지만, 필요 없을 거야. 너구리들이 제집처럼 들락날락한 지 한참 됐거든."

"누구든 살 곳이 있어야 하니까요." 잭은 이렇게 대꾸하며 오두막을 향해 성큼성큼 걸어갔다.

재스퍼는 오랫동안, 굳이 따져본다면 족히 십 년은 이곳에 찾아온 적이 없었기 때문에 방 하나짜리 통나무집으로 다가가면서 무엇을 기대하고 왔는지 알 수 없다고 생각했다. 한때는 그의 커다란 희망과 꿈을 품어주던 공간이었다. 그의 기억 속에서 이 오두막은 세월과 풍파의 손길이 미치지 않는 수중 동굴처럼 반쯤 아롱진 햇볕 속에 존재했다.

하지만 그의 다른 기억들처럼 실제는 그다지 아름답지 않았다.

한때 운치 있고 소박했던 이 오두막은 이제 언제 쓰러질지 모를 만큼 쇠락했다. 통나무를 쌓아 올린 벽은 한쪽으로 위태롭게 기울었고, 문은 낮게 내려앉아 안으로 들어가려면 한 발짝 내려가야 했다.

내부 상태는 더 엉망이었다. 너구리들이 멋대로 드나들면서 이곳을 거의 화장실로만 사용한 듯했다.

"여기, 진짜, 멋져요." 누들이 감탄했다. 잭은 그를 조심스레 바닥에 내려놨다.

"정말 그래." 잭의 말투에 비꼬는 기색은 없었다. 재스퍼는 경계심이 풀리는 기분이었다. "여기가 재스퍼 씨 집이에요?"

"엄밀히 따지면 닐슨 벌목 회사 소유지만, 맞아. 내가 콜빌에 온 이후로 줄곧 방치돼 있었어." 그는 한쪽 눈을 찡긋하며 덧붙였다. "60여 년 전부터 그랬으니까 더 이상 따질 생각 마라."

잭이 빙그레 웃었다. "그럴 생각 없었어요, 선생님." 그는 내부를 돌아다니기 시작했다. 두 손으로 조심스레 뒷짐을 진 채 벽을 장식한 그림들을 살폈다. 대부분 풍경 스케치와 압화였지만, 침대 위에는 미소 띤 젊은 캐서린의 흑백 사진이 삐딱하게 걸려 있다.

"이분이에요?" 잭이 사진을 살피며 물었다. "캐서린? 돌아가셨다는…, 그분?"

재스퍼는 젊은 남자의 말투가 거슬렸지만, 대답을 피할 방법도 없었다. "맞아."

잭은 소리 없이 휘파람을 불었다. "진짜, 재스퍼 씨. 대단한 미인이네요."

가슴 속 무언가가 뒤집히는 기분이었다. "그렇지."

누들이 또 불쑥 끼어들었다. 도무지 진정되지 않는 재스퍼의 슬픈 심장에는 다행한 일이었다. "홈스 씨, 여기 책이 많네요. 엄청 많아요."

"그렇지." 그는 이 상태를 이겨낼 때까지 자신의 체중을 버텨줄 것 같은 라탄 의자에 앉았다. 구미베어도 지친 듯 한숨을 쉬며 옆에 자리 잡았다. 재스퍼는 이 개가 살갑게 구는 것이 슬슬 당황스러워졌다.

"하지만 댁에는 책장이 하나도 없잖아요." 누들이 말을 이었다. "식물 선반뿐이던데요."

"식물은 살아있지만 책은 그렇지 않으니까." 재스퍼가 말했다.

이 말은 일부만 사실이었다. 어느 모로 보나 책은 그가 아는 대부분의 사람들보다 생생하게 살아 있었다. 집어들 때마다 변화하는, 살아 숨 쉬는 존재였다. 청년 시절의 그에게 모든 책은 안전하고 편안한 장소에서 세상을 볼 기회, 그의 형편으로 감당할 수 없고 탐험할 자신도 없는 특별한 목적지로 여행할 기회를 주었다. 중년이 되자 그는 책에서 더 이상 희망을 발견할 수 없었다. 책은 소설이 약속한 것과 현실이 제공하는 것 사이의 불일치를 찾는 도구로 전락했다.

그리고 노인이 된 그에게는…, 글쎄. 아직은 잘 모르겠다. 요즘 그는 지긋지긋한 낙관주의가 슬금슬금 돌아오고 있다고 느꼈다.

누들은 절뚝거리며 걸어가, 한때는 훌륭한 개인 도서관이었던 책장의 축축하고 빛바랜 책등을 쓰다듬기 시작했다. 시간은 이 책들에게 친절하지 않았듯 재스퍼에게도 그리 관대하지 않았다.

그가 책들을 여기에 둔 것은 그 때문이었다. 썩어가게 두지 않고 매장한 셈이었다.

"정말 이 책을 다 읽으셨어요?" 누들이 물었다.

"몇 번씩 읽었지." 재스퍼가 대답했다. 흥미로운 눈길로 책을 살피는 잭을 보고, 재스퍼는 얼른 화제를 바꿨다. "하지만 너희를 여기 데려온 건 책 때문이 아니야."

누들은 곰팡이 핀 매트리스 끄트머리에 앉아 기대에 찬 표정으로 무릎 위에 두 손을 포개었다. 잭도 비슷한 자세를 취했지만, 가뜩이나 망가지기 직전인 매트리스가 자신의 몸무게를 견디는 건 무리라고 판단했는지 문간에 기대었다.

"저도 그 이야기를 들어도 되겠습니까?" 잭은 엄지손가락으로 어깨 너머를 가리켰다. "아니면 자리를 비켜드릴까요? 그래도 상관없어요. 여기로 내려오는 길에 '숲속의 닭'을 발견했거든요. 거기 다시 가보려고요."

"여기 닭이 있어요?" 누들이 물었다. "어디요? 나는 못 봤는데."

잭이 쓴웃음을 지었다. "네가 생각하는 그런 닭이 아니야, 앨로이시어스. 나는 균류를 말하는 거야. 덕다리버섯이라고도 하는데, 달콤하고 건강한 별미랄까—"

누들이 인상을 썼다. "우웩. 버섯이라고요?"

재스퍼는 웃음을 참았다. 조만간 더 이상 참지 못하고 웃음을 터뜨릴 날이 올지 몰라도 아직 그 정도는 아니었다.

"여기 있어도 돼." 그가 잭에게 말했다. "그 무거운 짐을 등에 지고 여기까지 내려왔는데 그 정도는 해줘야지. 돌아갈 때도 이 아이를 업어야 하니까 말이야." 재스퍼는 경고하듯 손가락을 들었다. "하지만 클로이한테는 입 닫아야 해, 알겠지? 남자들끼리만 하는 얘기니까."

잭이 거수경례를 했다. "넵, 알겠습니다."

"진짜요?" 누들이 눈을 동그랗게 떴다. "비밀 같은 거예요?"

"맞아, 비밀. 네 누나가 나를 기분 내키는 대로 다른 사람을 패고 다니는 인간으로 생각하면 곤란하거든." 재스퍼가 말했다.

누들의 눈은 더 커졌지만 잭은 실눈으로 관심을 드러냈다.

"팬다고요? 한창때는 주먹깨나 쓰셨겠는데요. 체격을 보니까 알겠어요."

"맞아." 재스퍼의 입매가 일자가 되었다. "한번은 주먹을 너무 세게 날려서 남의 턱을 부러뜨린 적도 있어."

누들은 이 말에 흥분했는지 경악했는지 꺅 소리를 냈다.

"물론 그런 짓을 하면 안 되지." 재스퍼는 어린아이가 행여 오해라도 할까 봐 덧붙였다. "다른 사람을 다치게 하는 건 해결책이 될 수 없어. 상대가 아무리 강하게 도발하고, 몸이 근질근질해도 말이지."

"몸이 근질근질하셨어요?" 누들이 물었다. 이 이야기가 자신이 최근에 벌인 싸움과 관계가 있다는 것쯤은 이미 눈치챘다. 재스퍼가 누들을 이 외딴곳으로 데려온 이유도 바로 그 이야기를 하기 위해서였다.

"못 견디게 근질근질했지." 재스퍼는 윌리엄 맥브라이드의 턱을 부러뜨린 순간의 감각을 되새기듯 손을 쳐들고 주먹을 쥐었다. "그 자식이 내 사랑을 훔쳤으니까."

누들이 캐서린의 사진을 가리켰다. "저기 있는 예쁜 아가씨 말씀이에요?"

"이름이 캐서린 마틴이었어. 그 자식을 때린 날은 내가 아빠가
될 거란 소식을 들은 다음 날이었고."

22

1960

침대와 《북회귀선》을 공유한 젊은 연인의 이야기는 파멸로 치달을 수밖에 없다. 누구나 인정하는 진리였다.

"재스퍼, 자꾸 왔다 갔다 하지 말고 좀 앉아줄래요?" 캐서린은 비밀의 오두막 바깥에 놓인 작은 테이블 앞에 앉아 더없이 침착하게 치커리 커피가 담긴 이 빠진 머그잔을 감싸 쥐고 있었다. 아직 입에 대지도 않았지만 음료의 온기만으로도 기운이 났다. "정신 사나워 죽겠어요."

"잘못하는 짓이란 걸 진작에 알고 있었는데." 재스퍼는 걸음을 전혀 늦추지 않은 채 중얼거렸다. 앞으로 치커리 냄새를 맡을 때마다 지금의 감정이 되살아날 게 분명했다. 처절하고 눈부신 공포와 그를 당장이라도 무너뜨릴 것 같은 강렬한 행복감의 반복. "당신이 나를 유혹하게 내버려두는 게 아니었는데."

캐서린의 풍성하고 유쾌한 웃음소리가 그의 불안한 발걸음을 꽤 진정시켰다.

"고맙네요, 재스퍼 홈스, 나를 이 이야기의 악역으로 만들어줘서. 늘 해보고 싶던 역할이었거든요." 그녀는 맞은편 의자를 탁탁 두드렸다. "앉아요, 좀."

그가 앉은 이유는, 한 여자를 망치는 첫 번째 원칙은 그녀가 나쁜 일을 언제 어떻게 진행할지 결정하도록 내버려두는 것이라고 믿었기 때문이었다.

"얼마나 됐어요?" 재스퍼의 목소리가 거칠었다. 그는 캐서린의 머그잔을 받아 들고 커피를 들이켜다가 흙냄새 섞인 쓴맛에 잔뜩 인상을 썼다. "그러니까, 당신은 알고 있었어요? 병원에는 가봤어요? 맙소사, 부모님께는 말씀드렸어요?"

그녀의 손이 그의 손을 덮었다. 크기는 작았지만 쥐는 힘은 강했다.

"아니, 아직 병원은 안 가봤지만 계산해 보니까 석 달쯤 된 것 같아요."

그는 임신 3개월이 어떤 의미인지 거의 이해하지 못했지만 고개를 끄덕였다. 당연히 그녀가 자신의 상태를 착각하지 않았다는 것. 그리고 또? 그가 여섯 달 뒤에 아버지가 된다는 것. 보살피고 책임질 사람이 둘이나 늘어난다는 뜻이었다.

그 생각을 하자 입이 바싹 탔다. 매트리스에 숨겨둔 돈으로 잠깐은 버틴다고 쳐도 다른 수입원을 찾아야 할 것이다. 슈퍼마켓에서 야간 근무를 하거나, 안전 규정이 덜 까다로운 캐나다에서 벌목 계약을 따내거나—

"그만해요." 캐서린이 말했다.

재스퍼는 눈을 깜박였다. "뭘 그만해요?"

"우리가 함께할 미래를 계획하고 설계하는 거요. 당신이 사랑하는 모든 것을 걸고 맹세하는데, 지금 내게 청혼하면 절대 용서 안 해요."

그는 손을 빼려 했지만 그녀는 손힘을 포함한 모든 면에서 그보다 세다는 것이 증명되었을 뿐이다. 그녀가 눈가에 주름을 잡으며 미소를 띠자 그의 마음이 아려왔다.

"내가 이미 청혼했다가 당신에게 거절당했다는 사실을 잊었군요." 캐서린이 말했다. "덕분에 당신은 오로지 내 몸만 원하는 게 확실해졌으니까 이제 돌이킬 수 없어요."

그녀가 무슨 말을 하는지 깨닫기까지 시간이 좀 걸렸다. 깨닫는 순간 심장이 쓸데없이 두근거리기 시작했다. 그 순간 그에게 떠날 힘이 있었더라면.

"잠깐만요." 그가 잠긴 목소리를 냈다. "《힐 하우스의 유령》여백에 쓴 글 말이에요? 그건 아니죠. 당신이 나를 떠보려고 쓴 거잖아요."

"당신이 그랬잖아요. 내가 결국 아이를 예닐곱 명은 낳을 거라고." 그녀는 장난스레 한숨을 내쉬었다. "내가 원하는 것보다는 많지만, 당신이 정 원한다면…."

"캐서린." 그가 간절히 말했다. "나 지금 진지해요. 당신도 제발 좀 진지해져요."

"나 진지하거든요." 그녀가 갑자기 너무 조용해서 캐스퍼는 믿을 수밖에 없었다. 그녀는 손을 들어 자기 무릎에 얹었다. 그를 안심시키던 그 손의 무게감보다 사라졌을 때의 허전함이 더 크게 다가왔다. "당신에게는 갑작스러울지 몰라도 내게는 그렇지 않아요. 이 문제에 대해 많이 생각했어요. 이 일로 당신 인생을 망칠 이유는 없다고 생각해요."

"이 일은 내 인생을 망치지 않아요." 이렇게 말해도 소용없었다. 캐서린에게는 전혀 소용이 없었다. 그녀는 자기 뜻대로 할 것이고, 재스퍼는 두 사람이 함께할 미래라는 기차가 눈앞에서 탈선하는 광경을 지켜보는 수밖에 없었다.

"그럴 수도 있죠. 하지만 당신 어머니의 인생은 망치겠죠. 다섯 동생들의 인생도."

"그건 문제가 안 돼요. 어차피 티나는 몇 년 안에 결혼할 테고―"

"그러면 당신에게 가족을 부양할 시간과 돈이 충분해질까요?" 대답을 바라고 던진 질문이 아니었기에 캐서린은 곧장 말을 이었다. "당신이 직접 말했잖아요, 재스퍼. 가난에는 낭만이 없다고."

"있을 수도 있죠. 우리는 낭만을 만들 수 있어요."

그녀는 고개를 저으며 시선을 무릎에 고정했다. 그 모습에 재스퍼는 피가 차갑게 식는 기분이었다. "이미 마음을 정했어요. 당신에게 나와 아기를 부양하게 하는 건 말도 안 돼요."

재스퍼의 목구멍을 뭔가가 미친 듯이 할퀴었지만 재스퍼는 그 야수와 맞서 싸웠다. 그의 기억 속에서 돈은 항상 그와 세상 사이를 가로막는 장벽이었다. 돈으로 행복을 살 수는 없다는 것, 그의 가족이 궁핍한 형편에서도 오랜 세월 힘을 합쳐 근근이 살아왔다는 것은 알고 있었다. 하지만 캐서린이 그런 종류의 고난을 전혀 알지 못한다는 것도 알았다.

캐서린은 배고픈 아이의 울음소리가 베개에 묻히는 것을 들어본 적이 없었다. 생물학적 필요가 충족되지 못해서 생기는 고통을 느껴본 적도 없었다. 《북회귀선》은 빈곤이 어떤 것인지를 훌륭하게 묘사했지만 그조차 방종한 자의식과 충격적인 무책임에 가려져 있었다.

캐서린은 그런 종류의 결핍을 전혀 알지 못했고 재스퍼는 앞으로도 그럴 일이 없기를 바랐다. 그가 죽는 한이 있어도, 헤밍웨이의 표현처럼 수천 갈래로 찢기더라도, 그녀를 위해 그 정도는 해주고 싶었다.

"알았어요." 그는 목이 메었다. "당신이 원하는 대로 할게요. 다른 선택지도 생각해 보겠다면…, 내게 저축해둔 돈이 조금 있어요. 당신의 결정을 방해하지는 않을게요."

캐서린의 눈빛이 얼마나 강렬한지 재스퍼는 그녀가 자신의 피부를 벗기고 속을 들여다보는 것만 같았다.

"진심이네요. 그렇죠? 정말로 가진 것을 전부 내게 줄 생각이군요. 몸이 가루가 되도록 일해서라도요."

"당연히 그럴 거예요." 그는 캐서린에게 늘 정직했고, 이제 와서 달라질 이유도 없었다. "사랑해요, C. 내겐 당신을 행복하게 하겠다는 생각밖에 없어요."

그녀는 숨을 깊이 들이쉬었다. 그 들숨에, 재스퍼는 그를 떠받치던 세상이 사라지는 기분이었다. 다시는 단단한 땅 위에 서지 못할 것 같았다.

"그러면 내가 윌리엄 맥브라이드의 청혼을 받아들이기로 했다고 말해도 당신은 화내지 않겠네요. 그 사람한테 임신 사실도 밝혔어요. 윌리엄은 내 아버지에게서 어떤…, 선물을 받는 대가로 자기 아이로 받아들이기로 했고요."

"안 돼요." 몸에서 피가 모조리 빠져나가는 것 같았다. 머리에서 시작된 그 감정은 폭포수처럼 쏟아져 내려 그에게 서늘함과 공허함만 남겼다.

"이 상황을 벗어날 방법은 그것뿐이에요. 당신도 알잖아요." 캐서린은 테이블에서 물러나며 일어서서 재스퍼를 굽어보았다. 그녀를 자세히 살펴보자, 지금까지 놓쳤던 징후를 감지할 수 있었다. 허리가 조금 굵어지고, 이전과 달리 볼이 더 볼록해졌다. 하지만 무엇보다 건강하고 화사하게 빛나는 모습이 그가 가장 두려워하던 사실을 확인해 주었다. 그녀는 임신했을 뿐 아니라, 행복했다.

"지난 몇 달은 내 인생 최고의 시간이었어요." 캐서린의 목소리에는 흔들림이 전혀 없었다. 그녀는 손을 내밀었지만 재스퍼는 잡지 않았다. 잡을 수가 없었다. 그녀를 만지는 것은 고사하고 움직일 수도 없었다.

"당연히 윌리엄은 나더러 앞으로 당신을 만나지 말래요. 그 사람 입장을 생각하면, 그리고 나를 위해 무엇을 해 줄지를 생각하면 정당한 요구라고 생각해요." 그녀는 말을 멈추고 이맛살을 찌푸렸다. 아직도 손을 거두지 않은 채. "제발 내 손을 잡아줘요. 당신이 괜찮았으면 좋겠어요. 미련을 버렸으면 좋겠어요."

"미련을 버리고?" 재스퍼는 멍하니 반복했다. "미련을 버리고 어떻게 하라는 건지?"

이제 재스퍼도 일어서서 그녀를 굽어보았지만 어쩐지 자신이 너무 작게 느껴졌다.

"내겐 아무것도 남지 않아요, 캐서린." 그는 필사적으로 뭔가를 붙잡고 싶은 마음에 손으로 머리를 쓸어 넘기며 말했다. 비록 손을 내밀고 있었지만, 캐서린은 더 이상 그가 선택할 수 있는 대상이 아니었다. "당신이 없다면요. 당신은 내 전부예요. 당신이 떠난다면—"

"재스퍼, 나는 언제든 떠날 사람이었어요." 그의 말허리를 자르는 캐서린의 목소리가 그를 찌르는 것만 같았다. "당신도 나만큼이나 잘 알고 있었잖아요. 달라진 건 내가 떠날 때 당신의 일부를 가져갈 수 있게 된 것뿐이에요."

그녀의 말이 그에게 남긴 상처를 통해 온 세상이 새어 나가는 느낌이었다. 그 말이 틀려서가 아니라 옳았기 때문이었다. 캐서린을 가질 수는 없고, 운명이 그에게 선심을 베푸는 동안 빌릴 수 있을 뿐이라는 것은 모르지 않았다. 하지만 그는 캐서린이라면 그녀가 원하는 삶으로 나아갈 줄 알았다. 대도시의 불빛과 신나는 모험, 그녀의 도전을 기다리는 세상으로.

그녀의 어머니가 체념하듯 받아들였던 단조로운 삶이 아니라. 빌어먹을 윌리엄 맥브라이드가 아니라.

"뭐라고 말 좀 해봐요." 그녀가 애원했다. "당신이 괜찮을 거라는 확신이 들어야 떠날 수 있어요."

그녀가 원하는 것을 주고 싶었다. 진심으로. 캐서린에게 해줄 수 있는 최선은 그녀를 놓아주고 마음 편히 인생의 다음 막으로 넘어가게 해주는 것이었지만, 그럴 수가 없었다. 재스퍼는 절대 괜

찾을 수 없었다. 그녀에게나 자신에게 아무리 거짓말을 해도 상황은 달라지지 않을 것이다.

"내게 무슨 책을 가장 좋아하냐고 물었을 때 기억나요?" 재스퍼는 대답을 기다리지 않았다. "당신이 비웃을까 봐 말하지 않은 거예요. 당신이 여백에 뭐라고 적을지 두려웠어요."

"그게 나쁜 건가요?" 캐서린이 미간을 찌푸렸다.

그보다 나쁜 것은 없었다. 그녀가 이미 그 이야기의 중요한 일부가 되어버려, 재스퍼는 그 책을 다시는 예전과 같은 눈으로 볼 수 없을 테니.

"항상 내 곁에 있어 줘. 어떤 모습으로든. 차라리 나를 미치게 해줘.'" 그는 목멘 소리로 책 구절을 읊었다. "'당신을 찾을 수 없는 이 구렁텅이에 나를 남기지만 말아줘.'"

《폭풍의 언덕》에 나오는 이 구절을 알아듣고 캐서린은 눈은 가늘게 떴다. 하지만 그의 선택을 비웃지 않았다. 영어로 쓰여진 가장 비극적이고 낭만적인 작품, 첫 만남의 순간부터 서로를 파괴하는 연인들의 이야기였다. 그녀는 손을 내리고 한 발짝 물러났다. 찌푸린 얼굴에 입매까지 일그러졌다.

뒤이은 긴 침묵 속에서, 나머지 구절이 두 사람 사이에서 고동치고 있었다. 그 존재감이 너무나 강해서 입 밖으로 꺼낼 필요가 없었다.

아! 도저히 견딜 수 없어! 내 생명 없이는 살 수 없어! 내 영혼 없이는 살 수 없다고!

캐서린이 먼저 침묵을 깼다. "이건 부당해요, 재스퍼."

그도 알았다. 이 모든 것이 부당하다는 것을.

"나는 당신을 위해서, 당신 가족을 위해서 이러는 거예요. 당신도 이해해야 해요. 내가 떠나지 않는다면, 당신을 붙잡는다면—"

캐서린은 말하다 말고 고개를 돌렸지만, 재스퍼는 눈가를 훔치는 그녀의 분노 어린 손짓을 보았다. "참, 내가 얼마나 어리석은지. 당신이 이 상황을 있는 그대로 받아들이지 않고 결국 신파로 바꿔버릴 줄 알았어야 했는데."

재스퍼는 그 말이 아팠지만, 캐서린이 달아날 준비를 하는 것이 더 가슴 아팠다. 재스퍼가 자신을 억지로 막을까 봐 두려운 것 같았다. 아무 다툼 없이 놓아주는 건 더 두려웠을 것이다.

"그럼 이게 다 뭐죠?" 재스퍼가 잠긴 목소리로 물었다. "모든 것을 꿰뚫어 보는 당신의 현명하고 냉철한 시선으로 볼 때, 지금 여기서 무슨 일이 벌어지는 거예요?"

그녀는 꼬박 1분 동안 대답을 고민했다. 그 60초를 채울 방법이 수십 가지라는 것을 재스퍼도 알았다. 흐느껴 울 수도 있고, 히스클리프처럼 분노를 터트려 두 사람 모두에게 찌르는 듯한 고통을 안길 수도 있다. 캐서린 말대로 무릎을 꿇고 사랑에 빠진 바보처럼 유치하게 굴면서.

하지만 그는 그렇게 하지 않았다. 돌처럼 굳게 침묵을 지키며 그녀가 말을 꺼내기를 기다렸다.

"이건 현실이에요, 재스퍼. 내가 지루한 현실을 피하려고 읽는 음침한 공포 소설도 아니고, 미래에 당신을 기다릴 달콤한 구원 이야기도 아니에요. 사고를 친 두 사람이 뒷감당을 해야 하는 이야기일 뿐이에요."

캐서린이 그에게 할 수 있는 가장 잔인한 말이었다. 그녀도 그 것을 알고 있었다.

그래서 재스퍼도 할 수 있는 가장 잔인한 말을 그녀에게 돌려 주었다.

"그 사람은 당신을 불행하게 만들 거예요." 그의 내면에서 영혼 이 산산이 부서지고 있었지만 재스퍼는 놀랄 만큼 차분한 목소 리로 경고했다. "당신을 날마다 불행하게 만들다가 어느 날 그만 두겠죠. 그제야 당신은 자신이 어떤 잘못을 했는지 깨달을 거예 요."

23

1960

재스퍼는 다음날 자신을 기다리는 윌리엄 맥브라이드를 발견했다.

캐서린이 그 남자에게 재스퍼가 곧 나타날 거라고 귀띔했는지 (오두막에서 일었던 일을 설명하고 단단히 마음의 준비를 하도록 당부했는지), 아니면 윌리엄이 그저 재스퍼의 생각보다는 현명했는지는 알 수 없어도, 레이더 기지에서 찾아낸 남자의 표정에는 놀라움이 전혀 없었다.

"아." 윌리엄이 그를 재빨리 돌아보았다. "또 만나네."

윌리엄은 공군 제복을 완벽하게 갖춰 입고 있었다. 재스퍼는 그를 보기도 싫었지만 그 늠름한 모습에 감탄하지 않을 수 없었다. 다른 생에서 다른 가족과 다른 의무를 지고 살았다면 재스퍼 자신도 비슷한 길을 걸었으리라 생각했다. 그의 부친도 제2차 세계

대전에 참전했지만 장교가 아닌 사병이었다.

그 사실이 둘의 차이를 가장 명확히 설명했다. 재스퍼는 언제까지나 겉으로 보이는 그대로일 것이다. 신분이 낮고 하찮은 존재. 육체적 힘이 가장 가치 있는 자산인 사람. 반면에 윌리엄 맥브라이드는 빛나는 잠재력을 지닌 존재였다.

지난 24시간 동안 재스퍼는 할 말을 조목조목 연습했다. 머릿속에서는 지적으로 우월한 달변가가 되어, 촌철살인의 기지로 상대를 갈가리 찢어 놓았다.

'당신은 캐서린에게 돈과 지위를 내세우죠. 가진 게 그것밖에 없으니. 다른 건 아무것도 줄 수 없잖아요.' 그는 이렇게 내뱉을 요량이었다.

'캐서린과 아기에게 당신 이름을 붙이더라도 둘은 언제까지나 내 소유예요.' 그는 이렇게 말하고 싶었다.

'두 사람에게 상처를 주지 말아요. 무슨 일이 있어도 행복하게만 해줘요.' 그는 이렇게 간청할 작정이었다.

결국 재스퍼는 아무 말도 하지 않았다. 분주히 맡은 임무를 수행하는 군인들 사이에서 한 남자를 갈가리 찢어놓기란 불가능했을 뿐 아니라, 혀가 입천장에 붙어 떨어지지도 않았다.

"감사 인사를 해야겠네." 입을 뻐끔거릴 뿐 혀는 움직이지 못하는 재스퍼를 앞에 두고 윌리엄이 말을 꺼냈다. "에드거 앨런 포가 잘 먹혔거든. '우리는 사랑, 그 이상의 사랑으로 사랑했네.' 내 취향엔 너무 오글거리지만 캐서린은 좋아하더라고."

"감히 내 앞에서 포를 인용하다니." 재스퍼는 양 옆구리에서 저도 모르게 쥔 주먹을 보고 당황했다. 벌목꾼 중에 폭력으로만 반응하는 사람이 없지 않았지만 그는 결코 폭력적인 사람이 아니었다. "당신이 이길 수 있는 게임이 아니야. '내 고독을 방해하지 마.'"

"아, 나는 네 상대가 안 된다는 거 잘 알지." 윌리엄의 미소에 재스퍼는 등골이 서늘해졌다. "나도 그 구절은 외웠거든. 그거랑 '까마귀는 말했네, "두 번 다시는."' 하지만 그 시는 상황에 어울리지 않잖아. 캐서린 같은 여자들은 막다른 처지에 몰려도 낭만을 찾으니까."

재스퍼가 주먹을 날린 것은 그 순간이었다. 이 남자의 거만함 때문이었는지, 자신보다 훨씬 우월한 여자를, 같은 집은 물론이고 같은 행성에 살 수도 없는 존재인 양 깔보는 태도 때문이었는지 애매했지만, 그의 주먹은 눈에 보이지도 않을 만큼 순식간에 윌리엄의 턱을 가격했다.

"헉!" 윌리엄은 신음하며 뒤로 물러났다. 갑작스러운 충격으로 온몸을 휘청거렸다. 재스퍼는 자신의 행동에 공포를 느끼면서도, 윌리엄을 완전히 때려눕히기 위해 다시 덤벼들었다. 그를 말리러 달려온 여섯 명의 청년이 아니었다면 실제로 그렇게 했으리라.

"거기. 그만해."

"저 자식이 방금 맥브라이드 중위님을 때렸어! 봤어?"

"여기 소속은 아닌 것 같은데?"

"가서 소령님을 모셔 와."

중구난방으로 떠들어대던 목소리 사이에서 이 마지막 한마디를 듣고 재스퍼는 경직되었다. 소령이라면 캐서린의 아버지였다. 몇 번 본 적 없지만, 최근에 동침한 여자의 아버지를 마주하는 열아홉 청년으로서는 경계심을 품을 수밖에 없었다.

"나를 때렸어?" 윌리엄은 이미 부어오른 턱을 손으로 움켜쥐고 웅얼거렸다. "감히 네가 나를."

"가까이 와보시지, 한 대 더 먹여줄 테니까." 재스퍼가 으름장을 놨다.

그를 붙잡은 팔들이 갑자기 그의 몸에서 떨어졌다. 그는 앞으로 고꾸라지다가 간신히 균형을 잡았다. 정신 차리고 주위를 둘러보니 젊은이들이 모두 꼿꼿이 서 있었다. 똑바로 앞을 주시한 채 완벽히 무표정한 얼굴로 바뀌어 있었다.

"무슨 일이 있었는지 누가 설명하겠나?" 차갑고 권위적인 목소리였다. 재스퍼는 자신의 뒤에 무엇이, 아니 누가 서 있는지 깨닫고 천천히 돌아섰다.

진 마틴 소령은 딱 캐서린을 딸로 둔 남자의 모습이었다. 체격은 작지만 다부졌고, 표정은 어떤 생명체에게도 도전을 불허했다. 옷은 단정했고, 태어난 날부터 입고 있었던 듯 몸에 딱 맞았다. 무엇보다 그에게서 캐서린의 모든 말과 행동에 나타나는 활력이 느껴졌다. 몸 안에 담기기에는 너무 큰 생명력이었다. 두 사람은 에너지 이상의 무언가로 채워진 존재 같았다.

캐서린은 몰래 규칙을 어기면서 돌파구를 찾았지만, 소령은 그 대신 엄격한 규율을 선택한 것이 분명했다. 재스퍼는 그 때문에 그가 캐서린보다 더 위험할지 덜 위험할지 알 수 없었지만 곧 알게 될 거라는 생각이 들었다.

"맥브라이드 중위, 제복이 엉망이 됐네. 당장 의무실에 가서 치료를 받아야겠어. 전쟁 때가 아닌 한, 제복을 피로 더럽혀서는 안 돼." 소령은 나머지 군인들을 유심히 둘러보았다. "몸싸움에 관한 규정은 다들 명확히 알고 있을 텐데. 내가 꼭 반복을 해야 알아 듣겠나?"

이 질문에 대해 일제히 쏟아진 '아닙니다, 소령님'에 재스퍼는 웃음을 터뜨릴 뻔했다. 그 따가운 눈초리의 공격을 받지 않았더라면.

"그리고 거기 젊은이, 자네는 우리 부대 소속이 아닌 것 같은데. 레이더 기지에 출입 허가는 받았나?"

"아니요, 받지 않았습니다." 끝에 '소령님'을 붙이려다 멈칫했다. 자신의 행동에 대해 해명할 것은 많았지만 이 남자에게 해명을 요구할 권한은 없었다.

그의 딸이라면 몰라도….

"항상 이렇게 군부대에 무단으로 들어와서 소란을 피우나?"

"평소에는 아닙니다." 재스퍼가 대답했다. 상황이 이보다 나빠질 수는 없다는 생각에 용기를 내어 덧붙였다. "이번은 특별한 경우고요."

소령은 눈을 가늘게 떴다. 재스퍼가 그의 부하였다면 잔뜩 움츠러들었으리라. 재스퍼는 등을 곧게 펴고 남자의 시선을 마주했다.

어떤 이유에선지 장교는 이런 태도가 마음에 드는 모양이었다. "이름이 뭔가?" 소령이 물었다.

"재스퍼입니다. 재스퍼 홈스."

마치 하늘에서 날아온 신의 손에 얻어맞은 듯 움찔하는 그의 모습을 보고, 재스퍼는 그가 모든 정황을 알고 있다고 짐작했다. 자신이 조만간 큰 대가를 치르리라는 것도.

하지만 소령은 '알았네'라고만 대꾸하고 가장 가까이 서 있는 부하를 돌아보았다. "린드홀트 대위, 내가 돌아올 때까지 지휘를 맡아주게. 훈련도 평소대로 진행하고. 나는 이 젊은이를 집까지 데려다줘야겠으니."

"사실 제 차를 몰고 왔는데—" 재스퍼가 입을 열었지만 완전히 무시되었다.

"이상이다. 전원 해산."

재스퍼가 아직 겁을 먹지 않았다면, 군인들이 흩어지는 속도만으로도 겁에 질렸을 것이다. 몇 초 만에 그는 먼지 날리는 땅 위에 캐서린의 아버지와 단둘이 남았다.

"어서 따라오게." 소령은 재스퍼를 살짝 스치고 지나갔다. "내가 시간이 별로 없어서 말이지."

"저기…, 어디로 가시는지 여쭤봐도 될까요?" 재스퍼는 무의식적으로 주먹을 쥐었다. 이미 손마디 주위로 멍이 생기기 시작했다. 그 때문에 내일 일터에서 고생을 꽤 하겠지만 후회는 없었다. "아니면 실례가 될까요?"

소령은 잠시 멈추고 어깨 너머로 재스퍼를 돌아봤다. "실례야. 하지만 이제 자네도 알아야겠지. 도착하면 반성할 시간은 충분할 테니까."

"어디로 가시는 겁니까?" 재스퍼가 물었다.

"당연히 내 집이지." 그것이 세상에서 가장 자연스러운 일이라는 투였다. "내 아내가 할 말이 있다는군."

◆

새하얀 이층집의 진입로에 들어선 재스퍼는 캐서린이 어디에도 보이지 않자 안도해야 할지 실망해야 할지 알 수 없었다.

한편으로는 그가 저지른 행동에 대해 알게 된 연인이 어떻게 반응할지 생각만 해도 몸서리가 쳐졌다. 무력한 분노에 휩싸인 채 레이더 기지로 달려가, 그녀를 정당한 아내로 맞으려는 남자를 공격하고, 그녀의 아버지를 맞닥뜨리다니. 한편으로 재스퍼는 부모를 대하는 데 익숙하지 않았다. 생각만으로도 부담스러웠다. 특히나 이렇게 혼자서 그들을 상대해야 한다면.

"어서 들어가세." 소령은 녹색 쉐보레 벨에어의 문을 닫고 현관문으로 향했다. 재스퍼가 따라오는지 확인조차 하지 않았다. "아내가 자네를 간절히 기다리고 있어."

"그럴 리가요." 재스퍼는 이렇게 중얼거리면서도 그를 따라갔다.

캐서린의 집에 들어선 재스퍼는 의외로 집안 광경에 강렬한 흥미를 느꼈다. 지금껏 차를 몰고 그녀의 집 앞을 지나갈 생각을 해본 적도 없고, 도서관과 은밀한 만남의 장소 밖에서 그녀가 어떻게 살고 있을지 궁금했던 적도 없었다. 그녀의 부모님이 엄격하다는 사실은 들어서 알고 있었다. 그녀가 순종적인 딸과 아내라는 판에 박힌 삶 이상을 갈망한다는 것도 알고 있었다.

윌리엄 맥브라이드와 얽힌 상황이 답답한 이유도 그 때문이었다. 캐서린은 안전과 안정, 흰 울타리와 군대처럼 틀에 갇힌 삶을 원치 않았다. 그녀는 모험을 떠나고 싶어 했다. 하루하루를 한껏 누리고 싶어 했다. 세상 곳곳을 탐험하고 어떤 고비가 닥쳐도 물러서지 않기를 원했다.

그는, 재스퍼 홈스는 그녀에게서 그것을 빼앗았다. 그녀가 마땅히 누려야 할 삶을 짓밟았다. 그녀가 윌리엄 맥브라이드와 결혼하기로 하면서 그렇게 되고 말았다.

캐서린의 집은 이 마을에서 얼마 안 되는 상류층과 중산층 가정의 전형이었다. 이 인근에서 '저택'이라고 할 만한 집은 모두 19세기 말에 지어졌고, 수십 년이 흘렀지만 그 시대 건축물의 특징을 고스란히 간직하고 있었다. 재스퍼의 집은 통나무가 가득 쌓인 치헬리스 강변에 다닥다닥 모인 다세대 주택이지만, 이곳은 모든 것이 그림처럼 완벽했다. 거실에는 소파가 직각으로 배치되었고, 그가 방문할 것을 예상이라도 한 듯 은제 다구 세트도 이미 준비되어 있었다.

이 정도로도 충분히 부담스러웠지만, 어디로 눈을 돌려도 캐서린의 흔적이 보이자 재스퍼는 몹시 당황했다. 탁자에 엎어져 있는 《티파니에서 아침을》이며, 그 옆에 놓인 연분홍 매니큐어 병까지. 책에서 찾은 의미 있는 구절을 기록하는 용도로 쓰일 작은 공책과 몽당연필도 마찬가지였다.

결정적으로, 거실 한쪽에 캐서린과 똑같이 생긴 여인이 앞치마를 두르고 서 있었다. 시내에서 몇 차례 우연히 마주친 적이 있었기에, 재스퍼는 그녀가 캐서린의 어머니라는 사실을 알았지만, 이렇게 가까이서 보기는 처음이었다. 그녀를 마주한 재스퍼는 차라리 만나지 않는 편이 나았겠다고 생각했다. 눈가의 희미한 주름과 희끗희끗한 머리카락이 그녀의 나이를 암시할 뿐, 마틴 가의 두 여성은 거의 차이가 없었다. 캐서린의 미래를 엿보는 기분이었다. 함께할 수 없지만 그가 간절히 원하는 미래.

"마틴 부인이세요?" 재스퍼가 그녀 앞에 멈춰 서며 물었다. 악수를 하려고 손을 들어 올리다가 문득 손가락 관절에 윌리엄 맥브라이드의 얼굴 흔적이 남아 있다는 생각이 들었다. 그녀가 알아채기 전에 손을 등 뒤로 감추려 했지만 소용없었다. 캐서린은 어머니와 외모만 닮은 것이 아니었다. 재스퍼가 그토록 매력을 느낀 영민한 판단력도 어머니에게서 물려받은 듯했다.

"아, 가엾어라." 그녀가 재스퍼의 손을 살며시 감싸 쥐며 중얼거렸다. "붓기 전에 스테이크를 올려야겠네요. 통증을 덜어줄 좋은 등심이 있거든요."

"그 등심은 저녁 식사용인 줄 알았는데—" 소령이 말을 꺼냈다가, 아내와 눈이 마주치자 얼른 입을 닫았다. 고개를 한 번 까딱하더니 그는 거실을 나가기 시작했다. "당신이 알아서 잘하겠지. 나는 나중에 이 친구를 다시 데려다줘야 하니 차에서 기다릴게."

그렇게 말하고 소령은 사라졌다. 재스퍼는 레이더 기지에서부터 차를 타고 올 때의 긴 침묵보다 불편한 순간은 없을 줄 알았는데 그렇지가 않았다.

지금이 더 어색했다. 훨씬 더 어색했다.

"역시 한 대 쳐야 했나 봐요?" 캐서린의 어머니는 재스퍼를 소파로 데려가 앉으라고 권했다. "왜 남자들은 힘든 일이 생길 때마다 폭력에 의지하는지 모르겠지만, 당신도 다른 남자들과 똑같다는 걸 알게 돼서 다행이네요."

"저는 다릅니다." 재스퍼가 항변했지만 그녀는 빙그레 웃으며 그의 다치지 않은 손을 가볍게 토닥일 뿐이었다.

"나무라는 거 아니에요." 그녀는 미소를 지었다. "사실, 덕분에 다음 순서가 훨씬 쉬워질 것 같네요. 편하게 차 한 잔 따라 마시고 있어요. 스테이크 갖고 바로 돌아올게요."

재스퍼는 편히 있지도 않았고, 차를 따르지도 않았다. 대신에 그는 거실을 둘러보며 달아날 구멍이 있는지 살폈다. 집 뒤가 내다보이는 창문이 있었지만, 그게 무슨 소용일까? 콜빌은 작은 마을이었다. 도망칠 곳은 한정되어 있고 숨을 곳은 없었다.

"캐서린한테 들었어요. 고향에서 멀리 떠나왔다고요." 그녀의 어머니가 거실로 다시 들어오며 말했다. 그녀는 차가운 쇠고기를 포장된 상태로 건네지 않고, 재스퍼의 손가락 위에 조심스레 올려주었다. 누군가에게 정성스러운 보살핌을 받은 지가 까마득해서, 그는 멍하니 손을 맡길 수밖에 없었다. "가족은 애버딘에 있다고요? 맞나요?"

"네, 사모님." 그는 이렇게 대답했다.

그녀의 웃음소리가 허공에 울렸다. 캐서린의 웃음과 똑같았다. "사모님이라고 부르지 말아줘요, 제발. 벌써 할머니가 되는 것도 억울한데." 그녀는 우아하게 몸서리를 치더니 재스퍼 맞은편에 앉았다. "도저히 적응이 안 되는데요. 내가 할머니라니?"

"그게, 저는—" 재스퍼가 목소리를 짜냈다.

그녀는 한 손으로 그의 말을 막았다. "화내는 거 아니에요. 그냥 만나서…, 대화를 나누고 싶었어요."

"대화라고요?" 재스퍼는 망연히 되뇌었다. "무슨 대화를요?"

그의 손은 이미 낫고 있었다. 비싼 스테이크 조각이 마치 마취제처럼 통증을 덜어주었다. 하지만 압박감은 점점 커졌다.

마틴 부인이 입술을 오므렸다. "음, 그건 당신에게 달렸어요. 분명 이 모든 상황이 충격으로 다가왔겠죠. 소령님에게도 큰 충격이 었어요. 그 사람 얼굴이 그렇게 붉으락푸르락해지는 건 처음 봤어요. 내 어머니가 봤으면 얼굴이 가지가 됐다고 했을 거예요. 뭐든 과장이 심한 분이었거든요. 우리 집안 여자들이 다 그래요. 당신도 이미 눈치챘겠지만요."

재스퍼는 그녀가 자신을 편안하게 해주려고 지나치게 많은 말을 하는 거라 느꼈다. 그런 노력은 큰 효과가 있었다. 그는 침을 꿀꺽 삼키며 대화를 원래 방향으로 돌리려 했다.

"부인께는 충격이 아니었다는 뜻인가요?"

다시 웃음이 터졌지만 이번에는 조금 작은 소리였다. "뭐, 솔직히 놀랍지 않았어요. 나는 캐서린을 잘 아니까. 토요일 밤에 할 수 있는 일이라고는 자동차 극장에 가는 것밖에 없는 조용한 마을에서 무슨 일이 일어나는지도 잘 알고요."

"아." 재스퍼가 말했다. 그저 '아' 한마디뿐이었다. 모든 것을 말하는 동시에 아무것도 말하지 않는 한마디였다.

"그 때문이죠?" 그녀가 혀를 차며 덧붙였다. "어지간히 따분하던 그 아이한테 당신이 관심을 보이니까 자연스럽게 가까워질 수밖에요. 캐서린에게 청혼은 했어요?"

"어, 아니요." 그녀의 직선적인 질문이 빠르게 밀려와서 재스퍼는 부지런히 머리를 굴려야 했다. "하고 싶었지만―"

"해봤자 소용없었을 거예요. 그 아이는 거절했을 테니까." 캐서린의 어머니는 잠시 말을 멈추고 재스퍼를 응시했다. 다정하지만 예리한 눈으로 그를 깊이 꿰뚫어 본 것이 분명했다. "당신이 나쁜 남자라는 뜻은 아니에요, 재스퍼 홈스. 이 상황에 대해 그 아이보다 책임이 크다는 뜻도 아니고요. 그래도 내 입장 이해하죠?"

그는 고개만 끄덕였다. 말로 표현하기 어려울뿐더러 확실히 알아들었기 때문이었다. 이 사람들은 그의 가족과 모든 면에서 달랐다. 점잖고 부유하며, 문제의 진짜 원인보다 임신의 남부끄러운 모양새에 더 관심을 가졌다.

또 그들은 재스퍼나 캐서린이 어떤 대가를 치러야 하더라도, 딸을 그들처럼 살아가게 하려고 단단히 마음먹은 듯했다.

이런 점을 강조하려는지, 마틴 부인은 턱 가운데를 손가락으로 톡톡 두드리며 말했다. "애버딘…, 애버딘이라…, 언젠가 그곳에서 온 뱃사람을 만난 적이 있어요. 훌륭한 청년이었죠. 딱한 사연을 가진. 그 사람의 가족은 대공황 시기에 형편이 나빠져서 다시 일어서지 못했다고 들었어요."

재스퍼는 이 대화가 어느 방향으로 흘러가는지 알 것 같았다.

"캐서린는 그 청년에게도 관심이 많았어요. 그 나이 또래 아가씨들은 비슷한 유형에 계속 빠지나 봐요."

"그렇죠, 사모님." 재스퍼가 대답했다. 더 이상의 말은 필요치 않았다. 이런 상황에서는 말을 아낄수록 좋았다.

"그래요." 그녀는 무릎 위에 양손을 포개며 쾌활하게 말을 이었다. "캐서린한테 들은 대로 아주 총명한 청년 같네요. 그렇다면 내가 지금 하려는 얘기도 별로 당황스럽지 않겠어요. 소령님과 나는 당신의 딱한 사정을 생각해서 현금을 줄 생각이에요. 당신이 아빠로서 아이에 대한 권리를 깨끗이 포기한다면요."

스테이크가 바닥에 철퍼덕 떨어졌다. "죄송합니다만…, 현금이라고요?"

"듣기 거북할지 몰라도, 앞으로 오해가 없었으면 해서요. 이건 캐서린의 뜻이에요."

"캐서린의 뜻이라고요?" 재스퍼는 자신이 딱 덩치만 크고 어리숙한 벌목꾼처럼 말하고 있다고 느꼈지만, 달리 어쩌겠는가? 이번 만남에서 엄마 같은 보살핌과 뇌물은 전혀 기대하지 않았던 두 가지였다. 만남이라기보다 기습 공격처럼 느껴지기 시작했다.

"그래요. 소령님과 나는 캐서린을 멀리 보내고 아이는 적당한 가정에 입양시킬 생각을 했지만, 캐서린이 아들이든 딸이든 직접 키우겠다고 우기니 어쩌겠어요. 윌리엄 맥브라이드와 결혼하는 것도 그 애 생각이에요. 처음에 나는 동의하지 않았지만 이제 보니 그게 최선인 것 같아요. 윌리엄은 처음부터 끝까지 든든한 사람이었죠."

차분하고 부드럽게 설명하는 이 여인을 재스퍼는 놀란 눈으로 응시하는 수밖에 없었다. 그녀는 고개를 끄덕이며 자신의 의자 옆에 놓인 핸드백에 손을 뻗었다. 그녀가 접힌 수표를 꺼내어 테이블 위로 밀자 재스퍼는 심장이 쿵 내려앉았다.

"보면 알겠지만 그 정도면 넉넉할 거예요. 위자료인 동시에 침묵의 대가인 셈이니."

보고 싶지 않았다. 그 종이를 집고 싶지 않았다. 하지만 노련하고 현명하고 냉정한 버전의 캐서린인 그녀가 그곳에 앉아 미소를 거두지 않자, 그는 받아들이는 수밖에 없었다.

수취인: 재스퍼 홈스, 금액: $5,000

5천 달러. 재스퍼가 1년 동안 버는 돈보다 많고, 한 번에 본 적도 없는 거금이었다.

그는 곧바로 수표를 떨어뜨렸다. 종이는 날개라도 달린 듯 것처럼 펄럭이며 바닥에 떨어졌다. 굳어 있는 축축한 스테이크 위로. 캐서린의 어머니는 가볍게 혀를 차며 수표를 다시 집어 가장자리의 붉은 얼룩을 닦았다.

"정말 미안해요." 그녀가 말했다. 이번에는 한층 단호하게 수표를 그의 손에 밀어 넣었다. "내가 형편없는 속물 같겠지만, 우리 딸이 후하게 쓰라고 해서 그렇게 하는 거예요."

"그 말씀 못 믿겠어요." 재스퍼는 수표를 구기며 벌떡 일어섰다. "캐서린이 동의했을 리 없어요. 저를 이렇게 대할 리가 없다고요."

그 순간 재스퍼는 불꽃을 보았다. 이 여성들의 불꽃 같은 성미, 세상 무엇도 건드릴 수 없는 단단한 심지를 보았다.

"홈스 군, 당신에겐 거짓말하고 숨기는 버릇이 있을지 몰라도 나는 절대 그렇지 않아요." 그녀는 미소를 지었다. 지금까지와 다름없이 다정하고 매력적이었지만 재스퍼는 뼛속까지 오싹해졌다. "사실, 캐서린이 전해달라고 한 메시지가 있어요. 보면 알아들을 거라더군요."

"제발 이러지 마세요." 재스퍼가 목소리를 짜냈다.

"아니, 해야 해요." 조금 따뜻해진 목소리였다. 그녀는 앞치마 주머니에서 종이쪽지를 꺼냈다. 재스퍼는 고통스러울 정도로 익숙한 캐서린의 손 글씨를 멀리서도 알아보았다. "이럴 수밖에 없어요. 지금은 이해하기 힘들겠지만 이것이 모두를 위한 최선이에요."

그녀는 재스퍼가 각오했던 내용을 읽기 시작했다.

"나는 천국에 가지 않아도 되니 에드거 린턴과 결혼할 필요는 더더욱 없겠지.'" 그녀는 부드럽고 단호한 목소리로 쪽지를 읽었다. "'그 고약한 인간이 히스클리프를 그토록 천하게 만들지 않았다면 에드거와 결혼할 생각조차 안 했을 거야.'"

재스퍼는 애원하듯 한 손을 들어 올렸다. 놀랍게도 효과가 있었다. 캐서린의 어머니는 다음 줄을 읽으려다 입술을 동그랗게 벌린 채 멈추었다.

"'지금 히스클리프와 결혼하면 나는 격이 떨어지게 돼.'" 재스퍼가 대신 마무리했다.

그녀는 눈을 끔벅였다. "그래, 맞아요. 진짜 알고 있었네요. 캐서린도 당신이 그 구절을 알 거라고 했지만 믿기지 않았어요."

재스퍼는 갑작스럽게 밀려든 감정의 무게에 신음을 내뱉었다. 캐서린이, 그의 캐서린이 그를 물리칠 유일한 말을 던졌다는 아이러니에. 그깟 책 한 권이 그의 깊은 사랑을 담아낼 수 있기라도 한 것처럼 《폭풍의 언덕》의 한 구절을 인용했다는 사실에.

그리고 그 구절의 뒷부분을 캐서린이 일부러 마치지 않았다는 사실에. '그는 내가 그를 얼마나 사랑하는지 끝내 알지 못할 거야. 그 사람이 잘생겨서가 아니라, 넬리, 그가 나 자신보다 나를 더 닮았기 때문이야. 우리의 영혼이 어떤 재질이든 그와 나의 영혼은 같아.'

소설 속에서 캐서린과 히스클리프의 사랑은 그들이 사는 세계의 경제적 조건을 극복하지 못했다. 현실에서 캐서린과 재스퍼의 사랑도 같은 길을 따라갈 운명이었다. 에밀리 브론테의 고전이 파괴적으로 전개되듯, 재스퍼가 할 수 있는 일은 평생의 사랑이 그의 육체와 영혼을 파괴하는 것을 손 놓고 지켜보는 것뿐이었다.

"그 수표 꼭 현금으로 바꿔요." 마틴 부인이 그를 문으로 안내하며 말했다. 그녀는 굳은 스테이크 위를 지나가다가 뒤꿈치로 가장자리를 뭉갰다. "소령님이 차로 데려다줄 거예요. 우리, 다시는 만나 일도, 소식을 들을 일도 없길 바라요."

나무 상자 속 천 개의 도자기 접시가 천 번을 깨지듯 그의 마음은 산산이 부서졌지만, 재스퍼는 피가 낭자한 길을 따라 집 밖으로 나가는 수밖에 없었다.

캐서린의 말은 충분히 들은 셈이었다. 그녀는 스스로 선택했다.

이제 끝이었다.

제
3
부

24
누들

물건을 훔치는 것은 옳지 않다.

나도 잘 안다. 나는 많은 것을 잘 알지만 그 이유는 남들과 다르다. 대부분의 사람들은 그냥 당연한 듯이 세상의 규칙을 이해한다. 언제 말하고 언제 침묵해야 하는지, 누군가를 언제 안아줘야 하고 언제 내버려둬야 하는지를 안다.

나는 유심히 관찰하기 때문에 아는 것이다. 뭐, 내가 관찰하고 누나들과 동생이 연습을 시키기 때문에 안다고 해야 하나?

예를 들어, 테오가 물건을 태우면 모두가 화를 낸다. 그래서 불을 붙이면 안 된다는 걸 쉽게 알 수 있다. 트릭시가 웃으면(트릭시는 항상 웃는다) 사람들은 같이 웃는다. 그러면서 트릭시에게 뭔가를 주거나 친절하게 대하기 때문에, 나는 웃으면 좋다는 사실을 안다. 사람들에게는 웃어 보여야 한다. 주로 트릭시에게서는 뭘 해야 할지를 배우고, 테오에게서는 뭘 하지 말아야 할지를 배운다. 꼭 영화 속의 선한 역과 악한 역 같지만 테오는 자기가 악역이라 해도 전혀 신경 쓰지 않는다. 오히려 즐기는 것 같다.

어쨌든. 재스퍼 씨의 책장에서 그 책을 가져올 생각은 없었지만 어쩔 수 없었다. 재스퍼 씨가 다른 남자에게 주먹질을 했다는 이야기, 마음이 아팠기 때문이라는 이야기, 그 여자가 《폭풍의 언덕》에서 슬픈 구절을 자꾸만 인용했다는 이야기를 듣자, 그 책을 책장에서 꺼내지 않고는 견딜 수 없었다. 책을 꺼내 보니 클로이가 지난 몇 주 내내 열심히 찾던 메모가 적혀 있었다.

이 책만 해도 엄청나게 많았다. 거의 모든 페이지에 그 여자의 손 글씨가 적혀 있었다.

"애, 누들, 자기 전에 진통제 먹는 거 잊지 마."

엄마 목소리가 들리자마자 책을 베개 밑에 숨겼다. 엄마가 보는 건 싫었다. 만약 엄마가 본다면 내가 아직 대답할 수 없는 질문을 할 것이다. 그 답을 찾을 때까지 책을 누구에게도 보여주지 않을 작정이었다.

그것은 나의 또 다른 비밀이다. 어떻게 행동해야 할지, 무슨 말을 해야 할지 모를 때는 준비가 될 때까지 모든 것을 숨긴다.

"네, 엄마." 이불 속으로 파고들었다. 침대 한쪽에서 코를 골고 있는 구미베어 때문에 부러진 다리를 편히 놓을 수 없지만 괜찮다.

나와 테오와 같이 쓰는 방문 앞에 엄마가 나타났다. 하지만 테오는 지금 이 방에 없다. 트릭시와 함께 재스퍼 씨의 집에 자러 갔다. 식물이 가득한 거실 바닥에서 자면 캠핑하는 기분일 것 같아 부럽기도 하지만, 엄마를 부른 사람이 나니까 엄마, 클로이, 토드랑 함께 여기 있어야 할 것 같다.

토드가 마음에 든다고 하면 안 되는 걸까? 계부는 대부분 나쁜 사람이라고들 하지만 토드는 착하고 웃음이 많다. 특히 자기가 한 농담에 가장 크게 웃고, 누가 같이 웃어주지 않아도 개의치 않아서 좋다. 웃음보가 터질 때마다 토드는 내게 눈을 찡긋해 나를 같이 웃음에 끌어들인다.

"참 편하고 아늑해 보이네." 엄마가 문틀에 머리를 기대고 나를 바라보며 말했다. 내가 기억하는 모습과 똑같지 않지만 별로 놀랍지는 않다. 엄마가 떠났을 때 나는 겨우 일곱 살이었으니까. 내 인생의 절반쯤을 엄마 없이 살았다는 뜻이다.

"뭐 필요한 거 없어? 물 한 잔 갖다줄까? 아니면 책 읽어줄까? 예전에 비어트릭스 포터 좋아했잖아?"

나는 고개를 끄덕였다. 테오는 누가 자기 어릴 적에 좋아하던 책 얘기를 꺼내면 성질을 부렸다. 한때 《고양이 전사들》 시리즈에 푹 빠져 유성펜으로 자기 얼굴에 수염을 그렸으면서. 하지만 나는 아직도 슬플 때면 《피터 래빗 이야기》를 읽는다.

고개를 끄덕이는 나를 보고 엄마는 한숨을 쉬었다. 그러더니 방으로 들어와 살며시 문을 닫았다.

"나를 보고 싶어 하는 사람은 너밖에 없구나." 엄마가 내 침대에 앉으며 말했다. 엄마의 몸무게 때문에 우리 둘 다 매트리스에 푹 파묻혔다. 엄마의 손이 내 머리를 쓰다듬으려고 다가오다가 마지막 순간에 멈췄다. "다 내 잘못이겠지만."

무슨 말을 해야 할지 모르겠어서 아무 말도 하지 않았다. 늘 그렇듯이, 잘한 일이었다. 엄마는 또 한숨을 쉬며 말을 이었다.

"클로이가 나한테 소리라도 지르면 좋겠어." 엄마가 손을 무릎에 얹으며 말했다. 엄마는 길고 반질반질한 빨간 손톱을 내려다봤다. 꼭 마녀 손톱 같았다. "그 애가 소리를 지르면 기분이 나아질 것 같아. 아니면 나를 무시하거나. 내 머리에 물건을 던지기라도 했으면. 내가 왔을 때부터 착하게만 대했어."

"클로이는 착하니까요."

다른 말은 하지 않았다. 클로이는 내가 세상에서 가장 좋아하는 사람이라는 말은, 우리가 모두 잠든 줄 알고 거실에서 우는 클로이를 볼 때마다 내 마음이 더 답답해진다는 말은, 할 필요도 없었다. 엄마도 알고 있을 테니까.

"소리 지르는 거 듣고 싶으면 트릭시한테 시키면 돼요." 내가 제안했다.

엄마의 부드러운 웃음소리가 침대를 뒤흔들었다. "맞아." 엄마는 이렇게 말하고 웃음을 뚝 그쳤다. "트릭시 정말 예쁘지? 내가 떠났을 때 겨우 일곱 살이었으니까, 나 없이 산 세월이 꽤 길구나."

"트릭시는 엄마를 닮았어요." 이렇게 말했더니 엄마의 웃음기는 완전히 사라졌다.

"얘, 엄마가 뭐 좀 물어봐도 돼?" 엄마는 나 대신 손톱만 들여다봤다. "전화는 왜 했니? 엄마를 부른 진짜 이유가 뭐야?"

쉬운 질문이었다. "내 다리가 부러졌으니까요."

엄마는 혀를 차며 고개를 저었다. "아니, 그건 아는데, 내 말은…." 엄마가 말끝을 흐렸지만 나는 이때도 아무 말 하지 않았다. 엄마가 다시 말을 이을 거라 생각했으니까. 엄마는 나를 내려다봤다. 클로이와 똑같으면서도 다른 눈으로. 어떻게 다른지는 설명하기 어렵다. 모양도 색깔도 똑같아서 그림을 그린다면 결국 똑같이 그리겠지만, 어쩐지 느낌이 다르다.

클로이가 나를 볼 때, 나는 온 세상을 볼 수 있다. 엄마가 나를 볼 때 내 눈에는 엄마만 보인다.

"내가 뭘 어떻게 해야 할지 모르겠다." 이 말은 엄마가 어떻게 할지 나더러 알려달라는 것 같아서 불편했다. "클로이는 하루 종일 일하고, 다른 아이들은 학교에 가는데, 너는…, 음. 너는 심술궂은 옆집 영감과 딱 붙어있지. 내가 필요하다면서 전화했지만 사실은 그렇지도 않잖아. 다들 나 없이도 잘 지내는 것 같은데."

불편한 기분이 커져만 갔다.

"전화가 울리고 이 집 번호가 떴을 때 진짜 믿기지 않더라." 엄마는 내가 여기 앉아 있지 않은 듯이 덧붙였다. 사실 나는 토드가 또 아무도 원하지 않는 선물을 가지고 들어와서 싱거운 소리를 하기를 바라고 있었다. "처음에는 장난 전화인 줄 알았는데 토드가 전화를 받아보라고 하더라고. 기분이 참 이상하더라. 너희가 내 번호를 아는 줄도 몰랐는데."

거기에 대해서는 설명할 수 있었다.

"클로이가 몇 년 전에 도서관 컴퓨터에서 찾아냈어요. 긴급 상황에 대비해서 나한테도 알려줬고요."

엄마의 입가에 주름이 잡히기 시작했다. "몇 년 전에? 그러면 클로이가 내내 알고 있었다는 뜻이야?"

나는 침대 옆 서랍을 뒤져 구겨진 종잇조각을 찾아냈다. 그것을 건넸더니, 엄마의 팔이 부들부들 떨렸다. 엄마가 그것을 어찌나 오래 들여다보는지 내가 뭘 잘못 봤나 싶었다. 다시 고개를 든 엄마는 더 이상 나와 함께 이 방에 있지 않은 사람 같았다.

"클로이는 전화한 적이 없어. 할 생각도 안 했을걸. 나를 정말로 미워하나 봐."

다시 무슨 말을 해야 할지 알 수 없는 상태로 돌아왔다. 클로이가 엄마를 미워하는 것 같지는 않지만, 더 이상 사랑하지는 않는다. 어쩐지 그게 더 나쁜 것 같다.

"클로이는 슬플 때가 많아요. 그리고 항상 청구서 걱정을 해요."

엄마는 종잇조각을 계속 보기만 해도 마음이 아프다는 듯 서랍에 던져 넣었다. "그래서 전화한 거야? 긴급 상황이라서? 클로이한테 돈이 필요해서?"

나는 어깨를 으쓱했다. 클로이에게 돈이 필요하긴 해도 받지는 않을 터였다. 재스퍼의 수표도 현금으로 바꾸지 않는 마당에 엄마에게 돈을 받을 리는 없었다. 더구나 토드를 거쳐야 한다면.

갑자기 내 손이 엄마 손 사이에 붙잡혔다. 손바닥의 축축하고 따뜻한 느낌이 싫어서 손을 빼려 했지만 엄마는 놓지 않았다. 엄마가 얼굴을 너무 가까이 들이밀어서, 입에서 내 풍선껌 치약 냄새를 맡을 수 있었다.

"제발 엄마한테 얘기 좀 해줄래, 누들? 왜 전화했어? 왜 나를 내 삶에서 끌어냈지? 네가 원하는 게 뭐니?"

나는 눈을 껌뻑이며, 아무것도 하지 말 걸 하고 후회했다. 학교 화장실에서 에이든을 때리지도, 숲속으로 도망치다가 골짜기 아래로 굴러떨어지지도, 클로이가 쉴 수 있게 전화번호를 누르지도 말았어야 했는데. 이런 상황을 되돌릴 적절한 말도, 적절한 감정도 떠올릴 수 없었다.

이럴 때 재스퍼가 해준 말이 기억나서 다행이었다.

침대에 똑바로 앉아 엄마 손에서 내 손을 빼냈다. 엄마가 상처받았다는 건 알 수 있었지만 감정이 복잡할 때 누가 만지는 건 질색이었다. 아까 오두막에서 재스퍼가 해준 말이 있다. 뭐, 생각도 못 한 말을 많이 들었지만, 다 내게 유익한 말들이었다.

"사람을 다치게 하면 안 돼요." 나는 재스퍼가 한 말을 반복했다. "폭발할 것 같은 기분을 어떻게 다스려야 할지 모를 때도 다른 사람을 때리면 안 돼요."

엄마의 눈이 휘둥그레졌다. "나는 너희를 다치게 한 적 없다. 그런 식으로는."

나도 알았지만 그런 뜻이 아니었다. 옛날 옛적에 재스퍼는 실제로 누군가를 때렸다. 나와 잭에게 그 얘기를 다 해줬다. 그가 사랑하는 여자를 지켜주려 했던 남자를 때렸다. 나는 여자 때문에 에이든을 때리는 민망한 짓은 하지 않았다. 그 애가 우리 가족을 두고 한 말 때문에 때린 거다.

그 자식은 엄마가 우리를 사랑하지 않아서 떠났다고 했다. 우리가 쓰레기라고 했다. 아무도 우리를 원하지 않으니 그나마 우리에게 서로가 있어서 다행이라고 했다.

주먹을 쥐는 순간부터 기분이 더러웠고, 떨어져서 다리가 부러지지 않았다면 캐나다까지 달아났을지도 모르지만, 재스퍼는 내 양심이 제 역할을 하는 거라고 했다.

"나는 진짜 화를 돋운 대상을 때릴 수가 없어서 그 남자를 때린 거야." 재스퍼의 말에 크게 공감했는지 잭도 고개를 끄덕였다.

"무엇에 화가 나셨는데요?" 내가 물었다.

"인생에. 내 어머니와 동생들에게. 온갖 어리석은 실수와 쓸모없는 꿈에. 내가 갖지 못한 모든 것과 앞으로도 가질 수 없을 모든 것에. 하지만 무엇보다 나 자신에게 화가 났어. 아주 오랫동안 내 자신에게 화가 나 있었어."

다음 질문은 하지 말았어야 했지만 참을 수가 없었다. 벽에 걸린 여자의 사진을 바라보는 재스퍼는 너무 슬퍼 보였다. 나는 알아야만 했다.

"지금도 자신에게 화가 났나요?"

재스퍼는 당황하지 않고 내게 미소를 지었다. 나와 함께 '나이트 웨이브'를 읽으면서 그 책이 마음에 안 드는 척할 때 짓던 미소였다.

"화를 풀려고 노력 중이야, 누들." 재스퍼가 손을 뻗어 내 머리를 헝클었다. 원래 클로이가 아닌 다른 사람이 그렇게 하는 건 싫었지만 재스퍼라면 괜찮았다. "몇 달 뒤에 다시 물어봐."

엄마가 아직도 울상이어서 나는 열심히 설명했다.

"재스퍼는 내게 가고 싶을 때는 언제든지 그 오두막에 가도 된다고 했어요. 다리가 낫기만 하면요. 감정이 복잡해지면 찾아가서 조용히 있기 좋은 곳이래요. 내가 좋아하는 책을 거기 갖다놔도 된댔어요."

"이해가 안 되네."

"엄마도 감정이 너무 복잡해서 떠났잖아요? 우리가 너무 골치 아파서."

엄마는 입을 열었다가 다시 다물었다. 꼭 테오가 실험을 하다가 망쳤을 때처럼.

"누구든지 가끔은 도망치고 싶을 때가 있어요." 나는 엄마의 손을 토닥였다. 엄마에게 그것이 필요해 보여서였다. "하지만 누구나 그럴 수는 없어요. 엄마가 도망치니까 클로이가 우리를 보살펴야 하잖아요. 나는 엄마한테 아무것도 바라지 않아요. 테오나 트릭시도 마찬가지겠지만, 엄마가 클로이한테는 물어봐야 할 것 같아요."

나는 용을 쓰며 몸을 돌려 이불을 턱까지 끌어올렸다. 내가 실수로 걷어차자 구미베어가 툴툴거렸지만, 엄마는 한참이나 말이 없었다.

너무 한참이라, 엄마가 나갈 무렵에 나는 이미 잠들어 있었다. 엄마가 어디 갔는지는 몰라도 클로이와 얘기하러 간 것은 아닐 것이다. 그렇게 하려면 용기가 필요하니까. 엄마는 아름답고 부드럽고 백화점 냄새가 나지만 클로이처럼 용감하지는 않다.

25
누들

다음 날 아침, 현관 앞 계단에서 긁개를 손에 들고 마스크를 쓴 토드를 발견했다.

"아저씨? 애런스 씨? 어…, 아빠?"

토드는 내 목소리를 듣고 멈칫했다. 마스크에 가려진 표정을 읽기는 어려웠지만 웃고 있었던 것 같다. 토드는 항상 웃는 얼굴이다.

"지금은 그냥 토드라고 부르는 게 좋겠구나, 애야." 그가 한쪽 눈을 찡긋했다. 그리고 마스크를 위로 들어 머리에 얹었다. "러베나가 계속 여기서 지낼지 결정할 때까지 아직 시간이 충분하니까."

내 생각대로 토드는 웃고 있었지만, 마지막 부분이 마음에 안 들었다. 엄마가 영원히 여기 있기를 바란 건 아니었다. 당분간 클로이를 도와주기를 바랐을 뿐.

"토드." 그의 이름을 발음하며 그 느낌이 어떤지 확인했다. 괜찮았다. 썩 좋지는 않지만 나쁘지도 않았다. "어디 좀 데려다주실 수 있어요?"

"음, 봐서." 그는 내 머리 위로 집안을 기웃거렸다. 우리 엄마를 찾는 모양이었지만 엄마는 집안에 없었다. 아까 집 뒤로 나가 담배를 피우면서 휴대폰을 하고 있다. 토드는 일찍 일어나서 온갖 집안일을 하기 시작했다. 덜컹거리는 주방 에어컨을 고치고, 테오의 침대 옆 불탄 자리에 페인트를 칠하고, 지금은 현관문에 낀 녹을 싹싹 긁어내는 참이었다. 하지만 엄마는 계속 슬픈 얼굴로 왔다 갔다 하고 있다.

처음에는 옛날 기억이 되살아나서 슬퍼하는 줄 알았는데, 그냥 이곳이 싫은 것 같았다. 내가 어렸을 때도 엄마는 공기 중에 악취가 나는데도 탈출할 수 없는 사람처럼 저런 표정을 짓고는 했다.

"엄마는 '캔디 크러시' 게임을 하고 있어요. 내가 슬쩍 봤는데 11,000레벨이더라고요."

토드의 미소 띤 입꼬리가 처지기 시작했다. 너무 시무룩한 표정이 되기 전에 그는 긁개를 옆으로 던지고 두 손을 비볐다. 메마르고 까끌한 소리가 났지만 나쁘지는 않았다.

"그러면 우리는 드라이브를 가는 게 좋겠다. 멀리까지. 네 엄마는 기분이 안 좋을 때 항상 캔디 크러시를 하거든."

나는 주저했다. "엄마가 기분이 안 좋으면 우리가 옆에서 챙겨 줘야 하는 거 아니에요?"

토드는 내 바로 뒤에 괴물이라도 서 있는 듯이 뒤로 무르춤했다. "아니란다, 애야. 네 엄마 같은 여자한테는 공간을 내주는 편이 나아."

"공간이라고요?" 내가 되물었다.

"네 엄마는 구석에 몰리는 걸 질색해." 토드는 혀를 끌끌 차며 고개를 저었다. "꼭 야생동물 같아. 여러모로. 책임질 게 너무 많으면 갑갑하다나?"

나는 야생동물도 책임감이 있다고, 먹고 싸우고 새끼들이 다 클 때까지 보살핀다고 말하고 싶었지만 꾹 참았다.

"그럼 잭을 만나러 가도 돼요?"

"클로이의 남자친구잖아?" 토드가 미간을 찌푸렸다.

"내 친구이기도 해요."

껄껄 웃으며 손을 쳐드는 토드를 보니 아무래도 내 목소리가 뜻하지 않게 컸던 모양이다. "그렇지. 잭은 우리 가족의 친구지." 내 손에 들린 책을 이제야 알아차린 듯 토드는 고갯짓을 했다. "너희들, 독서 모임이라도 하는 거니?"

나는 《폭풍의 언덕》을 슬쩍 보고 꼭 끌어안았다. 내가 무엇을 하려는지, 왜 하려는지 밝히고 싶지 않아서 생각나는 대로 아무 말이나 했다.

"잭은 숲속에 살아요."

"숲속?"

"산을 올라가야 돼요."

토드는 눈을 껌벅거렸다. "나 놀리는 거니? 네 동생이 이러라고 시켰어?"

나는 고개를 저었다. 테오는 좋은 동생이고, 나는 테오를 클로이와 구미베어에 이어 세 번째로 좋아하지만, 테오는 주위에서 무슨 일이 일어나는지 별로 관심이 없다. 재스퍼와 클로이, 그들의 책에 대해서도 잘 모를 것이다.

"잭이 필요할 때마다 찾아오라고 했어요." 나는 책을 들어 올렸다. "이 책 때문에 잭이 필요해요."

토드는 또 한 번 집안을 기웃거렸다. 거실 바닥에 늘어진 구미베어밖에 보이지 않자, 그는 고개를 한 번 까딱했다. "알았다. 가자. 차를 타고 산에 올라가서 네 친구를 찾아보자고." 그가 현관 계단을 후다닥 내려가면서 중얼대는 소리가 들렸다. "어쩌면 러베나는 우리가 사라진 줄도 모를 거야."

◆

"앨로이시어스!"

토드가 생존 학교의 비포장 주차장에 차를 대자마자 잭이 우리를 맞으러 달려 나왔다. 주위에 서 있는 위장복 차림의 사람들을 보니 잭도 일을 하던 중인 것 같았지만, 서둘러 나를 보러 달려왔다.

내가 잭을 좋아하는 가장 큰 이유였다. 잭과 클로이에게 도움을 청할 때는 내가 성가신 존재라는 느낌을 받지 않는다. 가끔 온 세상이 불타는 것처럼 느껴질 때도 클로이는 주방에 서서 우리에게 아침으로 어떤 시리얼을 먹고 싶은지 물어본다.

그게 뭐 대수냐고 할 수도 있지만, 아빠가 떠나고 엄마도 떠나고 선생님들은 나를 어떻게 다뤄야 할지 몰라 이 학교 저 학교로 떠넘길 때는, 아침 식사가 중요하다.

잭은 걱정스럽다는 듯 코를 찡그린 채 쪼그리고 앉아 나와 눈을 맞췄다. "무슨 일 있니, 앨로이시어스? 다친 데라도 있어? 아니면 클로이가 다쳤어?"

마지막 한 마디에 섞인 긴장 때문에 내가 잘 찾아왔다는 생각이 들었다.

"괜찮아요. 클로이도 괜찮고요." 나는 잭의 어깨 너머로 위장복을 입은 사람들이 배낭에 캠핑 장비를 욱여넣는 모습을 슬쩍 보았다. "바빠요? 나는 그런 줄도 모르고—"

토드가 내 머리 위에서 헛기침을 했다. "방해해서 미안한데, 이 녀석이 그쪽을 꼭 만나야겠다지 뭐예요. 무슨 책에 관해 물어볼 게 있다면서. 숙제 같은데, 나한테는 물어도 소용없거든요. 공부랑은 영 안 친해서. 솔직히 영문학을 두 번이나 낙제했고."

나는 턱에 힘을 주었다. 토드를 여기까지 끌고 온 것이 학교 숙제처럼 한심한 이유는 아니라고 강조하고 싶었다.

"숙제 아니에요. 재스퍼 씨 때문이에요. 그분이 죽은 여자와 주고받은 쪽지랑."

잭이 벌떡 일어섰다. 그리고 내가 좋아하는, 클로이와 몹시 닮은 행동을 했다. 고갯짓만으로 토드를 물러나게 하고 나를 위장복 차림의 사람들이 있는 곳으로 데려가 통나무에 편안하게 앉혔다. 그 모두를 아무것도 하지 않은 듯이 해냈다.

몇 주 전에 바위 밑에서 나를 발견했을 때도 마찬가지였다. 다리에 용암처럼 위아래로 치솟는 통증을 느끼며 가만히 누워 힘겹게 울음을 참고 있을 때, 잭이 나타났다. 흙냄새를 풍기지 않았다면, 내 뼈를 바로잡고 나를 실어 나를 들것을 만드는 그의 손이 따뜻하고 억세지 않았다면, 나는 그를 수호천사라고 생각했을 것이다.

어쩌면 수호천사란 그런 존재인지도 모른다.

"여러분, 이쪽은 앨로이시어스 샘슨이에요." 토드의 차가 으득으득 길을 내려가는 소리가 들리자마자 잭이 말했다. 그가 나중에 나를 집에 데려다주기로 약속했기 때문에 토드가 여기로 돌아와서 분위기를 망칠까 걱정할 필요는 없었다. "몇 주 전에 나를 마을 영웅으로 만들어 준 친구죠. 내가 이 친구에게 큰 빚을 졌어요. 이제 약국만 가도 다들 나랑 악수를 하겠다고 난리라니까요."

그냥 나 듣기 좋으라고 하는 말이었겠지만 위장복을 입은 사람들은 진짜로 열광했다. 내 등을 토닥이며 장하다고 칭찬하고, 잭에게 부목은 어떤 나무로 만들었는지, 필요한 경우 카누 패들을 써도 되는지, 들것을 만들 때 캔버스와 고어텍스 중 무엇이 나은지 질문을 퍼부었다.

잭은 웃으며 그들의 질문에 대답했다. 그 전에 내게 에너지 젤을 건넸다. 나를 구하러 왔을 때도 기운을 차리라며 주머니에서 꺼내주었다. 이상하게 들리겠지만, 봉지에 든 식용 슬라임 같은 그것이 나는 마음에 들었다.

잭은 말을 마치고 시계를 확인했다. "좋아요. 다들 좌표는 확인하셨죠?"

위장복 차림의 사람들이 고개를 끄덕였다.

"그럼 조금 일찍 보내드리죠. 꼭 기억하세요. 이번 훈련에는 속도가 중요해요. 파트너를 밖에 오래 둘수록 동사할 가능성이 높아져요." 내가 동사라는 말을 듣고 걱정할까 봐 그는 내게 눈을 찡긋했다. 하지만 나는 걱정하지 않았다. 잭이 이미 자기 일에 대해 설명해 준 적이 있기 때문이다. 비행기 사고로 추락한 조종사들에게 자신과 팀을 구하는 법을 훈련시킨다고 했었다. 그래서 나는 그냥 연습이라는 것을 잘 안다. "그럼, 출바아아알!"

나는 에너지 젤을 남김없이 빨면서 훈련을 시작하러 숲속으로 향하는 남자들과 여자들을 지켜보았다. 솔직히 나중에 커서 조종사가 되고 싶다는 생각이 조금 들었다. 숲에 추락해 몇 주를 홀로 지내는 것도 나쁘지 않을 것 같았다. 먹을 것을 구하고 악당을 피해 도망치는 법을 가르쳐줄 잭이 있으니까.

"저 사람들이랑 같이 가야 되지 않나요?" 단둘이 남자 내가 물었다. "안전하게 지켜 주려면요?"

"아니. 곳곳에 사슴 카메라를 설치해 놨어. 우리 팀장님이 전부 컴퓨터로 지켜보고 있지." 그는 내 옆에 앉아 에너지 젤을 꺼냈다. "누나는 네가 오늘 나랑 같이 있다는 거 아니?"

잭이 얼마나 좋은 사람인지는 이 말만 들어도 알 수 있지 않을까? 여기 허락받고 왔냐고 묻거나, 내가 그를 귀찮게 한다는 느낌을 주는 대신, 잭은 우리가 이 모든 일을 함께 계획한 것처럼 말했다.

"아니요. 사실 엄마랑 토드랑 같이 있어야 해요."

그는 일부러 내 쪽을 보지 않고 젤을 다 먹었다. "그런데 너는 그러기 싫다는 거지?"

나는 어깨를 으쓱하고 성한 발로 흙을 걷어찼다. "토드는 괜찮은데, 엄마는 너무 잘하려고 하다가 아예 포기하다가 그래요." 나는 주저하다가 물었다. "무슨 뜻인지 알겠어요?"

잭은 고개를 끄덕였다. "응. 알겠어. 네 누나도 비슷한 말을 했거든."

나도 고개를 끄덕이며 우리가 같은 마음이라는 것을 알렸다. 나는 또 내 마음을 불편하게 했던 얘기를 꺼냈다.

"내가 엄마한테 전화해서 클로이가 화났어요."

"화난 게 아닐 거야. 그냥 걱정하는 거겠지. 네게 필요한 걸 자기가 해주지 못할까 봐 두려운 거야." 너무 무거운 대화 같아서, 나는 잭이 일어서서 주차장 한쪽에 설치된 텐트 쪽으로 고개를 기울이자 내심 반가웠다. "이 얘기는 낡은 낙하산 줄로 고기잡이 그물을 만들면서 계속하는 게 어때?"

"와…, 좋은데요?"

그가 잭답게 웃었다. 늙기 전의, 쿠키를 너무 많이 먹기 전의 산타클로스처럼. "그럼, 목발을 잡고 앞장서렴. 매듭 푸는 거 꽤 재밌을 거야."

◆

잭이 나를 위해 텐트로 가져온 담요 더미에 앉았다. 그가 클로이에게 전화해 내가 어디 있는지 알려주면서 걱정하지 말라고 안심시키는 소리가 들렸다. 별로 신경 쓰이지 않았지만, 그가 잔뜩 엉킨 밧줄을 가지고 돌아와 내 무릎에 던져주었을 때 나는 아무것도 못 들은 척했다.

"그물을 만들려면 최소 3미터 길이의 줄이 있어야 해. 네 손가락으로 잘 풀어봐."

이야기를 나누면서 손을 바쁘게 움직일 일거리가 생겨서 기뻤다. 나는 줄을 만지작거리며 느슨한 매듭을 찾았다.

"이 일을 다 끝내면 정말 물고기를 잡을 수 있나요?" 내 옆에 자리 잡고 앉아 길고 구부러진 막대기를 깎기 시작하는 잭에게 물었다. "먹을 수 있는 물고기요?"

"그게 목표야. 무슨 수를 써서라도 생존하는 것. 잡고, 죽이고, 요리하고. 전부 직접 해보면 음식이 너무 맛있어서 깜짝 놀랄걸."

클로이와 재스퍼의 책 이야기를 꺼내야 했지만, 이것이 훨씬 구미 당기는 주제였다. 나는 테오와 다르지만, 잭의 이야기를 듣는 것은 모험 소설을 읽는 기분이었다.

"전부 어떻게 배웠어요? 먹어도 안전한 식물이 뭔지, 동물은 어떻게 잡는지, 숲에서 눈에 안 띄려면 어떻게 해야 하는지 같은 거 말이에요."

잭은 의자에 등을 기대고 긴 다리를 앞으로 쭉 뻗었다. "그것 참. 대답하기 어려운 질문이네."

나는 엉킨 줄을 들어 보였다. "괜찮아요. 이거 푸는 데 엄청 오래 걸릴 거예요."

그는 또 산타처럼 웃었다. "알았어. 대부분은 아버지한테 배웠지. 대자연을 열렬히 사랑하셨거든. 내가 네 나이 때, 우리는 한 번에 몇 주씩 캠핑을 떠나곤 했어."

"아버지요?" 나는 천천히 되뇌었다. 그 단어를 말할 때 조금 혼란스럽기는 해도 슬프지는 않았다. 나는 아버지를 만난 기억이 없다. 정확히 말해 나와 테오의 아빠를. 트릭시는 아빠가 다르고 클로이도 그렇지만 우리는 별로 신경 쓰지 않았다. 모두에게 아버지의 빈 공간만 남아 있다면, 그 빈 공간이 똑같다고 생각할 수 있었다. "어떤 분이에요?"

잭은 잠시 생각했다. "사실 나랑 많이 닮았어. 키가 크고, 거친데가 있고, 손재주가 좋고. 고독을 즐기지만 그건 잠시뿐이지. 야생에서 한 달을 지내다가 집에 돌아와서 한 달 내내 어머니랑 같이 춤을 추러 다녀. 아버지는 그걸 생활과 생활의 균형이라고 부르지."

마음에 들었다. 생활과 생활의 균형이라니.

"우리 집안 남자들은 다 그렇게 바깥 생활을 좋아해." 그는 곁눈질로 나를 살피며 덧붙였다. "그런 피가 흐른다고 할 수 있겠네."

"내게는 책의 피가 흘러요." 나는 얼른 대답했다. "나와 클로이에게는요. 테오는 마인크래프트를 안 하는 사람이나 책을 읽는 거라 하고, 트릭시는 사람들에 대한 책을 읽는 것보다 사람들과 이야기하는 것을 더 좋아하지만, 클로이는 나랑 같아요."

잭은 여느 어른들처럼 나를 무시하지 않고 고개를 끄덕였다. "맞아. 너희 둘은 되게 비슷해." 그러더니 여느 어른들처럼 슬며시 나를 떠봤다. "그래서 오늘 여기까지 온 거야? 책 때문에? 재스퍼 씨의 책?"

나는 잭을 좋아하고 이 매듭을 푸는 것도 좋아서 그의 장단에 맞춰주기로 했다. "그렇다고 할 수 있죠. 지난번에 오두막에서 책한 권을 훔쳤거든요."

잭은 눈을 한 번도 깜빡이지 않았다. "훔쳤다고?"

"네. 먼저 물어봤어야 했는데, 재스퍼 씨가 안 된다고 할까 봐 그분이 말한 책을 가져왔어요. 그 여자에 관한 책,《폭풍의 언덕》을요."

잭은 긴 한숨을 쉬었다. 느낌상 화난 것 같지는 않았다. 웃는 것을 보니 더 확실했다. "요 맹랑한 녀석. 나는 책장에 있는 줄도 몰랐는데. 어디서 찾았어?"

"다른 책들과 나란히 꽂혀 있었어요." 까다로운 매듭을 발견하고 나는 집중하여 완전히 풀었다. 시간이 꽤 걸렸는지, 고개를 들었더니 잭이 이해할 수 없는 표정으로 나를 지켜보고 있었다. "재스퍼 씨가 그 책을 자주 읽는 것 같지는 않아요. 먼지가 가장 많이 쌓여 있고 책장도 구겨지지 않았거든요."

"지금 가져왔니?"

"네. 글이 엄청 많이 적혀 있어요. 잭 형이랑 클로이 누나가 보고 싶어 할 것 같았어요."

그는 다시 조용해졌다. 이번에는 신경 쓰이는 매듭이 없어서 침묵에 귀를 기울이는 수밖에 없었다. 결국 잭이 입을 열었다. "앨로이시어스, 뭐 하나 물어봐도 돼?"

누가 이렇게 말하면, 어찌 됐든 물어보겠다는 뜻이다. 하지만 잭은 내 친구이기 때문에 나는 "뭐든지요"라고 대답했다.

"왜 그 책을 클로이가 아니라 나한테 가져왔어?"

좋은 질문이었다. 훌륭한 질문. 그런 질문을 한 잭이 역시 마음에 들었다.

"이렇게 하면 형이 또 누나랑 볼링을 치러 갈 좋은 핑계가 생기잖아요. 이번에는 우리를 데려가지 않아도 돼요. 테오는 방해만

될걸요. 평소에는 옆에 있으면 좋지만 혼자 있고 싶을 때는 걸리 적거려요." 말을 멈추고 나를 보는 잭을 보았다. "클로이랑 단둘이 있고 싶잖아요, 그렇죠?"

처음에는 내가 이런 걸 물어봐서 기분이 상했나 걱정됐지만 잭은 결국 고개를 저었다. "아니, 그렇게 안 할 거야."

"뭘 안 해요?"

"우리 모두가 생각하고 있는 걸 네가 말해도 너한테 화내지 않을 거라고. 그것도 너랑 클로이의 닮은 점이야. 핵심을 곧바로 파고드는 거. 쓸데없이 바쁜 세상을 벗어난 곳에서 많은 시간을 보내는 사람으로서, 나는 그런 점이 얼마나 고마운지 몰라."

잭이 진심이라고 느꼈기 때문에, 나는 매듭 무더기를 옆으로 치우고 배낭에서 책을 꺼냈다. 처음 집에 가져갔을 때 조금 읽어봤는데 내 취향은 아니었다. 모두가 아주 긴 문장으로 말하고, 뭘 하든 시간을 너무 질질 끄는 느낌이었다.

책을 잭의 손에 쥐어주자마자 그는 길고 느린 숨을 내쉬었다. 구미베어를 쓰다듬듯이 그의 손이 책 표지를 어루만졌다.

"진짜였구나." 그의 목소리가 너무 작아서 나더러 들으라는 건지 말라는 건지 헷갈렸다. "재스퍼 씨가 한 말이 전부 사실이었어."

나는 다시 엉킨 매듭을 만지작거리며, 표지를 펼쳐 책장 위에서 시선을 움직이는 그를 안 보는 척했다. 이 책이 마음에 들지 않았지만 첫 장은 꾸역꾸역 다 읽었기 때문에 그가 첫 번째 메모를 찾았을 때 어떤 내용을 읽게 될지 알고 있었다.

그가 과묵한 이유는 감정을 요란하게 드러내고 서로 지나치게 친한 척하는 것이 싫어서라고 나는 짐작할 수 있었다. 그는 사랑이나 미움이나 똑같이 마음속에 감추고, 다시 사랑을 받거나 미움을 사려 하는 것을 뻔뻔하다고 여기는 것이다.

이 페이지에서 다른 것은 안 읽더라도 이것만은 읽어줘요. 예쁜 손글씨로 이렇게 적혀 있었다. 나는 캐서린. 당신은 히스클리프고. 당신에게 남은 길은 어둡고 우울한 무덤뿐이라고 생각하겠죠. 하지만 그렇지 않아요. 제발 다시 사랑받는 사람이 되세요. 다시 사랑을 찾으세요. 지금 내게 줄 수 있는 최고의 선물은 당신의 삶을 충만하고 풍요롭게 만들 거라는 약속이에요.

나는 그 책들이나 글에 대해, 그리고 재스퍼가 어쩌다 이렇게 슬픈 노인이 되었는지도 잘 모르지만, 이것이 그를 위한 메시지라는 것만큼은 알 수 있었다. 이 메시지가 결국 실현되지 않았다는 것도.

구미베어의 원반을 어쩌다 담장 위로 던졌을 때 나는 재스퍼가 어떻게 나올지 몰라 겁을 먹었지만, 그가 원반을 모아둔 벽장을 보여주었기 때문에 이제는 두렵지 않았다. 재스퍼는 사과하면서 마음대로 가져가도 된다고 했지만 나는 그곳에 남겨둘 생각이었다. 그는 집에 알록달록한 플라스틱을 쌓아두는 걸 좋아하는 눈치였다.

읽지도 않을 낡은 《폭풍의 언덕》을 여태 간직하는 것과 비슷했다. 그는 인생을 밝힐 물건들을 가까이 두고 행복에서 몇 발짝 떨어져 있는 것을 좋아한다. 그러면서 행복에 이르지 않는 것을 좋아한다. 괜찮다, 나도 이해하니까. 나는 사람들이 생각하는 것보다 훨씬 많은 것을 이해한다.

행복에 이르렀는데도 여전히 행복하지 않으면 어쩌려고? 더 잘하려고 안간힘을 써도, 아무리 노력해도 선생님, 직장 상사, 가게에서 만나는 이웃들이 원하는 사람이 될 수 없다면?

"그분은 이 메모를 읽지 않았나 봐?" 잭의 목소리가 무거웠다. "캐서린이 주고 싶어 했던 충만하고 풍요로운 삶을 살지 못했잖아."

"네, 그렇죠." 나는 맞장구를 치며 다른 복잡한 매듭에 매달렸다. 그러다 애초에 여기까지 온 목적을 떠올리며, 잭에게 도움을 구했다. "하지만 우리가 엄청 열심히 노력하면 그분이 그렇게 살 수 있을지도 몰라요."

26

1960

결국 캐서린은 할 수 없었다.

남은 마음을 윌리엄 맥브라이드에게 주고자 무던히 애썼다. 그가 주는 반지도 받았다. 몸이 불어서 그 금반지를 새끼손가락에 껴야 했다. 캐서린은 어머니와 함께 조용한 결혼식을 계획했고, 잡지를 뒤적여 빠르게 불러오는 배를 숨길 만한 웨딩드레스를 찾았다.

그녀는 곱게 자란 아가씨들이 으레 하는 방식으로 약혼자와 교제했다. 부모님의 집 거실에서 그와 정중히 대화를 나누었다. 두 사람은 항상 마주 보는 안락의자에 앉았고, 그녀의 어머니와 아버지는 눈에 보이지 않는 주방에 있었다. 캐서린과 윌리엄은 코코아를 만드느라 초조하게 숟가락을 휘젓는 부모님의 모습을 볼 수는 없었지만, 소리는 또렷이 들었다.

캐서린은 만약 부모님에게 빅토리아 시대의 2인용 의자가 있었다면 약혼자와 거기 나란히 앉지 않았을까 싶었다. 커플이 같이 앉을 수 있지만 앞쪽과 가운데에 나무 칸막이가 있어서 점잖게 분리되는 의자.

생각해 보면 이 모든 상황이 웃기기 짝이 없었다. 부모님은 두 사람을 단둘이 두면 무슨 일이 벌어질 거라 생각했을까? 아기가 더 생길 거라고?

"아버님이 모리아티에 좋은 자리를 마련해 주셨어요." 윌리엄이 코코아 잔을 들고 말했다. 그의 아랫입술에 묻은 달콤한 초콜릿 덩어리가 턱을 타고 천천히 흘러내렸다. 캐서린은 쳐다보지 않으려 했지만 참을 수 없었다.

저 사람은 감각도 없나? 아무것도 못 느끼나?

그는 히죽 웃자, 얼룩은 점점 아래로 내려갔다. "별로 화려한 도시는 아니고, 어머님은 당신이 출산할 무렵에 뉴멕시코가 찌는 듯이 더울까 봐 걱정하시지만, 우리 둘이서 새출발하기엔 좋은 곳이에요. 아니, 우리 셋이라고 해야 하나?"

그는 이 모든 상황이 진심으로 행복해 죽겠다는 듯이 말했다. 속도위반도 없이 서둘러 치러야 하는 결혼식이며, 남의 자식을 키워야 하는 미래까지.

"모리아티." 캐서린이 되뇌이며 미소를 지었다. "'거미줄 중심의 거미.'"

이름만 보면 나쁘지 않았다. 물론 인구수를 조사해 봤더니 터무니없이 적은 700명이었고, 그곳 주민들의 취미 활동은 주변의 사막 경치를 그리는 것이 전부겠지만 어차피 캐서린은 정신없이 바쁠 터였다.

이 아이를 키우고, 이 아이를 사랑하느라.

윌리엄 맥브라이드가 눈을 깜박였다. "거미라니요? 무슨 거미요?"

"셜록 홈즈 이야기에 나오는데요." 캐서린이 힌트를 줬다. "모리아티, 수학 교수, 범죄의 달인."

"아, 책 얘기구나."

캐서린은 갑자기 밀려드는 우울감을 숨기려 애썼다. 어쩌면 숨길 수 있었을지도 모른다. 윌리엄이 갑자기 환한 얼굴로 납작한 직사각형 선물을 꺼내놓지만 않았어도.

"말 나온 김에 이거 받아요. 당신이 책을 얼마나 좋아하는지 알아요."

리본을 풀고 급히 포장을 벗기는 캐서린에게 희망이 스쳤지만 오래 가지 못했다. 파란 책 표지를 보는 순간, 그녀는 다 끝장이라고 느꼈다.

《미국 가정 살림 백과》." 그녀가 심드렁하게 말했다.

캐서린의 기분이 갑자기 곤두박질한 것을 알았는지 몰랐는지, 윌리엄은 티를 내지 않았다. 대신에 그녀의 어머니가 정성스레 닦은 나무 바닥을 긁으며 의자를 앞으로 당겼다. "자리를 새로 옮기면 계급도 올라가니까 손님 접대가 많을 거예요. 다른 장교 부인들이 도와주겠지만, 이 책을 참고하라고요."

그녀는 책을 무릎 위에 털썩 내려놨다. 그 무게가 그녀의 기분을 짓눌렀다. 아랫배에서 태동하기 시작한 아기보다 훨씬 묵직했다.

"물론 정착할 때까지 한동안 기지 사택에서 지내겠지만, 일찍 배워둬서 나쁠 건 없잖아요." 그가 이를 드러내며 웃었다. "빨래 얼룩 제거하는 법을 설명한 장도 있어요. 얼룩 제거법을 알파벳 순으로 정리한 표도 있고요. 대단하죠? 이 작은 책 한 권에 없는 게 없어요."

그 순간 캐서린은 다 접기로 했다. 그녀가 다정하고 품위 있는 태도를 유지했고, 윌리엄 맥브라이드에게 합당한 존중을 갖고 그를 대했다고 말할 수 있다면 좋겠지만, 그 말은 거짓말일 터였다. 그녀가 벌떡 일어서자 책은 쿵 소리와 함께 바닥에 떨어지면서 정식 테이블 자리 배치도가 보이는 페이지가 펼쳐졌다.

윌리엄도 벌떡 일어나 캐서린을 도우러 다가왔지만 그녀는 손을 쳐들고 그를 막았다.

"아니, 이러지 마세요." 그녀가 소리를 질렀다. "안 되겠어요. 우리는 안 돼요. 미안해요."

책 떨어지는 소리와 캐서린이 더 이상 참지 못하고 터뜨린 울음소리를 듣고 그녀의 부모가 거실로 뛰어 들어왔다. 캐서린부터 챙기러 달려가야 마땅했지만, 손가락에서 반지를 빼는 그녀를 보고 다들 우뚝 멈췄다.

"캐서린, 제발 경솔하게 굴지 마." 어머니가 간절히 말했다.

"캐서린, 당장 네 방으로 들어가서 진정 좀 해라." 아버지가 명령했다.

"이해가 안 되네요." 윌리엄이 거실에 있는 사람들을 둘러보며 말했다. 입술에 묻은 초콜릿이 결국 바닥에 펼쳐진 가정 관리 백과의 책장 위에 떨어졌다. "이게 무슨 상황입니까?"

캐서린의 부모가 나서려 하자 그녀는 떨리는 손으로 반지를 내밀어 그들을 저지했다.

"내가 반지와 약혼을 무르는 상황이에요." 캐서린의 목소리도 떨렸지만 다른 선택의 여지가 없었다. 그녀는 윌리엄 맥브라이드와 결혼해 어머니와 같은 삭막한 삶에 얽매일 수 없듯이, 재스퍼 홈스와 결혼해 그를 평생 자책과 후회에 묶을 수도 없었다.

재스퍼는 그렇게 될 수밖에 없었다. 캐서린은 잘 알았다. 《무기여 잘 있거라》의 캐서린이 죽어야 헤밍웨이의 책이 가치를 얻듯이. 그녀는 그 책의 결말이 싫었다. 평소 편협한 세상에 사는 편협한 남자들을 격렬하게 증오하는 만큼 그 책을 증오했지만, 어쩔 수 없었다. 책 속의 캐서린이 살아남았고 그녀의 아이도 함께 살아남았다면 그 책의 교훈은 무엇이 될까? 인생은 쉽고 단순하지만 그래도 살 가치가 있다는 것? 남자는 원치 않는 아이를 위해 모든 것을 포기하더라도 그의 이야기는 끝나지 않을 수 있다는 것?

캐서린은 책을 많이 읽었기 때문에 그런 행복한 결말은 실제로 불가능하다는 것을 알았다. 그녀 같은 사람, 재스퍼 같은 사람들에게는 절대 가능하지 않았다.

"미안해요, 윌리엄." 진심이었다. "당신에게 어울리는 아내였으면 좋겠지만 나는 그렇지 못해요. 내가 아무리 애써도, 그렇지 않은 척해도 절대 그렇게 될 수 없어요."

"캐서린 위니프리드 마틴—" 아버지가 입을 열었지만, 캐서린은 고개를 저으며 윌리엄의 손에 반지를 단단히 쥐여주었다.

"당신은 좋은 사람이에요." 캐서린은 그의 손가락을 꼭 쥐며 말했다. "다른 장교의 딸과 결혼하면 틀림없이 훌륭한 남편이 될 거예요. 하지만 나는 지금 누구와도 결혼하고 싶지 않아요. 어쩌면 앞으로도요."

"그런 생각은 사고 치기 전에 했어야—"아버지가 다시 입을 열었지만, 이번에는 어머니가 나서서 개입했다.

"맥브라이드 중위를 바래다주는 게 좋겠어요, 여보." 다정하기 그지없는 말투였다. 캐서린에게 늘 용기를 주었던 목소리가 이제는 슬프게만 들렸다. 그녀의 어머니는 집을 깨끗하게 청소하고 먹음직한 고기찜을 만드는 것보다 세상을 위해 할 수 있는 일이 훨씬 많은 사람이었다. 다른 생에서는 직접 군부대를 지휘할지도 모른다. "자세한 얘기는 나중에 해요."

그 말은 조금 위협적으로 들렸지만, 캐서린은 어머니의 표정을 본 순간 괜찮을 거라 생각했다. 화가 나서 캐서린을 평생 수녀원에 처박아두려 할지도 모르지만 사랑하지도 않는 남자에게 등을 떠밀지는 않을 터였다.

"얘기 좀 해요, 제발." 윌리엄이 말했다. 그의 호소가 캐서린보다 아버지에게 향해 있어서 그녀는 마음이 상했지만, 그의 두 번째 호소는 방향을 더욱 빗나갔다. "마틴 부인, 캐서린 좀 말려주세요. 이미 사람들이 수군대고 있어요. 이 약혼이 깨지면 다들 뭐라고 입방아를 찧을지 아시잖아요."

"나는 내 딸한테 이래라저래라 하지 않아요." 어머니는 여전히 부드럽고 겸손하지만 낯선 말투로 대답했다. "그리고 캐서린이 시골 마을에 도는 하찮은 소문에 휘둘릴 거라 생각한다면, 내 딸이 어떤 사람인지, 뭘 할 수 있는지 전혀 모르는 거예요."

패배를 눈치챈 아버지는 윌리엄을 얼른 거실 밖으로 내몰았다.

"가세, 맥브라이드 중위."

"저는 앞으로 어떻게 되는 겁니까? 진급은—"

그들이 시야에서 사라질 때, 캐서린은 아버지가 모리아티 전근은 변함없을 거라며 윌리엄을 달래는 소리를 들은 것 같았다.

아버지는 분명 침묵과 포기의 대가로 윌리엄에게 뉴멕시코의 자리를 제시하고 있었지만, 캐서린은 진심으로 잘된 일이라 생각했다. 그곳에 가면 윌리엄은 다른 장교의 딸에게 빠질지도 모른다. 이번에는 그의 밝은 미소와 더 밝은 야망을 높이 살 여자였으면. 결국 윌리엄도 그녀를 사랑하게 될 것이다.

그렇게 생각하자 캐서린은 안도감을 느꼈다. 바닥에 떨어진 가정 관리 백과는 무시하고 의자에 앉아 살짝 부푼 배에 손을 얹었다. 아버지가 돌아올 기미가 보이지 않아 마음이 더욱 놓였지만, 어머니의 목소리에 움찔했다.

"그 나무꾼이랑 결혼할 건 아니지?"

"엄마, 그렇게 말하니까 꼭 '빨간 모자'에 나오는 사냥꾼 같네요. 그 사람은 나무꾼이 아니에요. 벌목공이지. 이 마을에 벌목공이 얼마나 많은데요."

"알아. 그래서 더 걱정이야." 어머니는 책을 집어 캐서린의 눈에 보이지 않는 곳으로 치웠다. "힘든 삶이란다, 애야. 그 일을 하려고 태어난 사람에게도 말이야. 그 사람들이 어떻게 늙어가는지 봤잖아?"

캐서린은 고개를 끄덕였다. 당연히 보았다. 그녀 역시 재스퍼의 나이를 실제보다 열 살쯤 많게 짐작하지 않았던가? 그 강인하고 거친 남자에게서 꿈에 젖은 열아홉 살 소년의 모습은 상상할 수 없었다. 그의 품에 안겨, 한 번도 가능하다고 생각해 본 적 없는 사랑과 보호를 받기 전까지는. 재스퍼가 읽은 책과 갈망하는 대상, 태어난 날부터 가혹했던 삶에 대해 이야기했을 때 캐서린은 비로소 진실을 이해했다.

그는 로맨틱한 사람이었다. 그녀가 아는 가장 로맨틱한 사람이었다. 그의 발은 단단한 땅을 딛고 서 있었지만 마음은 자유롭게 떠돌았다.

그녀가 어떤 말을 하느냐에 따라 그의 마음은 머물 곳을 정할 터였다.

"재스퍼와 결혼하지 않을 거예요." 캐서린이 손을 배 위에 얹은 채 말했다. "그럴 수 없어요. 그 사람을 망치게 될 거예요."

"다행이구나." 이렇게 말하면서도 어머니는 별로 확신이 없는 듯 눈길을 피했다. "2년도 못 가서 너도 그 남자처럼 지칠 거야."

캐서린은 그 결정이 자신과는 무관하고, 전부 재스퍼나 그가 살아야 할 인생과 관계가 있다는 말은 구태여 하지 않았다. 잘못된 행동인 줄 알지만 캐서린은 시청에서 카운터를 지키는 수다스러운 금발 여자 사만다에게 정보를 캐냈다. 그 아가씨는 재스퍼 홈스에 대해 할 말이 많았다. 재스퍼가 영웅이라도 되는 듯 눈을 반짝이며, 매주 아무 불평, 불만 없이 주급의 절반을 집으로 보낸다고 알려주었다.

"그 가엾은 남자를 집에 데려가서 한 끼 잘 차려 먹이고 싶은 거 있죠?" 사만다는 예쁜 곱슬머리를 흔들며 말했다. "요즘 그런 남자 드물잖아요."

드문 정도가 아니라 아예 없다고 반박하고 싶었지만, 캐서린은 그 생각을 속으로만 간직했다. 안 그러면 눈물이 터질 것 같았다. 재스퍼, 그의 어머니, 그의 동생들, 캐서린, 아기…, 그리고 앞으로 계속 태어날 아기들이라는 퍼즐 조각이 맞아떨어질 미래는 존재하지 않는다는 것이 슬픈 진실이었다. 결국 재스퍼는 선택을 해야 할 테고, 캐서린은 그가 자신을 선택할 거라 확신했다.

그리고 그런 선택은 재스퍼를 죽일 것이다. 처음부터는 아니겠지만, 수천 개의 상처가 그를 서서히 죽일 것이다. 공포 소설 속에서는 그런 장면을 즐겼을지 몰라도, 재스퍼 같은 남자가 고통받는 모습을 곁에서 지켜볼 수는 없었다.

그래서 지금 캐서린은 목구멍에 걸린 울음을 삼키고 있었다.

"재스퍼와 결혼하지 않을 거예요." 캐서린은 반복했다. 점점 그 말에 익숙해지기를 바라며. "그건 걱정은 안 하셔도 돼요."

"그런데 왜 자꾸 다른 조건이 붙을 것 같다는 생각이 드는지…?"

캐서린이 맥없이 웃었다. "그 사람이 나를 쉽게 놓아주지 않을 테니까요. 내가 윌리엄을 떠난 걸 알면, 무슨 수를 써서라도 나를 붙잡으려 할 거예요."

어머니는 캐서린이 잘 알고, 두려워하고, 무엇보다 선망하는 자세로 몸을 꼿꼿이 세웠다.

"그 청년이 네게 의지에 반하는 행동을 하게 만드는 모습을 보고 싶네." 그녀의 어머니가 신랄하게 말했다. "수표를 현금으로 바꾸지 않고 버렸어도 나는 상관없어. 지금은 우리가 궁지에 몰렸지만, 아직 싸움이 끝난 건 아니야."

캐서린은 팔을 뻗어 어머니의 손을 잡았다. 어머니는 갑작스러운 애정 표현에 놀란 표정을 지었지만, 손을 뿌리치지는 않았다.

"고마워요, 엄마. 하지만 그럴 필요 없어요. 이미 생각해 둔 방법이 있거든요. 나와 아기가 행복하게 지낼 만한 곳으로 가면 돼요. 엄마가 좋아할 방법은 아니겠지만요."

"나는 이 모든 게 마음에 들지 않아. 하지만 그건 중요하지 않지."

어머니의 생각이 중요하지 않다는 건 캐서린도 알았다. 하지만 캐서린이 어떤 제안을 할지 알았다면 어머니는 가볍게 그런 말을 하지는 않았을 것이다.

"그럼 얘기할게요." 캐서린은 힘을 내려고 숨을 깊이 들이쉬었지만 전혀 힘이 나지 않았다. "내가 아이를 낳다가 죽었다고 재스퍼를 속여야 해요."

캐서린에게 잡힌 어머니의 손이 움찔했다. "캐서린, 설마 진심은 아니지?"

진심이었다. 마음속 깊이 진심이었다. 파국과 종말을 가져올 잔인한 방법이었지만, 재스퍼를 구할 다른 방법이 없었다.

"나는 그 사람을 알아요. 그 사람이 어떤 책을 읽는지도 알고요. 그러니까 내 말을 믿어주세요. 내가 윌리엄 맥브라이드와 결혼하지 않는다면, 재스퍼가 받아들일 결말은 죽음뿐이에요."

캐서린은 결연히 숨을 내쉬며 계획을 설명할 준비를 했다. 그 계획을 가장 잘 표현한 사람은 헤밍웨이지만, 그가 처음으로 말한 사람은 아니었고 분명 마지막으로 말할 사람도 아니었다.

잃을 것이 없다면, 인생은 살아가기 그리 어렵지 않다.

27

누들

"이게 진짜라니 도저히 믿기지 않아."

클로이는 도서관 앞 계단에 앉아 치마로 다리를 감싼 채《폭풍의 언덕》을 뒤적이고 있었다. 평소처럼 차분한 목소리였지만 눈을 동그랗게 뜨고 손을 파들거리며 책장을 넘겼다.

클로이가 나를 올려다봤다. 뭐, 잭을 봤을 수도 있지만, 우리가 나란히 서 있으니 그게 그거다.

"거의 페이지마다 글이 적혀 있네." 클로이는 책 후반부의 한 줄을 손가락으로 가리켰다. "이것 봐. 히스클리프랑 캐서린이 나무 위에 앉아 있는 장면이야. '그는 모두가 황홀한 평화에 젖어 누워 있기를 원했고, 나는 모두가 눈부신 환희 속에서 반짝이며 춤추기를 원했어. 내가 그의 천국은 반쯤 살아 있고 반쯤 죽은 상태라고 했더니, 그는 내 천국이 술에 취해 있다는 거야. 내가 그의 천국에 가면 잠이 오겠다고 하니까 그는 내 천국에서는 숨도 못 쉴 거라고 했어.'"

내 옆에서 잭은 꼼짝도 하지 않았다. 내가 책을 보여준 이후로 행동이 좀 이상해졌지만 그 이유는 알 수 없었다. 화난 게 아닌 건 분명했지만 기분이 좋은 것 같지도 않았다. 생각해 보니 크리스마스 즈음의 클로이와 비슷했다. 우리가 트리 장식하는 것을 잘 도와주고 쿠키도 잘 굽지만, 선물 때문에 속상해하는 클로이.

"뭐라고 썼죠? 우리 캐서린이요?" 잭이 물었다.

클로이는 잭이 이상해진 것을 아직 알아채지 못한 모양이다. 우리가 점심시간에 도서관에서 잠깐 불러냈기 때문에 도서 목록과 읽기 수업 생각에 골몰하고 있는지도 모른다.

"이렇게 대답해요. '인간의 창의력이 이렇게 형편없다니 우습지 않아요? 175년이 지난 지금도 우리는 똑같이 살면서 똑같은 실수를 저지르고 있어요. 당신은 나무 위에서 구름을 바라보며 공기를 마시고 있는데, 나는 들판으로 달아날 생각만 하죠. 적어도 우리 사이에서는 내가 히스클리프였으면 좋았을 텐데요. 그쪽이 더 재미있었을 거예요.'" 클로이는 우리가 볼 수 있게 책을 들었다.

"이해가 안 돼요." 우리가 직접 읽기 전에 클로이가 말했다. "캐서린은 분명히 이 책에서 재스퍼에게 작별 인사를 전했어요. 자기가 떠난 후에 읽어보라고. 그런데 왜 떠났을까요? 재스퍼는 왜 그녀가 죽었다고 생각할까요?"

그중에 적어도 하나의 답은 알고 있어서 기뻤다. 클로이가 모르는 것을 내가 아는 경우는 흔치 않았다.

"재스퍼 씨가 그러는데 둘 사이에 아기가 생겼대. 그런데 캐서린이 재스퍼 씨랑 결혼하지 않겠다고 하니까 화가 나서 다른 남자를 때렸대." 나는 그의 말을 떠올리며 덧붙였다. "하지만 폭력은 절대 해결책이 될 수 없고 자기가 상처받았다고 다른 사람을 다치게 하는 건 옳지 않다고도 했어."

클로이는 잭을 돌아봤다. 아무래도 두 번째 부분은 제대로 듣지 않은 것 같았다.

"사실이에요? 재스퍼 씨가 청혼했는데 캐서린이 거절했다고요? 그리고 임신을 해요? 나한테는 왜 말 안 했죠?"

잭은 내가 좋아하지 않는 어른들에게 고분고분하게 굴어야 할 때처럼 불편해 보였다.

"변명 같지만, 말하려고 했어요. 다음에 만나면 얘기하려고 했는데 당신이 어머니 때문에 정신이 없는 것 같아서 기회를 못 찾았어요."

평소처럼 괜찮다고 하는 대신 클로이는 눈을 가늘게 떴다. "문자라도 보낼 수 있었잖아요."

"뭐라고 보내라고요? 재스퍼 씨가 가장 깊고 어두운 비밀을 내 앞에 꺼내놨다고?"

"뭐, 그렇죠. 내가 이 일에 얼마나 열중했는지 알잖아요."

잭의 목소리가 차분해졌다. "당신은 이미 너무 힘든 사람이에요. 짐을 더 지우고 싶지 않았어요."

그러자 클로이는 내가 한 번도 본 적 없는 행동을 했다. 화를 낸 것이다. 피부가 빨개지고 얼굴이 못생겨질 정도로 심하게 화를 냈다. 클로이가 진짜 못생겨질 거라고는 생각하지 않지만. 더구나 갑자기 펄쩍 뛰는 바람에 가방이 계단 위로 쏟아졌다.

"재스퍼의 사생아가 나를 쓰러뜨릴 거라고 생각하는 거예요?" 목소리가 너무 커서 고함치는 것 같았다. "아득바득 살아온 세월, 꾸역꾸역 견딘 직업, 포기한 계획, 이 모든 게 자기 책임이 아니라는 듯이 우리 집 거실에 앉아 있는 엄마를 보고도 그렇게 생각해요? 이 책의 수수께끼를 푸는 것을 내가 감당할 수 없다고?"

잭은 움츠러들지 않았다. 대신 클로이의 흩어진 노트와 립밤을 주웠다. "미안하다고 했잖아요."

"이러지 말아요." 클로이가 그의 손에서 가방을 낚아챘다. 그리고 나머지 물건을 쓸어 담았다. "이런 건 내가 치워요. 그나마 할 줄 아는 일이니까."

잭이 뒤로 물러났다. 세상에 통째로 집어삼켜지거나, 이 도서관 계단에서 도망쳐 다시는 돌아오고 싶지 않은 표정이었다. 나는 그가 두 번째를 선택할까 너무 두려워, 클로이가 다시 소리를 지르기 전에 입을 열었다.

"그 책을 재스퍼 씨한테 보여줄 거야? 아니면 내가 책장에 몰래 갖다 놓을까? 누나가 그러라면 그렇게 할게. 다리가 나으면 재스퍼 씨가 언제든 오두막에 놀러 가도 된다고 했거든. 내가 책을 가져간 줄은 끝내 모를 거야."

클로이는 망설이다 잭을 보았다. 더 이상 화난 표정이 아니었다. "별로 나쁜 생각은 아니네. 재스퍼 씨는 캐서린이 진짜 죽었다고 생각한다면—"

"재스퍼 씨는 그렇게 생각해요." 잭이 침울하게 말했다.

클로이는 그가 아무 말도 하지 않은 듯 말을 이었다. "만약에 재스퍼 씨가 이 책을 보는 것이 고통스러워서 일부러 피했다면—" 클로이는 잭이 또 끼어들기를 기다렸지만 그는 잠자코 있었다. 그러자 그를 재촉하듯 어깨를 으쓱했다. "그렇다면 부서진 조각들을 그대로 두는 것이 우리가 할 수 있는 가장 큰 배려인지도 몰라요. 경험자로서 하는 말이에요. 과거는 건드리지 않는 편이 나을 때도 있어요. 다시 집에 들여놨다가는…"

말끝을 흐리는 걸 보니 엄마 얘기를 하고 있었다. 나는 고개를 떨궜다.

"내가 전화하지 말았어야 했는데, 그렇지?" 나는 죄책감을 느꼈다. "미안해. 엄마가 도움이 될 줄 알았는데 누나를 더 힘들게 하고 있네. 테오랑 트릭시는 집을 나갔고, 누나는 잭이랑 싸우고. 다 내 잘못이야. 나는 항상 말썽만 일으키나 봐."

"아니, 아니야!" 갑자기 클로이가 내 앞에 쭈그려 앉았다. 나를 안아주고 싶어 하는 것 같았지만, 대신에 자기 손을 마주 잡았다. "누들, 이건 네 잘못이 아니야, 알겠지? 네 잘못은 하나도 없어. 애초에 네가 걱정할 필요도 없는 어른들 일에 휘말렸을 뿐이야."

나는 잭을 바라봤다. 그가 다시 고개를 주억대며 웃고 있어서 기뻤다. "누나 말이 맞아, 앨로이시어스. 내가 너를 이런 상황에 끌어들이지 말았어야 했는데. 여기 올 때만 해도 전혀 생각을 못했어. …계획에 없던 일이라—"

나를 구하러 달려온 이후 처음으로, 잭은 어쩔 줄 모르는 것 같았다. 나는 그게 싫었다.

클로이도 싫었는지, 손을 뻗어 잭의 팔을 살짝 건드렸다.

"있잖아요. 그건 당신도 마찬가지예요. 일이 이렇게 된 게 당신 잘못은 아니라고요. 당신이 우리 가족을 떠나 숲속으로 사라진대도 나는 원망하지 않아요. 우리 가족이 한 세트라는 경고는 했지만, 엉망진창인 한 세트라는 얘기는 미처 못 했네요. 대부분의 사람들은 우리를 한 번 보면 당장 내다 버릴 거예요."

잭은 클로이의 손을 잠깐 잡아주고 몇 계단 아래로 내려가 둘 사이에 간격을 벌렸다. 곧 뭔가 나쁜 일이 일어난다는 첫 번째 신호였다. 그가 숨을 깊게 들이마신 것이 두 번째 신호였다.

그 깊은숨이 무엇을 의미하는지 알았다. 살면서 그런 숨소리를 어찌나 많이 들었는지, 가끔 내 주위 사람들은 전부 엄청나게 큰 폐를 가졌나 싶었다.

"이런 말은 다른 장소, 다른 시간에 하고 싶었지만 그럴 수가 없네요." 잭의 목소리가 너무 심각해서 온몸이 근질근질했다. "그 책을 재스퍼 씨의 오두막에 다시 갖다 놓을 수는 없어요."

내 누나는 눈을 깜박거렸다. "왜 안 되죠? 혹시 책을 벌써 재스퍼 씨한테 보여줬어요? 왜냐하면—"

잭은 손을 들어 클로이의 말을 막았다. "아니요, 그분한테는 보여주지 않았어요. 보여줘야 했겠지만, 먼저 우리 할머니의 의견을 듣고 싶었어요. 그게…, 실수였지만."

클로이의 미간에 주름이 잡혔다. "무슨 소리죠? 당신 할머니가 이 일과 무슨 상관이라고요?"

잭의 심각한 표정을 보자 내 심장이 쿵 내려앉았다.

"전부 오해였기를 바랐는데, 그게 아니었어요." 잭이 말했다.

나는 그 말이 무슨 뜻인지 몰랐지만 클로이는 아는 모양이었다. 얼굴이 하얗게 질리더니 가방을 또 떨어뜨렸다.

"이해해 줘요." 그가 어색한 목소리로 덧붙였다. 나는 무슨 영문인지 물어보고 싶었지만 둘 다 내가 이 자리에 있다는 사실은 잊은 것 같았다. "할머니는 그분 얘기를 별로 하신 적이 없어요. 사실 그 일 자체를 꺼낸 적이 거의 없죠. 그래서 내가 이 동네로 이사 온 거예요. 당신의 보물찾기 얘기를 해드렸더니 할머니는 곧장 여기로 오는 비행기를 예약하셨어요. 내일 공항으로 마중 나가야 해요."

"그럴 리가." 클로이의 목소리는 바람에 묻힐 정도로 조용했다. "당신이 그 사람의—"

"맞아요." 잭이 찌푸린 얼굴로 대꾸했다. "확실해요."

제
4
부

누구도 다치게 하지 않는다.

살면서 간직한 단 하나의 규칙, 변함없이 지켜온 규칙이었지만 항상 규칙대로 되는 것은 아니었다. 사람들을 다치지 않게 하려고 애를 써도 결국 상처를 주게 되는 것은 우리 가족에게 내린 일종의 저주였다. 사실, 우리가 자연 속에서 많은 시간을 보내는 이유도 그 때문이라는 생각이 들었다. 침대라고는 숲 바닥에 깔린 천 조각이 전부고, 친구라고는 비참한 자신뿐일 때는 누구를 다치게 할 수 없으니까.

어쨌든 우리는 스스로에게 그런 거짓말을 했다.

"잠깐만요." 도서관 계단에서 클로이가 말했다. 혼란과 고통이 교차하는 표정이었다. 혼란스러운 이유는 재스퍼 홈스가 나의 생물학적 할아버지라는 사실을 받아들이기 힘들어서일 것이다. 고통스러운 이유는 누군가를 아끼는 여성만이 그런 감정을 느낄 수 있기 때문이다.

다만 그녀가 아끼는 사람이 나인지 재스퍼인지는 아직 알 수 없었다.

"내내 그 여인에 대해, 두 사람에 대해 알고 있었던 거예요?" 클로이가 물었다. 이제 고통이 혼란을 이기기 시작했다. 어쩌면 당연한 일이었다. 매 순간 막다른 길에 부딪치는 기분이라고 스스로 주장했지만 클로이 샘슨은 꽤 영리했다. 대부분의 사람들이 상황을 파악하기 전에 퍼즐을 완성했다.

"맞아요, 그 여인에 대해서는 알고 있었어요. 하지만 재스퍼 씨는 할머니가 잠자리에서 들려주던 이야기 속에서만 존재했어요. 때로는 사랑하는 사람들을 위해 하루하루를 열심히 살아가는 용감한 산사람이었어요. 때로는 책으로 할머니의 마음을 사로잡는 다정한 연인이었고요. 이곳에 와서 처음으로 그분을 봤을 때 얼마나 놀랐는지 몰라요. 슈퍼마켓에서 처음 마주쳤는데, 시든 채소가 욕이라도 했다는 듯이 농산물 코너를 노려보고 있었어요."

내 말을 듣고 클로이가 웃을 줄 알았는데 이마에 주름만 깊어졌다.

"그 여인이 아기를 낳았다는 사실을 당신도 알았다는 뜻이잖아요." 클로이는 여전히 비난하는 투로 아득한 목소리를 냈다. "고의로 재스퍼의 마음을 찢어놓고 그 사실을 오랜 세월 비밀에 부쳤다는 것도."

"그렇게까지 나쁘게 볼 건 없잖아요." 하지만 이런 말은 이미 소용없다는 생각이 어렴풋이 들었다. "재스퍼 씨가 전부 이야기해주기 전에는 몰랐어요. 할머니가 출산 중에 죽은 것처럼 그분을 속였다는 사실은. 내 할머니 캐서린은 항상 재스퍼와 그냥 끝났다는 듯이, 둘의 사랑이 오래갈 수 없었다는 듯이 말했거든요. 재스퍼 씨가 할머니의 죽음에 대해 처음 이야기했을 때 나는 그것이 감정적 상실에 대한 은유라고 생각했어요."

클로이는 피까지 얼릴 듯한 싸늘한 눈빛으로 나를 쏘아보았다. "은유라고요? 잭, 그분은 내가 아는 가장 불행한 사람이에요. 60년 넘게 상심한 마음을 안고 살았는데, 상처를 준 장본인을 여기로 데려오겠다고요? 지금?"

나는 움찔했다. 마음 깊은 곳에서는 클로이가 옳다는 것을 알았다. 내 할아버지를 직접 만나고, 할머니와의 추억을 간직하고 있는 오두막을 본 지금은 더욱 부정할 수 없었다.

"할머니는 내가 그분께 연락하는 걸 원치 않으셨어요. 사실 생존 학교에 일자리를 얻기 전까지는 내가 콜빌로 이사한다는 사실조차 모르셨어요. 그 사실을 아시게 됐을 때도 전혀 기뻐하지 않으셨죠. 이제야 그 이유를 알겠네요."

앨로이시어스가 어쩌고 있는지 쳐다봤더니, 다 이해한다는 듯이 눈을 크게 뜨고 우리를 지켜볼 뿐이었다. 이 아이는 보통 사람들이 깨닫지 못하는 것을 볼 줄 알았지만, 클로이가 나를 나무라는 이유를 이해하는지는 의문이었다.

거짓말한 것. 진실을 숨긴 것. 할머니의 낡은 《무기여 잘 있거라》에 가짜 도서관 바코드를 붙여 클로이에게 건네며 말을 붙인 것.

별로 자랑스럽지 못한 행동이었다. 앨로이시어스가 숲속에서 고통으로 정신이 혼미할 때 했던 말, 그의 누나가 최근에 손 글씨가 적힌 낡은 책을 발견했고, 옆집 이웃이 그 책을 사겠다고 나섰다는 말을 들었을 때부터 나는 다 알고 있었다. 웃음과 활기가 넘치는 샘슨 가족이 내 생물학적 할아버지의 옆집에 산다는 사실도 이렇게 작은 마을에서는 쉽게 알아낼 수 있다.

그때만 해도 그것이 세상에서 가장 당연한 행동처럼 느껴졌다. 나는 할아버지를 더 잘 알고 싶었다. 클로이도 더 잘 알고 싶었다. 진짜 책으로 이야기 속에 나 자신을 끼워 넣는 것이 가장 좋은 방법 같았다.

얼마나 골치 아픈 이야기인지 깨닫기 전까지는. 할머니는 항상 미소만으로 공간을 사로잡는, 커다란 존재감을 지닌 여성이었지만, 이 모든 상황이 점점 감당할 수 없이 커지는 느낌이었다.

나처럼 덩치 큰 남자조차.

"할머니는 내게 실체를 드러내지 말고 콜빌을 떠나라고 설득하셨어요. 하지만 이곳에 대한 이야기를 너무 많이 들었기 때문에 나는 참을 수가 없었어요." 심호흡을 하고 주위를 둘러보았다. 이 마을의 유난히 넓은 거리, 사방에 삐죽삐죽 솟은 산, 숲속에 있는데도 흡사 바다에 있는 듯 빽빽하게 솟은 나무들. "그래서 이곳에 정착했더니…." 나는 말끝을 흐리며 내가 중단한 말을 클로이가 이어주기를 바랐다.

그녀는 그렇게 하지 않았다.

"인정하기 싫지만 나는 할아버지를 닮았나 봐요." 나는 이렇게 결론 내렸다. "이 마을에 발을 디딘 순간부터 여기가 내 자리라고 느꼈어요. 이곳에는 나를 끌어당기는 뭔가가 있어요."

"나는 그렇게 생각하지 않아요." 클로이가 마침내 입을 열었다. "태어난 날부터 이곳을 벗어날 방법을 궁리했어요." 가시 돋친 말투였지만 내가 자초한 상황이었다. 처음부터 솔직하게 말했어야 했지만, 대체 무슨 말을 했어야 할까?

'아, 당신이 열중하는 그 무뚝뚝한 노인이요? 사실 내 할아버지지만 그분은 내 존재를 몰라요. 우리 아빠의 존재도 모를걸요. 우리를 오래전에 파묻은 죽은 과거의 일부라고 생각할 거예요. 그나저나, 같이 등산 가지 않을래요? 둘이 함께 사라질 수 있는 장소를 아는데.'

결국 다 소용없었다. 앨로이시어스가 클로이의 날카로운 말에 마음을 가장 많이 다쳤으니.

"스포캔에서 대학 다니던 때가 그립지, 누나?" 질문 아니라 사실을 말하듯 했다. "자기만 챙기면 되니까."

클로이는 내게 혐오의 눈빛을 던졌다. 그녀의 커다란 초록 눈에 담긴 말을 전부 읽을 수 있었다.

"나는 내가 있고 싶은 바로 그곳에 있는 거야, 누들." 그녀는 가방을 챙기며 동생에게 손을 내밀었다. 목발을 짚고 도서관 계단을 힘겹게 올라가야 했기에 그는 그 손을 잡을 수 없었다. 하지만 나를 등지는 순간 그녀가 무슨 말을 하려 했는지 충분히 짐작할 수 있었다.

클로이는 이 사달이 전부 내 탓이라 생각했다. 열두 살짜리를 우리 집안 문제에 끌어들이고, 그녀가 자신을 신뢰하는 세 동생에게 필사적으로 숨기려 했던 진실을 들킨 것. 무엇보다 남겨둔 장소는 물론 남겨둔 사람들조차 뒤돌아보지 않고 이 마을을 떠난 여자의 편을 든 것이.

클로이는 뒤에 남겨진 채 흩어진 조각들을 수습하려 아등바등하는 사람이 되는 기분을 잘 알았다. 재스퍼처럼.

그리고 아무리 아니기를 바라더라도, 나는 두 명의 지적인 책벌레에게 더해진 또 하나의 골칫거리일 뿐이었다. 두 사람은 살면서 험한 일을 겪었고…, 그들에게 가장 큰 빛을 진 사람들에게서 한 번도 사과나 감사를 받지 못했다.

29
잭

두 시간이나 차를 몰아 스포캔 공항까지 가는 것이 내키지 않
았지만, 할머니를 거역할 수는 없었다. 지프 운전석에 앉다가, 조
수석 문을 열고 내 옆자리에 타는 여자를 보고 나는 깜짝 놀랐
다.

"어…, 안녕하세요?" 내 손이 차 열쇠 위에 멈췄다.

"안녕하세요, 잭." 목소리에 웃음기가 섞여 있었다. 도서관에서
본 적 있는 여자였다. 클로이의 단짝 친구 페퍼. 나를 보는 눈빛으
로 짐작건대, 우리의 사정을 대충 아는 듯했다. "드디어 만나네요.
정식으로요. 공항에 간다고 들었는데요."

곧 콜빌에 도착할 할머니를 모시러 갈 참이었기에, 나는 고개
를 끄덕였다. 안도감이 밀려왔다. 작은 마을에서는 소문이 빠르게
퍼지는 법이지만, 페퍼가 그 소식을 알게 된 경로는 친구가 아닐

까 싶었다. 페퍼가 내 계획을 안다는 것은, 클로이에게 들었다는 뜻이다.

그리고 클로이가 그 말을 했다면 나를 아예 없는 사람 취급하지는 않는다는 뜻이다. 아직은.

"할머니 비행기가 10시에 도착해요." 나는 시계를 흘끗 보며 말했다. 엄청나게 유능한 퇴역 공군 조종사로, '본즈'라는 호출 신호에만 응답하는 내 상관은 내게 하루 휴가를 내주는 것이 못마땅해 보였지만, 나는 그에게 내 아버지만의 귀뚜라미 민들레 수프 조리법을 알려주기로 약속했다. "클로이한테 거짓말했다고 나를 혼낼 생각으로 왔다면 빨리 끝내주세요."

페퍼는 내 말에 아랑곳하지 않고 어깨 위로 손을 뻗어 안전벨트를 맸다. "같이 출발하면 혼낼 시간은 충분하겠죠." 그녀의 목소리는 여전히 내 마음의 평화를 방해할 만큼 쾌활했다. "속도를 좀 내면 가다가 스타벅스에 들를 시간이 나겠어요. 펌킨 스파이스 라테를 마셔본 지가 언젠지."

곁눈질로 보니 그녀는 따라나서려고 단단히 작정한 듯했다.

"그쪽 어머니가 낯선 남자의 차에 타는 게 얼마나 위험한지 안 가르쳐주셨나 봐요?"

나를 보고 환히 웃는 페퍼를 보니, 그녀가 왜 클로이의 친한 친구인지 대번에 알 수 있었다. 페퍼는 '안 돼'라는 말을 쉽게 받아들이지 않는 사람이었고, 클로이는 그 말을 입에 달고 사는 사람이었다.

페퍼는 발밑에 놓아둔 가방을 가볍게 두드렸다. "우리 엄마는 안 가르쳐줬지만 할머니가 몸소 가르쳐주셨죠. 이상한 짓 하면 얼굴에 곰 퇴치 스프레이 맞을 각오 해요."

나는 웃음을 터뜨리며 차의 시동을 걸었다. 상황이 점점 꼬였지만, 이 드라이브만큼은 유쾌할 것 같았다.

"나한테는 곰 스프레이 같은 거 소용없어요. 야생 훈련 수업의 첫 단계가 바로 자초한 결과를 감내하는 법을 배우는 거예요. 이 나이까지 살다 보니 그런 데 이골이 났어요."

◆

클로이의 단짝 친구를 옆에 태우고 두 시간을 운전하는 내내 유도신문과 곤란한 질문이 쏟아질까 두려웠지만, 공항 밖에서 페퍼와 할머니가 서로를 끌어안는 모습을 지켜보는 괴로움에 비하면 아무것도 아니었다.

"세상에." 할머니가 엄청 큰 짐가방을 끌고 자동문을 나왔다. 보아하니 여생을 워싱턴주에 눌러앉을 작정인 듯했다. "꼭 시간을 거슬러 올라온 기분이야. 아무래도 파쿠타스가 틀림없어."

"그렇게 티나요?" 페퍼가 깔깔 웃었다. 그녀는 낯선 사람을 끌어안는 것이 일상인 양 할머니의 포옹을 자연스레 받아들였다. "기분 나쁠 뻔했는데, 우리 할머니 젊었을 때 사진을 본 적이 있어요. 엄청난 미인이던걸요."

"맞아, 그랬지." 내 할머니가 맞장구를 쳤다. 할머니는 다음으로 나를 돌아봤지만 포옹할 생각은 없어 보였다. 오히려 짜증 나게 거기 왜 서 있냐는 표정이었다. "우리 손자구나. 내가 다시는 이 주에 발도 안 들이겠다고 맹세한 사람인데, 나를 여기로 끌어들이다니 너도 참 대단하다."

"제가 끌어들인 거 아닌데요." 나는 짐가방을 가리켰다. "사실 할머니를 초대한 적도 없잖아요."

"내가 어디 안 부른다고 안 올 사람이더냐?" 할머니가 응수했다.

그제야 나는 할머니의 포옹을 받았다. 할머니는 몸집이 나보다 훨씬 작지만, 워낙 활력이 넘쳐서 열 배는 크게 느껴진다. 늘 그렇듯 할머니에게서 따뜻한 바닐라 향과 항상 뿌리던 사향 향수 냄새가 났다. 이 모든 상황이 너무나 비현실적으로 느껴졌다. 돌이켜 보면 내 인생 전체가 매우 비현실적이었다. 내가 기억하는 캐서린 할머니는 늘 화려하고 세련된 분이었다. 유행의 최첨단을 달리는 옷에 멋진 스카프를 두르고, 한 손에는 칵테일을 다른 한 손에는 휴대폰을 든 그녀는 노년을 오로지 인생을 즐길 시기로만 인식하는 세대의 대표주자였다. 미혼모가 사회에서 배척당하던 시대에, 결혼하지 않고 당당히 아이를 낳았다. 남성이 지배하던 출판업계에서 편집자가 되어, 한 사무실에서, 때로는 한 건물에서 유일한 여성으로 일하기도 했다.

패션이라 할 만한 것은 노스페이스의 신제품 폴라플리스가 전부고, 가장 가까운 미슐랭 스타 레스토랑이 600킬로미터 거리에 있는 이런 곳에 할머니가 왔다는 것 자체가 무척이나 어색했다.

"자." 할머니가 내 지프를 살피며 말했다. 낡고 지저분해서 비포장도로를 달리기 딱 좋은 차였다. 꼭 나를 닮았다고 할까? "할 일을 얼른 해치워야지."

짐 무더기를 내게 넘기고 할머니는 뒷좌석에 앉았다. 페퍼는 앞에 타지 않고 할머니 옆에 앉았다.

"콜빌에서 우리 할머니, 재스퍼 씨와 어떻게 지내셨는지 다 들려주세요." 페퍼가 다시 안전벨트를 매며 말했다. "하나도 빼지 말고요."

◆

"사람들은 우쭐대는 도시 남자들이 가장 오만하고 이기적인 줄 아는데, 알고 보면 그렇지가 않아." 지프를 타고 탁 트인 고속도로를 달려 집으로 돌아오는 길에 할머니가 말했다. 꼭 나더러 들으라는 말투 같았다.

"오만한 남자들에 대해 잘 아세요, 할머니?" 페퍼도 똑같은 말투로 물었다. 그녀는 딱 5분 만에 우리 할머니를 '할머니'라 부르기 시작했고, 두 사람이 둘도 없는 친구가 되기까지는 5분도 걸리지 않았다. "꽤나 잘 아시나 봐요."

"그렇다고 할 수 있지." 할머니가 새침하게 대답했다. 그리고 웃으며 내 어깨를 두드렸다. "하지만 자세한 얘기는 안 할 거야. 내가 평생 동안 만난 남자들 얘기를 하면 가엾은 잭이 차를 도로 밖으로 몰지도 몰라."

나는 탄식했다. "이건 꿈일 거야."

"내 말 무슨 뜻인지 알겠지?" 할머니가 혀를 찼다. "진짜 문제는 여기 잭 같은 남자들이야. 저 애나 저 애 아빠나, 모든 것의 원흉인 재스퍼도 마찬가지고. 거칠고 강하고 자립적인 척하지만 사실은 지독히 이기적이지."

"라디오 켤 거예요." 내가 경고했지만 다들 무의미한 협박인 줄 알았다. 대화가 불편했지만 할머니가 무슨 말을 할지 궁금하기도 했다. 떠나면서 이곳을 얼마나 황폐하게 만들었는지, 남의 마음과 인생에 얼마나 큰 상처를 남겼는지는 전혀 모르는 듯했다.

"그런 남자들은 자연에서 사서 고생을 하며 현실을 회피하잖아. 생각해 봐. 우리는 인류 역사상 가장 빛나는 시대를 살고 있어. 휴대폰만 꺼내면 기록된 역사를 곧바로 찾아볼 수 있다고. 이 도로를 달리면서 지나친 레스토랑만 최소 15곳이고, 호주머니 속 작은 플라스틱 조각으로 먹고 싶은 건 뭐든지 사 먹을 수 있잖아. 금속 덩어리 속에 편안히 앉아, 수백만 년 전에 살다 간 해양 식물과 동물의 부패한 시체를 태우며 도로를 쌩쌩 달리는 건 말할 필요도 없고. 그런데도 이 남자들은 인간의 유일한 생존 수단이 텐트에서 잠을 자고 1분 안에 다람쥐 가죽을 벗기는 능력이라고 우기는 거야."

"말씀 한번 잘하셨어요, 할머니." 페퍼가 환호했다.

엔진 소리에 섞인 할머니의 목소리에서 들뜬 기색이 느껴졌다. 할머니는 앞으로 몸을 숙여 내 어깨를 두드렸다. "내 말 맞지, 잭? 베이츠는 요즘도 네 가엾은 엄마를 그 큰 집에 혼자 덩그러니 남겨두고 '자연과 교감'하러 나간다니?"

"일 년에 서너 번 정도예요." 나는 내 역할을 이해했지만 그래도 아버지를 변호하고 싶었다. 내 부모님의 결혼 생활은 예사롭지 않았지만 늘 행복했다. "그래도 엄마는 개의치 않는다는 거 아시잖아요. 아빠가 없는 동안 항상 그림을 예닐곱 장씩 새로 그리는걸요."

할머니가 손으로 내 말을 막았다. "그 말이 아니잖아. 중요한 건—"

"잠깐만요." 페퍼가 끼어들었다. "아드님 이름이 베이츠라고요? 〈다운튼 애비〉의 집사 베이츠요?"

나는 고개를 저었다. 아버지 이름의 유래를 설명하는 것은 아버지의 자연 사랑이 어디서 유래됐는지 설명하는 것보다 훨씬 어려웠다.

"그 베이츠 아니야." 할머니가 말했다. "《사이코》에 나오는 노먼 베이츠지."

"아들 이름을 공포 영화에 나오는 사이코패스 살인마 이름에서 땄다고요?" 페퍼가 못 믿겠다는 듯이 물었다.

할머니는 살짝 헛기침을 하며 그 말을 바로잡았다. "아니지. 역사상 가장 위대한 소설에 등장하는 사이코패스 살인마의 이름을 딴 거야."

나도 한마디 거들어야 했다. "맞아요. 친아버지에게 버림받고, 어머니에게 병적으로 의존하는 인물이죠." 뒷좌석의 분위기가 갑자기 싸해지자 나는 웃음이 터졌다. "할머니의 유머 감각은 늘 음침했어요."

"베이츠는 강하고 좋은 이름이야. 나는 그 이름을 선택하고 한 번도 후회한 적 없어." 할머니는 단호히 말했지만 이내 참지 못하고 킥킥 웃었다. "내 부모님한테 그 말을 했을 때 두 분의 표정이 어땠는지 너도 봤어야 하는데. 내가 임신했을 때보다 더 경악하셨을걸. 어머니는 진짜로 우셨어."

페퍼는 길고 천천히 숨을 내쉬었다. "대박. 할머니, 진짜 최고예요. 클로이도 할머니를 엄청 좋아하겠는데요."

그 이름을 듣고 나도 모르게 헉 소리를 냈다. 처음 전화 통화를 할 때, 나는 할머니에게 클로이에 대한 내 감정을 전혀 밝히지 않았지만, 자연스레 그녀의 이름이 나오게 됐다. 그리고 할머니에게는 항상 사물의 이면을 꿰뚫어 보는 신기한 능력이 있었다. 나는 그 때문에 할머니가 오래전 재스퍼 홈스 같은 남자에게 끌리지 않았을까 생각한다. 세상 사람들은 그를 보면 겨울잠에서 갓 깨어난 곰처럼 사회성이라고는 없는 괴팍한 인물인 줄 알지만, 할머니는 그를 보고 '응? 꽤 다정한데?'하고 느낀 것이다.

"아, 그래." 할머니는 애써 태연한 목소리를 냈다. "책을 발견한 아가씨 말이지. 재스퍼가 오랫동안 괴롭혔다는."

"제가 언제 괴롭혔다고 했나요. 그 집 원반을 빼앗았다고 했지." 나는 항의했다.

두 사람은 나를 차 안에 없는 사람 취급했다.

"아까 내가 한 말을 증명하는 행동이잖아. 나는 그 사람한테 일생일대의 선물을 준 거야. 그 사람을 떠나는 건 더없이 힘든 일이었지만, 재스퍼에게 자기 인생을 살게 하는 유일한 방법이었어. 그런데 그 사람은 그 선물을 어떻게 썼냐고."

이 문제에 대해서는 내 나름의 답이 있었지만, 할머니가 듣고 싶어 할 만한 대답은 아니었다. 나는 재스퍼 홈스에 대해 너무 많은 것을 보았고 책 속에 적힌 글을 너무 많이 읽었기 때문에, 할머니가 떠난 후의 삶이 길고 외로운 가시밭길이었다고 밖에 생각할 수 없었다.

"그 사람은 그냥 인생을 낭비한 거야." 할머니가 결론을 내리듯 말했다. "잘 살아보려는 최소한의 노력도 하지 않고 그 마을에서 세월만 흘려보냈어. 그러니까 이기적인 사람이지."

나는 다시 항의하려 했지만 페퍼가 먼저 입을 열었다. "하지만 할머니, 그분이 할머니의 죽음을 선물로 여기지 않았다면요? 마음의 상처가 너무 커서 치유할 방법을 찾지 못했다면요?"

할머니는 불편한 침묵에 빠졌다. 나는 할머니가 마침내 자신이 잘못했을지도 모른다고, 재스퍼라는 남자가 그렇게 된 책임이 상당 부분 자신에게 있다고 인정할 줄 알았지만 아니었다. 이제 보니, 그렇게 할 수나 있을지 의문이 들었다.

"누구나 일생에 한 번쯤은 상심하게 마련이야." 할머니는 늘 그렇듯 꿋꿋이 자신의 주장을 펼쳤다. "그건 사랑에 빠지는 것만큼이나 피할 수 없는 일이라고. 진짜 어려운 건 그것을 어떻게 극복할지 결정하는 거야."

30

캐서린

내 손자는 바보가 아니었다.

나를 숲속의 텐트나 고속도로 가에 널린 싸구려 호텔에 데려가는 대신, 내 부모님의 옛집에서 멀지 않은 곳에 에어비앤비를 예약했다. 자랑은 아니지만 나는 지구에서 80년 넘게 살았다. 그동안 다세대 주택, 곰팡내 나는 아파트 지하층, 뉴욕시 한복판의 단칸방 등 다양한 보금자리를 거쳤다. 대부분의 주거 환경이 열악했지만, 이제는 더 이상 머리와 천장 사이에 딱 15센티미터 공간밖에 없는 다락방에서 자야 할 처지가 아니므로 그렇게 하지 않을 생각이었다.

나이 드는 건 즐겁지 않지만 장점도 있다.

"문과 창문을 다 확인했는데 안에서 잠글 수 있게 되어 있어요." 잭은 거실을 오가며 움직일 수 있는 것을 전부 건드려보았다. "숨겨진 카메라는 못 찾았지만, 혹시 모르니까 알몸으로 돌아다니지 마세요. 누군가 지하에 숨어서 찍고 있을지 어떻게 알겠어요."

나는 웃으며 잭의 뺨을 쥐고 살짝 입을 맞췄다. "아이고 세심해라. 내 알몸을 찍고 싶으면 얼마든지 찍으라고 해. 나보다 찍는 사람이 훨씬 민망할 테니까."

잭은 웃었지만 딱 제 아빠를 생각나게 하는 웃음이라 마음이 아팠다.

사실 그건 거짓말이다. 재스퍼를 연상시키는 웃음이라 마음이 아팠던 거다. 베이츠는 재스퍼의 판박이다. 키가 훤칠하고 팔다리가 길며, 많은 것을 보면서도 내색하지 않는 강렬한 파란 눈을 지녔다. 잭은 아빠나 할아버지와 외모는 많이 닮지 않았지만 행동은 그대로다. 제 엄마의 영향으로 훨씬 더 외향적이고 쾌활하지만, 이 집 남자들은 뼛속 깊이 진지하다는 공통점이 있다. 셋 다 열정적으로 살고 사랑했다.

"책 갖고 있니?" 우리 중 누구라도 그 얘기를 꺼내야 할 것 같아서 물었다. 나는 손을 내밀어 손가락을 흔들었다. "한 번 보고 싶어. 거기다 뭐라고 썼는지 기억은 안 나지만 전부 유치한 헛소리겠지."

잭은 놀란 표정을 지었다. "《폭풍의 언덕》 말씀이죠?"

"맞아." 나는 짜증을 누르며 말했다. "너를 사랑하지만, 네가 먹는 벌레나 네가 이름을 바꾼 별자리 얘기를 듣자고 여기까지 온 건 아니란다."

잭의 웃음에 조금 힘이 빠졌다. 미소도 마찬가지였다. 내 인생에서 가장 중요한 세 남자가 공통적으로 지닌 특성 하나를 꼽는다면, 입가에 띤 묘한 미소일 것이다. 느닷없이 나타나서는 심장을 철렁하게 만드는 미소. 클로이라는 아가씨가 나와 비슷한 구석이 있다면 역시 저런 미소 앞에서 저항할 수 없었으리라.

"왜 그러세요, 할머니. 그런 건 어릴 때나 했죠."

"별자리는 몰라도 네가 지난주에 곤충을 먹었을 거라는 데는 내 전 재산을 걸 수 있어."

"어쩔 수 없어요. 그게 제 일이니까요. 곤충이 얼마나 건강에 좋다고요. 밀웜은 단백질이 엄청 풍부해요."

이 말을 듣고 내가 헛구역질을 한 건 결코 연기가 아니었다. 재스퍼는 늘 야외 활동에 진심이었고, 베이츠는 취미로 하던 캠핑이 삶의 일부가 되었지만, 몸과 마음을 자연에 바친 사람은 잭뿐이었다. 언젠가 잭이 아이를 낳으면 어떤 상황이 벌어질지 상상만 해도 몸서리가 쳐졌다. 그 가엾은 아이는 늑대에게 넘겨져 스스로 살아남아야 할지도 모른다.

"네가 일이라는 핑계로 해온 온갖 역겨운 짓들을 늘어놓으면서 나를 괴롭힐 생각은 말거라." 잭이 더 이상 나를 시험하지 못하게 막아야 했다. "나는 책 때문에 여기 왔으니까, 그 책을 가져갈 거야. 재스퍼 외에 다른 사람 보라고 쓴 건 절대 아니니까."

죄책감으로 붉어진 얼굴을 보고, 나는 잭이 책이랑 거기 적힌 글을 전부 읽었구나 짐작했다. 내가 그 책에다 쓴 메모를 전부 기억하지는 못한다고 했던 건 거짓말이 아니었다. 당시 임신 5개월이었던 나는, 고딕 소설 애호가인 브론테 자매조차 감히 종이에 옮기지 못할 절박한 탈출 계획을 세우고 있었다. 매일 밤 베개에 대고 흐느끼며 상황이 바뀌게 해달라고 기도했다.

당연히 내가 남긴 글은 다소 과장된 면이 있었다. 임신 호르몬이 들끓는 상태에서 한 남자의 마음을 찢어놓을 작정을 한다면 누구나 감정 과잉이 될 수밖에 없다.

"안 갖고 있어요." 어찌나 진지하게 말하는지 진짜라고 믿을 수밖에 없었다.

"팔아먹었냐? 몇 푼이나 한다고."

잭은 미안한 듯 목덜미를 긁적였다. "당연히 팔진 않았고요, 클로이한테 줬어요. 이 이야기가 어떻게 끝날지 우리보다 관심이 많은 사람이 클로이거든요."

나는 고개를 끄덕였다. 그 대답이 마음에 들었다. 클로이라는 아이를 몰랐지만 어떤 부류인지는 알 것 같았다. 아, 어떻게 아냐고? 책을 너무나 사랑하는 사서, 자신의 마음을 도려내더라도 할 일은 해내는 젊은 여자. 내 마음 깊은 곳에도 아직 그런 모습이 살아 숨 쉬고 있을 것이다.

어쨌든 나는 그렇게 생각하고 싶었다.

"그럼 나를 그 아가씨한테 데려다주렴." 나는 버킨백을 들고 문으로 향했다. "미적대다가는 점점 늙기밖에 더 하겠어?"

그 엄마라는 사람을 보자마자, 예상보다 훨씬 골치 아픈 상황에 맞닥뜨렸다는 느낌이 왔다.

"들어오세요, 어서요." 문간에 서 있는 나를 보자마자 그 여자가 말했다. 나는 내 오른쪽의 화사한 정원 쪽으로는 가급적 눈길을 주지 않았다. 재스퍼가 집에 있는지 알 수 없고, 여행으로 지친 상태라 그를 만날 준비도 안 된 기분이었다. 마당에서 솟아 나와 한껏 무성하게 자란 잎사귀들과 꽃들 너머에는 보이는 것도 거의 없었다.

아, 재스퍼. 모든 열정을 사람 대신 식물에 쏟아부어, 우스꽝스러울 정도로 뻔한 소설 속 식물로 요새를 만들었다. 《무기여 잘 있거라》에서 튀어나온 듯한 보라색 등꽃이 맨 먼저 눈에 띄었다. 좀 더 둘러보면, 《북회귀선》의 거름 더미에서 피어난 장미와 《힐하우스의 유령》에 나오는 협죽도도 찾을 수 있겠지.

"피곤하시겠어요." 엄마라는 사람이 내 팔에 손을 얹고 가만히 집안으로 이끌었다. "따뜻한 차 한 잔 마시면서 쉬고 계세요."

우리가 도착한 곳은 쓰레기 더미에서 끌어다 놓은 것 같은 푹 꺼진 다갈색 소파였다. 그 여자는 주저 없이 나를 그곳에 앉혔다. 나를 무덤에 반쯤 들어가 있는 사람 취급하는 것 같았다.

"집이 어수선해서 죄송해요." 그녀는 소파에서 만화책 한 무더기를 안아 올려 탁자에 던지며 사과했다. "지금 집에 식구가 많거든요."

"아이 넷이 공간을 이렇게 많이 차지하나 싶어요." 윌리 웡카와 움파룸파(소설 《찰리와 초콜릿 공장》에 등장하는 공장장과 노동자로 일하는 난쟁이 종족 ─ 옮긴이)를 섞어놓은 것 같은 땅딸막하고 잘 차려입은 남자가 덧붙였다. 그는 내게 스스럼없이 손을 내밀었다. 그 손을 잡았더니, 그의 아내에게는 없던 억센 힘을 느낄 수 있었다. 그래서 그가 더 마음에 들었다. "저는 토드라고 해요. 토드 애런스. 여기, 러베나는 제 아내이자 네 아이의 엄마죠. 믿기시나요? 서른도 안 돼 보이잖아요.”

이런 말도 맘에 들었다. 예리한 내 눈으로 볼 때, 러베나라는 이 여자는 40대 후반에 가까웠지만, 주근깨 가득한 얼굴과 불타는 듯한 붉은 머리를 보니 10년쯤 나이를 깎아도 먹힐 것 같았다. 이 여자의 딸이 엄마와 조금이라도 닮았다면, 내 손자가 푹 빠진 이유도 이해할 만했다.

“사실 이 집에 사는 아이는 둘 뿐이잖아요.” 잭이 잘라 말했다. 아직 집으로 들어오지도 않고, 팔짱을 낀 채 문간에 다리를 벌리고 서 있었다. “테오랑 트릭시는 아직 재스퍼 씨 집에 있고요.”

“그렇긴 한데, 아이들 물건은 다 이 집에 있으니 여기 사는 거나 마찬가지 아녜요?” 러베나의 목소리는 짜증과 쾌활함의 경계에 있었다. “한동안 세상 구경을 좀 하고 다녔더니 그 아이들 물건이 얼마나 많은지는 잊어버렸네요. 옷이며, 장난감이며, 책이며⋯”

“‘나이트 웨이브’네요.” 나는 그래픽 노블 한 권을 집으며 말했다. “이 집 누군가는 참 책 고르는 안목이 있네요. 내 책인데.”

러베나가 눈을 깜박이며 나를 내려다봤다. 어느새 차를 준비하는 것은 잊은 모양이었지만 나는 개의치 않았다. 과거에나 미래에나 내 선택은 커피가 될 터였다. 그건 아버지 덕분인가?

“그건 아니에요.” 여자가 친절하게 말했다. “내 아들 책이에요. 누들이라고. 독서를 엄청 좋아하거든요.”

잭에게 나를 구해 달라고 애원하는 시선을 던졌지만, 그 아이는 입술을 꾹 다물고 구경만 했다. 나머지 가족은 몰라도 이 여자에 대해서는 좋은 감정이 없는 듯했다.

"아니, 내가 담당했다는 뜻이에요. 출판사에서요. 그래픽 노블은 내 분야가 아니라서 공동 편집자로 그쳤지만, 그 책이 내 책상 위로 올라온 순간 꼭 따내야겠다고 생각했죠. 약간의 공포 요소가 가미된 액션? 부족한 면이 있지만 응원할 수밖에 없는 영웅? 절대 놓칠 수 없죠. 처음부터 이 시리즈를 열심히 밀었어요."

그 여자가 내 말을 이해하기까지 오래 걸리지는 않았다. 그녀는 책을 뒤적여 '감사의 말'을 훑었다. "그러니까 이 책의―"

"말도 안 돼!" 남자아이 하나가 이렇게 외치며 현관문으로 뛰어 들어와 잭을 사정없이 옆으로 밀쳤다. 아이는 깁스를 한 채 절뚝거렸고, 머리 색을 보니 이 가족의 일원이 분명했다. 나는 아이의 나이를 열 살, 열한 살쯤으로 짐작했다. 우리의 타깃 독자층보다 한참 어리지만, 나도 그 나이 때 공포 소설 작가 H. P. 러브크래프트에 푹 빠져 있었으니 이러쿵저러쿵 할 입장은 아니었다.

"'나이트 웨이브' 시리즈를 전부 세 번씩 읽었어요." 그는 존경심이 담긴 목소리로 내게 말했다. "다음 책은 곧 나오나요? 이그리트는 정말 죽은 거예요, 아니면 죽은 척한 거예요? 마지막 전투 전에 재치의 검을 찾게 되나요?"

나는 웃으며 손을 들었다. "천천히 물어보렴. 한 번에 한 가지씩."

"죄송해요." 아이가 눈길을 떨궜다. "그냥 그 책을 엄청 좋아하거든요."

아이가 던진 질문에 차례로 답하려던 순간, 뒤에서 또 다른 사람이 나타났다. 예쁜 얼굴에 피곤한 기색이 완연한 아가씨였다.

눈으로 동생부터 찾는 것을 보니 클로이가 아닐까 싶었다.

"누들, 몇 번이나 말해야겠어? 깁스를 했으면 걸어 다녀야지 전속력으로 뛰어다니는 건 곤란해. 어쩌면 테오보다 철이 없니? 아!" 그녀는 나를 보자마자 동작을 멈췄다. 그리고 무서울 정도로 금방 나를 알아봤다. "아!" 그녀는 눈을 동그랗게 떴다.

나는 예측 가능한 사람이 되는 것을 싫어하기 때문에, 그녀의 반응을 칭찬으로 받아들여야 할지 말아야 할지 헷갈렸지만, 상관없었다. 그녀를 뒤따라 들어서는 한 노인을 보고, 내 감각은 오롯이 그에게 집중되었다.

나이가 들었지만 그는 키가 크고 어깨가 넓었으며 자세는 완벽하게 꼿꼿했다. 새하얀 머리칼이 작은 집의 천장을 스칠 정도였고, 옷은 좀 촌스러웠지만 탄탄한 체격에 잘 맞았다. 사실 누군가 내게 내기를 제안한다면 나는 이 사람에게 여전히 나무가 가득한 숲 전체를 쓰러뜨릴 힘이 있다는 쪽에 걸었을 것이다.

하지만 그는 지쳐 보이기도 했다. 그리고 한때 내가 알던 청년을 너무 닮아, 내 심장은 가슴에서 튀어 나갈 듯이 두근거렸다.

특히 그가 나를 알아본 순간에는.

"재스퍼, 안 돼요—" 그 아가씨가 입을 열었지만 이미 너무 늦었다. 그는 숲속의 나무처럼 쓰러지기 시작했다. 온몸의 근육이 한꺼번에 무너졌다.

나의 모든 근육도 그와 함께 무너졌다. 나는 움직일 수도, 반응할 수도 없었다. 그는 문틀을 잡으려 손을 뻗었지만 소용없었다. 허우적대던 그는 잭의 빠른 판단과 더 빠른 행동 덕분에 바닥에 쓰러지는 것을 간신히 피할 수 있었다.

캐서린

《폭풍의 언덕》의 책장은 두껍고 매끄러웠다. 양장 특별판이 아니라면 요즘 출판물에서는 찾아볼 수 없는 품질이었다. 내가 재스퍼 보라고 오두막 책장에 꽂아둔 책이었지만 손댄 흔적 없이 빳빳했다.

"이걸 읽었어야죠." 재스퍼의 침대 옆에 앉으며 그를 나무랐다. 재스퍼는 정신을 잃고 잭의 품으로 쓰러졌다가 아직 깨어나지 않았지만, 고르게 숨을 쉬며 잠결에 자꾸만 뭐라 중얼거렸다. 그래서 그냥 몸이 말을 듣지 않아 쓰러졌고 나를 마주할 준비가 되지 않았다고만 생각했다.

내가 앉아 있는 곳은 그의 방이 아니었다. 잭 같은 장골도 이 거구를 샘슨네 남자아이들 방까지 끌고 오느라 진땀을 흘려야 했다. 이곳은 베이츠가 자란 방을 연상시켰다. 처음에 우리는 돈에 쪼들렸다. 60년대에는 교육을 받지 못한 여성에게 주어지는 취업 기회가 매우 적었으니까. 베이츠는 온갖 자연물을 수집하는 아이였다. 돌멩이, 나뭇잎, 말라비틀어진 온갖 딱정벌레 사체들. 야외에서 볼 수 있는 지저분한 수집품을 이 아이는 소중히 보관했다. 대충 페인트칠을 하여 감춘, 이 집 벽의 흠집조차 정겹게 느껴졌다. 언젠가 베이츠도 즉석 소시지구이를 하겠답시고 방 한가운데 모닥불을 피우려 한 적이 있다.

나는 책 중간쯤을 펼쳤다. 클로이는 이 책을 가방에 가지고 다녔다. 질문을 퍼붓고 싶어 입이 근질근질한 눈치였지만, 주저 없이 내게 책을 건넸다.

"당신은 내가 당신을 죽였다고 했지. 그럼 유령이 되어 나를 찾아오라고!" 나는 큰 소리로 책을 읽었다. "죽임을 당한 자는 죽인 자를 찾아와 괴롭히잖아. 유령이 세상을 떠도는 것도 알아. 항상 내 곁에 있어 줘. 어떤 모습으로든. 차라리 나를 미치게 해줘. 당신을 찾을 수 없는 이 구렁텅이에 나를 남기지만 말아줘.'

이 구절을 읽자 한숨이 나왔다. 특히 내가 여백에 적은 글을 보았을 때는.

J. 당신은 생명 없이도 살 수 있고, 영혼 없이도 살 수 있어요. 꼭 그래야 해요. 나를 위해서도. 당신을 위해서도 부디 그렇게 해줘요.

"우리가 이렇게 오글거리는 말을 주고받았다니, 믿어져요?" 손가락으로 그 글씨를 쓰다듬으며 물었다. 그 위에 떨어진 내 눈물 자국이 아직도 선명히 보였지만, 추억 때문에 감상에 빠진 탓인지도 모른다. "요즘 아이들은 사랑에 빠지면 자기들이 인류 최초로 그런 감정을 느끼는 사람들인 양 호들갑을 떨죠. 그런 모습을 보면 열정을 되찾고 싶다는 생각도 들어요. 그러다 첫 몇 년간의 고통을 떠올리면 다시 마음이 바뀌죠. 당신은 어땠는지 몰라도 한동안 참 힘들었어요. 당신을 찾으러 여기로 돌아올까 셀 수 없이 고민했어요."

실제로 돌아올 수도 있었겠지만, 내가 떠나고 몇 달 뒤에 레이더 기지가 폐쇄되었다. 아버지는 자리가 없어져서 크게 낙담했지만 어머니는 더 좋은 곳으로 옮겨가게 되어 반색했다. 부모님은 집을 처분하고 다음 근무지(내 기억이 맞다면 필라델피아)로 옮기자마자 콜빌을 기억에서 싹 지웠다.

하지만 내 기억에서는 지워지지 않았다. 내 발로 서는 법을 배운 곳이었기에 영원히 내 마음속에 남았다. 내 속에서 자라고 있던 다른 두 개의 발이 나를 지탱해 준 덕분이지만.

"당신이 이 책을 60년이나 책장에 꽂아두고 손도 대지 않을 줄 어떻게 알았겠어요?" 나는 살짝 혀를 차며 말을 이었다. "당신을 위로하려고 준 책인데, 이 바보. 내면의 히스클리프를 한껏 발휘할 수 있게 유령을 붙여준 거잖아요. 그런데 그냥 허비하다니."

"나가."

억지로 끌어낸 듯 재스퍼의 입에서 나온 말이었다. 내 시선이 그의 얼굴로 향했지만 눈은 여전히 감겨 있고 안색은 너무 창백했다. 재스퍼가 나이에 비해 건장한 편이기는 해도 갑자기 충격을 받으면 혈액순환에 이상이 생기기 마련이다.

"나도 반가워요." 그의 손으로 팔을 뻗으며 말했다. 눈을 감고 있었지만 그는 내 손이 닿기 전에 얼른 손가락을 피했다. 나는 혀를 찼다. "참 나. 옛날 애인을 이렇게 대하기예요? 마을 사람들을 공포에 떨게 할 만도 하네요. 옛 친구를 이런 식으로 대하는데 적에겐 어떻게 할지 상상도 안 가네요."

그는 마침내 눈을 뜨고 너무나 익숙한 시선을 내게 고정했다. 나만큼이나 주눅 든 표정이었지만, 그 맑고 푸른 눈이 나와 내 눈을 마주하는 순간, 그간의 세월은 순식간에 사라졌다. 나는 더 이상 밀려드는 시간에 지친 전직 편집자가 아니었고, 쓸모없는 존재가 되었다는 자각에 의기소침한 헌신적인 어머니와 할머니도 아니었다. 그 순간 나는 다시 열아홉 살이 되어 첫사랑에 빠져들었다. 무모하고 주체할 수 없는 사랑의 기쁨에 다시 뛰어들었다.

"당신은 죽었어." 재스퍼는 여전히 단어 하나하나를 억지로 끌어내고 있었다. "당신은 유령이야."

그 모습을 보니 슬그머니 미소가 나왔다. "또 《폭풍의 언덕》을 인용하게요? '나는 유령이 존재한다고 믿어. 유령이 세상에 분명히 있다고 믿는다고.' 뭐 이런 거?"

인용을 계속하거나 자신이 한 말을 해명하는 대신 재스퍼는 벌떡 일어나 내가 살며시 덮어두었던 담요를 홱 젖혔다. 그는 단호히 팔을 들고 손가락으로 문을 가리켰다.

"나가." 이번에는 더 강한 어조였다. "여기 뭐 하러 왔는지, 세월이 그렇게 지난 후에 다시 내 속을 뒤집으러 온 이유가 뭔지 모르겠지만, 옛날 일은 더 이상 생각하고 싶지 않아. 당신도."

"재스퍼, 이러지 말아요." 내가 이곳에 돌아와서 놀랐겠지만 그 세월 동안 그도 나처럼 온화해졌을 줄 알았다. 시간의 힘이란 그

마음 대여 도서관 **373**

런 것이니까. 젊음의 꿈과 소망을 짓밟고, 구체적이고 따분한 현실로 바꾸는 것이니까. 지난 60년 동안 나는 많은 일을 하며 살았다. 그중 몇 가지, 내 아들, 내 손자, 나의 경력은 자랑스러웠다. 부모님과의 의절, 책상 앞에 웅크리고 앉아서 보낸 너무 많은 시간들, 처절하게 실패한 몇몇 관계처럼 되돌리고 싶은 것도 있었다.

어쨌든, 전부 나의 일부가 되었다. 좋든 나쁘든, 용감하든 비겁하든, 내 결정은 이미 내려졌다. 이제는 그것들을 끌어안고 살아가는 수밖에 없다.

"전화라도 하고 왔어야 한다는 거 알아요." 나는 서글픈 미소를 지었다. "편지나 책이라도 보냈어야 했죠."

"클로이!" 그는 내 말을 무시하고 외쳤다. "잭! 내가 죽는 꼴을 보고 싶지 않으면 나를 여기서 데리고 나가. 어서."

문이 벌컥 열리는 속도로 짐작건대 두 젊은이는 복도에서 갈등이 나타날 조짐을 기다리고 있었던 모양이다. 방에 들어서는 둘의 거리감은 그 기다림이 전혀 즐겁지 않았다는 뜻이었다.

재스퍼는 한 방에 있는 나와 잭을 본 순간에 자신에게 닥칠 충격에 대비하지 못했거나, 우리가 나란히 선 모습을 보기 전까지는 우리의 관계를 알아채지 못한 듯했다. 우리 둘을 한 번 쳐다보더니 그의 얼굴은 하얗게 질렸다.

"아니야. 이럴 수 없어. 말도 안 돼."

"다시 인사드려요, 선생님." 잭이 슬며시 웃었다. "아니, 할아버지라고 해야겠죠?"

그 순간에 할 수 있는 최악의 말이었지만, 그 아이를 나무랄 수는 없었다. 베이츠가 자기 애비의 존재에 대해 거의 또는 전혀 관심을 보이지 않자, 나는 큰 곤란은 피한 줄로만 알았다. 빛과 소리와 기억이 스며드는 과거의 문을 살짝 열어 두는 것보다 꼭 닫아 버리는 편이 훨씬 쉬웠다.

하지만 잭은 궁금해했다. 알고 싶어 했다. 이제 문은 활짝 열렸고 다시는 닫을 수 없다.

"제발 잭한테는 화내지 말아요." 나는 그 아이를 두둔하고 싶었다. 최소한 재스퍼의 엉덩이뼈가 부러지는 것은 막아줬으니 내가 그 정도는 해야 할 것 같았다. "내가 찾아온 건 잭이랑 아무 상관 없어요. 사실은 오지 말라고 말렸지만 당신도 알잖아요. 나는 하지 말라면 더 하는 사람인걸."

재스퍼는 이 말을 못 들은 척하고 턱에 힘을 주었다. "아들이에요, 딸이에요?" 그가 목소리를 짜냈다.

이제 내 주위의 세상이 흔들릴 차례였다. "뭐라고요?"

"내 아이가 아들이에요, 딸이에요?" 그가 다시 물었다. 위태롭고 날카로운 목소리였다. "어려운 질문 아니잖아요. 아이에 대해 알고 싶다는 거예요. 우리 아이."

나는 도로를 질주하던 빨간 머스탱에 갑자기 옆구리를 들이받힌 기분이었다. 손바닥이 까지고 무릎은 후들거리고, 내 위로 넘어진 자전거 바퀴는 끝없이 돌고.

잭이 얼른 나를 감싸 안았다. 그 튼튼하고 믿음직한 팔로 나를 방구석에 놓인 삐걱대는 의자로 이끌었지만 내 상태는 오히려 더 나빠졌다. 언젠가 나를 자전거 밑에서 일으켜 준 바로 그 팔이었고, 한때 내가 재스퍼에서 끌어내기 위해 별짓을 다 했던 그 미소였지만.

"아들이에요." 나는 숨을 헐떡이며 대답했다. 잭은 낮은 소리로 뭐라 웅얼거리며 나를 진정시키려 했지만 귀에 들어오지 않았다. "우리에겐 아들이 있어요."

재스퍼는 눈을 감았다. 그가 다시 눈을 뜨지 않을까 두려웠지만, 잠시 후 깊은숨을 들이쉬며 눈을 끔벅였다. "아들이라고." 그의 입술 위로 미소 비슷한 것이 번졌다. "그래. 고마워요."

클로이가 깨지기 쉬운 유리 조각을 만지듯 그의 팔을 살짝 건드렸다. "재스퍼 씨, 물 한 잔 갖다드려요? 아니면 우유나 커피, 독한 술?"

"이 사람들을 여기서 좀 내보냈으면 좋겠어." 이상하게도 목소리에 감정이 느껴지지 않았다. 갑자기 재스퍼가 미간을 찌푸리며 덧붙였다. "아니다. 그냥 여기다 두고 네 엄마를 불러와."

"우리 엄마요?" 클로이가 되물었다. "우리 엄마가 여기 왜 필요해요?"

"필요해서가 아니야." 재스퍼가 단호히 말했다. "여기 있는 사람들도 다 필요 없어. 하지만 진실이란 걸 밝히려면 제대로 해야지. 할 말도 안 하고 슬그머니 물러날 생각 없어. 한 번 그렇게 했다가 어찌 됐는지 보라고."

러베나도 문밖에서 엿듣고 있었던 모양이다. 곧바로 방 안으로 고개를 들이밀었으니. "누가 나를 찾았어요?"

"아니." 재스퍼가 힘겹게 일어섰다. 이번에는 잭도 그를 부축하지 않았다. "아무도 당신을 찾지 않아. 이 자리에서도. 당신 아이들의 인생에서도."

러베나의 얼굴이 하얗게 질리고 턱이 벌어졌다. "죄송하지만 뭐라고 하셨어요?"

"나한테 죄송할 필요는 없지." 재스퍼가 쏘았다. 방 안을 훑어보는 그의 얼굴에 어느 때보다 속마음이 뚜렷이 드러났다. 우리가 젊었을 때 그의 표정은 늘 종잡을 수가 없었다. 솔직히 내가 처음에 그에게 끌린 이유도 그것이었다. 거칠고 폐쇄적이지만 내 품에 안길 때마다 생기를 얻는 남자는 열아홉 살이었던 내게 짜릿한 흥분을 주었다.

얼굴의 주름이 돌에 새겨진 듯 깊어진 지금은 표정을 읽기가 훨씬 쉬웠다. …비록 깊고 아픈 상처에 의해 새겨졌지만.

"주위를 둘러봐, 러베나." 그가 팔을 휘둘렀다. "당신이 버리고 떠난 게 무엇인지. 당신이 포기한 것이 무엇인지."

그 여자는 침대 밑에 처박힌 더러운 빨랫감을 발견하고 콧등을 우그렸다. "내 아들들의 지저분한 침실 말이에요?"

재스퍼는 침을 뱉듯 대답을 내뱉었다. "아니지, 이 바보. 삶. 혼란. 가족이잖아." 내 쪽을 돌아보지 않았지만 분명 러베나만 겨냥한 말은 아니었다. "사는 게 힘들었겠지. 아등바등하면서 답답한 상황을 어떻게든 극복하려 하다가 어쩔 수 없어서 떠났겠지."

"그걸 어떻게—" 러베나는 클로이를 한 번 쳐다보고 곧바로 입을 닫았다.

"당신이 왜 아이들을 버렸는지 알아." 재스퍼가 말을 이었다. "어떻게 버렸는지도. 이런저런 방법을 찾다가 합리화를 시작했겠지. 떠나는 게 모두를 위한 최선의 선택이라고. 당신이 없으면 아이들이 더 잘 살 거라고. 아이들한테 필요한 것을 도저히 해줄 수 없다고. 깨끗하게 사라지는 것이 아이들에게 줄 수 있는 가장 큰 선물일 거라고. 처음에는 상처를 받겠지만 아이들은 앞으로 살날이 많으니까 괜찮을 거라고. 금방 극복하고 잘 살 거라고. 결국 가장 크게 고통받을 사람은 당신 자신이라고."

내 눈에 뜨거운 눈물이 고였다. 눈물을 닦으려 했지만 잭은 내 속을 꿰뚫어 본 듯 내 손을 꼭 잡고 놓지 않았다.

"하지만 결국 그렇게 되지 않잖아?" 재스퍼가 물었다. 이제는 그의 목소리가 너무 차분해서 방 안의 모든 사람이 귀를 쫑긋 세우고 있었다. "남의 감정을 당신이 결정할 수는 없는 거야. 당신 행동만 결정할 수 있을 뿐. 아이들에게 상처를 준 것도 당신 결정이고. 어쩌면 그 방법밖에 없다고 생각했는지 몰라도, 사실은 당신이 원하는 길을 선택한 거야. 뒤에서 쫓아오는 아이들을 떼어내면 어떻게 될지 전혀 안중에 없었지."

갑자기 두 가지 일이 동시에 일어났다. 창백해진 러베나는 다리에 힘이 풀려 자신의 무게를 지탱하지 못하고 무너지기 시작했다. 똑같이 맥이 빠진 재스퍼도 같은 상태가 되었다. 둘 사이에 서 있던 클로이는 한 사람밖에 도울 수 없었다.

그녀는 재스퍼를 선택했다.

"가요, 재스퍼 씨." 그녀는 재스퍼의 팔을 받치고 문 쪽으로 부축했다. "후회할 말을 하시기 전에 집에 가시는 게 좋겠어요."

그는 클로이에게 내 평생 다시는 못 볼 줄 알았던 미소를 지었다. 쉽게 끌어낼 수 없었기에 더욱 소중했던 특유의 비틀린 미소는 한때 나의 유일한 즐거움이자 기쁨이었다.

"한 마디도 후회하지 않아. 매정하게 떠나놓고 아무 일도 없었다는 듯이 돌아와서는 안 되는 거야. 우리는 인간이야, 클로이. 살아 숨 쉬는 진짜 인간. 책장만 넘기면 순식간에 사라지는 들러리가 아니라고."

"그렇죠." 클로이가 그를 복도로 이끌며 맞장구쳤다. 그녀는 문턱에 멈춰 서서 우리를 바라보았다. 서로 손을 잡은 나와 잭, 천천히 침대에 주저앉는 러베나. 그리고 우리를 등진 채 다시 걸음을 옮겼다. "맞아요."

32
재스퍼

고마움이라고는 모르는 두 아이를 위해 프렌치토스트를 만드는 것. 오늘 같은 날 절대 하고 싶지 않은 일이었다.

"계피를 더 넣어야 되겠어요." 트릭시가 뒤에서 종알거렸다. 휴대용 스피커에서 형편없는 가수의 노래가 나오고 있어 재스퍼는 그 말을 거의 알아들을 수 없었다. "클로이는 바닐라도 한 방울씩 넣어요."

"설탕도요!" 테오가 주방으로 뛰어들며 외쳤다. 재스퍼는 좀 천천히 다니라고 소리치고 싶었지만 고맙게도 테오는 누나 손에서 스피커를 빼앗아 전원을 꺼버렸다. "테일러 스위프트는 이제 그만." 테오가 단호히 선언했다. "테일러 스위프트만 아니면 돼."

"테일러가 내 영혼을 울리는데 어쩌겠어?" 트릭시가 항의했지만 음악을 다시 틀지는 않아서 다행이었다. "제가 마저 만들까요,

재스퍼 씨? 괜찮아요. 숙제 다 끝냈거든요."

"아니, 요리하는 게 좋아." 놀랍게도 그 말은 진심이었다. 그가 이 말썽꾸러기들을 위해 저녁을 만들어 주는 사이, 캐서린 마틴과 그의 혈육인 젊은이가 마을을 돌아다니고 있다는 사실이 황당하기 그지없었다. 이 모든 상황이 황당했다.

그녀가 살아 있다. 내내 살아 있었다.

"메이플 시럽 있어요?" 트릭시가 찬장을 열어 접시와 은식기를 꺼내며 물었다. 재스퍼가 번뜩 정신을 차려 보니 트릭시가 식탁을 차리고 있었다. 테오는 냉장고에서 우유를 찾아 잔마다 넘치도록 따랐다. 두 아이가 들이닥친 이후로 재스퍼는 우유를 10리터 이상 사다 나르면서 두 가지를 깨달았다. 첫째로 클로이가 식품비를 천문학적으로 지출하고 있다는 것, 둘째로 그가 우유 맛을 몹시 싫어한다는 것이었다.

하지만 테오가 잔을 채우는 것은 막지 않았다.

"이야, 진짜 메이플 시럽이 있어." 테오가 냉장고 문에 보관된 작은 병을 발견하고 말했다. "진짜 나무에서 얻은 고급 시럽이네요. 재스퍼 씨, 이거 써도 돼요? 아니면, 특별한 날에만 쓰는 건가요? 우리는 없어도 돼요. 집에는 늘 없으니까요."

소년의 순진한 말투에 재스퍼는 가슴이 조금 저렸다. 진짜 메이플은 꿈도 꿀 수 없는 사치였던, 하루 벌어 하루 먹고살던 시절을 벗어난 지 오래지만, 그때의 기억이 금방 되살아났다. 단순한 신체적 욕구 이상의 굶주림과 아무리 보잘것없어도 주어진 것에 만족하며 살고자 했던 결심이 떠올랐다. 재스퍼 같은 사람들에게 삶은 항상 녹록지 않았지만, 그렇다고 이 가엾은 아이들이 그와 같은 길로 내몰리는 꼴을 지켜만 볼 수는 없었다.

"다 써도 돼, 테오. 달기만 해서 나는 영 별로야."

"야호!" 테오가 눈을 반짝이며 병을 손가락에 걸어 식탁으로 옮겼다. 포크와 나이프를 놓던 트릭시가 동작을 멈추고 재스퍼를 보았다. 그는 욕실에 한 번 들어가면 나올 줄 모르는 이 여자아이가 이렇게 빤히 쳐다보는 습관이 마음에 들지 않았지만 그렇게 말할 수는 없었다. 이 시끄러운 아이들은 피 냄새를 맡고 달려드는 상어보다 약점을 더 빨리 찾아서 물고 늘어졌다.

"달기만 해서 싫으시면 뭐 하러 사셨어요?" 트릭시가 물었다.

"할인 중이었거든." 재스퍼가 거짓말했다.

트릭시는 병 바닥을 들여다봤다. "15.99달러라고 적혀 있어요. 할인 가격 같지 않은데요."

"캐나다 달러야." 재스퍼가 재빨리 머리를 굴려 대답했다. 트릭시의 미심쩍은 표정을 보니 환율과 배송비에 대해 캐물을 기세여서, 그는 눈을 가늘게 뜨고 물었다. "저녁 차려주는 사람한테 늘 이렇게 꼬치꼬치 따지는 거냐?"

"네. 그래서 제가 토론 팀에 들어갔잖아요. 안 그러면 다른 사람들이 저를 성가시게 여길 테니까요."

그 말을 듣자 웃음이 터졌다. 캐서린을 마주했던 몇 시간 전, 누가 재스퍼에게 언제쯤 다시 웃을 날이 오겠냐고 물었다면 그는 그 사람을 방에서 내쫓았을 것이다. 하지만 이 패씸한 샘슨 아이들은 방 밖으로 쫓아낼 수 없다는 것이 문제였다. 잠깐은 몰라도. 이 아이들은 줄기차게 돌아왔기 때문에 받아들이는 수밖에 없었다.

한 번도 입 밖으로 꺼낸 적은 없지만, 재스퍼는 자신의 형제자 매도 이렇게 자랐을 거라 상상하곤 했다. 가진 것 없고 많은 것을 포기해야 하는 삶이 불공평하다고 느끼면서도 서로에게서 행복을 찾았으리라. 그동안 자주 만나지는 못했지만 재스퍼는 동생들이 그렇게 자랐으리라 짐작했다.

물론 늘 행복하지는 않았다. 해리엇은 스물들에 독감으로 죽었고, 어머니도 머잖아 세상을 떠났다. 몇 년 뒤에는 울리가 벌목 중에 사고를 당해 손이 으스러졌다. 하지만 울리는 올리와 함께 대학에 들어갔으니 손 없이도 그럭저럭 학업을 마쳤을 것이다. 보비는 애버딘을 벗어난 적이 없고, 지금도 재스퍼처럼 쓸쓸한 옛집에 홀로 산다고 들었다. 티나는 어린 나이에 결혼해 아이를 여럿 낳았다. 재스퍼는 가끔 얼굴도 모르는 조카와 그 아이들로부터 카드를 받기도 했다. 예의 바르고 명랑한 그들은 재스퍼가 가 본 적도 없고, 가고 싶지도 않은 먼 곳의 사진을 보내주었다. 그들의 이름은 외우지 못하지만, 잘 지내는 모습이 보기 좋았다.

"왜 그러세요, 재스퍼 씨?" 트릭시가 물었다. "왜 갑자기 슬퍼 보이죠?"

그는 화들짝 놀라며 주위를 두리번거렸다. "슬프기는. 그냥 생각 좀 한 거야."

"무슨 생각이요?" 테오가 이렇게 물으며 난생처음 보는 사람처럼 프라이팬의 음식을 쳐다보자 재스퍼는 가스레인지를 끄고 토스트를 접시에 담았다. 테오와 트릭시는 얼른 먹고 싶지만 대화를 중단하고 싶지는 않은 눈치였다.

샘슨 가족의 공통점은 또 있었다. 엄청나게 집요하다는 것. 재스퍼는 그들이 그래서 더 마음에 들었다.

"우리가 이 집에 빌붙어서 화나신 건 아니죠?" 트럭시는 접시에 메이플 시럽을 쏟아붓는 테오를 보며 물었다. 자기 접시에는 조금만 부었지만, 재스퍼는 트럭시도 시럽을 듬뿍 원한다는 것을 눈치채고 직접 넉넉하게 부어주었다.

트럭시는 잠시 사양하다가 깔깔대며 웃었다. "시럽을 이렇게 흥건하게 부은 걸 보면 클로이가 기겁하겠어요."

"그리고 자기 전에 양치질을 세 번쯤 하라고 닦달하겠지." 테오가 프렌치토스트를 한입 가득 우물거리며 덧붙였다.

트럭시가 콧잔등에 주름을 잡았다. "그것도 베이킹소다로. 진짜 치약보다 훨씬 역겹지만 충치가 생기는 것보다는 나으니까 클로이가 우리더러 쓰게 하는 거예요."

샘슨 가의 네 아이는 모두 미소가 환했기 때문에 재스퍼는 클로이 편을 들 수밖에 없었다. 그렇게 말하려는 순간 트럭시가 그의 손을 살짝 건드렸다. "이런 얘기 하기 싫으시다면 괜찮아요, 재스퍼 씨. 클로이한테 말씀 안 하셔도 돼요."

"아니야." 대답이 너무 빠르고 거칠게 튀어나와서, 그는 헛기침을 했다. 비싼 메이플 시럽은 아낌없이 먹이면서 정말 중요한 일에 인색해질 수는 없었다. 그것이 엉망진창이 된 그의 인생에서 유일하게 얻은 깨달음이었다. "그냥 내 동생들 생각이 나서 그래. 자랄 때 너희들 같았을까 궁금해서."

"설마." 테오가 헉 소리를 냈다. "동생이 있으셨어요?"

테오의 말에 웃음이 터질 뻔했지만 트럭시가 곧장 핵심을 찔렀다. "궁금하다니, 무슨 말씀이세요? 모른다는 뜻이에요? 같이 자라지 않았어요?"

재스퍼는 고개를 끄덕였다. "내가 네 나이쯤 됐을 때 집을 나왔
거든. 동생들이 자라는 모습을 대부분 못 봤어."

두 아이의 웃음기가 사라졌다. 테오는 어쩐 일인지 입에 음식을
쑤셔 넣지도 않았다. 그의 포크가 입술과 접시 사이에 멈추고 시
럽이 뚝뚝 떨어졌다.

"동생들을 떠나셨어요?" 테오가 얼빠진 표정으로 물었다. 이
마에 주름이 생겼다. "클로이처럼요? 대학 때문에 집을 나가셨어
요?"

거짓말을 하고 싶었지만, 테오의 순수한 눈빛을 보자 그럴 수
없었다. 이 아이들은 생각보다 재스퍼와 닮은 점이 많았다. 오랫
동안 그는 담장 너머로 떠들고 까불며 끊임없는 소란을 피우는
아이들을 지켜보았다. 놀고 웃는 그들을 보며 재스퍼는 항상 내
부를 훔쳐보는 외부인이 된 기분이었다. 하지만 자신이 늘 외부인
처럼 행동한다는 사실을 인정하기 부끄러웠다.

그들의 일부가 되고 싶다고 인정하면, 한평생 가질 수 없는 것
들을 갈망하며 보냈다고 인정하는 셈이었다. 처음은 캐서린이었
다. 다음은 그녀와 함께 이룰 뻔한 가족이었다. 그다음은 기쁨과
슬픔, 웃음과 눈물, 인생에 가치를 더하는 수많은 걱정과 즐거움
이었다.

"아니란다, 테오." 그는 자신의 처지가 조금 덜 암울해 보이기를
바라며 미소 지었다. "일하러 떠났지. 사실 수십 년이나 그렇게 살
았어. 몸을 쓰는 고된 노동이라 일을 마치면 시간도 기력도 거의
남지 않았어."

그의 고백에 아이들은 놀란 눈치였다. 소파에서 일어날 때마다 무릎이 시큰거리시고 과일 근처에만 가도 속이 타는 듯이 쓰린 그를 보면, 30분에 나무 한 그루를 베는 젊고 건장한 청년을 상상하기는 어려울 것이다.

"우리 가족은 너희랑 많이 비슷했지." 그가 좀 더 온화하게 말을 이었다. 60년대 벌목공의 애환을 설명할 때와 장소는 아니었으니까. "우리 집엔 아이가 여섯이었어. 어머니가 세탁 일로 생계를 꾸렸지만, 입히고 신기는 건 고사하고 우리를 먹일 돈도 늘 부족했어. 내가 맏이라 돈을 벌어서 최대한 집에 보내는 수밖에 없었지."

트릭시는 포크를 살며시 내려놓고 그의 말에 온전히 귀를 기울였다. 테오도 뒤따랐다.

"가족을 보살피셨네요." 트릭시가 단호하게 고개를 까딱하자 재스퍼는 꼭 심판을 받는 기분이었다. 어떻게든 로스쿨에 들어가야 할 아이 같았다. "클로이가 우리를 보살펴 주는 것처럼요."

"맞아." 하지만 완전히 동의할 수는 없었다. 클로이는 동생들을 경제적으로 부양하는 데 그치지 않았다. 양말을 빨고, 밥을 해주고, 아플 때 노래를 불러주고, 숙제를 도와주기도 했으니까. 그렇게 하려면 재스퍼보다 훨씬 강인해야 할 것이다. "집 가까이에는 일할 곳이 많지 않았거든. 돈을 충분히 주는 일자리는 없었어. 이곳에서 일을 하면서 가족들에게 목돈을 부치고 나머지로 근근이 살았지."

"그래서 그분이랑 결혼하지 않은 거예요?" 테오가 다시 음식을 먹으며 물었다. "책에 나오는 분 말이에요. 오늘 집에 찾아오신

분."

재스퍼는 깜짝 놀랐다. "네가 그걸 어떻게 알아?"

"당연히 알죠." 트릭시는 눈알을 굴리려다 말았다. "우리가 어리긴 해도 알 건 다 안다고요."

이상하게도 그 말을 이해할 수 있었다. 나이로 따지면 샘슨 가 아이들은 재스퍼에게 항상 어린애들이지만 엄마가 떠난 날부터 더 이상 어린애가 아니었다.

"맞아, 이런저런 사정으로 그녀와 결혼하지 않았지만 그것이 가장 큰 이유였지." 재스퍼는 다 식은 프렌치토스트 접시를 옆으로 치웠다. "그 시절에는 여성들이 결혼하고 아이를 낳으면 다른 일을 하기 어려웠어. 내가 그 여자와 결혼해 가족을 부양하면서 동생들까지 책임질 방법은 없었지. 둘 중 하나를 선택하는 수밖에 없었어."

"그래서 동생들을 선택하셨나요?" 테오가 물었다. 재스퍼가 느끼기에 테오는 같은 상황이 닥쳐도 재스퍼가 똑같은 선택을 할 것임을 확인하고 싶은 듯했다. 아무리 고달파도 클로이 역시 원하는 삶을 살고 있는 거라 믿고 싶다는 듯이. "함께 자라지도, 같이 놀지도 못했는데도요?"

"아니, 동생들을 선택하지 않았어." 이렇게 말하고 테오의 표정을 보는 순간, 익숙하고 해묵은 죄책감이 또 밀려왔다. 그는 얼른 해명했다. "테오, 그러고 싶어서가 아니라 그럴 필요가 없었기 때문이야. 캐서린이 대신 결정을 내렸거든."

그 말을 꺼내자 진실이 그를 세게 후려쳤다. 재스퍼의 어린 시절은 상황에 의해 강요당한 수많은 희생의 연속이었다. 아버지의 때 이른 죽음, 가족의 위태로운 살림살이, 어머니가 어린 그의 어깨에 오롯이 지운 부양 의무. 그는 목소리를 낼 기회조차 갖지 못했다.

하지만 같은 기회가 다시 주어져도 그는 같은 선택을 할 터였다. 사실, 인생에서 중요한 것은 항상 좋은 선택을 하는 것이 아니었다. 좋은 선택지를 갖는 것이었다. 60년이 넘도록 재스퍼는 자신에게 나쁜 선택지만 주어졌다고 믿으며 살아왔다. 하나뿐인 사랑을 잃을지, 가족을 굶주리게 할지, 아니면 평생 외로움과 힘든 노동을 짊어지고 살아갈지, 영혼을 짓누르는 죄책감을 끌어안고 살아갈지를 선택해야 한다고 생각했다.

이제 재스퍼는 그런 결정의 무게가 자신의 몫이 아니었음을 깨달았다. 60여 년 전, 한 아가씨가 사회적 추락과 배척을 감수하고서도 그를 위해 그 무게를 짊어지겠다고 나섰다. 그녀는 집과 가족, 지금껏 누려온 모든 안락함을 포기하고 재스퍼의 좋은 선택과 나쁜 선택을 감당했다.

그야말로 젊은 캐서린 마틴이 할 법한 행동이었다. 재스퍼는 그 때문에 그녀가 미웠다. 그리고 그의 마음은 그 때문에 그녀를 사랑한다고 더듬더듬 고백하고 있었다.

또다시. 여전히. 영원히.

"잭이랑 가족이라는 게 사실이에요?" 테오가 불쑥 물었다. "누들이 그러는데 잭이 재스퍼 씨 손자라면서요."

재스퍼는 말할 자신이 없어 고개를 끄덕였다.

"그럼 잭이 클로이랑 결혼하면, 우리 할아버지가 되시는 거예요?" 트릭시가 미간을 우그리며 가계도를 따졌다. "어쨌든 친척이 되는 거죠?"

테오의 눈이 휘둥그래졌다. "우리는 지금까지 할아버지가 없었는데요."

"그럼 우리랑 낚시하러 가실 수도 있겠네요!" 트릭시는 이렇게 외치더니 갑자기 콧잔등에 주름을 잡았다. "사실 저는 낚시를 별로 안 좋아하고, 누들도 마찬가지예요. 하지만 제 친구들의 할아버지는 다 그렇게 하더라고요. 아니면 TV 앞에서 졸거나."

"대신에 우리랑 원반던지기를 할 수도 있어요." 테오가 제안했다.

재스퍼는 두 손을 쳐들며 밀려드는 행복감을 물리치려 했다. 그런 감정이 어디서 오는지 알 수 없었다. 캐서린을 미워하는 대신 다시 만나고 싶다는 갑작스러운 깨달음에서 비롯되었는지도 모른다. 만난 지 한 달밖에 안 된 잭이 클로이와 결혼할 거라는 아이들의 기대 때문인지도 모른다.

어쩌면 이 아이들의 보호자가 되어 함께 원반을 던지자는 제안이 솔깃하게 들렸기 때문인지도 모른다.

"잠깐만요. 왜 또 그렇게 슬픈 표정을 지으세요?" 트릭시가 이렇게 물으며 포크를 내려놓고 재스퍼에게 달려왔다. 그의 어깨에 팔을 두르고 포옹하듯 힘을 주었다. 테오도 지지 않겠다는 듯 일어서서 재스퍼를 반대편에서 꼭 끌어안았다.

"원반 안 해도 돼요. 그냥 해본 소리예요. 우리는 재스퍼 씨가 좋아하는 걸 해도 괜찮아요."

재스퍼는 궁금증을 참지 못하고 물었다. "너희는 내가 좋아하는 게 뭐라고 생각하는 거냐?"

어떻게 알았는지 몰라도 아이들은 곧바로 뭔가 변화가 생겼음을 알아챈 듯했다. …그 뭔가란 다름 아닌 재스퍼라는 것도.

"곰팡이 냄새 나는 옛날 책 읽기." 테오가 자랑스레 말했다.

"날마다 여덟 시간씩 잡초 뽑기." 트릭시가 덧붙였다.

"아이들한테 고함지르기!"

"강아지 깽깽거리게 만들기!"

"적들의 다리몽둥이 부러뜨리기!"

다 끝났을 때쯤 두 아이는 깔깔대다가 쓰러질 지경이 됐다. 놀랍게도 재스퍼 역시 정신없이 웃고 있었다.

"내가 제일 좋아하는 명예 손자가 누들인 데는 다 이유가 있어." 그는 투덜대며 포크를 들고 식어 빠진 프렌치토스트를 먹기 시작했다. 갑자기 재밌어 죽는 아이들을 보니 자칫하면 앞으로도 쭉 놀림감이 되겠다 싶어 그는 토스트를 들고 아이들을 가리키며 덧붙였다. "누들은 너희처럼 말대답을 안 하거든."

33

재스퍼

재스퍼는 그녀가 어디에 있을지 정확히 알았다. 보나 마나 도서관이었다. "자. 이거 가져왔어." 그는 가죽 크로스백에서 책 한 무더기를 꺼냈다. 빛바랜 녹색 《북회귀선》, 낡은 《무기여 잘 있거라》, 밑줄이 잔뜩 그어진 《힐 하우스의 유령》, 거의 손을 대지 않은 《폭풍의 언덕》까지. "오기 전에 마지막 책에 적힌 메모를 읽어보려고 했는데, 너무 오글거려서 몇 페이지 넘기지 못했어. 너는 나보다 비위가 좋으니까."

클로이는 재스퍼를 돌아보며, 다른 샘슨 아이들처럼 눈을 크게 떴다. "재스퍼 씨! 여긴 어쩐 일이세요?"

클로이가 받을 생각을 않자, 재스퍼는 책을 카운터에 내려놨다. 클로이는 도서관 컴퓨터에 데이터를 입력하고 있는 중이었다. 재스퍼는 그것이 그녀의 재능을 낭비하는, 세상에서 가장 따분한 일이라고 생각했다. 하지만 재스퍼가 그 나이 때 그랬듯이, 클로이는 그 일 때문에 어떤 대가를 치러야 하는지 누구에게도 들키고 싶지 않을 터였다.

"네가 이 책들을 다시 나한테 돌려줄까 봐서 하는 말인데, 나 은행에서 바로 오는 길이야. 너 아직도 수표를 바꾸지 않았더라."

재스퍼는 클로이의 등 뒤에서 모든 소란인지 살피러 다가오는 다른 사서 두 명을 발견했다. 한 명은 전에 클로이의 집 근처에서 본 적이 있었다. 로니 파쿠타스와 똑같이 생겨서 재스퍼는 그 늙은 여자만큼이나 그녀가 두려웠다. 다른 한 명은 작고 뒤뚱거리는 남자로, 재스퍼는 벌써부터 그가 마음에 들지 않았다.

그 남자가 카운터에 먼저 도착했다.

"클로이." 남자는 목소리로 이 구역의 권력자라는 지위를 드러냈다. "이 손님이 자네를 괴롭히나?"

"보면 모르세요, 건더슨 씨?" 젊은 여자가 그의 뒤에 바짝 붙으며 말했다. "재스퍼 홈스 씨잖아요. 기억하시죠? 건더슨 씨가 그러셨잖아요. 60년대에 여자를 죽여 집 앞마당에 파묻었다고요."

건더슨이라는 남자는 당황하여 휘청거렸다. 그는 콜록거리고 쿵쿵거리는 등 도서관 카운터보다 헛간에 어울릴 법한 소리를 냈다. "내가 언제 그런 말을 했다고." 그는 재스퍼의 눈길을 피하며 웅얼거렸다. "그건 소문일 뿐이야. 내 아내가 인터넷 카페에서 봤대."

클로이는 재스퍼와 눈과 맞추고 웃음을 터뜨렸다. 아주 오랜만에 다른 사람과 편안하고 친밀하게 교류하자, 재스퍼도 웃음이 났다. 그는 그 남자를 쫓아버릴 말을 꺼내기로 했다. 재스퍼에게 바보를 참아줄 인내심은 없었다. 아무리 샘슨 가족이 그의 삶으로 들어와도 그것은 달라지지 않을 터였다.

"내가 캐서린을 죽이지는 않았지만, 그 죽음에 책임이 있어요." 재스퍼는 건더슨에게 담담하게 말했다. "아내한테 그렇게 전해도 상관없어요."

갑자기 눈이 휘둥그레진 남자를 보고 클로이가 황급히 설명했다. "사모님께 그런 말씀 하지 마세요, 관장님. 그 캐서린이라는 분은 사실 안 죽었으니까요. 그냥 마을을 떠난 거예요. …의심스런 상황이긴 하죠. 그분이 죽었다고 믿는 사람이 많았지만 전부 오해였어요."

"맞아요." 파쿠타스 아가씨가 거들었다. 그녀는 카운터에 기대어 재스퍼에게 짓궂은 눈빛을 보냈다. "우리 할머니한테 물어보세요. 그때 그 자리에 계셨거든요."

건더슨은 할 말을 잃었는지 입을 열었다가 다시 닫았다. 틀림없이 재스퍼를 도서관에서 내쫓고 싶었을 것이다.

"그 죽은 아가씨는 앞으로 한동안 이 마을에 머물 거니까 날 신고하고 싶어도 소용없을 거요." 재스퍼는 자기 손을 내려다보며 이맛살을 찌푸렸다. 혈관이 두드러지고 비가 올 때마다 쑤실 것 같은 손이었다. "지금은 아가씨가 아니지만 말이요. 하도 오래된 일이라."

갑자기 클로이가 재스퍼의 어깨에 손을 얹었다. 평소의 근심 어린 표정도 되돌아왔다. 재스퍼는 자신의 손이 떨리고 있다는 사실을 깨닫고 나서야 그 이유를 이해했다.

"오늘 좀 일찍 가 봐도 될까요, 관장님?" 클로이가 물었다. "재스

퍼 씨를 집까지 무사히 모셔다드리고 싶어서요. 최근에 평소보다
훨씬 많은 일을 겪으셨거든요."

가장 절제된 표현이었지만 건더슨은 그 말에 긴장을 풀었다.
"어서 가, 클로이. 오늘은 바쁜 일도 별로 없으니까."

"연휴 추천 도서 목록은 내가 마무리할게." 파쿠타스 아가씨가
덧붙였다. "이동도서관 업무는 끝냈으니까 문제없어."

클로이는 동료들을 한 번 보고 고개를 끄덕였다. "그래, 알았어.
고마워요. 요즘 땡땡이 많이 친 거 알지만—"

"아니야. 고객 안전이 최우선이지." 건더슨이 말했다.

재스퍼는 호들갑이라고 느꼈다. 지나간 시간과 허비한 세월을
돌이켜보다 조금 휘청거렸지만, 그는 강한 사람이었다. 그 말을 하
려는 순간 건더슨의 시선이 책더미로 향하는 것을 보고 그만두었
다.

건더슨은 헤밍웨이 책에 손을 뻗었다. "가만. 이 책들, 도서관
자산인가요?"

그런 질문을 받았으니 선택의 여지가 없었다. 재스퍼는 가슴에
손을 얹고 내장이 다 터질 듯이 신음했다. "안 돼⋯. 아아⋯." 그
는 선 자리에서 비틀대는 시늉을 했다. "쓰러질 것 같아. 아무래
도 좀 앉아야겠어."

클로이가 아랫입술을 깨물며 떨리는 목소리로 말했다. "어떡해.
꾸물거릴 시간이 없어요."

다년간의 도서관 경력자답게 그녀는 한 팔에 책을 전부 얹었다.
다른 팔은 재스퍼의 팔꿈치를 잡고 비틀거리는 그를 문 쪽으로
부축했다. 쌀쌀한 가을바람이 느껴지자마자 그녀는 손을 뗐다.

"재스퍼, 이 사기꾼!" 그녀가 깔깔 웃으며 말했다. "건더슨은 유머 감각이 꽝이에요. 만약에 지금 밖으로 나와서 멀쩡히 서 있는 재스퍼 씨를 보면 저를 해고할지도 몰라요."

"저런 위인이?" 재스퍼가 손사래를 쳤다. 그의 손이 이제는 아주 살짝 파들거릴 뿐이었다. 바깥으로 나오기만 해도 그는 진정되었다. 왜 여태 잭과 닮은 점을 알아채지 못했을까. 맑은 공기가 숨결보다 편안하고, 매 순간 목숨을 걸어야 하는 환경에서 평화와 안정을 찾는 사람은 세상에 흔치 않다.

"정당한 해고 사유가 잔뜩 기재된 서류와 도서관 운영 위원회의 적극적인 동의가 없으면 네 일자리를 빼앗을 수 없어." 재스퍼가 소리죽여 말했다. "소송당하거나 남들에게 욕먹는 걸 어지간히 두려워할 사람이야. 저런 부류는 늘 그래."

"뭐. 그런 생각은 해본 적 없네요."

당연히 그럴 것이다. 클로이 샘슨은 늘 생존 모드니까. 그녀는 매일, 매주, 매달 살아남는데 급급해서 숨 돌릴 틈도 없을 것이다. 재스퍼도 20년 가까이 그렇게 살았기 때문에 잘 알았다. 쌍둥이가 대학을 졸업하고 나머지 동생들도 스스로 삶을 꾸려나가기 시작할 때까지, 재스퍼는 해안에서 얼마나 떨어져 있는지도 모르고 물속을 허우적대기만 했다.

"재스퍼 씨, 이 책들을 제가 가질 수는 없어요." 함께 계단을 내려가며 클로이가 말했다. "제 것이 아니잖아요."

클로이가 그를 부축하지 않는 것이 고마웠다. 하지만 재스퍼는 이제 책들이 왔다 갔다 하는 것이 지긋지긋했다. 책들도 똑같이 지치지 않았을까 싶었다. 너무 오래 너무 많은 비밀을 품고 있었으니. 지금 책들에게 필요한 것은 지친 책등을 누일 안식처가 아닐까?

"뭐, 내 것도 아니잖아." 재스퍼가 짜증스레 대꾸했다. "무엇보다 나는 그 책들을 원하지 않아."

계단을 다 내려왔을 때 재스퍼는 클로이의 시선을 무겁게 느꼈다. 추운 겨울날의 담요처럼 무겁지만 불편하지는 않았다.

"캐서린 만나고 힘드셨죠. 이렇게 세월이 많이 흐르고 나서 다시 마주치는 게 괴로우셨겠어요."

재스퍼가 코웃음을 쳤다. "캐서린을 잃는 건 힘들었어. 죽었다고 믿는 것도 힘들었고. 지난 60년이라는 세월이 아예 없었다는 듯이 내 인생에 다시 불쑥 들어오는 건 거기에 비하면 아무것도 아냐." 그의 입가에 엷은 미소가 떠올랐다. "딱 캐서린다워. 아들, 손자와 함께 모험으로 가득한 삶을 살다가 이 마을에 다시 찾아올 수 있는 사람은 내가 알던 캐서린밖에 없어. 누구에게도 그 정도 배짱은 없지."

"아니." 클로이가 코를 찡그렸다. "그분한테 화도 안 나세요? 그분을 용서하시겠다고요?"

그의 웃음은 짧고 날카로웠지만 이제 고통은 담겨 있지 않았다.

"그 사람이 내게 용서를 구할 거라는 생각은 안 해." 재스퍼가 건조하게 말했다. "솔직히 그걸 원하지도 않을 거고. 캐서린 마틴은 아닌 척해도 딱 이름대로 사는 사람이야."

클로이는 《폭풍의 언덕》으로 시선을 떨어뜨렸다. 책장을 펼치지 않고도 그녀는 가장 적절한 구절을 인용했다.

"다시 소녀로 돌아갈 수 있다면 좋겠어. 사납고, 억세고, 자유로운.'"

재스퍼의 가슴이 조여 왔다. "캐서린은 이제 가족과 책임감을 가진 성숙한 여자인 척하고 있지만 나는 진실을 알아. 항상 알고 있었어. 캐서린은 아름답고, 오만하고, 잔인한 회오리바람 같은 여자야. 내 사랑은 너무 깊어서 캐서린이 무슨 말을 해도, 어떤 행동을 해도 절대 변하지 않아. 죽음도, 그보다 더 나쁜 60년의 침묵도 내 사랑을 바꿀 수 없어."

입 밖으로 나온 말들이 생명을 얻고, 재스퍼에게도 생명을 주는 듯했다. 그러나 클로이는 여전히 미심쩍은 표정이었다.

"이해가 안 돼요." 그녀가 이마를 우그리며 말했다. "우리 집에서 재스퍼 씨는 훌쩍 떠났다가 아무 일도 없었던 듯이 돌아오는 건 못 할 짓이라고 하셨잖아요. 캐서린이나 우리 엄마나 다른 사람들은 안중에 없다는 듯이 행동하면 안 된다고요."

재스퍼는 생전 처음으로 자신이 왜 그리도 완고하고 괴팍한지, 상처를 받으면 똑같이 되갚아주려고만 했는지 원망스러웠다.

"내가 그렇게 말했지." 그는 조심스레 동의했다. "그리고 너는 언제든 내 입에서 나오는 말에 의문을 품을 수 있고. 하지만 우리 상황은 달라, 클로이. 네 동생들이 그걸 깨닫게 해줬어. 캐서린은 아무리 잘못된 길이라도 옳다고 믿었기 때문에 떠난 거야. 하지만 네 엄마는…."

그는 어디까지 주장하는 것이 적절한지 알 수 없어 몰라 말을 멈추었다. 결국 그는 고민할 필요가 없다고 판단했다.

"오로지 자기 인생을 편하게 살겠다는 생각밖에 없었어. 자기만 생각한 거라고."

클로이는 아주 차분하고 조용해졌다. "엄마한테 나가 달라고 해야 할까요?"

재스퍼는 분명히 그렇게 생각했지만, 이 아이에게 어떻게 하라고 지시할 생각은 전혀 없었다. 그는 남의 인생에 대해 조언할 자격이 테오만큼도 없었다.

"엄마가 있으면 네 짐이 상당히 덜어지겠지." 재스퍼는 진실이었기 때문에 그렇게 말했다. "지금은 네 엄마가 죄책감 때문이라도 네가 요구하는 걸 다 들어줄 거야. 그 남편도 꽤 괜찮은 사람 같아. 돈, 집, 음식, 육아, 심지어 네가 다니던 대학으로 돌아갈 기회까지…, 다시 얻을 기회인지도 몰라."

"아." 클로이가 대꾸했다. 그냥 '아'라고만. 그러자 재스퍼의 남은 결심은 사라졌다. 그는 그녀의 손에 들린 책을 받아 가까운 계단에 내려놨다. 허리가 뻐근했고 무릎이 곧 그를 괴롭힐 테지만 그 정도를 해내고도 기뻤다.

"클로이, 엄마가 있으면 네가 조금 수월해지겠지만 엄마가 필요 없다는 거지? 네가 원하지 않으니까 말이야."

"제가 원하지 않는다고요?"

"그래." 재스퍼는 클로이의 어깨에 손을 얹고 그녀가 자기 얼굴을 올려다볼 때까지 떼지 않았다. 어떻게 그녀가 엄마와 똑같다고 생각했을까 싶었다. 얼굴은 닮았고, 클로이도 엄마처럼 우아하게 늙어갈 거라 확신했지만, 맑은 녹색 눈에는 의심과 투지가 가득했다. 그리고 선량함도.

"내가 방금 열거한 것들 말이야. 돈, 육아, 안락한 안식처까지."

그의 손가락이 클로이의 어깨를 꽉 쥐었다. "너는 이미 다 가지고 있어. 나는 휑한 집에 혼자 앉아서 오랫동안 네 가족이 성장하는 모습을 지켜봤거든. 내가 별로 편한 이웃은 아니었겠지만—"

이 말에 클로이는 코웃음을 쳤다. 재스퍼도 웃음으로 답했다.

"맞아, 내가 꽤나 짜증 나는 이웃이었지. 하지만 내 말뜻 알 거야. 나는 너를 돕고 싶어. 너랑 누들, 테오, 트릭시, 쓸모없는 너희 집 개까지. 네가 원하지 않는 것은 받아들이지 않아도 되고, 내가 허락도 없이 네 집이나 삶에 쳐들어가지도 않겠지만, 나를 하나의 선택지로 생각해 줬으면 해. 엄마를 다시 네 인생에 받아들이더라도, 너는 그 여자한테 빚지는 게 아니고 너는 그 여자가 없어도 괜찮다는 걸 알아야 해. 네 옆에 내가 있는 한."

이 제안을 고민하는 대신 클로이는 아랫입술을 깨물며 책을 내려다보았다. "정말 되찾고 싶지 않으세요? 책들을요? 재스퍼 씨의 사랑 이야기잖아요?"

"사랑 이야기는 필요 없어." 그는 오랜만에 기분이 가벼워졌다. 클로이가 어떤 결정을 하든 그녀에게 선택지가 있다는 사실이 기뻤다. 더구나 그녀의 인생에서 처음으로 좋은 선택지였다. "읽어야 할 이야기가 아직 많이 남아 있으니까."

34

캐서린

영화관에서 재스퍼가 내 몇 줄 뒤에 앉은 순간을 정확히 알 수 있었다.

내가 그를 느꼈다거나, 그의 냄새를 맡았다거나, 연인만이 느낄 수 있는 미묘한 공기의 변화를 감지했다고 하면 과장이겠지만. 우선, 내부가 너무 컴컴해서 내 앞에 놓인 팝콘 통조차 거의 안 보일 정도였다. 또 영화의 음량이 너무 커서 섬세한 아르데코 양식의 건물이 무너질 지경이었다.

이 늙은 바보가 전혀 요령이 없기 때문이라고 해두겠다.

"그냥 이쪽으로 와요." 나는 그를 돌아보지도 않고 말했다. 요란한 영화 소리 때문에 혹시 못 들었을까 봐, 목소리를 높여 이렇게 덧붙였다. "이 영화관에 우리 둘밖에 없으니까 얼른 오라고요. 여긴 60년 전이랑 별로 달라진 게 없죠?"

그가 굴복하고 내 쪽으로 다가오는 순간도 정확히 알 수 있었다. 그의 발걸음은 늘 그랬듯 느리고 절도가 있었다. 자신의 박자밖에 모르는 사람의 발걸음이었지만, 그는 걸어오는 내내 투덜거렸다.

"경비 아줌마가 얼마나 흉악하던지." 그가 내 옆자리에 털썩 앉으며 말했다. 팝콘 알갱이가 통에서 튀어나와 내 무릎 위에 흩어졌다. "이 영화는 이미 봤어요."

"그렇겠죠." 나는 그가 영화 관람을 망쳐도, 내 시폰 치마에 지울 수 없는 버터기름이 배어도 열 받지 않기로 작정한 여자의 목소리를 냈다. 남자, 특히 이 남자는 섬세한 옷감의 관리와 보관에 대해서는 아무것도 모를 것이다. "이 마을에는 극장이 딱 하나잖아요. 두 달 동안 같은 영화를 상영하니, 아마 여덟 번은 봤겠네요."

놀랍게도 낮고 다정한 웃음으로 좌석이 흔들렸다. "속물 다 됐네요, 캐서린. 진작에 알아봤어야 했는데."

나는 그를 돌아봤다가 껄껄대는 소리에 다정한 미소가 겹치는 것을 보고 더 놀랐다. "뭐라고요?"

"내가 알던 아가씨는 옷에 전혀 신경 쓰지 않았는데요. 사실, 아무것도 안 입고 있을 때 가장 행복해 보였죠." 그는 잠시 말을 멈추고 덧붙였다. "생각해 보니 나도 그때가 가장 행복했었네."

나는 등을 똑바로 세웠다. 팝콘이 사방으로 튀었지만, 이번에는 전부 내 탓이었다. "재스퍼 홈스, 이 더러운 늙은이 같으니라고! 나한테 어쩜 그런 말을 해요? 나 할머니라고요. "

"나는 할아버지고요. 요 며칠 기분이 참 이상했어요."

그 말에 나는 움찔했다. 솔직히 마음 한구석이 찌릿했다. 버터를 지나치게 먹어서 속이 쓰린 것인지도 모르지만, 아무래도 죄책감 같았다.

"재스퍼, 난—"

그의 손이 내 손을 덮쳐, 내가 무슨 말을 하려 했는지 깨닫기도 전에 내 입을 막았다. 미안하다는 말이겠지만 그게 전부는 아니었다. 그의 앞에 불쑥 나타나서는 그가 두 팔 벌려 환영할 거라 여긴 것이 미안했다. 그동안 내가 죽었고, 우리 아이도 같이 죽었다고 믿게 한 것도 미안했다.

하지만 내 책임은 거기까지였다. 내 아들이나 손자의 존재를 후회할 수는 없었다. 내가 본 장소나 내가 한 일을 후회할 수도 없었다. 우리의 사랑을 잃은 것조차 후회할 수 없었다. 당시에는 몰랐지만, 사랑은 우리를 집어삼켰으리라. 실제로 사랑은 여러모로 우리를 집어삼켰다. 다만 나는 브론테의 소설처럼 우리의 삶이 망가질 때까지 기다리지 않았다. 사랑이 우리 둘을 파멸시키기 전에 떠나버렸다.

"콜빌에 머무를 거 아니죠?" 재스퍼가 내 생각을 훤히 들여다보는 듯이 물었다.

"그렇죠." 그가 이해해 주기를 바라며 손을 꼭 쥐었다. 그가 이곳을 얼마나 좋아하는지 나는 알고 있었다. 잭도 이곳을 좋아하지만 나에게는 그저 세상의 작고 좁은 한 조각일 뿐이었다. 분명 아름다운 조각이었고, 이곳에 있는 동안 행복했지만 영원히 머무를 정도는 아니었다. "당신도 뉴욕으로 이사할 생각 없죠?"

그 말에 재스퍼는 다시 껄껄 웃었다. "늘 가보고 싶었지만, 그곳에 살 생각은 없어요. 내가 거기서 뭘 하겠어요? 공원에서 사람들 한테 마차 태워주는 일을 하겠어요, 화분을 찾아서 그 안에 숨어 있겠어요?"

"그러게요. 하지만 언제든 와서 나랑 같이 지낼 수는 있어요. 요즘은 남는 방이 많아서."

"요즘은?" 그는 반문했다. "이제는 집에 기다리는 남편이 없다는 뜻인가?"

그런 과감한 질문이 마음에 들었다. 그런 질문을 하기까지 얼마 걸리지 않았다는 사실은 더 마음에 들었다. "남편은 한 번도 없었어요, 재스퍼. 필요가 없었거든요."

그 말을 듣고 그는 잠깐 멈칫했다. 때마침 영화가 끝나고 엔딩 크레딧이 올라갔다. 우리 둘 다 자리에서 일어날 생각을 하지 않았다.

"외롭지 않았어요?" 그가 다시 물었다.

"별로요." 듣기 좋게 포장할 필요 없이 진실을 말할 수 있어서 좋았다. 재스퍼와의 대화는 늘 쉬웠다. 그가 경청을 잘해서도 아니고, 타고난 달변가여서도 아니었다. 그의 앞에서는 내가 안전하다고 느끼기 때문이었다. "내가 어떻게 외로울 수 있겠어요? 이제 잭을 만나 봤으니 내 삶이 얼마나 충만했는지 알 거 아녜요. 베이츠는 더 마음에 들걸요. 그 아이는 당신을 만나고 싶대요. 당신만 괜찮다면."

이 고백을 듣고 터진 그의 웃음에 나는 잠시 당황했다. 처음에는 내가 결국 재스퍼를 망가뜨린 게 아닌지 두려웠다. 그의 일조로 태어난 사람을 언급한 것이 우리 사이를 망치는 최후의 일격이 되었나 싶었다. 하지만 그의 웃음은 곧 따뜻하고 풍성한 미소가 되었다.

"베이츠라고? 캐서린, 설마."

내 목에서도 웃음이 터졌다. 소녀로 돌아간 기분이었다. 이 나이에도 그렇게 느낄 수 있다니. 이 마을에서는 절대 살 수 없다고 한 말은 진심이었지만, 젊은 시절에 살던 곳을 누구나 잊지 못하는 이유는 알 것 같았다. 한때 재스퍼와 노닥거리던 이 극장조차 단순히 네 개의 벽과 꺼진 스크린으로 둘러싸인 공간이 아니었다. 너무나 젊고 순수했던 과거의 우리가 지금 우리 뒷자리에 앉아 있는 것만 같았다.

"달리 선택의 여지가 없었어요." 내가 항변했다. "악을 써대는 작고 쭈글쭈글한 얼굴을 본 순간부터 다른 이름은 생각도 안 나던걸요. 노먼이라고 지었으면 더 큰 일이었겠죠?"

재스퍼는 다시 껄껄 웃었지만 그의 머리가 빠르게 돌아가고 있었다. "만나고 싶네요. 일단 생각할 시간이 좀 필요하지만 몇 달 뒤라면…."

"잘 생각했어요. 베이츠를 보면 당신도 좋아할걸요. 그 아이를 세련되고 교양 있는 문화인으로 만들려고 수십 년이나 애를 썼지만 결국 딱 당신처럼 됐지 뭐예요. 잭도 마찬가지고. 당신 유전자가 얼마나 강한지 미리 좀 알려주지 그랬어요. 내가 이길 수 있는 싸움이 절대 아니었는데."

엔딩 크레딧을 응시할 뿐 그가 아무런 반응도 하지 않자, 나는 선을 넘은 것이 아닌지 두려웠다. 그의 앞에 너무 많은 것을 너무 갑작스레 던져 놨다. 그는 60년 세월을 되짚고 있었다. 무덤에서 깨어난 자신의 과거를 온전히, 온 마음을 다해 지켜보고 있었다. 절대 쉬운 일이 아닐 것이다.

하지만 그가 마침내 입을 열었을 때, 목소리에는 웃음기가 담겨 있었다. "잘했네. 그 녀석들 때문에 속깨나 썩었겠네요."

"아, 그랬죠. 지금도 마찬가지고. 내가 이 먼 길을 오로지 당신 보러 온 줄 알아요? 책이 아니었다면 절대 안 왔을걸요. 그 녀석이 이곳을, 당신을 보고 싶다는 거예요. 아무리 말려도 소용없었어요." 나는 그를 곁눈으로 보았다. "당신이 이해해 줬으면 좋겠어요, 재스퍼. 나도 떠나기 힘들었다는 걸. 임신 기간 내내 눈물로 세월을 보냈어요. 그 후에는, 뭐…."

나는 말을 멈추었다. 내가 20대와 30대에 겪은 고통을 이 남자에게 어떻게 설명할 수 있을까? 그가 여전히 이곳에 살면서, 가족을 위해 몸이 부서져라 일했다는 것을 알면서. 가망이 없다는 것을 알면서도 그가 그런 삶에서 벗어나기를 희망하면서.

"변명할 필요 없어요." 재스퍼가 내 쪽으로 고개를 돌려 눈을 맞출 때까지는 그를 믿지 않았다. 과거를 들여다보는 창문처럼 여전히 맑고 푸른 눈이었다. 그는 이런 촌구석에는 전혀 어울리지 않는 신사처럼 내 손을 들어 가볍게 입을 맞췄다. 또다시 비극적인 사랑에 빠지기에는 너무 늦었지만 나도 모르게 가슴이 두근거렸다. "처음부터 당신은 앞으로 어떻게 될지 알고 있었죠. 내가 내 생각만 하느라 깨닫지 못했을 뿐."

그의 입맞춤과 그의 말 중 무엇이 나를 더 혼란스럽게 하는지 알 수 없었다. "내가 그랬나요? 언제요?"

"책을 클로이에게 줬기 때문에 정확하게 인용은 못 하겠지만 어제 일처럼 생생하게 기억해요." 그 순간 재스퍼는 미소를 지었지만 나를 향한 미소는 아니었다. 젊은 날의 자신을 향한 미소였다. 그 청년은 지금도 그의 안에 살고 있었다. "'나는 헤밍웨이 소설 속 여주인공이 아니에요.' 당신은 그렇게 말했죠. 주인공을 구원하기 위해 아이를 낳다가 죽을 수는 없다고 했어요. 그 말을 들었을 때 당신이 무슨 일을 꾸미고 있는지 깨달았어야 했는데."

밝고 톡 쏘는 감정이 내 혈관을 가득 채웠다. 알려지지 않은 신인 작가의 반짝이는 원고를 발견할 때마다 느끼던 감정, 베이츠가 태어난 날의 슬픔을 압도하던 감정이었다. 처음으로 책의 표지를 여는 듯한, 세상이 내 앞에 펼쳐지는 듯한 감정이었다.

"그래, 내가 진짜 그렇게 말했었죠. 당신한테 정말 너무했네요." 나는 고개를 저었다. 오랜만에 몸과 정신이 가벼워지는 기분이었다. 내가 재스퍼의 용서를 받을 자격이 있는지 확신이 없었고, 그 용서가 나와 별로 상관없는 곳에서 나왔다는 생각이 들었지만, 있는 그대로 받아들이기로 했다. "솔직히 당신이 나의 뭘 보고 좋아했는지 모르겠어요. 내가 떠난 뒤에도 당신이 열두 번쯤은 사랑에 빠지기를 바랐는데."

"그런 적 한 번도 없어요."

엔딩 크레딧이 끝나고 극장에 불이 켜졌다. 완전히 밝아지자, 회벽이 무너져서 생긴 균열과 더러운 카펫, 더 더러운 계단이 눈에 들어왔다. 하지만 재스퍼는 신경 쓰지 않는 듯했다. 그의 시선은 나에게 고정되어 있었다. 슬프지는 않았지만 애틋하고 조금은 멋쩍은 눈빛이었다.

"듣고 싶은 말이 아니라면 미안하지만, 당신은 내 이야기의 전부였어요. 시작과 중간과 끝이었죠. 이미 완벽한 이야기를 썼는데 다른 로맨스를 펼칠 필요는 없잖아요."

"재스퍼." 내가 말했다. 아니, 애원했다. "나는 당신을 행복하게 해줄 수 없었어요. 이제는 당신도 알아야죠. 내가 당신의 삶에 자리 잡으려고 아무리 애를 썼어도, 당신이 내 삶에 얼마나 깊이 들어왔어도, 우리의 삶에는 교차점이 전혀 없었어요."

"나도 알아요." 그가 차분히 말했다. "하지만 나는 최선을 다했을 거예요."

나는 말을 이으려고 입을 열었지만 무슨 말을 해야 할지 알 수 없었다. 하지만 그의 말은 아직 끝나지 않았다.

"나는 많은 것을 바라지 않았어요. 머리를 가려줄 지붕, 식탁 위의 음식, 좋은 책만 있으면 평화롭고 만족스럽게 살 수 있다고 믿었거든요."

"그런데 이제는 그렇게 믿지 않는다고요? 나 때문에?"

"당신 때문이 아니에요." 그가 입술을 비틀며 슬픈 미소를 지었다. "잭 때문이죠. 그리고 클로이와 누들, 테오, 트릭시 때문이에요. 당신이 화려한 뉴욕의 삶으로 돌아가기 전에 부탁 하나 해도 될까요?"

"뭐든지요." 내가 과거에 했던 어떤 말보다 진심이었다. 그가 나에게 준 모든 것, 나의 자유, 나의 가족, 그의 용서를 생각하면 내가 그를 위해 하지 못할 일은 없었다. "말만 해요."

제
5
부

35

클로이

내가 읽고 있는 책이 희극인지, 비극인지 헷갈렸다. 대학 수업 때 교수님에게 셰익스피어의 최고 걸작은 희극과 비극이 섞인 작품이라는 말을 들은 적이 있다. 진정한 재능은 어둠 속에서 빛을, 빛 속에서 어둠을 드러내는 능력이라면서.

그 수업을 끝까지 듣지 못했기 때문에 그 말이 옳은지 확인할 수는 없었지만, 나를 웃기고 울리는 데 있어 셰익스피어도 젊은 캐서린 마틴에 비할 바는 못 되었다.

"뭐가 그리 재밌어?" 엄마가 거실로 들어서며 물었다. 나는 다리를 깔고 앉은 채 무릎에 《폭풍의 언덕》을 펼쳐놓고 있었다. "너 혼자 낄낄대는 소리가 밖에서도 다 들리더라."

나는 희미하게 미소 지었다. 엄마가 이곳을 자기 집처럼 드나드는 것이 아직 적응이 안 되지만, 내 불편한 감정을 드러내지 않는 요령은 늘고 있었다.

"어제 재스퍼 씨가 준 책을 읽고 있어요." 나는 책을 들어 보였다. "캐서린이 60년대에 메모를 잔뜩 써놨어요. 보세요, 캐서린이 죽음을 앞둔 장면이에요. '정신을 잃었거나 죽은 거야. 주위 사람들에게 짐이 되고 불행을 가져오는 존재가 될 바엔 차라리 죽는 게 백번 낫지.'"

엄마는 테오가 까다로운 마인크래프트 설계를 놓고 고민할 때처럼 콧잔등에 주름을 잡았다. "별로 웃기지 않은데. 나도 그 책 읽었잖아. 결말이 어땠는지도 기억나는걸."

"웃기는 내용 아니에요. 캐서린이 여백에 이렇게 써놨네요. '영웅을 구원하기 위해 여주인공을 죽이는 설정을 내가 어떻게 생각하는지는 잘 알겠지만, 여기에는 진실이 있어요. 주위 사람들을 전부 불행하게 만든다면 사는 게 무슨 의미가 있을까요? 우리가 세상에 존재하는 이유는 우리가 떠나고 남겨지는 사람들의 삶을 더 낫게 하기 위해서가 아닐까요?'"

엄마의 이마에 주름이 더 깊어졌다. 그리고 팔짱을 끼며 문간에 기댔다. 내가 거의 잊고 있던 모습이었다. 취침 시간이 지나서도 이불 밑에서 책을 읽는 나를 발견할 때마다 엄마는 저런 자세로 나를 바라보았다. "그것도 별로 웃기지 않은데."

나는 한숨을 쉬며 책을 덮었다. "그래요. 하지만 캐서린은 이 글을 쓰면서 자기 죽음을 연출하고 있었어요. 남자 주인공인 재스퍼를 구하려고 여자 주인공인 자신을 죽이고 있었다고요. 하지만 무덤으로 가는 대신 대부분의 사람들이 꿈꾸는 데 그치는 멋진 삶을 살았어요. 웃기지는 않지만 확실히 아이러니해요."

나는 말을 멈추고 엄마를 한참 뜯어보았다. 크루즈 세계 일주라도 떠나나 싶을 만큼 짐을 잔뜩 싸 들고 토드와 함께 우리 집에 도착한 날, 엄마는 마치 방금 패션쇼를 마치고 온 사람 같았다. 머리카락은 미용실에서 곧게 폈고, 손톱은 탐스러운 빨간색으로 칠했으며, 내 키를 훌쩍 넘는 높은 굽을 신고 있었다. 온 지 일주일이 조금 넘은 지금은 …달라 보였다. 화사하게 반짝이던 모든 것이 흐릿하고 빛바랜 회색으로 변해 있었다.

"이 글을 쓸 때 캐서린은 트릭시보다 고작 몇 살 많았어요." 나는 무슨 말이라도 해야 할 것 같아서 덧붙였다. 우리 중 누군가는 이 대화를 이어야 했고, 늘 그렇듯 그 누군가는 바로 나였다. "그 점이 가장 눈에 띄었어요. 당시에 둘은 어린아이에 불과했지만 온 세상의 무게를 어깨에 짊어지고 있었어요."

"그만해라." 엄마가 불쑥 말했다. 그러면서 더 이상 듣기 싫다는 듯 손을 휘저었다.

나는 그 사나운 어조에 놀라 엄마를 바라봤다. "미안해요. 자꾸 그분들 얘기만 하니까 지겹죠? 최근에 그 일에 너무 빠져 있어서—"

"클로이. 제발."

"그만할게요." 엄마의 반응이 내게 얼마나 상처가 되는지는 애써 감추었다. 책이나 동생들 외에는 화젯거리가 별로 없는 것이 사실이지만, 내가 완전 따분한 사람은 아니라고 믿고 싶었다. 잭이 할아버지에게 접근하는 수단으로 나를 이용했다는 것을 알기 전에는 내가 좀 매력적인가 착각하기도 했다.

책을 옆에다 놓고 엄마에게 주의를 돌렸다. "무슨 일이죠?" 갑자기 집이 너무 조용하다는 것을 깨닫고 물었다. "다들 어디 갔어요? 테오와 트릭시가 학교에 있다는 건 알지만—"

"누들이랑 개는 그 사람 집에 있어. 옆집에." 엄마는 방으로 한 발짝 들어왔다가 마음을 바꾸고 다시 나갔다. "토드는 슈퍼에 보냈고. 식품 몇 가지 사 오라고. 우리가 떠나기 전에 집에 먹을 것 좀 채워놓으려고."

엄마가 왜 주저하며 말을 꺼내는지 알 수 없었다. 나는 벌떡 일어서서 엄마 앞으로 다가갔다. "그러니까, 벌써 가겠다고요? 누들이 깁스도 풀기 전에?"

엄마는 뺨이라도 맞은 듯이 움찔했다. 뺨을 맞은 것이 엄마 얼굴인지, 내 얼굴인지 알 수 없었다.

"나한테도 쉬운 일이 아냐." 엄마 목소리가 점점 작아졌다. "뭐 하나 쉬운 게 없어. 몇 년 만에 집에 돌아왔더니 다들 훌쩍 자라서 나를 얼마나 미워하는지…."

테오와 트릭시가 감정과 호르몬의 변화를 겪고 있을 뿐, 결국 다 괜찮아질 거라고 안심시키는 게 내 도리겠지만 그럴 수 없었다. 거짓말일 뿐 아니라, 엄마가 그런 위로를 받을 자격이 있는지도 의문이었다.

2주도 채 안 지났는데. 그 정도도 못 버티다니.

"적어도 작별 인사를 할 수 있을 만큼은 있다 가야죠." 혈관을 타고 흐르던 싸늘한 감정이 내 목소리로 전해졌다. "아이들이 지난번에 그런 일을 겪었을 때 얼마나 힘들어했는지는 모르죠? 내가 후견인 지정 절차를 전부 거쳐서 이 집으로 다 데려오기까지 몇 달이나 걸렸어요. 사실은 아직 변호사 비용도 다 못 갚았다고요."

"그 돈을 갚게 토드한테 수표를 써 달라고 할게." 엄마는 핵심을 완전히 벗어나는 소리를 했다. "그리고 이제는 집으로 매달 돈을 보낼게. 약속할게."

나는 눈을 감았다. 엄마의 모습을 차단하여 나머지 전부를 차단할 수 있기를 바라며. 지치고 슬퍼 보일 뿐, 이 집이 간직한 추억은 전혀 안중에 없는 모습을. 나의 이해심 역시 차단하고 싶었다.

사실, 나는 이해할 수 있었으니까. 그래서 화가 치밀었다. 이 집 안에 서 있으면서도 엄마는 이 집에 얼마나 많은 추억과 삶이 가득한지 보지 못했다. 테오가 마인크래프트 왕국의 덩굴 우리, 소도살장, 오각형 모양의 지하 용암동굴을 설계하기 위해 컴퓨터 모니터 주위에 붙여놓은 쪽지들을 보지 못했다. 트릭시가 침대 옆에 깔끔하게 쌓아둔 책더미도 보지 못했다. 하나같이 유명한 법률가의 전기로, 그 아이의 문해력을 크게 뛰어넘는 수준인 탓에 다 읽는 데 몇 달씩 걸렸다. 엄마가 아직 자기 그림자마저 무서워하는 어린애 취급하는 누들은 마침내 자기 자신을 찾아가고 있었다. 부드럽고 달콤하고, 조금 특이한 청년으로 성장하고 있었다.

엄마는 나도 보지 못했다. 때로는 엄마 눈에 내가 전혀 보이지 않는 것 같았다. 내가 보였다면 내게 한 마디 상의도 없이 아이들을 버리고 떠나지는 않았을 것이다. 동생들이 나를 필요로 하는 한, 내가 동생들을 위해 무엇이든 할 거라는 사실을 알았어야 했다.

이 세상의 캐서린과 재스퍼, 클로이들은 항상 그렇게 하기 때문이다. 우리는 때로 위대한 모험을 떠나기도 하지만, 집에 머무르며 책 속에 파묻히기도 한다. 하지만 우리는 항상, 언제나 사랑을 최우선으로 여긴다.

"돈은 고마워요." 이 말이 내 혀끝에 남기는 쓴맛을 억지로 무시했다. 이 여자에게서 이토록 슬프고 구차한 선물을 받는다는 것이 못 견디게 괴로웠지만, 로니와 페퍼 말이 맞았다. 도움을 받는 것은 싫지만, 내 자존심보다 중요한 것도 있는 법이다.

가족도 그중 하나였다.

"오고 싶으면 언제든지 오세요. 우리 집은 엄마 집이기도 하니까. 사실은 엄마 명의잖아요. 아이들이 두 팔 벌려 환영할 거라고는 못 하겠지만, 그 정도는 감수해야겠죠."

"그래서 하는 말인데." 엄마는 손가락 하나를 쳐들고 주방으로 향했다. 종이 부스럭대는 소리가 들렸다. 엄마는 매니큐어 칠한 손에 누런 서류 봉투를 들고 와서는, 내가 의아해할 틈도 없이 그것을 내밀었다. "너한테 주는 거야. 집문서. 이제야 넘겨주게 돼서 미안하네. 아직 내 명의로 되어 있는 줄 몰랐는데—" 엄마는 갑자기 당황하며 불편한 기색을 눌렀다. "뭐, 어쨌든, 이제 네 집이야. 여기 살아도 되고, 팔고 나서 동생들이랑 다른 데 이사 가도 되고. 그럴 거면 새 주소는 꼭 알려줘야 해. 어쨌든 연락은…, 자주 하고 싶으니까. 알겠지?"

내게로 넘어오는 문서가 얼마나 대단한 것인지 나도 모르지 않았다. 엄마는 내게 집을 주는 것이다. 작고 낡았기만 적어도 15만 달러 이상의 가치가 있다. 엄마는 내게 이런 삶, 이런 마을에서 벗어날 수단도 주는 셈이다. 동생들을 스포캔으로 데려갈 수도 있다. 대학과 기회가 있는 곳에서 새 출발을 할 수도 있다. 내 삶을 다시 세울 수 있다.

하지만 내가 꺼낸 말은 내 손에 들린 문서와 상관없었다.

"그런데 어떻게 알게 됐어요?"

엄마는 당황하여 눈을 껌벅거렸고, 눈물까지 몇 방울 흘렸다. 나는 못 본 척했다. "뭘?"

"방금 이 집이 엄마 명의인 줄 몰랐다고 했잖아요. 그런데 어떻게 알게 됐냐고요."

엄마는 손등으로 눈을 닦았다. 마스카라 덩어리가 속눈썹에서 피부로 옮겨져 검은 얼룩을 남겼다. "아무것도 아냐. 그냥 미안하다고, 클로이. 너무 적고 너무 늦었다는 거 알지만, 내가 이 집에 있는 게 얼마나 힘든지 이해해 줬으면 해. 네가 여기 살면서 아이들을 보살필 때는 나도 마음이 편했지만, 네가 떠난 후에는…" 엄마는 간청, 어쩌면 후회를 표현하려는 듯 고개를 저었지만, 내 눈에는 허영과 나약함, 다른 누구도 자신을 사랑하는 것만큼은 사랑하지 못하는 무능함만 보였다. "나는 이 모든 걸 혼자 감당할 수 있는 그릇이 아니었어."

그 순간 나는 한계에 이르렀다. 화가 머리끝까지 났을 때의 재스퍼 홈스처럼 독설을 퍼붓거나, 지난 4년간 쌓인 스트레스와 불안을 한꺼번에 터뜨리거나, 소설의 한 구절로 우아하게 말문을 막았으면 좋았을 텐데.

대신에 내 마음속에 남은 애정을 남김없이 끊고 이 여자에게 합당한 단 하나의 감정인 연민을 느꼈다.

"엄마는 절대 혼자가 아니었어요. 그게 가장 큰 잘못이죠. 밤중에 몰래 달아난 것도, 미성년자 셋을 국가에 떠넘긴 것도, 오랫동안 연락 한번 없었던 것도 아니라. 세상에서 가장 훌륭한 아이들과 한집에 산다는 게 얼마나 큰 행운인지 한 번도 생각해 본 적 없다는 것이 가장 큰 잘못이라고요."

엄마는 위축되었지만 내가 내뱉는 단어 하나하나를 곱씹었다. "알아. 그래서 네게 이 집을 주는 거잖아. 옆집 노인이 거기에 대해 할 말이 많은 모양이더라. 너희가 그 사람을 어떻게 구워삶았는지는 몰라도, 참 대단하다 싶네. 내가 이 집에 살 때는 어찌나 못되게 구는지 그 집에 불만 켜져도 벌벌 떨었는데."

"지금도 못되게 굴어요." 나도 모르게 이렇게 대꾸했다. "우리는 그 모습 뒤에 감춰진 그분을 알게 됐을 뿐이에요."

엄마는 이해한다는 듯 고개를 끄덕였지만 사실은 전혀 이해하지 못했다. 두 사람을 나란히 놓고 보면, 한쪽은 품위도 재치도 없는 괴팍한 노인이고 다른 한쪽은 밤하늘마저 밝힐 미소를 지닌 40대 미인이었다. 누구라도 후자와 더 가깝게 지내고 싶어 할 것이다.

하지만 잘못된 판단이다. 엄마는 아름다웠지만 너무나도 가벼워 실체가 없는 존재였다. 재스퍼의 과거를 되짚는 긴 여정을 통해 내가 깨달은 것은 매달릴 데가 있을 때 삶은 더 나아진다는 것이다. 추억도 희망도 아닌 진짜에 매달려야 한다. 현실에 존재하는 누군가에게.

엄마가 내 마음을 읽은 듯이 덧붙였다. "앞으로 그 노인이 너희를 잘 돌봐줄 거야. 확실히 나보다는 낫겠지."

엄마는 잠시 말을 멈추고 불편하면서도 희망적인 표정을 지었다. "한 번 안아 봐도 될까, 클로이? 가기 전에 마지막으로 한 번만?"

나는 그 제안을 소화하기도 전에 고개를 끄덕였다. 안아 본다는 것 말고 마지막이라는 말 때문이었다. 엄마는 이것이 많은 포옹 중 첫 번째일 거라 진심으로 믿을지 몰라도, 팔로 나를 감싸고 힘을 주는 순간 나는 엄마가 다시는 돌아오지 않을 거라는 것을 마음속 깊이 느꼈다.

"토드랑 학교에 가서 아이들을 데려오려고." 엄마가 나를 놓아주며 말했다. 이미 얼굴에 화색이 돌아오기 시작했다. 이 집, 이 가족과 마지막 연을 끊은 순간부터 깃털이 다시 자라나는 새 같았다. "그때 작별 인사를 할 거야."

"그러면 누들은요?" 나는 긴장하여 물었다.

엄마의 시선은 내 머리 위의 어느 지점에 고정되었다. "내가 그 집에 들러서 떠난다고 얘기해야지. 하지만 우리가 없어져도 누들이 알아채기나 할지 모르겠어. 전화해서 나를 부른 건 누들인데…, 잘 모르겠다, 클로이. 별로 정이 없는 애잖아."

그 말을 듣는 순간 나는 엄마에게서 마지막 선물을 받은 기분이었다. 누들을 이해하려는 노력을 아예 포기하는 모습을 보이며, 엄마는 나에 대한 마지막 애정의 끈을 끊었다. 어찌 보면 자신의 죽음을 가장하고 한밤중에 도망치는 것과 별반 다르지 않았다. 생각이 나면 돈을 보낼 것이고 어쩌다 한 번씩 생일 카드도 보내겠지만, 우리 관계는 여기까지였다.

"'그의 마음은 아주 높은 벽으로 둘러싸인 비밀의 정원이었다.'"《프린세스 브라이드》에서 가장 좋아하는 구절이 내 입에서 자연스레 흘러나왔다. 다음으로 내가 하고 싶은 말을 덧붙였다.
"엄마는 그 벽을 타고 오르는 법을 배우지 못했을 뿐이에요."

엄마는 곧바로 그 구절을 알아들었다. "우리, 그 책 참 좋아했
잖아? 너랑 나랑?"

"다른 공통점보단 낫네요." 나는 입가에 쓴웃음을 지었다. "잘
가요, 엄마. 고마워요."

엄마는 말을 더 하고 싶은 눈치였지만 더 이상 할 말이 없다는
것은 우리 둘 다 알고 있었다. 엄마는 여기 와서 할 일을 마쳤고,
줄 수 있는 것을 주었으니, 처음처럼 쉽게 사라질 것이다.

처음과 유일하게 다른 점은 이번에는 내가 아무렇지도 않다는
것이었다.

◆

엄마와 토드가 약속대로 식료품을 내려놓고 테오와 트릭시를
데리러 학교로 향하자 집이 이상하게 휑한 느낌이었다. 속죄의 의
미인지, 보관할 공간도 없는 고급 냉동 피자와, 아이들이 틀림없
이 싫어할 열대 주스 등에 과하게 돈을 썼다 싶었지만, 봉투에 든
브랜드 시리얼 몇 상자를 보니 엄마가 아예 헛돈을 쓴 건 아니다
싶었다.

냉동실을 다시 정리해 마지막 남은 식료품을 겨우 밀어 넣는
순간, 문 두드리는 소리가 들렸다.

"열려 있어!" 온몸으로 냉동실 문을 밀며 소리쳤다. 내부에서
종이 상자 찢기는 소리가 들렸지만 문이 닫힌 것만으로도 다행이

었다. "학교 갔다 와서 책가방을 바닥에 던지지 말랬지? 방에 갖다 놓지 않으면 인터넷 사용 금지야."

"이렇게 권위적이고 치사한 사람이 마음에 든다면 이상한가요?" 전혀 예상 밖의 목소리가 들렸다.

"잭!" 나 자신에게 외치는 소리에 가까웠다. 주방 밖으로 슬며시 고개를 내밀자 현관에 서 있는 그가 보였다. 쑥스러워하는데도 한편으로는 평생 아무것도, 누구도 두려워한 적 없는 사람 같았다. "여긴 어쩐 일이에요?"

그는 머리에 쓴 니트 모자를 벗어 옛날 거지들처럼 손에 쥐었다. 나는 그의 연기를 한순간도 믿지 않았다. 미안한 척하면서 이렇게 멋있어 보이는 사람에게는 전혀 신뢰가 가지 않았다.

나는 팔짱을 끼고 그를 노려봤다. "누들을 만나러 왔다면 집을 잘못 찾았어요. 재스퍼 씨, 그러니까 당신 할아버지 집에 있어요."

내 목소리에 서린 독기에 나조차도 움츠러들었다. 잭이 고개를 홱 들었다. 그의 표정은 나보다 훨씬 강한 사람의 마음마저 쥐어짤 만큼 처연했다.

"화 많이 났군요?"

이 마당에 주저할 이유가 없었다. "당신이 누구인지, 콜빌에 사는 이유가 뭔지 거짓말한 것 때문에요? 나를 찾아와서 나와 내 동생들의 삶에 끼어든 것 때문에요?"

"클로이, 제발. 그런 거 아니에요, 진짜로요."

나는 손을 쳐들어 그의 말을 막았다. 내 이름을 부를 때 갈라지는 그의 목소리를 듣고 싶지 않았고, 처지는 입꼬리도 보고 싶지 않았다. 눈가에 잡히는 주름도. 너무 슬퍼 보여서 나는 그를 믿을 뻔했다.

"말하려고 했어요. 도서관에서 우리 할머니의 《무기여 잘 있거라》를 건넨 날에요. 내가 요정 대모님한테서 받은 거라고 했는데, 당신은 내가 농담하는 줄 알았죠?"

갑자기 주위가 갑갑해졌다. "그런 게 어딨어요, 잭."

"말도 안 되는 거 알아요. 하지만 그게 진실이 맞아요."

그의 순수함에 끌리지 않으려고 나는 더 힘껏 맞섰다.

"아무래도 상관없어요. 믿기 어렵겠지만 당신이 왜 그랬는지 이제 알겠어요. 나는 평생을 당신 할아버지 옆에서 살았죠. 그분이 얼마나 까칠한지 알아요. 치고 들어갈 기회를 노리던 당신에게 내가 완벽한 기회를 주었죠." 나는 조금 씁쓸하지만 진심이 담긴 미소를 지었다. "솔직히 나 같아도 똑같이 했을 거예요. 힘든 과제 앞에서는 자기가 어떤 수단까지 동원하게 될지 알 수가 없죠."

그는 내 미소에 반응하지 않았다. 오히려 아주 고통스러운 표정을 지었다. "우리가 볼링을 치러 갔던 날에 내가 한 말 기억나요? 내가 얼마나 외롭게 자랐는지, 떠들썩하고 유쾌한 당신 가족과 어울리는 것이 얼마나 즐거웠는지?"

물론 나는 그날 밤을 기억했다. 내 삶이 뭔가 달라질 수 있다는 희망을 처음으로 갖게 되었기에 그날은 마음속에 영원히 새겨졌다. 하지만 나는 이렇게 대답했을 뿐이다. "그럼요. 당연히 기억하죠."

그는 나를 잡으려는 듯 손을 뻗었다가 다시 떨어뜨렸다. "내 말은 진심이었어요, 클로이. 우리 아빠는 재스퍼 할아버지를 빼다 박았어요. 두 분은 여태 한 번도 만난 적 없지만요. 아빠도 까칠하고 내향적이고, 나처럼 야외 활동을 즐겨 해요."

"그래서요? 그게 나랑 무슨 관계가 있죠?"

"아주 깊은 관계가 있을 수도 있어요. 전혀 관계없을 수도 있고."

이번에 잭은 진짜로 내게 손을 뻗었다. 나를 자기 품으로 끌어당기지는 않고, 그저 내 양손을 잡았다. 그의 손가락은 큼직하고 거칠고 믿음직했다. 젊은 캐서린이 왜 젊은 재스퍼에게 푹 빠졌는지 문득 알 것 같았다.

"작년에 별 이유 없이 콜빌로 이사 왔어요. 그저 할머니가 말씀하시던 곳이 궁금해서요. 할머니는 콜빌이 지금껏 살았던 곳 중에 최고이자 최악이었다고 하셨죠. 처음으로 사랑에 빠진 곳, 스스로 일어서는 법을 배운 곳이었대요. 자신의 일부를 묻고 완전히 새로 태어난 곳이기도 했고요. 나도 할아버지가 궁금했던 건 사실이지만 나머지에 비하면 중요한 동기가 아니었죠."

"그럼 중요한 동기는 뭐였죠?" 나는 잡힌 손을 빼지 않았다.

"몰라요. 아마 내 안의 재스퍼가 아닐까요? 이곳의 숲에 발을 들인 순간, 내가 있어야 할 곳이라고 느꼈어요. 아버지와 할아버지처럼 나도 알 수 없는 이유로 야생에 끌려요. 자연 속에 있을 때 마음이 가장 편하죠. 하지만 나는 할머니를 닮아 나무 몇 그루와 밤하늘만으로는 만족할 수 없어요. 좋은 옷과 영향력 있는 직업이 필요하다는 게 아니라 사람이 그립다는 뜻이에요. 형제자매, 친구, 가족이요. 어쩌면 당신도요."

그 마지막 부분에 현혹되고 싶지 않았지만 결국 나도 인간이었다. "그 말은 한동안 이곳에 머물겠다는 뜻인가요?" 나는 반쯤 내

리깐 눈으로 그를 바라보며 물었다.

그저 지나가는 말로 던지는 질문이 아니라는 것을 잭도 눈치챈 듯했다. "맞아요. 나는 이 마을과 내 일이 마음에 들어요. 재스퍼 씨가 나를 문전박대한 적이 없다는 것은 할아버지와 손자 사이를 잘 풀어가겠다는 신호라고 생각해요. 클로이와 잭도 잘되기를 바라지만, 일단 당신의 신뢰부터 되찾아야겠죠. 당신만 괜찮다면 노력할 거예요." 그가 다시 미소를 지었다. "부담 주는 거 아네요. 그냥 희망만 빼앗지 말아줘요."

갑자기 심장이 쿵쾅거렸다. 집을 팔고 동생들과 함께 스포캔으로 이사해, 학비를 내고 중단했던 학업을 다시 시작하는 꿈을 꾸는 것도 즐겁지만, 내 삶이 지금까지와 크게 달라질 리는 없었다. 테오와 트릭시는 학교를 잘 다니고 있다. 누들은 간만에 아주 행복해 보인다. 내 옆에는 로니와 페퍼가 있고, 비록 급여도 적고 알아주는 사람도 없지만 내가 진심으로 좋아하는 직업도 있다.

더구나 잭도 여기 있다. 재스퍼도.

캐서린 마틴은 모든 걸 버리고 떠나 새로운 곳에서 새출발할 수 있었지만, 샘슨 가족은 이곳에 깊이 뿌리 내리고 있다. 그 뿌리를 뽑아내면 모두가 다칠 수밖에 없다.

"나도 당분간 떠나지 않을 거예요." 이렇게 말하면서 나는 처음으로 마음이 편해졌다. "그러니까 실컷 노력해 봐요."

잭은 갑자기 환한 미소를 숨기려고 안간힘을 썼다. 결국 미소를 누르는 데 성공했지만 이미 부작용이 생겼다. 내 심장이 걷잡을 수 없이 쿵쾅대기 시작한 것이다. 내 용서를 얻기 위해 그가 무슨 수를 쓸지 기대가 되었다. 터무니없고 수상한 방법이겠지만 어쨌든 사랑스러울 것이다.

하지만 잭은 아직 할 말이 남아 있었다. "그렇다면 내가 당신을 옆집으로 끌고 가야겠어요." 그는 문 쪽으로 고개를 기울였다. "할아버지가 조촐한 송별회를 열겠대요."

"송별회라고요? ⋯우리 엄마랑 토드 송별회?"

"아니, 우리 할머니 송별회요. 내일 새벽에 공항까지 모셔다드릴 거예요."

내 심장이 갑자기 요동쳤다. "안 돼요. 벌써 가신다고요? 재스퍼 씨는 어떡하라고요? 두 분의 사랑 이야기는 어쩌고요?"

"속편 없이 이야기를 마치는 게 좋겠다고 두 분이 합의를 보셨나 봐요." 그는 내게 손을 내밀었다. "갈 거죠? 할머니가 떠나시기 전에 당신을 꼭 만나고 싶대요. 줄 게 있으시다면서."

내 손가락을 잭의 손에 밀어 넣었다. 그의 손이 내 손에 닿는 따뜻하고 거친 감촉에 마음이 편안해졌다. "당신을 주신다는 뜻이라면, 나는 금전적인 선물을 선호한다고 미리 밝혀둬야겠네요."

"잘 알겠어요." 그가 내 손을 꼭 쥐었다. "하지만 두고 봐요. 우리 할머니가 잘하시는 게 뭐냐면, 사람들에게 필요한 줄도 몰랐던 선물을 주는 거예요."

36

클로이

내 인생을 결산하는 이야기에는 나의 첫 장이 1960년에 시작되었다고 기록될 것이다. 내가 태어날 기미도 안 보이던 시절, 젊은 남녀가 당시 금서였던 《북회귀선》을 매개로 사랑에 빠지면서 모든 것이 시작되었다. 크게 상심하고, 아기가 태어나고, 돈을 벌기 위한 고된 노동이 이어졌다. 정원이 만들어지고, 씨앗이 뿌리를 내려 열매를 맺기까지 60년이 넘게 걸렸다.

"왔어요! 클로이에요!"

"드디어 나타났네. 목 빠지는 줄 알았어."

"클로이, 내가 문자 메시지로 부탁한 식물성 생크림 가져왔어? 그걸로 폭탄을 만들고 있거든. 아주 작은 폭탄을 만들 거니까 그런 눈으로 보지 마. 재스퍼 씨 드릴 거야."

나는 앞에 펼쳐진 아수라장을 보고 눈을 끔벅였다. 내 동생들

뿐 아니라 재스퍼, 캐서린, 로니, 페퍼가 와 있었고, 심지어 어디가 됐든 초대를 받아서 신이 난 듯한 건더슨까지 푸르스름한 캐서롤 접시를 들고 서 있었다.

"재스퍼 씨 드릴 폭탄?" 나는 많은 얼굴들을 무시하고 테오가 한 말 중 가장 중요한 부분을 지적했다. "테오, 우리한테 그렇게 잘해주셨는데, 재스퍼 씨의 집을 폭파하는 걸로 보답하겠다고?"

"그냥 작은 폭탄이라고 했잖아. 잡초를 없애는 데 도움이 될 거라고. 어제 우리더러 손으로 뽑으라고 시키셨단 말이야." 테오는 작업을 하느라 붉고 거칠어진 손바닥을 쳐들었다. "나보고 잡초를 없앨 다른 방법을 찾을 수 있으면 얼마든지 해보라고 하셨어."

"내 화단을 더 망가뜨리지는 말라고도 했지." 재스퍼가 미심쩍은 투로 말했다. 그는 괴로운 듯이 나를 보았다. "그 부분은 확실히 해둬야겠어."

"별로 확실하지 않은데." 트릭시가 중얼거렸다. "재스퍼 씨는 우리가 염소를 입양해야 한다고 생각하셔."

"염소 키워도 될까, 클로이?" 테오가 물었다. "이름은 '위대한 고트비'라 지을 거야. 재스퍼 씨가 자기 전에 우리한테 책도 읽어주셨어."

동생들이 폭탄을 제조하려던 계획은 잊고 평소처럼 우스갯소리를 주고받는 모습을 보자 너무 기뻐서 웃음이 터졌다.

"아니, 염소는 안 키울 거야. 재스퍼 씨는 우리 손으로 도울 거고." 나는 한껏 단호하게 대꾸했다. 그 순간, 모두가 우리를 지켜보고 있다는 것을 깨닫고 말을 이었다. "오늘 엄마랑 토드가 너희를 학교에서 집으로 데려다줬어?"

트릭시가 눈알을 굴렸다. "응. 그리고 두 사람은 석양 속으로 유유히 사라졌어. 엄청 로맨틱하지?"

"그럼 이제 우리도 집에 갈 수 있다는 뜻인가?" 테오가 물었다. "재스퍼 씨네 마룻바닥은 좀 불편하거든."

누들이 다가와 슬머시 내 손을 잡았다. "슬프지 않은 거지, 클로이? 다시 우리만 남아도 괜찮지?"

나를 쳐다보며 초조하게 대답을 기다리는 세 아이를 보자, 엄마와 대화하면서 내 가슴에 응어리진 답답함이 스르르 풀렸다. 앞으로 몇 주 동안 내게 이것저것 캐물으면서 내 인생에 오지랖을 부릴 사람들 앞에서 이런 얘기를 하고 싶지는 않았지만, 중요한 것은 내가 결코 이 아이들을 혼자서 키울 수 없다는 것이었다. 그렇게 키워서는 안 된다. 이 일을 제대로 해내려면, 내가 모든 답을 갖고 있지는 않으며, 심지어 많은 질문도 갖고 있지 않다는 사실을 인정해야 했다.

"슬프지 않아." 나는 동생들에게 희미하게 웃어 보이고, 방 안의 모든 사람을 둘러보았다. "여기 계신 분들 덕분에 이제 엄마는 필요 없어요. 그걸 깨닫기까지 너무 오래 걸렸네요. 제가 많이 부족했지만 오랫동안 여러모로 우리를 도와주셔서 감사해요."

단체 포옹에 짓눌릴 뻔했지만, 모두가 한꺼번에 달려들기 전에 캐서린이 입을 열었다. 목소리를 높이지도, 대단한 연설을 하지도 않았지만, 그녀가 그토록 오랫동안 다양한 경력을 쌓을 수 있었던 비결을 알 것 같았다. 캐서린에게는 존재감이 있었다. 한때 불가능한 일을 해냈고 다시 그런 일을 반복하고 있는 이 여인에게는.

"가시나무가 인동덩굴 쪽으로 휘어진 것이 아니라, 인동덩굴이 가시나무를 품은 셈이었지요.'" 캐서린이 장난스레 중얼거렸다. "내가 이 문장을 어디서 봤을까요?"

재스퍼와 내 눈이 마주쳤다. 그의 시선은 끝도 없이 오래 머물렀다. 그 방의 나머지 사람들은 《폭풍의 언덕》에 나오는 이 구절을 알지 못했겠지만 우리 둘은 분명히 알고 있었다.

"자, 이제 진짜 식사 시간이에요." 로니가 손뼉을 짝 치며 갑자기 침묵을 깨뜨렸다. "여기 계시는 분들을 다 알지는 못하지만 오랜만에 제대로 된 송별회에 온 기분이네요. 페퍼, 음악은?"

"준비됐죠." 페퍼가 휴대폰을 꺼냈다. "어르신들을 위한 프랭크 시나트라와, 나머지 분들을 위한 테일러 스위프트."

"가만, 나도 어르신이란 뜻인가?" 건더슨이 인상을 쓰며 물었다.

로니가 그의 손에서 캐서롤을 받아들자 페퍼는 그의 어깨에 팔을 둘렀다. "괜히 그러시는 거죠, 관장님? 우리 쪽인 거 아시면서. 지난주에 소장 도서 목록 정리하면서 '배드 블러드Bad Blood' 가사 정확하게 부르시는 거 다 들었거든요."

그의 표정이 눈에 띄게 환해졌다. "내 딸 오필리아가 아홉 살이야, 페퍼. 그 가사는 당연히 알지."

"그렇군요. 저처럼 스위프티(미국 가수 테일러 스위프트의 열혈 팬 – 옮긴이)셨네요."

내게 눈을 찡긋하고 페퍼는 그를 주방으로 데려갔다. 잭도 아이들을 불러 모아 그녀의 뒤를 따랐다. 그들이 재스퍼와 캐서린에게 작별 인사를 나눌 시간을 주려는 거라 짐작하고, 나도 구미베어를 끌고 나갈 준비를 했다.

하지만 재스퍼가 선수를 쳤다.

"그 빌어먹을 개가 나만 졸졸 따라다니는 데도 익숙해졌어." 그는 투덜댔지만 장난스레 구미베어의 머리를 쓰다듬으며 같이 거실을 나갔다. "재주를 좀 배우라고 이 녀석한테 계속 잔소리를 하지만 늙은 개에게 새로운 재주를 가르치는 건 쉽지 않잖아." 재스퍼는 잠시 말을 멈추었다가 덧붙였다. "물론 가르칠 수는 있지만 내가 그런 말을 했다고 아무한테도 말하지 마. 나도 사회적 지위와 명성이 있으니까."

"잠깐만요." 내가 깊이 이해하지만 거의 알지 못하는 이 여성과 단둘이 남겨지는 상황이 이상해서 재스퍼를 불렀다. 그가 멈춰 서서 눈썹을 치켜올리자, 나는 맨 먼저 떠오른 질문을 던졌다. "아이들, 정말 괜찮나요? 엄마가 또 떠났는데도? 이번에도 힘들어할까 봐 걱정했거든요. 지난번에는…."

재스퍼는 한동안 나를 가만히 바라보았다. 그 짧은 순간 동안, 마치 방대한 도서관이 우리 사이를 지나가는 듯한 느낌이 들었다. 재스퍼는 천천히 입을 열었다. "지난번에는 아이들을 돌볼 사람이 너밖에 없었잖니. 이제는 너랑 나 둘이니까."

그는 머리를 숙인 채 개를 데리고 주방으로 향했다. 그곳에서 즐겁게 떠드는 소리가 계속 들려왔다. 목소리의 크기는 변하지 않았지만, 캐서린과 단둘이 거실에 서 있을수록 소리가 점점 멀어지는 기분이었다.

"해치지 않는다니까." 캐서린이 소파에 앉아 한쪽 다리를 우아하게 꼬며 말했다. 덩굴과 무성한 식물 사이에서 그녀는 더없이 편안해 보였다. 그녀는 옆자리를 두드렸다. "그러니 이리 와서 앉아요."

내가 소파에 간신히 걸터앉자 그녀가 말을 이었다. "여기 온 거보니, 내 손자의 사과가 통했나 봐요? 조금이나마?"

나는 눈을 굴리고 싶은 충동을 눌러야 했다. "당연한 거 아닌가요? 그런 미소라면 징역형을 받아도 형기를 20년은 깎을 수 있을걸요."

"할아버지한테서 물려받았잖아요." 그녀의 웃음소리는 낭랑하고 자신감이 넘쳤다. "아, 둘이 별로 닮지는 않았지만, 비슷한 점이 있어요. 처음에는 재스퍼의 미소를 한 번 끌어내리려면 몇 시간이 걸렸지만, 일단 성공하면, 와!" 그녀는 열이 올라 부채질하는 시늉을 했다. "잭에게 그 미소는 숨 쉬는 것처럼 자연스럽죠. 미리 사과할게요. 어떤 상황에서든 앞으로 그 아이를 이기기가 쉽지 않을 테니까."

내 뺨이 화끈 달아올랐다. "우리는 그런 사이가 아니에요." 내가 황급히 해명했다. "그러니까, 아직 아니라고요. 쭉 아닐지도 모르겠어요. 우리는 그냥—"

고맙게도 캐서린이 쿠션 너머로 내 다리에 손을 얹어 당황한 내 말을 막았다. "그냥 해본 소린데. 만난 지 얼마 안 됐고 미래가 불확실하다는 거 알아요. 그래서 당신이랑 얘기해 보고 싶었어요."

그녀의 손바닥이 닿자 마음이 편해졌다. 나는 두려움보다 호기심을 느끼며 쿠션에 편히 기댔다.

"사실 제 미래는 정해진 거나 다름없어요. 적어도 앞으로 10년쯤은요. 테오는 겨우 열한 살이고, 그 애를 무사히 성인으로 키우려면 제 역량을 다 쏟아부어야 할 것 같아요."

캐서린의 얼굴에는 어떤 감정도 드러나지 않았다. 속눈썹 하나 움직이지 않았다. "그럼 도서관에서 계속 일할 거예요?"

"네."

"책을 서가에 정리하고 받는 급여와, 엄마가 기억날 때만 보내주는 돈 봉투를 갖고 생활하겠다고요?"

나는 무력하게 두 손을 펼쳤다. "지난 4년 동안 봉투 없이도 잘 버텼어요. 10년쯤 더 그렇게 산다고 죽기야 하겠어요?"

"그렇죠. 죽지는 않겠죠. 그래도 아쉽겠죠? 얽매여 살아야 한다면? 저 넓은 세상이 당신 없이도 잘 돌아간다는 걸 알면?"

대답이 필요한 질문은 아니었지만 나는 진지하게 고민했다. 내일 아침이면 떠날 사람이니 내가 무슨 말을 하든 상관없다는 생각도 있었고, 지금껏 이 문제를 깊이 생각할 기회가 없었기도 했다.

"세상은 제가 없어도 항상 잘 굴러갔죠." 나는 슬퍼하지 않고 차분히 인정했다. 행복하다고까지 할 수 있을 정도였다. "대학에 다닐 때도 밤마다 즐기러 나간 건 아니었어요. 내내 책에 파묻혀 살았지. 책의 종류가 달랐을 뿐이에요. 결말을 미리 알지 못했던 책이랄까."

캐서린이 내 다리에서 손을 뗐다. 소파에서 일어나려는 줄 알았는데, 자신의 커다란 가방으로 손을 뻗었다. 트릭시가 입버릇처럼 말하던, 주목받고 싶은 여성에게 꼭 필요하다는 엄청 비싼 가방이었다. 다시 내민 그녀의 손에 접힌 종이가 놓여 있었다.

"받아요." 그녀가 단호히 손을 내밀었다. 나는 흰 네모를 응시했다. "선물은 아니에요. 당신이 생각하는 그런 의미는 아니라는 뜻이죠. 그러니까 받으면서 찝찝하게 생각할 거 없어요. 어서요."

그녀가 시키는 대로 받아서 펼쳐보니 맨 윗줄에 이메일 주소가 적혀 있었다. 글자 자체는 큰 의미가 없었지만, 손 글씨가 굳게 닫혀 있던 내 마음을 열었다. 그녀가 책 속의 아가씨와 동일 인물이라는 사실을 논리적으로 확인했다고나 할까. 예쁜 손 글씨로 한때 사랑과 희망을 전했던 장본인이었다. 그 증거를 직접 눈으로 보자 실감이 났다.

캐서린과 재스퍼. 재스퍼와 캐서린.

"죄송해요." 갑자기 내 눈에 눈물이 쏟아졌다. 나는 좀처럼 울지 않는 사람이었고, 특히 낯선 사람 앞에서는 우는 법이 없었지만 참을 수가 없었다. 뒤늦게 울음을 막으려고 내 뺨을 때렸다.

"죄송해할 거 없어요. 그 이메일 주소가 뭔지도 아직 모르잖아요."

그것은 중요하지 않았다. 나 자신 때문에 슬픈 것이 아니라, 꿈이 깨어지고 마음을 다친 이곳에서 사람들이 포기해야 했던 모든 것이 나를 울렸다. 두 사람의 미래를 위해 사랑하는 남자를 떠난 캐서린. 세상에 자기 혼자뿐이라고 믿으며 60년의 긴 세월을 보낸 재스퍼. 자기 자식들에게서는 행복을 찾을 수 없었던 우리 엄마.

동생들에게서 악착같이 행복을 찾으려는 나.

"내가 책을 좋아하는 이유는 책을 통해 수천 가지 삶을 체험할 수 있기 때문이에요." 캐서린은 내 마음이 전부 눈물로 쏟아져 나와 그녀의 비싼 가방에 떨어질지 모른다는 염려는 하지 않는 듯했다. "이 세상에 계획대로 되는 일은 하나도 없죠. 살다 보면 정착하기는커녕 방문할 계획도 없는 길이나 도시에 살게 되는 경우도 있고요. 나는 책을 고르는 낙으로 살아요. 특별한 곳을 여행하고 싶을 때는 새로운 책을, 친구가 필요할 때는 오래된 책을 고르면 다 괜찮아지죠."

"잘 모르겠어요. 왜 제게 그런 말씀을 하시는지."

캐서린은 내가 아무 말도 하지 않은 듯이 말을 이었다. "그래서 나는 편집자가 됐어요. 당신처럼 사서로 시작했지만 다른 사람들을 위해 서가에서 책을 꺼내주는 것만으로는 만족할 수 없었죠. 그보다는 서가를 채우는 사람이 되고 싶었어요. 그러면 내 운명을 조금 더 통제할 수 있을 것 같았죠."

나는 다시 이메일 주소를 내려다봤다. 이번에는 손 글씨를 넘어 활자로 인쇄된 뉴욕 최고의 출판사 이름을 보았다.

"당신도 페이턴이 마음에 들 거예요." 캐서린이 미소 지었다. "당신보다 몇 살 위지만 벌써 유명세를 떨치고 있죠. 인턴으로 시작하면 힘들지 않을 거예요. 파트타임이고 산더미 같은 원고를 검토하는 것이 주된 업무지만 재택근무도 가능해요. 급여도 있으니까 도서관 일과 병행할 수도 있고요. 다음 주쯤에 페이턴에게 이메일로 알려줘요."

내 손에서 종이가 펄럭이며 떨어졌다. "이해가 안 돼요." 이렇게 말했지만 거짓말이었다. 나는 완전히 이해했다.

캐서린이 손을 뻗어 떨어지는 종이를 잡았다. 이번에는 내 손에 확실히 쥐어 주었다. "세상이 많이 달라졌어요, 클로이." 그녀가 짧게 웃었다. "뭐, 한편으로는 그렇지도 않지만요. 옛날과 다름없이 잔인하고, 아름답고, 실망스러운 곳이죠. 다만 지금은 더 커졌어요. 더 복잡하게 연결되었고요. 지금 있는 곳이 마음에 들지 않는다고 해서 지금껏 알고 사랑하던 것을 다 버리고 온 가족과 함께 짐 싸서 떠날 필요는 없죠. 책장에서 다른 이야기를 꺼내면 돼요."

주방에서 들려오는 웃음소리에, 캐서린은 자리에서 일어나 치마를 반듯이 폈다. 그녀는 내가 잭의 얼굴에서 여러 번 보았던 미소를 지으며 따라오라고 손짓했다.

"'과거는 잊어요. 죽은 자들의 장례는 죽은 자들에게 맡겨요. 다 잘될 거예요. 그것만 기억해요.'"

그녀의 말이 내 기억을 자극했다. "《폭풍의 언덕》인가요?" 나는 미간을 찌푸리며 주방으로 향했다. 우리를 기다리는 사람들을 보자 너무 기뻐서 가슴이 터질 것 같았다. "아니, 《북회귀선》이었나?"

"《사이코》예요." 캐서린이 웃으며 말했다. "죽음, 부패하는 시체, 마지막에 놀라운 반전이 있는 이야기는 절대 못 참죠."

📚 독서 가이드

1. 《마음 대여 도서관》은 책 전반에 걸쳐 여러 인물의 삶과 관점을 따라갑니다. 당신이 생각하는 '주인공'은 누구이며, 그 이유는 무엇인가요?

2. 캐서린과 재스퍼의 사랑은 전형적인 해피엔딩이 아닙니다. 둘 사이가 지금과 다르게 전개되었다면 그들의 삶은 더 좋아졌을까요, 나빠졌을까요?

3. 당신은 재스퍼와의 관계를 끝낸 캐서린을 비난했나요? 그녀는 콜빌에서의 삶에 만족했을까요? 뉴욕에서 캐서린과 함께 살았다면 재스퍼는 만족했을까요? 당신이 캐서린이라면 어떤 결정을 내렸을까요? 아기가 생기지 않았다면 그 결정은 달라졌을까요?

4. 재스퍼의 정원에는 문학 작품과 관련된 꽃과 식물이 가득한데요, 그 가운데 출처를 아는 식물이 있었나요?

5. 중고 책 여백에 적힌 글씨를 발견한 적이 있나요? 그것을 보고 흥미를 느꼈나요, 짜증을 느꼈나요? 소설책 속에서 수십 년 전의 연인이 남긴 글을 발견한다면 어떻게 하겠어요?

6. 클로이와 잭의 관계는 미래에 대한 아무런 약속 없이 열린 결말로 남았어요. 두 사람은 결국 함께할까요? 그렇게 생각하는 이유는 무엇인가요? 그들의 사랑은 캐서린과 재스퍼의 사랑과 무엇이 같거나 다를까요?

7. 재스퍼가 깨달은 중요한 교훈은 "인생에서 중요한 것은 항상 좋은 선택을 하는 것이 아니라 좋은 선택지를 갖는 것"입니다. 더 나은 선택지는 그의 삶에 어떤 영향을 미쳤을까요?

8. 이 책에 나오는 대부분의 인물에게 독서는 다른 사람들을 이해하는 수단입니다. 독서는 인간관계에 어떤 영향을 미칠까요? 당신도 책으로 인연을 맺은 친한 친구가 있나요?

9. '심술궂은 노인'은 어느 시대에나 책과 영화에 흔히 등장합니다. 그 이유는 무엇일까요?

10. 클로이의 집안 형편은 여러 면에서 재스퍼의 처지와 유사합니다. 두 사람의 선택에서 공통점은 무엇일까요? 또 차이점은 무엇일까요?

11. 캐서린 마틴은 《무기여 잘 있거라》의 캐서린 바클리, 《폭풍의 언덕》의 캐서린 언쇼와 이름이 같습니다. 그 의미는 무엇일까요?

📚 《마음 대여 도서관》에 언급된 책

《폭풍의 언덕》, 에밀리 브론테

《북회귀선》, 헨리 밀러

《앵무새 죽이기》, 하퍼 리

《컬러 퍼플》, 앨리스 워커

《힐 하우스의 유령》, 셜리 잭슨

《바스커빌가의 사냥개》, 아서 코난 도일

《무기여 잘 있거라》, 어니스트 헤밍웨이

《노인과 바다》, 어니스트 헤밍웨이

《반지의 제왕》, J.R.R. 톨킨

《프린세스 브라이드》, 윌리엄 골드먼

《일리아드》, 호메로스

《서부전선 이상 없다》, 에리히 마리아 레마르크

《붉은 무공훈장》, 스티븐 크레인

《북과 남》, 엘리자베스 개스켈

《성난 군중으로부터 멀리》, 토머스 하디

《비밀의 화원》, 프랜시스 호지슨 버넷

《론리 하츠 북클럽 The Lonely Hearts Book Club》, 루시 길모어

《우돌포의 비밀》, 앤 래드클리프

《작은 아씨들》, 루이자 메이 올컷

《성 안에 갇힌 사랑》, 도디 스미스

《모비딕》, 허먼 멜빌

《그레이의 50가지 그림자》, E.L. 제임스

《사이코》, 로버트 블록

《사건 문서 The Documents in the Case》, 도로시 L. 세어스

《바람 부는 포플러나무집의 앤》, L.M. 몽고메리

《프레그네시아 Pregnesia》, 칼라 캐시디

《레베카》, 대프니 듀 모리에

《흰옷을 입은 여인》, 윌키 콜린스

《슬리피 할로우의 전설》, 워싱턴 어빙

《사회, 사업, 정치, 가정에서의 에티켓 Etiquette in Society, in Business, in Politics, and at Home》, 에밀리 포스트

《채털리 부인의 연인》, D.H. 로렌스

《오만과 편견》, 제인 오스틴

《그들의 눈은 신을 보고 있었다》, 조라 닐 허스턴

《애너벨 리》, 에드거 앨런 포

《티파니에서 아침을》, 트루먼 카포티

《피터 래빗 이야기》, 비아트릭스 포터

《미국 가정 살림 백과 America's Housekeeping Book》, 뉴욕 헤럴드 트리뷴 홈 인스티튜트

옮긴이 **김효정**

연세대학교에서 심리학과 영문학을 전공했다. 글밥 아카데미 수료 후 현재 바른번역 소속 번역가로 활동하고 있다. 옮긴 책으로는《죽음을 보는 재능》,《스토커》,《옆집의 살인범》,《퍼펙트 커플》,《조각상 살인사건》등이 있다.

마음 대여 도서관
THE LIBRARY OF BORROWED HEARTS

초판 1쇄 2025년 3월 3일
저자 루시 길모어 Lucy Gilmore
옮긴이 김효정
편집 나다연 **디자인** 배석현
ISBN 979-11-93324-44-8 03840

발행인 아이아키텍트 주식회사
출판브랜드 북플라자
주소 서울시 강남구 학동로 329 북플라자 타워
홈페이지 www.bookplaza.co.kr

오탈자 제보 등 기타 문의사항은 book.plaza@hanmail.net으로 보내주세요.
잘못된 책은 구입하신 서점에서 교환해 드립니다.